VINO DIAVOLO

DAS AHRTAL
Altendorf
Fritzdorf
L 267
61
Todenfeld
Gelsdorf
L 261
L 492
Ringen
L 83
Hilberath
B 257
Vettelhoven
Berg
L 78
Ahrweiler
Houverath
B 267
Dernau
Mayschoß
Walporzheim
ALTENAHR
L 76
Kreuzberg
Rech
Altenburg
Lind
Ahr
Ramersbach
Brück
L 85
Kesseling
Staffel
Ahrbrück
Hönningen
L 85
Deckenbach
Weidenbach
Liers
B 257
L 73
Dümpelfeld
Insul
Spess
Herschbach
L 90
N
W
E
S
B 412
0
5km
Hohenleimbach
Kartographie: U. Beha, U. Baaser

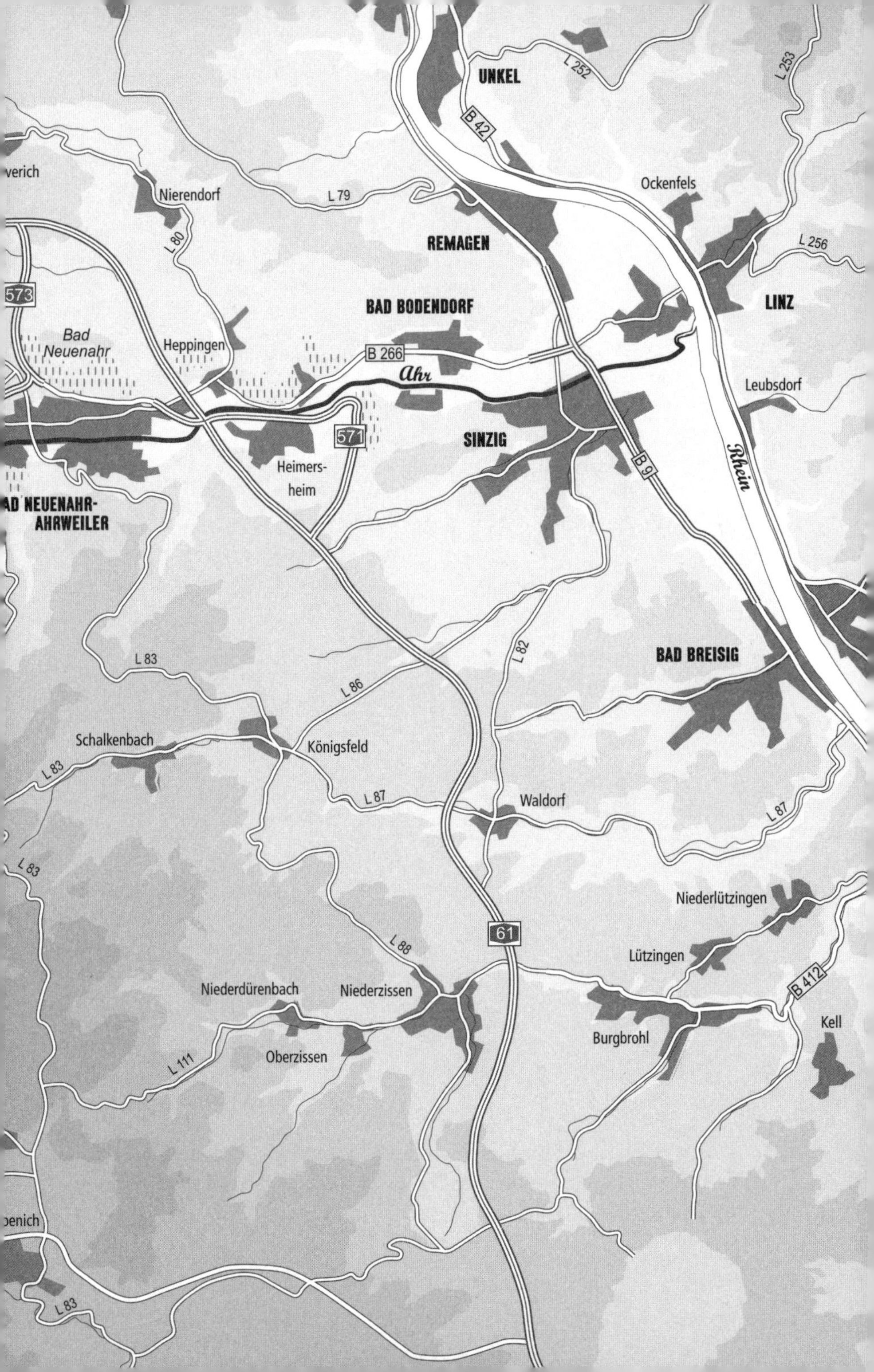

UNKEL
L 252
L 253
B 42
verich
Nierendorf
L 79
Ockenfels
REMAGEN
L 80
L 256
573
BAD BODENDORF
LINZ
Bad Neuenahr
Heppingen
B 266
Ahr
Leubsdorf
571
SINZIG
Heimersheim
B 9
Rhein
AD NEUENAHR-
AHRWEILER
L 82
L 83
BAD BREISIG
L 86
Schalkenbach
Königsfeld
L 83
L 87
Waldorf
L 87
L 83
Niederlützingen
61
L 88
Lützingen
Niederdürenbach
Niederzissen
B 412
Kell
Burgbrohl
Oberzissen
L 111
penich
L 83

Carsten Sebastian Henn

VINO DIAVOLO

Kulinarischer Kriminalroman

Der fünfte Fall für Julius Eichendorff

emons:

Lust auf mehr? Laden Sie sich die »LChoice«-App runter, scannen Sie den QR-Code und bestellen Sie weitere Bücher direkt in Ihrer Buchhandlung.

Bibliografische Information der Deutschen Nationalbibliothek
Die Deutsche Nationalbibliothek verzeichnet diese Publikation in der Deutschen Nationalbibliografie; detaillierte bibliografische Daten sind im Internet über http://dnb.d-nb.de abrufbar.

MIX
Papier aus verantwortungsvollen Quellen
FSC® C083411

Die Erstausgabe erschien 2008
Umschlagmotiv: shutterstock/eugenegurkov;
shutterstock.com/BenzSuthep
Umschlaggestaltung: Nina Schäfer
Druck und Bindung: CPI – Clausen & Bosse, Leck
Printed in Germany 2019
ISBN 978-3-7408-0706-1
Kulinarischer Kriminalroman
Neuausgabe

Für Julius Eichendorff
Mit Dank für die vielen schönen Jahre

»Das Gute, dieser Satz steht fest,
ist stets das Böse, was man lässt.«
Wilhelm Busch

1. Kapitel

»Der Teufel scheißt immer auf den dicksten Haufen.«
Deutsches Sprichwort

Samstag, der 11. November
Es war der Tag, an dem Julius Eichendorff eine Siegerwälder Milchkuh, schwarz gescheckt, auf die Kühlerhaube fiel. Aus sicher dreißig Metern Höhe. Was sie genauso überrascht haben musste wie Julius.

Sie war tot und Julius nahezu.

Er brauchte einige Minuten, um sich aus seinem Wagen zu wuchten, den er gegen die Leitplanke gesetzt hatte. Auch diese war nun dahingeschieden und im Paradies der Straßenmarkierungen angekommen.

Erst spät bemerkte Julius die anderen Menschen. Sie standen in sicherem Abstand zu ihm und der Kuh. Ihr Gesichtsausdruck war dem des Tieres nicht unähnlich.

Es war für eine Kuh überaus unüblich, vom Himmel zu fallen. Ein besonders großer Zufall war nötig, damit sie genau auf der Kühlerhaube von Julius Eichendorffs Wagen landete. Er hatte verdammtes Glück, noch am Leben zu sein. Hätte ihr Flug nicht auf der Kühlerhaube, sondern auf dem Dach geendet, Julius wäre jetzt flach wie eine Flunder.

Es begann zu blitzen, als die Schaulustigen beinahe gleichzeitig bemerkten, dass ihre Handys auch fotografieren konnten. Julius hielt sich instinktiv die Hand vors Gesicht. Wie war er hier nur reingeraten? Eben noch hatte er in seinem Wagen gesessen und an nichts Böses gedacht. Nun ja, um ehrlich zu sein, schon. Aber es hatte nichts mit Kühen zu tun gehabt! Sondern mit Banken. Die fielen nicht so einfach aus wolkenlosem Himmel.

Das war leider ihr einziger Vorteil.

Julius Eichendorff, kugelbäuchiger Besitzer und Chefkoch des Heppinger Sternerestaurants »Zur alten Eiche«, blickte empor zu dem Punkt, von dem die Siegerwälder Milchkuh abgehoben haben musste. Der Fels war hoch und steil, das Gestein stach hier nahe

Walporzheim wie Klingen hervor. Die Kuh musste gesprungen sein, um die Strecke bis zu seinem Wagen – seinem *ehemaligen* Wagen – zurückzulegen. Kühe sprangen aber nicht in die Tiefe. Sie waren schließlich keine Lemminge mit Euter. Sie waren Kühe, die friedlich grasten, muhten, Milch gaben und sich selbst von schlechtem Wetter nicht aus der Ruhe bringen ließen.

»Ist das Ihre Kuh?«, fragte ein schnauzbärtiger Schaulustiger, der in seiner S-Klasse am Fahrbahnrand geparkt hatte, den Ellbogen trotz Kälte lässig herausgestülpt.

»Nein. Ihre?«, rief Julius zurück. »Vermissen Sie eine? Haben Sie das arme Tier vielleicht mit Ihren saublöden Fragen in den Selbstmord getrieben?« Julius konnte sich äußerst gut in seine Wut hineinsteigern, wenn es die Lage erforderte. »Glauben Sie, wenn es *meine* Kuh wäre, läge sie nun tot auf meiner Kühlerhaube und der Wagen wäre zertrümmert? Ich lasse zwar ab und zu die Kuh fliegen, aber das sieht definitiv anders aus! Ist das hier etwa Ihre Vorstellung davon, was man mit seinen Nutztieren macht? Sollte Ihnen einmal der flüchtige Gedanke kommen, Bauer zu werden, gehen Sie ihm bitte nicht nach! Den Tieren zuliebe, ja?«

Der Mann präsentierte seinen Mittelfinger solo und fuhr weiter, die Schaulustigenmenge vor sich teilend. Keiner schien nun mehr eine Frage an Julius richten zu wollen. Und dieser wollte nur noch weg. Er wählte schnell die Nummer eines Bad Neuenahrer Abschleppunternehmers, den er von der Jagd kannte und dem er blind vertrauen konnte. Schweigend nebeneinander auf einem Ansitz zu hocken, mitten in eiskalter Nacht, erzeugte unzertrennbare Bünde.

Julius versuchte gar nicht erst, die Siegerwälder von seinem Wagen herunterzubekommen. Und er widerstand auch der Versuchung, die Polizei zu rufen. Dann würde seine Verlobte Anna, die bei der Koblenzer Kripo arbeitete, zum Gespött ihrer Zunft, und die Presse bekäme Wind von der Sache. Das fehlte ihm gerade noch! Als wäre die Situation nicht eh schon verfahren genug.

Die Kälte kroch langsam seine Beine hoch, drang seitlich in die Ärmel und übersah auch den Krageneingang nicht. Nach und nach löste sich die Menge auf, denn ihr erging es nicht anders. Immer wieder hielten jedoch Autofahrer an, ließen ihre Seitenfenster herunter und fragten, ob sie helfen könnten.

»Sie könnten mir diese Kuh abnehmen!«, brüllte Julius, nachdem er die ständige Kopfschüttelei leid war. »Ganz frisch. Eifeler Qualitätsfleisch. Flugware.«

Dann endlich kam der Abschleppwagen.

Heinrich Plömper stieg aus und besah sich, sein schweres Haupt schüttelnd, den Schlamassel. Er war stämmig, sein in einem gestreiften Trainingsanzug steckender Körper wirkte hart wie ein Schildkrötenpanzer. Der ganze Mann sah aus, als sei er unkaputtbar. Jeden Herbst lag er wegen einer anderen todernsten Sache im Krankenhaus. Immer schäkerte er mit den Schwestern und kam runderneuert wieder heraus. Sein Gemüt schien nichts erschüttern zu können.

»Ich dachte, du kaufst dein Fleisch beim Metzger, wie alle anderen auch?«

»Ist billiger so. Komm, lad meinen Wagen auf, ich will hier bloß noch weg.«

»Was ist mit der Kuh?«

»An den Straßenrand.«

»Und wohin soll's danach gehen?« Heinrich grinste breit. »Willst du vielleicht zum Zoo, ein paar Elefanten erlegen?«

»Das Auto zum Schrottplatz. Und mich nach Hause. Falls du es noch nicht bemerkt haben solltest: Ich bin schlecht gelaunt. Aber nicht nur wegen der Kuh.«

Zehn Minuten später blickte Julius aus dem Fenster des langsam tuckernden Abschleppwagens. Die sonnenfernen Nordhänge des Tals waren bereits gefroren, so als hätten sie es nicht erwarten können, als Erste in Winterschlaf zu fallen. Man konnte dem Eis fast zusehen, wie es sich weiter ausbreitete, wie es von immer mehr Teilen des engen Tals Besitz ergriff. Bald würde alles glitzern, würde alles Leben sich in den Boden zurückgezogen haben. Im letzten Jahr hatte Julius im November noch mit Sandalen herumlaufen können, jetzt war der Nordpol zu Besuch. Die weltweiten Wetterkapriolen vergaßen auch das kleine Ahrtal nicht.

»Ist wegen dem Dobel, oder? Brauchst nix sagen, weiß ich auch so. Der macht dir die Hölle heiß, was? Ist schon klar. Da willst du nicht drüber reden. Verstehe ich doch. Ist halt doof, wenn einer kommt, der besser ist als man selbst.«

Julius fühlte sich, als habe jemand einen Sack Salz in seine klaffende Wunde gerieben. Trotzdem rang er sich zu einer Antwort durch.

»Immerhin bekommt er nicht so gutes Wild wie ich.«

Heinrich Plömper schwieg. Ziemlich laut.

»Kriegt er doch nicht, oder? *Heinrich?*«

»Na ja, er zahlt halt gut. Und er ist doch auch von hier. Ich muss da ans Geschäft denken, Julius. Das ist eine Ehre, wenn so einer mein Wild kauft. Das würdest du genauso machen.«

Nein, dachte Julius, sicher nicht. Auch Heinrich hatte sich also auf Willi Dobels Seite geschlagen. Hatte sich mit dem Drei-Sterne-Gott verbündet, dem Küchenmagier, der vor einigen Monaten eine Dependance in Ahrweiler errichtet und damit einen katastrophalen Besucherschwund in Julius' Restaurant herbeigeführt hatte.

Als ihm die Siegerwälder auf die Kühlerhaube geplatscht war, hatte Julius sich gerade auf dem Weg zu seiner Bank befunden. Wäre der Wiederkäuer ihm nicht dazwischengekommen, würde er nun wahrscheinlich schon in der Zweigstelle sitzen. In dem weichen Polstersessel, der ihn so einsinken ließ, dass er sich unendlich klein und zusammengequetscht vorkam. Während der Bänker hinter seinem mächtigen Kirschbaumschreibtisch thronte, das Ende eines goldverzierten Füllers im Mund. Erst vor einem halben Jahr war Julius dort gewesen, freudig hatte man ihm das Geld für sein neu eröffnetes Bistro gegeben, die »Eichenklause«.

Sie hatten all die Jahre gut an ihm verdient.

»Es geht nur um die jetzige Situation, Herr Eichendorff. Und die ist nun mal leider sehr ernst. Wir sind keine Wohlfahrtsanstalt, das wissen Sie ja«, hatte sein zuständiger Bankberater gestern am Telefon gesagt und dabei geklungen, als sei nur ein Komma verrutscht. Als stehe nicht Julius' ganze Existenz auf dem Spiel.

Julius war fast dankbar, dass ihm die verdammte Kuh aufs Auto gefallen war. So blieb ihm der erniedrigende Besuch bei der Bank erspart. Zumindest vorerst.

»Hast du eigentlich schon mal beim Dobel gegessen?«, fragte Heinrich nun. Und stellte das Radio für Julius' Antwort leiser. Nötig wäre es nicht gewesen.

»Nein.«

»Man sollte sich immer über die Konkurrenz informieren!« Heinrich zündete sich eine Zigarette mit der Selbstverständlichkeit an, mit der andere ihr Butterbrot schmierten. »Der Fraß da ist wirklich großes Tennis. Noch nie vorher hab ich so was gegessen. Ist natürlich nicht so … lokaltypisch wie bei dir.«

Die Pause tat am meisten weh. Und dass Heinrich nichts Besseres als »lokaltypisch« einfiel. Das hieß so viel wie: Du bist schlechter, aber immerhin auf heimische Art.

Natürlich war Willi Dobel besser. Da waren sich alle Restaurantführer einig. In Baiersbronn hatte der Mann sich schließlich nicht nur drei Sterne erkocht, sondern die Höchstnote in allen Führern. Er war so etwas wie Deutschlands Küchengott. Die Eröffnung seines neuen Restaurants im Ahrtal glich einer Erscheinung. Und alle waren davon geblendet. Selbst so nüchterne Burschen wie Heinrich. Das viele Gold, die edlen Stoffe, die tiefen Teppiche in Dobels Restaurant »Ahrgebirgsstube« lullten jeden ein.

Deshalb gingen sie nicht mehr bei Julius essen.

Und wenn die »Alte Eiche« nahezu leer war, fühlten sich die wenigen anwesenden Gäste unwohl, kamen nicht wieder, erzählten davon, und es wurde noch schlimmer. Diese Spirale führte auf direktem Weg in den Bankrott. Julius hatte es gestern seinen engsten Mitarbeitern gestehen müssen. Ein Monat Brechdurchfall konnte nicht unangenehmer sein.

»Du bekommst natürlich weiterhin von mir Wild, ist ja klar unter alten Jagdgenossen. Zurzeit habe ich nur nicht so viel.«

»Danke, Heinrich.« Nur weiter so, dachte Julius. Komm, gib mir den Gnadenschuss. »Glaubst du, ich überlebe das?«

Wieder so eine Pause. Und danach viel zu viel Enthusiasmus.

»Aber klar! Und wenn du wieder Schnitzel braten musst.« Heinrich lachte. Dann fing er an zu husten. Es klang, als lösten sich Stücke aus der Lunge.

Heinrich hatte es als Scherz gemeint, aber den Kern getroffen. Weggehen aus dem Ahrtal würde Julius nicht, und ob ihm jemand nach einem Bankrott das Startkapital für ein neues Restaurant anvertraute, war fraglich. Aber als Angestellter wollte er nicht arbeiten, das konnte er nach den vielen Jahren der Selbstständigkeit nicht mehr. Also Schnitzel, Pommes und Frikadellen. Sicheres Geld.

Was für Aussichten.

»Kopf hoch, Julius. Guck doch mal raus. Sieht das nicht toll aus? Ich liebe es, wenn das Tal glitzert.«

So romantisch hatte Julius den Abschleppunternehmer gar nicht eingeschätzt. Der wahre Grund für dessen Begeisterung kam schnell.

»Wenn es jetzt noch schneit, sind die Spuren vom Wild fantastisch zu sehen. Dann geht es denen mächtig an den Kragen.« Da war er wieder, der alte Pragmatiker. Beruhigend.

Sie kamen nach Bad Neuenahr, das sich mit seiner Kurwärme dem Frost trotzig entgegenstellte. Hier waren die Äste noch von keinem weißen Schleier überzogen. Bad Neuenahr hebelte die Jahreszeit fürs Erste aus. Doch Julius konnte sehen, wie sich der Winter immer mächtiger an den Stadtgrenzen aufbaute. Irgendwann würden die Schutzmauern aus Autoabgasen und Heizungswärme nicht mehr reichen. Die Kälte wollte das ganze Tal, und sie würde es bekommen. Glücklich darüber waren vermutlich nur die Winzer, die noch Trauben für Eiswein hängen hatten. Käme der Winter jetzt über ihre Weinberge, hätten sie perfekt reife, gefrorene Trauben, dann wäre es ein grandioser Eisweinjahrgang.

»Ich kann dich auch gern woanders absetzen, wenn du willst. Wo sollte es eigentlich hingehen, bevor das Vieh dich erwischt hat?«

Julius sah seinen Jagdkumpanen an, der die filterlose Zigarette bis zum letzten Fitzel aufrauchte. Einer wie Heinrich Plömper hätte früher sicher Kautabak mit seinem gewaltigen Kiefer zermahlen und in weitem Bogen ausgespuckt. Er besaß zwar breite Schultern, aber keine zum Ausheulen. Julius hatte keine Lust mehr, ihm die Wahrheit zu sagen.

»Zu Maximilian Löffler«, sagte er. »Ich wollte mit unserem internationalen Starfloristen über die Blumengestecke für meine Hochzeit reden.«

»Aber der hat seinen Laden doch in der anderen Richtung?« Heinrich blickte ihn perplex an.

»Ich hatte mich verfahren«, erklärte Julius. »Kann jedem mal passieren.«

»Klar«, sagte Heinrich. »Verstehe ich. Alles Gute übrigens schon mal für die Hochzeit. Wird ein rauschendes Fest, was? Hab übrigens noch gar keine Einladung bekommen.«

Nachdem Julius sich von seinem Wagen verabschiedet und im Restaurant nach dem Rechten geschaut hatte, machte er sich auf den Weg zu seinem allabendlichen Canossa-Gang. Sein Ziel: Willi Dobels Restaurant. Er musste den Konkurrenten im Auge behalten, seine Speisekarte, seine Preise, seine Gäste. Unbedingt.

Julius hatte zwar noch einen Zweitwagen, aber er wollte diese Sache nicht allein durchziehen. Deshalb fuhr ihn François, der Sommelier der »Alten Eiche«. Der hochgewachsene Südafrikaner hatte allerdings einen mürrischen Tag.

»Ich hätte nicht gedacht, dass ich heute noch auf jemanden treffe, der schlechter gelaunt ist als ich«, sagte Julius, während die Nacht ins Tal brach.

»Ist ja auch nicht unbedingt der lustigste Anlass, aus dem wir hier sitzen.«

Da musste Julius dem Hüter seines Weinkellers recht geben. Der Grund war der reine Horror. Und sie waren viel zu schnell am Ziel.

»Wenn wir wieder zurück in der ›Alten Eiche‹ sind«, sagte Julius beim Aussteigen, »dann trinken wir was Schönes. Damit heute wenigstens eine Sache passiert, an die man sich gern erinnert. Von mir aus köpfen wir was aus Südafrika. Aber ein Pinot Noir muss es sein!«

François lächelte schwach und schloss den Wagen ab. Sie hatten am Nordtor Ahrweilers geparkt und gingen gesenkten Kopfes in die Altstadt. Das Kerzenlicht von Dobels »Ahrgebirgsstube« fing sich im Kopfsteinpflaster der kleinen Gasse. Ein roter Teppich führte hinein, Rosenblätter lagen darauf, die Menükarte stand geöffnet auf einem massiven goldfarbenen Notenständer. Sie war aus handgeschöpftem Papier, von des Meisters Hand selbst beschrieben, in teurem Leder steckend. Nur eine Seite. Man aß, was Dobel kreierte. Sonderwünsche waren nicht vorgesehen. Als Julius näher trat, konnte er die Musik aus dem Inneren hören, die eine elfengleiche Frau an einer französischen Camac-Harfe zum Besten gab.

Es klang wundervoll.

François linste seitlich durch die Scheiben von Dobels Etablissement, während Julius sich die Menükarte ansah. Wie heißes Öl brannte sie sich in seine Netzhaut. »Roh marinierte Coquilles Saint Jacques mit Sepiakaviar und Salat von Algen«, »Feuer und Eis mit Steinpilz-Couscous, Tomaten-Kokos-Schaum und Koriander«, »Gezupfter Seewolf mit Marenne-Austern, Blumenkohlpurée und Pomeloperlen«. Julius las weiter. Alle Gänge klangen traumhaft, gleichermaßen innovativ und schlüssig. Ihr Duft züngelte verführerisch aus der Eingangstür. Julius konnte sie fast schmecken, die delikaten Aromen kitzelten seine Papillen. Bei jedem Geniestreich

Dobels stellte sich Julius die bohrende Frage, warum er selbst nicht darauf gekommen war. Dobel vereinte die moderne Elementarküche des Spaniers Ferran Adrià mit der französischen Haute Cuisine auf seine ganz eigene Art. Mutig, einfallsreich, mit Gegensätzen spielend, als sei Kochen eine Zirkusvorstellung.

Jemand drängte sich an Julius vorbei, um ins Restaurant zu gelangen.

Es war Dr. jur. Harry Hinckeldeyn, der Anwalt von Julius' Sippe und eigentlich durch nichts aus seiner Villa an der Georg-Kreuzberg-Straße zu locken. Gegen ihn waren Lurche Stimmungskanonen.

»Hast du nix Besseres zu tun, als hier Maulaffen feilzuhalten?«, raunzte Hinckeldeyn ihn an. Das war freundlicher, als Julius erwartet hatte.

»Ich dachte immer, Ihnen läge die moderne Kochkunst nicht so.«

»Seit wann bin ich einem Balg wie dir Rechenschaft schuldig? Ich esse, wo's schmeckt.« Für Hinckeldeyn galt jeder unter der Rentengrenze als unreifes Kind. »Wenn du mich zu deiner Hochzeit einlädst, wie es sich gehört, esse ich auch da. Du könntest ja Dobel fragen, ob er kocht. Dann hättest du den Abend frei, und ich was Gutes zu futtern. Und jetzt beweg deinen elefantösen Körper zur Seite, sonst komme ich nicht rein.«

Es war noch früh, trotzdem war die »Ahrgebirgsstube« bereits voll. Denn heute war die Nacht der Martinsfeuer, und alle wollten dabei sein, wenn sie am Abend brannten.

Julius warf noch einen letzten Blick auf die Karte, Abteilung Dessert. »Papst göttlich« stand dort. Darunter, klein geschrieben: »Salat von Nüssen – Kandiertes Omelette mit Stickstoff-Gemüse – Flüssiger Apfelkuchen mit Zimt«.

Es war der Nachtisch seines Papstmenüs! Das er beim Weltjugendtag für das geweihte Haupt kreiert hatte. Die Zeitungen hatten darüber geschrieben.

Doch Dobel hatte es genialisiert, es mittels der modernsten Methoden der Kochkunst in ein Dessert verwandelt, das es in die Historie des Kochens schaffen konnte.

Er hatte ihn diskreditiert.

Mit diesem Gericht hatte er auf Julius gespuckt.

François stupste ihn an. »Da sitzt deine Tante, die immer an dir rummäkelt. Der Landrat ist auch da und sogar unser Meisterflorist. Schau dir bloß mal die Champagnerflaschen an! Die machen Krug und Salon in rauen Mengen auf, nur große Flaschen.«

François' Mund stand so weit offen, dass Pelikane darin ein Nest hätten bauen können.

»Komm, wir gehen, sonst bekommst du schon vom Zuschauen einen Schwips.« Julius zog seinen Sommelier am Sakko fort.

Dobel schien allein an diesem Abend mehr umzusetzen als die »Alte Eiche« im kompletten letzten Monat.

»Hättest du gedacht«, fragte er François, den Arm um ihn legend, wie es alte Freunde taten, »dass mein Verderben so gut duften würde? Wer kann das schon von sich sagen?«

Julius erntete kein Lachen. Und ihm selbst war auch nicht danach.

Sie gingen zurück Richtung Nordtor, als sein Handy klingelte. Er fischte es träge aus seiner dicken Winterjacke, wie ein Schlafwandler, der ohne Elan die Gliedmaßen bewegte. Ohne auf die Nummer im Display zu schauen, hielt er sich das Handy ans Ohr.

»Eichendorff.«

Er erhielt keine Antwort. Nur ein Atmen. Ein Seufzen.

»*Hallo?* Hier ist Eichendorff, wer ist da?«

»Ich bin's, Julius.« Anna. Sie klang erschöpft. Aber froh. Ihr Glück bollerte aus dem Handy, als wäre es ein kleiner Ofen. »Endlich hab ich Empfang! Es ist so gut, deine Stimme zu hören, Dicker. Ich vermisse dich schrecklich. Weißt du das eigentlich? Du mich auch, oder? Sag's mir! Ich will das jetzt hören. Sofort! Los! Du kannst es, ich weiß das!«

Julius lächelte. Es war das erste Mal an diesem Tag.

Das Lächeln war immer noch nicht ganz aus Julius' Gesicht verschwunden, als er später am Abend durch ein Privathaus zwischen Nieder- und Ahrtor an der Friedrichstraße schritt. Denn nur so gelangte die Jury auf den Kanonenturm im südlichen Teil der Ahrweiler Stadtmauer. Normalerweise bestand sie ausschließlich aus Abgesandten der Huten, wie die Stadtviertel Ahrweilers genannt wurden, den Ortsvorstehern, dem Bürgermeister und dem Vorsitzenden des Martins-Ausschusses. Doch in diesem Jahr hatten sie Julius dazu gebeten. Er war immer neidisch auf diese Truppe gewesen, hatte sie doch als Einzige wirklich freien Blick auf alle vier brennenden Schaubilder samt Martinsfeuern, die in dieser Nacht in den pechschwarzen Weinbergen rund um Ahrweiler entzündet wurden. Der Kanonenturm mit seinen Geschützen aus dem 16. Jahrhundert kam Julius an diesem Abend wie der sicherste Platz auf Erden vor. Er schien Tausende Meilen entfernt von allen Sorgen, die auf dem harten Ahrtaler Beton auf ihn lauerten. Hier oben konnten sie ihm nichts anhaben.

Als das erste Schaubild entzündet wurde, schmolzen die Gedanken an Dobel und die schwer taumelnde »Alte Eiche« wie Schnee im Hochofen. Julius dachte endlich nicht mehr daran, dass FX jeden Tag die stets leer bleibenden Tische eindeckte, dass die Köche gepökelten Eifelrehrücken und Pumpernickel-Eis vorbereiteten, obwohl niemand zum Essen kam, und dass François schon die ganze Woche Telefondienst schob ohne eine einzige Reservierung. Die Brigade verrichtete sinnlos ihren Dienst – zumindest jene Mitarbeiter, die Julius nicht hatte entlassen müssen.

Doch das war nun alles weit weg.

Gott, wie liebte Julius dieses Spektakel zu Ehren des heiligen St. Martin! Die Junggesellen des Stadtviertels Ahrhut hatten ihr Schaubild dem Bundesschützenfest gewidmet. Dreizehnhundertzwanzig Fackeln hatten die Junggesellen auf ihren beeindruckenden Holzkonstruktionen angebracht, die Schrift war bis zu zweieinhalb Meter groß. Links zierte der heilige St. Sebastianus die brennende Schrift, rechts das Symbol des Bundes der historischen deutschen Schützenbruderschaften. Darüber loderte das Martinsfeuer, gerade und hoch, so wie es sein sollte.

»Die sommermüde Erde im Verblühen / Lässt all ihr Feuer in den Trauben glühen / Die Sonne, Funken sprühend, im Versinken / Gibt noch einmal der Erde Glut zu trinken / Bis, Stern auf Stern, die Trunkne zu umfangen / Die wunderbare Nacht ist aufgegangen«, zitierte Julius seinen dichtenden Vorfahr und erntete allgemeines Nicken.

Schon flammte ein anderer Weinberg auf. Julius spürte das Raunen der Menschenmenge, die Ahrweiler in diesen Nächten stets bedeckte. Die guten Plätze waren lange vor Einbruch der Dunkelheit besetzt, und für Auswärtige, die einen Parkplatz suchten, konnte dieses Fest in Verzweiflung enden.

Das Schaubild der Adenbachhut, der traditionell kleinsten der vier Huten, wies nur rund tausend Fackeln auf, beeindruckte aber nicht weniger. »Denn Frieden ist der Weg« hatten die Junggesellen mit Feuer geschrieben und wiesen damit auf die Eröffnung der Dokumentationsstätte im ehemaligen Regierungsbunker des Tals hin. Vor Jahren war noch darüber nachgedacht worden, dort die größte Champignonfarm Europas entstehen zu lassen. Manchmal tranken sie halt doch zu viel Wein im Tal.

»Guck mal dort«, sagte der Bürgermeister zu ihm, nachdem er aufgehört hatte, seine verrutschte Amtskette geradezuziehen. Begeistert wies er auf das Martinsfeuer der Adenbachhut, das für alle unübersehbar dem Himmel entgegenzüngelte. »Ohne schwarzen Mann, so muss das sein!« Die Feuersäule musste durchgehend sein, ohne dunkle Löcher, und mindestens drei Minuten brennen. Die Stoppuhren tickten.

»Mensch, schau mal da!«, rief der Bürgermeister jetzt, putzte schnell seine Brille und sah in Richtung Niederhut. »Siehst du *das*?«, fragte er, obwohl Julius ja längst hinschaute. »Da, Julius, da musst du hinsehen. Ist das nicht toll hier oben?«

Schon, dachte Julius, aber es ständig zu betonen machte den Spaß irgendwie kaputt. Das Schaubild war dennoch eine Pracht. »Oos Hutenfackel en doll Idee von 1981« stand dort. Über zweitausend Fackeln hatten die Junggesellen verbraten.

»Guck hin«, schob der Bürgermeister nach. »Den Turm musst du dir auch angucken.« Mit Fackeln war das Gebäude der Hutenschaft kunstvoll nachempfunden worden.

Julius kam sich vor wie ein Zwölfjähriger, dem ein seniler Onkel erklärte, was ein Teddybär war. Er stellte auf Durchzug.

Das ersparte ihm einiges.

Nämlich alle Kommentare über das Schaubild der Oberhut. Zwar nur fünfzehnhundert Fackeln. Aber diese in Form eines Seeteufels. Des Wappentiers von Willi Dobel. Seiner legendärsten Spezialität. Eingerahmt von drei Sternen. Darüber brannte der Schriftzug »Willkommen zurück, verlorener Sohn!«.

Julius überhörte den Jubel auf den Straßen, das anerkennende Gemurmel der Juroren und das Geplapper des nun vollends ekstatisierten Bürgermeisters. Alle klopften sie Julius aufmunternd auf die Schulter wie einem verdienten alten Gaul, der nun zum Abdecker musste. Er konnte den Blick nicht abwenden. Wie bei einem schweren Verkehrsunfall. Es war schrecklich und fesselnd zugleich.

Julius hatte keinen Zweifel, wer heute gewinnen würde.

Und ebenfalls keinen, wo er jetzt hinging.

In den Keller des Dernauer Weinguts Pikberg. Denn dort warteten Fässer voller flüssiger Freunde.

Und kein brennender Seeteufel.

Julius klingelte. Es war fast so, als zeigte der Alkohol, den er gleich zu sich nehmen würde, schon jetzt Wirkung. Die Welt wurde mit einem Mal angenehm weich.

Eines der zu Ende fackelnden Schaubilder schien auf den wartenden Julius. Es war das der Adenbachhut, doch Julius sah den brennenden Seeteufel vor sich.

Jetzt hätte er gut wieder einen kurzen Anruf von Anna gebrauchen können, doch die war in Vancouver mit ihrer kranken Tante Ursula vollauf beschäftigt. Die Gleichung hieß: Oberschenkelhalsbruch mit knapp neunzig + kein Geld für Pflegekraft = nächste Verwandte ohne Flugangst (Anna). Dass diese gerade einen Heiratsantrag angenommen hatte und der Hochzeitstermin nur wenige Wochen entfernt lag, bedeutete in einer Nebenkalkulation, dass Julius nun alles allein machen musste, wobei es Annas geheimste Wünsche zu erahnen galt.

Dazu gehörte Julius' Meinung nach auch ein spezieller Hochzeitswein. Der war ihr mit Sicherheit wichtiger als Einladungen mit goldenen Lettern, eine perfekt ausgeklügelte Sitzordnung, teure Blumenarrangements, die Farbe der Tischdecken oder die richtige Lichtstimmung. Wein und Essen mussten stimmen, das sahen bestimmt alle so.

Endlich wurde die Tür geöffnet. Julius war sich nur nicht sicher, ob von einem Menschen. Das Wesen sah zwar aus wie einer und trug einen handelsüblichen Bademantel über dem gestreiften Schlafanzug, klang aber alles andere als menschlich. Es schniefte ohne Unterlass, und die Stimme ähnelte dem Krächzen einer Krähe.

»Johann«, begrüßte Julius sein Gegenüber. »Du siehst gut aus, kann ich reinkommen?«

Der Winzer schüttelte den Kopf. Aber nur ganz langsam. Er sah ein wenig aus wie der junge Woody Allen. Allerdings mit geschmackvoller Brille. Doch den Schalk hatte auch er im Nacken. Ein ausgewachsenes, prachtvolles Exemplar sogar.

»Wenn ich gut aussehe, gewinnt der Glöckner von Notre-Dame die Wahl zur Miss Universum.« Johann Pikberg schniefte wieder.

»Gib mir einfach den Kellerschlüssel«, sagte Julius. »Ich find mich schon zurecht.« Er kam einen Schritt näher, woraufhin sich Johann Pikberg wie ein lichtscheues Tier weiter in die Diele zurückzog.

»Bleib bloß weg von mir! Ich bin zurzeit eine echte Bazillenschleuder. Was machst du überhaupt hier? Du bist dieses Jahr doch in der Jury, oder?« Er hustete, als sei seine Lunge löchriger als ein altes Nudelsieb.

»Kann ich jetzt in den Keller oder nicht? Guck nicht so! Heute klappt's!«

»Klar, das hast du vorher ja noch nie gesagt. Von mir aus komm rein, aber tritt nicht auf den Hund.«

Der Mastiff lag auf dem Läufer, war wegen seines dunklen Fells aber schlecht auszumachen. Er störte sich nicht an dem über ihn steigenden Menschen.

»Wollen wir wetten, dass du es wieder nicht schaffst? Um ein Essen bei dir? Für die ganze Familie Pikberg?«

»Du könntest von mir aus deine Nachbarn auch noch mit einladen. Aber gewinnen wirst du die Wette trotzdem nicht.«

»Steht der Mond richtig oder juckt dein linkes Ohrläppchen?«

Julius nahm Johann den Schlüssel aus der Hand und ging in Richtung Keller. »Ich sag dir, warum. Weil deine Weine heute endlich schmecken. Die letzten Male waren sie untrinkbar.«

»Bist du schon mal die Kellertreppe heruntergefallen?« Johann schubste Julius allerdings nicht – sondern nieste. Der Windstoß reichte Gott sei Dank nicht aus.

Der Keller war klein, die Barriquefässer in jede mögliche und unmögliche Ecke gestopft, über-, neben- und vor allem durcheinander. Die besten Weine des letzten Jahres und die gesamte Ernte des neuen lagen hier, einige Fässer blubberten noch fröhlich gärend vor sich hin, als säßen Zwerge mit Strohhalmen darin. Johann reichte Julius ein Burgunderglas, zog seinen Bademantel enger und setzte sich auf den einzigen Stuhl.

»Dann leg mal los.«

Die Gebrüder Pikberg hatten viele Rebsorten im Anbau. Spät- und Frühburgunder, Dornfelder, Regent, Cabernet Franc, Cabernet Sauvignon, Portugieser, alles war da. Julius konnte hier deshalb eine besonders außergewöhnliche Cuvée zusammenstellen. Er hatte unzählige Möglichkeiten.

Genau das machte es so verdammt schwer.

Er hatte es schon etliche Male versucht, aber immer war er übel gelaunt in die »Alte Eiche« zurückgekehrt, weswegen die Belegschaft den Hochzeitstropfen mittlerweile als verteufelten Wein bezeichnete. Sie unkten, er würde ihn niemals komponieren.

Julius war bisher gescheitert, weil ihm eine genaue Vorstellung gefehlt hatte. Wie sollte der Duft sein, wie der Geschmack? Doch jetzt wusste er es genau! Die Cuvée musste sein wie Anna und er. So präzise wie er und so gemütlich. Von Anna bekäme sie das Chaotische, das Unerwartete, einen guten Schuss Humor und einen verdammt süßen Kern. All diese Eigenschaften würden ein großes, wunderbares Ganzes ergeben, das gut reifen konnte, viele Jahre lang, ohne dass ein Teil des Weines die Überhand gewann.

Ein gutes Dutzend Messzylinder füllte Julius mit Wein und goss sie dann in unterschiedlichen Mischverhältnissen zusammen. Je mehr er verkostete, desto besser gelangen die Zusammenstellungen. Johann Pikberg war jedoch nicht länger bereit, die Fortschritte zu goutieren. Und vor allem nicht Julius' stetige Tiraden gegen »den vermaledeiten Willi Dobel«. Immer wieder brachen sie durch, mit jedem Schluck Wein mehr.

»Mit meiner Triefnase rieche ich überhaupt nichts. Und es ist verdammt kalt hier unten.« Johann Pikberg sagte das so langsam, dass Julius schon befürchtete, das Hirn des Winzers friere ein. »Ich bin zu müde, Julius. Du findest schon allein raus. Sei nicht zu laut. Wir kommen dann nächsten Samstag zum Essen – auf deine Kosten.«

Julius hob die Hand zum Abschiedsgruß und gab noch mehr Frühburgunder in das bauchige Glas. Bei dieser heimischen Rebsorte musste er immer an Anna denken. Der Wein war fruchtig und schmeichelnd, hatte aber durch den Schieferboden auch einen mineralischen Kern. Und Julius bekam ihn nie richtig zu fassen. Stets schmeckte er ein bisschen anders als zuvor.

Immer mehr Frühburgunder wanderte in die Cuvée. Julius summte etwas dazu. Jazz, keine Klassik, denn die mochte Anna nicht. »Smooth Operator« von Sade. Den Song hatte er mal bei ihr gehört. An einem besonders schönen Abend. Er passte gut zum Frühburgunder.

Jede neue Kreation musste verkostet werden. Julius spuckte natürlich das meiste in einen Krug, doch er wollte auch wissen, wie der Wein in großen Schlucken schmeckte, wie er den Hals hinabglitt. Er nahm die Sache sehr ernst!

Und immer ernster.

Auf die Uhr hatte Julius schon lange nicht mehr geschaut, als bei ihm endlich alle Glocken läuteten. Denn das, was er im Glas hatte, war perfekt. Es war eine Liebesnacht mit Anna. Der Wein schien Julius so sinnlich, dass er das Gefühl hatte, ihn bei der Hochzeit nicht ausschenken zu können. Zumindest nicht an seine Eltern.

Zudem bestünde mit diesem Tropfen die Gefahr, dass die Hochzeitsfeier in einer Orgie endete.

Und mit Orgien musste man im Ahrtal vorsichtig sein.

All die Gedanken an seine Hochzeit ließen Julius immer stärker an Anna denken, und je mehr er dies tat, umso sehnsuchtsvoller vermisste er sie, was wiederum nach Wein verlangte, um die Traurigkeit zu lindern, welcher ihn noch melancholischer werden ließ, was seine Gedanken an Anna verstärkte, wodurch er wieder Wein trinken musste.

Irgendwann gingen die Lichter aus.

Es war Anna, die in seinen Gedanken den Schalter bediente.

Julius lächelte.

Das zweite Mal an diesem Tag.

***

Sonntag, der 12. November

Es war schrecklich kalt, als Julius erwachte. Was natürlich am Frost lag. Und an der eisigen Luft. Ein weiterer Grund war, dass er nur unter einer Kamelhaardecke lag.

Mitten im Weinberg.

Das war nicht das Weingut Pikberg.

Das war Grauwackeboden. Auf diesem war er ganz bestimmt nicht eingeschlafen. So viel wusste er noch. Auch wenn er sich an die Nacht sonst nicht mehr erinnerte. Alles war wie ausgelöscht. Von dem Moment an, da er die perfekte Cuvée getrunken hatte.

Mühsam rappelte er sich auf und wischte die Erde ordentlich von der Kleidung. Noch war es Nacht, doch der Tag kündigte sich an, schwerfällig, als lägen anstrengende Stunden hinter ihm.

Das wenige Morgenlicht aber reichte Julius, um zu erkennen, wo er war und was da neben ihm einer Felswand gleich aufragte. Das Kloster Calvarienberg. Es thronte nahe Ahrweiler, wie ein steinerner König über sein Land wachend. Neben Julius wuchs Riesling. Das heißt, zurzeit fror er. Also stand er in der Weinlage Ahrweiler Ursulinengarten.

Die frische Morgenluft drang in seinen Kopf und schmerzte an den noch weinseligen Stellen. Der Alkohol wollte nicht kampflos das Feld räumen. Julius legte zur Linderung die Hände auf seinen Schädel. Es half allerdings nichts. Nur die Ohren wurden wärmer.

Als er die Hände wieder senkte, hörte er Stimmen. Sie waren weit weg, der Wind trug nur Bruchstücke von Worten zu ihm herüber. Aber Julius konnte ausmachen, woher sie kamen. Da die Rebstöcke nur wenige Blätter und Trauben trugen, schaffte er es sogar, sich durch die Rebzeile vor ihm in ihre Richtung zu zwängen. Dann aber hinderte ihn ein blaues Netz am Weitergehen. Es schützte die Trauben, mit denen edelsüße Weine erzeugt werden sollten, vor Vogelfraß. Und nun auch vor Julius. Sein Kopf pochte immer mehr, als dotze jemand ständig mit einem uralten Graubrot gegen die Schädeldecke.

Der gefrorene Boden war hart und rutschig. Julius ging sehr vorsichtig den Hang hinauf, um über den quer laufenden Bewirtschaftungsweg zu den anderen Menschen im Weinberg zu gelangen. An den Enden der Rebgänge standen Bütten mit Trauben. Eisweinlese. Da musste es schnell gehen, denn die Trauben durften nur in gefrorenem Zustand gekeltert werden. Hier war allerdings niemand, der sie hektisch einsammelte und zum Weingut brachte. Die wertvollen Trauben waren einfach allein gelassen worden, obwohl der Morgen graute und die Temperaturen stiegen. Der Eiswein verkam.

Julius stapfte weiter zu den Stimmen, die lauter und erregter wurden. Einige kamen Julius bekannt vor. Vielleicht konnte ihm einer der Erntehelfer sagen, wie er hierhergekommen war.

Endlich war er in der richtigen Rebzeile. Der Lesetrupp stand zusammengerottet im Weinberg, sicher rund zwanzig Männer und Frauen, dick eingemümmelt in alte warme Kleidung, bei der es nichts ausmachte, wenn sie bei der Lese litt. Die Füße steckten in festem Schuhwerk, die Hände in Gummihandschuhen, Rebscheren haltend. Einige der Helfer kannte er. Seine Cousine Annemarie war dabei, der Walporzheimer Pizzeriabesitzer Don Pitter, der neue Landrat stand direkt neben einem Fotografen der Lokalpresse, auch François gehörte zum Trupp.

Julius mühte sich hinunter, den faden Schlafgeschmack am Gaumen durch den Genuss einiger Eisweintrauben vertreibend.

»Morgen zusammen«, sagte er mit vollem Mund. »Nur keine Müdigkeit vorschützen, die Trauben tauen schon!«

»Julius!«, sagte ein Mann, den der Heppinger Koch sofort erkannte. Es war der Winzer Markus Kiesingar. Der mächtige Glatzkopf rannte einige Schritte auf ihn zu. »Was machst *du* denn hier?«

Die Frage hieß ihn nicht willkommen. Sie war ernst, fast vorwurfsvoll.

Julius überhörte es.

Und mit einem Mal wurde es still, denn die Menge hatte ihn bemerkt. Keiner sagte mehr etwas. Alle schauten entsetzt zu ihm hoch, schienen seine Antwort zu erwarten.

Doch er wollte sie nicht geben. Nicht vor versammelter Mannschaft. Es musste ja nicht jeder von seinem Blackout erfahren. Er winkte den Winzer näher zu sich.

»Seid ihr schon lange hier?«

»Wieso fragst du? Du hast doch nicht irgendwas, also ich meine, das kann ich mir nicht vorstellen. Wie siehst du überhaupt aus?«

»Ich bin gerade im Weinberg aufgewacht«, flüsterte Julius. »Keine Ahnung, wie ich hierhin gekommen bin. Ich dachte, du wüsstest es vielleicht. Kann ja sein, dass sich einer einen Scherz erlaubt hat.«

»Du kannst dich nicht erinnern?«

»Kommt bestimmt wieder. Hoffe ich.« Julius lächelte. Mittlerweile war der Tag da. Das Ahrtal funkelte wie eine Diamantenmine.

»Du solltest lieber ganz schnell gehen und keinem etwas davon erzählen. Ach was, dafür ist es eh schon zu spät. Es haben dich ja alle gesehen.«

»So schlimm ist es ja auch wieder nicht. Wir sagen einfach, ich hätte einen Morgenspaziergang gemacht. Kannst du mich vielleicht schnell nach Hause fahren? Ich will mich noch ein bisschen ins Bett legen.«

Kiesingar schüttelte den Kopf, nahm die Brille ab und rieb sich die Augen. »Lass uns zu den anderen gehen, Julius. Das ist wohl das Beste. Wir können es nicht vertuschen. Wenn du jetzt abhaust, sieht das ganz schlecht für dich aus.«

»Wovon redest du? Ich habe zu viel getrunken, das gebe ich ja zu. Aber seit wann ist das bei uns ein Verbrechen? Das Tal hat jahrzehntelang davon gelebt, dass Menschen so was machen!«

»Komm mit! Du musst dir was ansehen.« Markus Kiesingar zerrte Julius fast mit sich. Die Menschenmenge vor ihnen im Rebgang teilte sich, so gut es ging.

Kiesingar hielt an einem Eisblock.

Er war sicher rund zwei Meter lang und einen Meter breit.

Die Oberfläche war glatt, doch die Seiten wirkten aufgeraut, gesplittert und abgebrochen.

Aber das war es nicht, was Julius am meisten verwunderte. Die Überraschung, einen solchen Eisblock mitten im Weinberg zu finden, hatte schnell einem anderen Gefühl Platz gemacht.

Schock.

Denn in dem Eisblock steckte ein Mensch.

Es war Willi Dobel.

2. Kapitel

»Es ist wichtig, einen kranken Körper zu stärken, damit er dem Teufel und seinen Gehilfen Widerstand leisten kann.«
Hildegard von Bingen

»Und dann?« FX rutschte auf seinem Stuhl herum, als stünde der auf höchster Garstufe. Eigentlich hieß der Maître d'Hôtel des Restaurants »Zur alten Eiche« Franz-Xaver und war eine Art Oberkellner – aber beides erwähnte man ihm gegenüber tunlichst nicht. Selbst seine wienerische Gelassenheit kannte Grenzen. Eigentlich sogar ziemlich enge.

»Ich muss meine Katzen füttern. Und drüber reden will ich nicht«, grummelte Julius und verschwand in Richtung Küche.

FX drehte seinen imposanten Zwirbelbart empor und dackelte ihm hinterher. »Drüber reden sollst net, sondern *erzählen*!«

»Herr Bimmel! Felix! Fresschen!«

Rufen war gar nicht notwendig. Schon am Gang hatten die beiden Vierbeiner erkannt, dass Julius sich nicht selbst etwas genehmigen wollte. Denn dann federte er immer freudig. Diesmal war sein Schritt eher schleifend gewesen. Er wollte also ihre Näpfe füllen! Als Julius in die Küche trat, standen sie bereits dort, die Schwänze kerzengerade erhoben.

»Komm schon, es is grad mal eine Stunde her. Du *musst* des loswerden. Aus gesundheitlichen Gründen!«

»Vielleicht sollte ich den beiden Stinkern gleich was Neues kochen und einfrieren? Dann ist alles vorbereitet, wenn es für mich ins Gefängnis geht.« Julius leerte die Futterdosen und sah seinen Katern beim Fressen zu. Er liebte es, wenn die beiden für kurze Zeit wieder zu gierigen Raubtieren wurden.

»Dir macht des Spaß, oder? Mich hier so unwürdig biezeln zu lassen?«

Julius versuchte, ein Lächeln zu unterdrücken.

»Wenn's dir dadurch besser geht«, sagte FX und schüttelte den Kopf, »sei es dir von Herzen gegönnt.«

»Es geht mir jetzt wirklich ein bisschen besser. Dabei sollte ich eigentlich wimmernd im Keller hocken.«

»Musst heut noch zur Polizei?«

Julius nickte, ging zurück ins Wohnzimmer und ließ sich in seinen Ohrensessel plumpsen, als wäre der ein Sprungtuch der Feuerwehr. Den hatte ihm einst seine treue Belegschaft geschenkt. Bald würde er wegen des Gästeschwunds noch mehr von ihnen entlassen müssen. Der Sessel fühlte sich härter an als gewohnt.

»Sie holen mich ab.«

»Was?«

»Ist ihnen lieber so. Du musst dich nicht aufregen. Bisher haben sie nicht gesagt, dass sie mich dabehalten wollen.«

»Ich begreif des alles net. Du bist schließlich der kulinarische Detektiv und net der lukullische Killer! *Fünf* Mordserien hast aufgeklärt. Des muss doch für irgendwas gut sein!« FX blickte besorgt aus dem Fenster. Noch blitzte kein Blaulicht auf.

»Offenbar nicht. Eher scheinen sie zu denken, ich hätte ein kriminelles Hirn. Wenn du aufhörst, mich nervös zu machen, und dich auf deine vier Buchstaben setzt, erzähle ich weiter. In Ordnung?«

FX war schneller auf dem Stuhl als Rainer Calmund am kalten Büfett.

»Ich erzähle von dem Moment an, als ich die Leiche gesehen habe. Unheimlich war das. Dobel hatte nämlich die Augen auf und war kein bisschen aufgedunsen. Auch seine Gesichtsfarbe war noch frisch. Keine Wunde zu sehen, kein Blut. Jeans und Jacke unversehrt. Man hätte denken können, der läuft wieder rum, wenn das Eis geschmolzen ist. Dann war auch schon die Polizei da. Und keiner durfte mehr weg. Jeder wurde befragt. Ich habe tierisch gefroren. Es war irre, irre kalt.« Julius starrte mit einem Mal ins Leere, als hätte er die Situation wieder vor Augen, und versank immer tiefer in seinem Ohrensessel.

FX wurde unruhig. »Willst einen Schoppen? Für die Nerven? *Julius?«*

Es dauerte einige Sekunden, bis Julius wieder im Hier und Jetzt war.

»Was? Hast du was gesagt?«

»Wein?«

»Kann keinen mehr sehen.«

»Dann is es ernst. Zeit, mir wirklich Sorgen zu machen.«

»Ich mach mir schon seit heute Morgen welche, da hast du einiges aufzuholen.«

»Des heißt, sie glauben tatsächlich, du hättst den Dobel kaltgemacht?«

Herr Bimmel sprang auf Julius' Schoß, um sich ein paar Krauler abzuholen. Die schlechte Laune seines Mitbewohners schreckte ihn nicht ab. Julius hatte sogar das Gefühl, sie sporne den kugeligen Kater immer zum Kuscheln an. Dafür war er sehr dankbar. Langsam streichelte er Herrn Bimmel über das Köpfchen.

»Annas Vertretung vom Koblenzer Kommissariat heißt Thidrek. Er hat unmissverständlich klargemacht, dass er seine Ermittlungen schnell abschließen will. Und nachdem er meine Geschichte gehört hatte, zweifelte er nicht mehr an seinem baldigen Erfolg.«

»Ein schmieriger Hund mit eng zusammenstehenden Augen?«

»Nein, smart und jung. Allerdings mit gigantischen Händen. So was hab ich noch nie gesehen, völlig überproportioniert im Verhältnis zum Rest seines Körpers. Sahen aus wie Bananenstauden.«

»Und vom Geisteszustand her?«

»Sehr dynamisch und eloquent.«

»Also keine Menschenkenntnis.«

»Nein.«

»Kälter als ein Seehundhintern?«

Julius nickte. »Für diesen Thidrek ist jeder neue Mord nur eine Chance, Karriere zu machen. Und jetzt, wo Anna nicht da ist, ruht er sich keine Minute mehr aus. Er will den Täter unbedingt haben, bevor sie zurückkommt.«

»Und wenn der Mörder zufällig der Verlobte seiner Vorgesetzten sein sollte, was diese a bisserl diskreditieren würd, käm des dem jungen Mann sehr gelegen.«

»Jetzt brauch ich doch was. Trink ich eigentlich zu viel?«

»Da du noch gerade sitzen kannst, würd ich des net sagen.«

Julius schaute nicht auf die Flasche, aus der FX einschenkte. Seine Nase sagte ihm, dass es sich um einen nach Eukalyptus duftenden chilenischen Cabernet Sauvignon handelte. Einen »Casillero del Diablo«. Übersetzt: »Keller des Teufels«. Wie passend.

»Das Schlimmste waren die Blicke der Lesehelfer. Die haben mich angesehen, als sei ich ein Mörder. Dabei kennen mich die meisten, seit ich in die Hosen gemacht habe.«

»Und was jetzt?«

»Die verlorene Nacht wiederfinden. So schnell wie möglich. Sonst werde ich meine nächsten nämlich hinter Gitter verbringen.«

Kurze Zeit später stand Julius wieder vor dem Weingut Pikberg. Um zum Keller zu gelangen, in dem er einen Teil der letzten Nacht verbracht hatte, musste man zwischen zwei Wohnhäusern hindurch. Tische und Stühle der Gastwirtschaft waren dort aufgestellt, mit dicken Plastikplanen vor dem Frost geschützt. Julius umkurvte sie, als wäre es ein Slalomkurs, und schwenkte in Richtung des schweren Holztors, das den Eingang sicherte. Es war zu. Julius wusste, dass es selbst im aufgeschlossenen Zustand verdammt viel Kraft kostete, es zu öffnen.

Wäre er in seinem Zustand dazu überhaupt fähig gewesen?

Der Betonweg hinunter war glatt. Es war schwierig, ihn hinabzugehen, beinahe unmöglich wäre es, ihn mit betrunkenem Kopf und schlingerndem Schritt hinaufzukommen. Und selbst wenn er dies geschafft hätte: Er war hier in Dernau, erwacht war er aber auf dem Calvarienberg nahe Ahrweiler. Das waren bestimmt sechs Kilometer. Eine solche Strecke legte man keinesfalls einfach so zurück. Julius wusste, dass er nicht nur geschlafen hatte. Dann wäre da nicht diese unendliche Müdigkeit. Es fühlte sich an, als wäre sein Kopf ein großer Wassertank. Er drohte zu bersten.

Besonders jetzt, da jemand nach ihm rief.

Es war Johann Pikberg. Er schloss das Tor auf, es öffnete sich mit lautem Quietschen.

»Was treibst du hier? Die Polizei hat wegen dir schon gefragt!« Unruhig blickte er zur Straße. »Lass uns drinnen weiterreden.«

»Deine Erkältung ist ja noch schlimmer geworden«, sagte Julius, als sich das Tor hinter ihm schloss und Johann Pikberg das Licht in den niedrigen Kellerräumen anschaltete.

»Du hast Nerven! Mein Schnupfen ist im Augenblick ja wohl das Unwichtigste. Setz dich.« Er schob einen Stuhl zu Julius, als wäre dieser ein gebrechlicher alter Mann. »Sie wollten alles genau wissen, Uhrzeiten, wo du gestanden hast, was du gesagt hast. Ich wusste ja nicht, dass du unter Mordverdacht stehst, deshalb hab ich ihnen zuerst die Wahrheit erzählt. Auch über deinen Groll auf Dobel.«

Johann machte eine Pause und sah Julius unsicher an.

»Sie haben auch gefragt, ob du häufiger zu viel trinkst.«

»Was hast du geantwortet?«

»Na, dass du fast nie trinkst und ich dich niemals vorher betrunken erlebt habe. Ist doch klar!«

Das wird Thidrek noch misstrauischer gemacht haben, dachte Julius. Er lächelte, um seine Dankbarkeit zu zeigen.

Johann Pikberg winkte ab. »Geschenkt, Julius! Irgendwann hab nämlich selbst ich begriffen, worum es ging. Deshalb hab ich ihnen auch erzählt, dass du *niemals* imstande wärst, einen Mord zu begehen. Und ansonsten immer nur Lobendes über Dobel gesagt hast. Das waren vielleicht zwei Bluthunde, sage ich dir. Der eine so ein Junger, Gelackter und der andere ein Braungebrannter mit Stoppelhaaren und Boxernase. Sah aus, als wäre er zu lange im Toaster gewesen. Die wollten noch nicht mal einen Schluck Wein!«

»Du hättest nicht für mich zu lügen brauchen.«

»Wir sind Freunde, Julius.«

Er sah dem Winzer in die Augen. »Bist du dir denn absolut sicher, dass ich es *nicht* war?«

»Ja klar.« Johann Pikberg lachte. Doch er hatte einen Augenblick gezögert. Julius hatte nichts anderes erwartet. Er war sich ja selbst nicht vollkommen sicher. War er zu solch einer Tat fähig? Er hatte Dobel gehasst, das stimmte. Der Mann war dabei gewesen, sein Lebenswerk zu zerstören.

Johann Pikberg riss ihn aus den trüben Gedanken. »Probier mal den Wein hier!«

»Wein? *Jetzt?* So schlimm kann deine Erkältung nicht sein, wenn du schon wieder Scherze machst.«

Der Winzer drückte ihm ein gefülltes Rotweinglas in die Hand. »Ist kein Scherz. Tu mir den Gefallen.«

»Dann gib mir einen Spucknapf, denn nach Trinken ist mir wirklich nicht zumute.«

Ein grüner Glaskrug wurde vor ihn gestellt.

»Verstehe ich«, sagte Johann. »Wirst du trotzdem nicht brauchen.«

Julius senkte seine Nase ins Glas. Es war ihm mit einem Mal, als würde ein Stern in seinem Herz geboren.

»Meine Cuvée!«, rief er, ohne die Nase aus dem Glas zu heben. »Sie ist …«

»… perfekt«, ergänzte Johann. »Oh ja, das ist sie, verdammt noch mal. Was für ein teuflisch guter Wein. Wenn du mir jetzt verrätst, was genau drin ist, erzähle ich als Dank der Polizei, dass ich Dobler höchstselbst tiefgefroren habe.« Er wuschelte Julius durch den spärlichen Haarkranz. »Die ganze Familie ist begeistert. Wer so einen Wein machen kann, der ist nicht fähig, jemanden umzubringen. So viel ist mal klar!«

Julius trank. Es war ihm, als nähme Anna ihn fest in die Arme. Er fühlte sich sicher und glücklich. Für einen Wimpernschlag.

Dann wurde ihm klar: Er hatte keine Ahnung, welche Weine er zusammengegossen hatte.

»Tut mir leid, Johann. Das wird nichts mit deinem Geständnis.«

»Du willst mir jetzt nicht sagen, dass du *das* auch vergessen hast?«

Julius trank das Glas in einem Zug leer.

»Jetzt erzähl mir von gestern Abend. Mein Film ist gerissen, und ich weiß nicht, ab wann. Ich will alles wissen. Und zwar die *Wahrheit*.«

Johann stand auf und wanderte im Keller umher, als liefe er über glühende Kohlen.

»Komm schon«, sagte Julius. »Mir ist schon klar, dass ich einiges gebechert habe.«

»Du weißt aber noch, dass du über Dobel hergezogen bist?«

»Vage.«

»Du warst *sehr* wütend, hast geschrien, dass du ihm den Hals umdrehen würdest, damit endlich Schluss sei. Dass du dir nicht alles kaputt machen lassen würdest von ihm. Du warst … unangenehm. So kenne ich dich überhaupt nicht.«

Ich mich auch nicht, dachte Julius.

»Deshalb bin ich irgendwann weg, weißt du. Musste eh schlafen gehen, und deine Hasstiraden wollte ich mir nicht die ganze Nacht anhören. Weil du so schwer einen im Tee hattest, hab ich dir die Schlüssel für unser Fremdenzimmer gegeben. Damit du nicht mehr zu fahren brauchtest. Deinen Schlüssel hab ich dir abgenommen. Dein Auto steht gegenüber auf dem Parkplatz.«

In all dem Trubel war Julius überhaupt nicht aufgefallen, dass sein Zweitwagen, ein Käfer, fehlte. Er schlich zu den Fässern, vor denen er in der Nacht die Cuvée kreiert hatte. Vielleicht kamen hier die Erinnerungen wieder. Denn er wusste nichts von dem, was Johann Pikberg erzählt hatte.

Die Weine blubberten heute weniger stürmisch, die Kälte drosselte ihr Tempo. Julius kniete sich auf den Boden, hier musste das Gärgas dick wie Nebel liegen. Zu riechen war es nicht. Wer es einatmete, wurde wegen des erhöhten Kohlendioxidanteils zuerst berauscht, dann müde. Etliche Winzer waren in diesem Zustand unglücklich in ihren Weinkellern gefallen. Er hatte verdammten Dusel gehabt.

»Ich weiß, was du denkst, Julius. Wenn du hier eingeschlafen wärst, gäbe es dich heute vielleicht nicht mehr. Das fiel mir im Bett ein. Ich hab mich dann wieder angezogen und bin runter, um nach dir zu sehen. Aber da warst du schon weg, und der Schlüssel fürs Fremdenzimmer lag auf dem Tisch.«

»War sonst noch wer im Weingut? Oder ist jemand spät nach Hause zurückgekommen?«

Johann Pikberg schüttelte zögerlich den Kopf. Julius sah, wie leid es ihm tat.

»Ich hätte bei dir bleiben sollen, dann hättest du jetzt keine Probleme! Aber ich habe in dem Moment nur an mich gedacht. Ich könnte mich dafür ohrfeigen. Ach, was sag ich, in den Arsch treten müsste ich mich, bis ich nicht mehr weiß, was oben und unten ist!« Er wandte sich von Julius ab, konnte ihm nicht mehr ins Gesicht blicken.

»Weißt du was, Johann?«

»Nein. Was denn?« Pikberg drehte sich um, die Augen glasig.

»Du kannst wirklich verdammt froh sein, dass ich Dobel nicht umgebracht habe. Denn deshalb ist all das völlig egal. Und ich kann verdammt froh sein, Freunde zu haben, die mich an ihre besten Weine lassen.«

Dass Julius kurze Zeit später in einer Metzgerei stand, hatte damit zu tun, dass er einen klaren Kopf brauchte. Da Wein momentan als Heilmittel ausgeschlossen war, benötigte er ein gutes Stück Fleisch. Aus dem Bestand der »Alten Eiche« wollte er es nicht nehmen, denn das Herauspicken eines köstlichen Stückes in einer Metzgerei war dem Heilungsprozess ebenfalls förderlich. Das Geschäft in der engen Mayschosser Dorfstraße war gerammelt voll. Die Nidhards hatten an diesem Sonntag ausnahmsweise und höchst inoffiziell geöffnet, da sie die beiden Wochen zuvor im Urlaub gewesen waren.

Das Tal lechzte förmlich nach guten Fleischwaren. Man erzählte sich, der Anrufbeantworter der Familie sei bei ihrer Rückkehr so prall gefüllt gewesen, dass der Speicherchip schmolz. Die freudige Nachricht eines Sonntagsverkaufs hatte sich wie ein Lauffeuer im Tal verbreitet.

Begleitet von einem Klingeln der über der Glastür angebrachten Glöckchen trat Julius ein. In der Metzgerei war es noch kühler als draußen, es duftete köstlich nach frischem Fleisch. Ein Junge mit neonfarbenem Rucksack rempelte Julius, eine dicke Scheibe Fleischwurst in der Hand, beim Hinausrennen fast um, stöckelnd gefolgt von seiner Mutter.

»Natürlich ist der Mord an dem Dobel mysteriös, aber diese Sache mit der Kuh begreif ich genauso wenig. Wie kann so was denn nur passieren?«

Julius konnte nicht sehen, wer die Frage stellte. Aber der Lautstärke und der piepsigen Stimme nach zu urteilen, musste es sich um eine drei Tonnen schwere Amsel handeln.

»Der Zaun war wohl locker.« Frau Nidhard, die Metzgersgattin.

»Trotzdem! Welche Kuh lehnt sich gegen einen Zaun?«, sagte nun eine andere Stimme, die Julius – der beschlossen hatte, mit seinen Vermutungen im Tierreich zu bleiben – in ihrer Exotik an einen Ameisenbär denken ließ. Er hätte sich nicht vorstellen können, dass ein Mensch so sprach. Leider konnte er dieses außergewöhnliche Exemplar seiner Spezies nicht sehen.

»Jetzt suchen sie den Fahrer, auf dessen Wagen das Tier gefallen ist«, war nun wieder Frau Nidhard zu hören. »Morgen soll ein Aufruf in der Zeitung stehen. Als würde der sich freiwillig melden! Dem schwant sicher schon, dass sie ihn wegen Fahrerflucht drankriegen. Aber den fassen sie sicher bald. Da muss es schließlich Augenzeugen gegeben haben.«

Julius' Handy klingelte. Alle drehten sich um und sahen ihn vorwurfsvoll an. War er hier etwa in der Kirche? Seit wann durfte in Metzgereien nicht mehr telefoniert werden? Julius entschied sich, unbeeindruckt zu bleiben und mit großer Lässigkeit zu telefonieren, dabei den Duft der Fleischwaren genießend.

Er kam noch nicht einmal dazu, seinen Namen zu nennen.

»Julius? Ich bin's, Anna. Was machst du denn wieder für Sachen?«

»Was meinst du? Ich stehe hier in der Metzgerei und höre mir ein faszinierendes Gespräch über Kühe an.« Er lächelte in die Runde, welche sich daraufhin missmutig schauend umdrehte.

»Tu doch nicht so, ich meine den Eisweinmord! Wo bist du da nur wieder reingeraten? Aber mach dir keine Sorgen, bleib ganz ruhig, hörst du? Es gibt keinen Grund, panisch zu sein!«, sagte sie panisch.

»Ich nehm den Mord ganz gelassen.«

Alle Kunden drehten sich wieder zu Julius um. Der Metzgermeister ließ das Hackebeil fallen, die Kassiererinnen beendeten das Abwiegen. Er hatte ihre volle Aufmerksamkeit.

»Können wir das Gespräch vielleicht verschieben?« Julius drosselte seine Lautstärke massiv.

»*Was?* Ich versteh dich nicht!«

»Können wir später reden?« Da er wieder leicht aufgedreht hatte, konnte sein gebanntes Publikum nun aufhören, angestrengt zu lauschen.

»Nein, Julius! Ich muss gleich mit Tante Ursula ins Krankenhaus und will das jetzt wirklich bereden. Oder ist dir ein transozeanischer Streit mit deiner Verlobten lieber? Kannst du haben!«

»Gut, wir reden weiter. Aber nur weil transozeanisch so ein schönes Wort ist.« Julius lächelte wie ein Schlagersänger beim Schlussapplaus in die Runde, hob die Hand kurz zum Gruß und ging vor die Tür.

»Leg los, oh du meine kanadische Geliebte.«

»Das klingt schon besser. Von so was bekomme ich nie genug. Also: Du hast keinen Grund, dir Sorgen zu machen. Mein Kollege hat mir schon alles berichtet. Sie werden dich heute vernehmen, aber das ist nur Routine, hörst du? Der Thidrek ist zwar etwas überehrgeizig, aber fair. Und loyal mir gegenüber. Er hat betont, dass er dich für unschuldig hält. Er müsse halt nur jeder Spur nachgehen. Sonst würde er einen auf den Deckel bekommen. Eine reine Formalie! Du musst nur die Wahrheit sagen, dann wird alles gut.«

»Kann ich denn überhaupt lügen?«

»Ach, hör auf! Du bist ein Mann, ihr lernt das wahrscheinlich schon im Kindergarten.«

»Ja, spezielle Ausbildungscamps für Lug, Scheckkartenbetrug und Rasenmäherpflege.«

»Versprichst du es?«

»Verlass dich auf mich.«

»Versprichst du, ihm die *volle Wahrheit* zu sagen. Und nicht wie üblich irgendwas für dich zu behalten?«

»Ich vermisse dich.«

Ein alter Benz fuhr langsam an Julius vorbei. Der behütete Fahrer, die dauergelockte Beifahrerin, das Jungvolk auf der Rückbank und, wie Julius schien, auch die umhäkelte Klopapierrolle auf der Ablage starrten ihn an. Zuerst prüfte er, ob seine Hose vielleicht offen stand, dann drehte er sich um. Der komplette menschliche Inhalt der Metzgerei stand an der Fensterscheibe und lauschte.

Julius klopfte hart gegen die Scheibe und verließ sein Publikum in Richtung Ortsmitte. Endlich kam eine Antwort von Anna.

»Das ist ein übles Ablenkungsmanöver von dir und total unfair.« Julius konnte über den Atlantik hören, wie sie durchatmete. »Ich vermisse dich auch. Und ich fühle mich richtig zerrissen, weil ich bei dir sein möchte und sollte, aber hier nicht wegkann. Es ist schrecklich.«

»Wie lang musst du denn noch bleiben?«

»Machst du mir jetzt etwa *Vorwürfe*?«

»Hatte ich schon gesagt, dass ich dich unwahrscheinlich schrecklich vermisse?«

Wieder dieses Durchatmen. »Bald wird der neue Antrag für die Krankenpflege bewilligt. In spätestens zwei Wochen bin ich wieder da. Bis dahin musst du durchhalten!«

»Wer ist eigentlich außer mir verdächtig?«

»Das hab ich nicht gefragt. Aber du weißt ja, dass die meisten Täter in der Familie oder dem beruflichen Umfeld zu finden sind. Da werden sie massiv suchen. Erfolgreiche Männer haben immer *viele* Neider und Feinde.«

Es war ihr Tonfall. Julius kannte ihn mittlerweile gut. Sie log. Er war wohl langsam bereit für die Ehe. »Mach mir nichts vor, du *hast* ihn gefragt. Also?«

»Noch bist du die heißeste Spur. Aber das will nichts heißen!«

»Warum hast du mich dann angelogen?«

»Du kannst mich jederzeit anrufen. Ruhig früh am Morgen oder spät in der Nacht, ich bin eh meist wach.«

Einige Metzgereikunden gingen bedächtig und schweigend an ihm vorbei. Eingehend betrachteten sie die aufs Wunderbarste betonierte Straßendecke.

»Ich muss Schluss machen«, sagte Julius. »Ich melde mich nach dem Verhör bei dir.«

»Es ist kein Verhör, sie nehmen nur deine Aussage auf! Du kannst meinen Kollegen vertrauen, sie werden sich ordentlich um dich kümmern. Und Julius, versprichst du mir eins? Stell diesmal um Himmels willen keine eigenen Nachforschungen an, das würde aussehen, als müsstest du Spuren verwischen.«

»Du kennst mich ja.«

»Darum sage ich es!«

»Fühl dich geküsst.«

»Du dich auch.«

Er legte auf und ging wieder zurück in die Metzgerei, ohne das Handy vom Ohr zu nehmen. Als er die Tür öffnete, sprach Julius wieder.

»Wo die Mordwaffe ist? Na ja, ich hab sie, aber verrat das bitte keinem weiter, in Mayschoß deponiert, in der Metzgerei. Na, die in der Dorfstraße natürlich. Wo genau? Die Patronen habe ich in den Leberwürsten verteilt und die Pistole in eine Schweinehälfte gesteckt. Mal schauen, wer sie findet.« Er lachte und legte auf.

Jetzt schauten wieder alle.

Genau das sollten sie auch.

Nur einer außer Julius lachte. Der Metzger. Und Julius bekam endlich mal wieder eine dicke Scheibe Fleischwurst auf die Hand, deren Geschmack ihn an unbeschwerte Kindheitstage erinnerte.

Julius war kein regelmäßiger Kirchgänger. Doch er glaubte an Gott. An den der Rheinländer. Der fünfe grade sein ließ und überhaupt nichts gegen ein Glas Wein oder ein Schokolädchen einzuwenden hatte. Julius' Glauben gründete auf Genüssen, die nur Gott selbst erfunden haben konnte. Eier mit Speck, Reis mit Sojasauce, Sauternes mit Gänseleber, weiße Trüffeln mit Pasta, Beefsteak mit Pommes frites, Erdbeeren mit Sahne, Lamm mit Knoblauch, Armagnac mit Pflaumen, Portwein mit Stilton, Fischsuppe mit Rouille, Huhn mit Pilzen. Für einen leidenschaftlichen Erforscher der Sinne wie Julius hatte das erste Erleben dieser Kombinationen Auswirkungen gehabt, die sich mit denen der Entdeckung eines neuen Planeten durch einen Astronomen vergleichen ließen.

Nun befand sich ein Stück Eifler Rehrücken vor ihm – und mit diesem wollte er ein neues Sonnensystem erkunden! Der Grund war das Hochzeitsmenü.

Zu kochen beruhigte Julius stets. Weil es ihn vollends beschäftigte, es keinen Platz ließ für Indizien, für Spuren und Aussagen. Es nahm ihn aus der realen Welt und versetzte ihn in die der Genüsse. Und genau das brauchte er jetzt. Denn an das bevorstehende Verhör wollte er lieber nicht denken. Die Zeit bis dahin musste er herumbekommen, und er würde es auf die angenehmste Art und Weise tun.

Zuerst hatte Julius geplant, für die Hochzeit noch einmal das Menü zu kochen, mit dem er damals den Mörder von Starwinzer Siggi Schultze-Nögel überführt hatte. Der Fall, bei dem er Anna kennengelernt hatte. Aber eine Ehe bedeutete einen Neuanfang. Also ein Menü für die Zukunft.

Julius kochte am heimischen Herd, mit kenntnisreichstem Publikum. Herr Bimmel und Felix hatten neben ihm Position bezogen, um die Küchenfliesen von eventuell herabfallenden Fleischstücken zu säubern. Sie waren die einzige Putzkolonne der Welt, die im Pelz arbeitete.

Er kochte alles von Grund auf frisch, Fertigprodukte gab es auch in seiner heimischen Küche nicht. Das war für ihn eine Grundsatzfrage. Alles wurde schneller, aber was machte man mit der gewonnenen Zeit? Die schnelle Instantgemüsebrühe aus dem Glas nahm die Freude, aus Sellerie, Zwiebeln, Lauch und Karotten eine wohlduftende Köstlichkeit zuzubereiten. Der rasend schnelle Zug machte es unmöglich, die Landschaft an sich vorbeiziehen zu sehen. Julius kochte nicht nur, um etwas zu essen zu haben. Er kochte, um zu kochen.

Aber was? Welches Gericht passte zur Hochzeit? Was machte die Beziehung mit Anna aus? Julius ließ seine Gedanken und den Blick schweifen. Er betrachtete die Eisblumen am Rand des Küchenfensters. Doch die Inspiration stellte sich nicht ein. Irgendetwas fehlte …

Musik!

Seine patentierte Schöpfkelle für die Quelle der Kreativität. Doch diesmal würde er nicht mit geschlossenen Augen im Bett liegen, sondern in der Küche stehen, den Rehrücken in der Hand. Jetzt brauchte er Klassik mit Witz. Denn plötzlich schwebte ihm ein ganz besonderes Menü vor. Julius hatte sich gefragt, was er als Rheinländer in die deutsche Hochküche einbringen konnte. Natürlich gab es Lebensmittel wie den Grafschafter Rübensaft, die Kölner Blutwurst oder etliche Rezepte mit heimischem Wein und Döppekuchen. Aber es gab noch anderes, das seiner Meinung nach das Rheinland auszeichnete: Witz. Beschwingt sollten die Speisen werden, ruhig auch zum Lachen anregen, herzhaft und zupackend, aber auch sinnenfroh und opulent.

Damit seine Ehe genauso würde.

Für Julius sollte dieses Menü ein kulinarischer Zauberspruch sein.

Doch noch hatte er keinen einzigen Gang kreiert.

Und jetzt stand er auch noch unter Mordverdacht.

Er wollte doch nicht dran denken! Julius wusch sich schnell die Hände und wählte die passende Musik aus. Jacques Offenbachs Meisterwerk »Die Großherzogin von Gerolstein«. Eine frivolschmissige Operette. Hatte zwar nichts mit dem Eifelstädtchen gleichen Namens zu tun, war aber trotzdem Eifeler Klassik par excellence! Das durfte man nämlich nicht so eng sehen. Keiner hatte es wie Offenbach geschafft, den Ulk des Kölner Karnevals mit dem Charme der Pariser Salons zu vereinen. Julius liebte vor allem die herrlich überspannten Gesangsparts der Großherzogin.

Während sich die Geschichte um die unerfahrene Regentin Julia entfaltete, dachte Julius an die perfekte Kombination zu Reh. Das würzige Fleisch verlangte nach einem süßen Partner an seiner Seite. Die Operette ließ ein zierliches Reh vor Julius erscheinen, wie es auf dem Wochenmarkt zum Obststand stöckelte. Hier mal schnüffelte, dort in eine Frucht biss und sich letztendlich in die Aprikosen fallen ließ.

Dort schlummerte es glücklich ein.

Wunderbar!

Herr Bimmel und Felix maunzten. Julius durchschaute ihren Plan. Sie spekulierten anscheinend darauf, dass ihr Geheule ein Stück vom Rehrücken löste und es zu Boden zog. Ganz schön raffiniert!

Er warf seinen beiden Raubtieren etwas zu.

So weit, so gut. Reh mit Aprikosen war großartig. Aber wo war das Neue, Unerwartete? Wo der Witz? Er musste noch einmal über die Zutaten nachdenken. Das Reh stammte aus der Eifel, die Aprikosen stammten dagegen aus Nordostchina. Sie hatten also einen weiten Weg zurückgelegt, waren quasi Touristen – und wurden ganz ungastfreundlich verspeist. Woher stammten die meisten Besucher des Ahrtals?

In diesem Moment fuhr ein Wohnmobil am Fenster vorbei. Es hatte ein gelbes Kennzeichen mit schwarzen Lettern. Die Holländer ließen sich auch von keinem Wetter abhalten.

Das war es! Holländer! Und was brachten die mit? Tomaten!

Eifler Reh mit Aprikosen-Tomatillo-Chutney.

Während die Großherzogin enthusiastisch trällerte, kochte Julius. Die Kater hofften unruhig auf eine weitere Abrufung ihrer Dienste. Julius hörte sein Faxgerät etwas empfangen, wollte dem aber nicht auf den Grund gehen. Das Kochen ging vor. Er wollte nur noch an Reh, Aprikosen und Tomaten denken.

Zuerst musste er jedoch etwas gegen das Gemaunze seiner Katzen unternehmen, die sich nun ordentlich ins Zeug legten. Wenn er ihnen nicht bald wieder etwas abgab, würden sie ihn in die Unterschenkel zwicken. Zu Hause kochen war äußerst gefährlich. Er besänftigte sie mit etwas Fleischwurst.

Erst als das Gericht fertig gekocht, serviert, verspeist, die Küche aufgeräumt und das Rezept säuberlich notiert war, wanderte er zum Faxgerät.

Es war ein Schreiben der Bank.

Sehr geehrter Herr Eichendorff,
wir möchten Ihnen mitteilen, dass Ihre finanziellen Belange geordnet wurden und der Kredit unserseits keiner Kündigung mehr bedarf. Eine dritte Person hat sich des Vorgangs angenommen, möchte jedoch ungenannt bleiben.
Wir freuen uns sehr, Sie weiterhin zu unseren Kunden zählen zu können, und wünschen Ihnen auf diesem Wege alles Gute für Ihr Restaurant.
Mit freundlichen Grüßen
Siegfried Subesch

Unterschrieben hatte doch tatsächlich derselbe Mann, der ihm noch vor zwei Tagen das Restaurant unter dem Hintern wegziehen wollte. So schnell drehten sich sonst nur alte SED-Kader. Doch das war Julius egal. Er war überglücklich, gerettet zu sein.

Und fassungslos, dass ihm ein Fremder geholfen hatte.
Dass er tief in jemandes Schuld stand und nicht wusste, in wessen.
Und weshalb.

Sie spielten nicht guter Bulle/böser Bulle. Sie waren moderner. Sie spielten böser Bulle/böser Bulle. Thidrek saß vor Julius auf einem Stuhl, lässig die Lehne nach vorn. Seine Frisur ähnelte der eines Sumo-Ringers, und er trug extrem schlichte dunkle Kleidung. Sein stilistischer Minimalismus wirkte, als sei er teuer bezahlt. Genau hinter ihm hatte der Kahlrasierte Platz genommen, der sich als Jochen Franke ausgewiesen hatte. Julius konnte ihn nicht mal aus den Augenwinkeln sehen. Nur hören, wie er auf einem Bleistift herumkaute, als würde er einen großen Knochen abnagen.

Julius hatte sofort ein schlechtes Gefühl gehabt, als er das Polizeipräsidium in Koblenz betrat. Zwar überkam ihn in Krankenhäusern und bei der Staatsgewalt immer die Angst, sie würden etwas finden und ihn dabehalten, doch heute war ihm das ohnehin unfreundliche Gebäude noch mieser gelaunt erschienen. Dann hatten sie ihm nicht mal einen Kaffee angeboten und nur den ungepolsterten Stuhl hingeschoben. Dazu kam, dass dieser ganze Verhörraum anders aussah, als Julius ihn sich vorgestellt hatte. Weiße Raufasertapete, mausgraue Fliesen, ein blanker Tisch, drei alte Holzstühle, kein vergittertes Fenster. Und es stank nach Essigreiniger. Das Zimmer hatte nichts von der steril-coolen Atmosphäre von Verhören im Film. Bei »Basic Instinct« hatte es definitiv anders ausgesehen.

Allerdings hatte er auch kein knappes Kleid wie Sharon Stone an.

Und er trug Unterwäsche.

»So, Herr Eichendorff, dann wollen wir mal loslegen. Alles, was Sie sagen, wird auf Band aufgenommen.«

»Ich habe nichts zu verbergen.«

»Das freut mich! Dann erzählen Sie uns doch bitte im Detail, wie Sie Willi Dobel umgebracht haben.« Thidrek holte nicht einmal Luft zwischen den Sätzen.

»Das Schwerste an meinem Plan war, die Tiefkühltruhe in den Weinberg zu schleppen. Aber meine Katzen haben mir netterweise dabei geholfen.«

Thidrek räusperte sich, und Julius sah dessen Gesichtsausruck. Er war eindeutig nicht zu Späßen aufgelegt.

»Gut, jetzt im Ernst: Ich war im Weingut Pikberg. Und umgebracht habe ich niemanden. Ich bin im Ahrweiler Ursulinengarten aufgewacht und habe keine Ahnung, wie ich dort hin–«

»Das haben Sie uns alles schon im Weinberg erzählt. Das glauben wir Ihnen aber nicht.«

»Aber es ist so.«

»Herr Pikberg hat uns erzählt, dass Sie eigentlich nie trinken.«

»Das … stimmt so nicht.«

»Hat er also *gelogen*? Für Sie? Nett, dass er Sie decken wollte.«

»Nicht decken, das verstehen Sie jetzt völlig falsch. Er meinte es nur gut.«

Irgendwie lief das alles nicht so, wie Anna es angekündigt hatte.

»Sie finden es also gut, die Polizei zu belügen? Da werden wir Ihre Aussagen aber mit großer Vorsicht betrachten müssen.« Thidrek starrte ihn an, kein Lidschlag befeuchtete seine Augäpfel. Julius wusste, dass er ihn damit nervös machen wollte.

Und er hatte Erfolg.

»Mehr weiß ich wirklich nicht! Können Sie mir nicht helfen, herauszufinden, was passiert ist?«

»Aber mein lieber Herr Eichendorff, wir sind doch nicht dafür da, die Leerstellen eines Säufers zu füllen. Bei Ihnen machen wir nur deshalb eine Ausnahme, um hieb- und stichfest zu beweisen, dass Sie ein Mörder sind.«

»Ich war es nicht!«

»Wie können Sie sich da so sicher sein? Sie erinnern sich doch an nichts in der Nacht.«

»Weil ich kein Mörder bin. Egal, wie viel ich getrunken habe. Fragen Sie doch Anna!«

»Ah, Anna von Reuschenberg. Ich dachte mir, dass Sie früher oder später auf sie zu sprechen kommen würden. Das war nun allerdings sehr früh. Sie ist Ihre Verlobte, also befangen, ihr Wort ist nichts wert.«

»Aber sie ist Ihre Kollegin! Sie kennen sie!« Gesunder Menschenverstand musste doch auch in einem jungen Beamten vorhanden sein. Anna war nicht viel älter als Thidrek und hatte genug davon. Manchmal sogar etwas zu viel – was Julius betraf.

»Sie brauchen diese Karte nicht weiter auszuspielen. Frau von Reuschenberg ist in Kanada und wird diese Untersuchung nicht behindern. Kann jemand bezeugen, dass Sie die ganze Nacht im Weingut waren?«

»Nein, das wissen Sie doch längst.«

»Haben Sie vor Zeugen gesagt, dass Sie Willi Dobel hassen?«

Sag die Wahrheit, Julius! Sie wissen es doch eh schon und du hast es Anna versprochen. An diesen einen Vorsatz musst du dich halten. Sonst reitest du dich nur noch tiefer rein.

»Ja.«

»Geht es Ihrem Restaurant, seit Dobel aufgemacht hat, finanziell schlechter?«

»Umgebracht habe ich ihn trotzdem nicht.«

»Beantworten Sie nur unsere Fragen. Bekommen Sie das hin? Jemand so Brillantes wie Sie, der ›kulinarische Detektiv‹, dürfte damit doch eigentlich kein Problem haben, oder? In Ihren Augen sind wir wahrscheinlich so etwas wie Kollegen. Nur dass wir auf einer Polizeischule waren und Sie in der Kochlehre.« Verachtung triefte aus Thidrek wie Sabber aus einem geifernden Hund. Jedes Wort konnte nun zu viel sein.

»So ein Bankrott hätte doch sicher Ihre kostspieligen Hochzeitspläne zerstört?«

»Wer sagt denn, dass der Bankrott jetzt abgewendet ist? Heute Abend ist kein Tisch reserviert. Selbst die Stammgäste lassen mich im Stich. Dass die ›Ahrgebirgsstube‹ dichtgemacht hat, bedeutet nicht, dass die Leute wieder bei mir einkehren.«

»Also *hätten* Sie die Hochzeit absagen müssen. Danke für die Antwort.«

»Das habe ich nicht gesagt!«

»Haben Sie sich über das Fackelschaubild zu Ehren Ihres Konkurrenten aufgeregt?«

Julius schaltete seinen Wahrheitsmodus ab. »Nein, es war mit Abstand das Schönste.«

»Und es hat sogar gewonnen! Was für ein Debakel für Sie. Wie demütigend. Eigentlich ist keine Werbung bei den Schaubildern erlaubt, aber für den großen Willi Dobel macht man eine Ausnahme. Ihnen ist diese Ehre nie zuteil geworden.«

Julius hatte keine Lust, sich von einer hohlen Kokosnuss zum Affen machen zu lassen. Er stand auf. »Wenn Sie Spielchen abziehen wollen, machen Sie das mit einem anderen. Ohne meinen Anwalt hören Sie kein Wort mehr von mir. Und jetzt beschwere ich mich beim Polizeipräsidenten über Sie. Bei dem habe ich nämlich noch was gut.«

Plötzlich knirschte etwas hinter Julius. Franke. Der bullige Polizist drückte ihn wieder herunter auf den Sitz und behielt die Pranken auf seinen Schultern.

»Nur zur Sicherheit«, grunzte er.

»Wir spielen hier nicht, Herr Eichendorff. Wir müssen einen Mord aufklären. Wie Profis.« Thidrek hielt das Tonband an und nickte Franke zu.

Der drückte zu, die Fingerspitzen in Julius' Fleisch bohrend. Der Schmerz zog über Brustkorb und Beine bis hinein in die Fußsohlen.

»Warum sollte ich mich am Fundort der Leiche zeigen, wenn ich der Mörder bin?«, presste Julius heraus. »Warum mit einer Decke dort liegen? Warum mir kein Alibi besorgen, wenn ich doch so wahnsinnig clever bin?«

»Gute Fragen, Herr Eichendorff. Die haben wir uns natürlich auch gestellt. Du kannst ihn wieder loslassen, Jochen.« Thidrek setzte sich schwungvoll auf den Tisch, der dabei leicht wackelte. »Die Antwort ist einfach: Affekt. Der Mord war nicht geplant. Sie haben getrunken und ihn begangen. Das gilt übrigens als mildernder Umstand. Vielleicht war es ja sogar nur Totschlag? Merkwürdig ist, dass Sie die Mühe auf sich genommen haben, den Leichnam im Eisblock in den Weinberg zu bringen.«

Die Polizei war sich also sicher, dass Dobel an einem anderen Ort ermordet worden war.

»Wo hat der Täter ihn eigentlich getötet?«

»Das wissen Sie doch besser als ich!« Thidrek lachte. Dann wurde er wieder verdammt ernst. »Noch mal: Warum haben Sie das getan?«

»*Ich* habe ihn also dahingebracht? In meinem betrunkenen Zustand? Die Leiche muss doch höllisch schwer gewesen sein, haben Sie mal darüber nachgedacht? Wie soll das gehen?« Julius grinste. Wie absurd konnte dies noch werden?

»Aber Herr Eichendorff! Das ist doch ganz einfach. Es hat Ihnen jemand geholfen. Im Nebenzimmer verhören wir gerade Ihren besten Freund, Herrn Franz-Xaver Pichler. Wie mir ein Kollege eben mitteilte, hat er sich schon mehrfach selbst widersprochen.«

»Mir reicht es. Von mir gibt es kein Wort mehr. Und wenn Sie mir die Schultern ausrenken!«

Thidrek beugte sich über ihn. Nase an Nase.

»Sie sind mir schon lange ein Dorn im Auge, Eichendorff. Die Arbeit der Polizei machen und uns wie Deppen dastehen lassen. Ein dicker Koch aus Heppingen schafft, was ganze Sokos nicht auf die Reihe bringen. Unsere Jungs werden auf Polizeilehrgängen ständig von den netten Kollegen verarscht. Hier wird zurzeit gefeiert, dass Sie auf dem Stuhl vor mir sitzen. Alle arbeiten nur an einem Ziel: Sie ganz, ganz schnell hinter Gitter zu bringen.«

Von Anna wusste Julius, dass die meisten Fälle innerhalb von achtundvierzig Stunden gelöst wurden – oder gar nicht. Thidrek würde also wie irre aufs Tempo drücken.

»Aber *noch* haben Sie nicht genug gegen mich in der Hand. Deswegen gehe ich jetzt.«

»Ich habe eine Leiche und einen Tatverdächtigen mit erstklassigem Motiv sowie Gedächtnisschwund. Der Haftbefehl ist eine reine Formalität.«

Julius stand auf. Diesmal bewegte sich Franke nicht. »Ich wünsche Ihnen beiden noch einen schönen Tag. Und wenn Sie mal der Hunger packen sollte, kommen Sie auf gar keinen Fall zu mir. Bei uns ist nämlich der Eintritt verboten für Arschlöcher.« Das letzte Wort bildete Julius nur mit den Lippen. Aber unmissverständlich.

Er genoss seinen Abgang.

Doch Thidrek hatte ihm eine verdammte Angst eingejagt.

Denn der junge Ermittler hatte mit fast allem recht, was er gesagt hatte.

3. Kapitel

»Der Teufel lauert hinter dem Kreuze.«
Niederländisches Sprichwort

Montag, der 13. November
Was hinter Julius lag, war keine wirkliche Nacht gewesen. In denen schlief man schließlich, manch einer feierte auch durch oder schlafwandelte. Aber man machte sich nicht die ganze Zeit Sorgen. Immerhin waren Julius' Katzen für die nächtliche Unterhaltung dankbar gewesen. Überallhin waren sie ihm gefolgt und hatten jede Streicheleinheit abgeschöpft, die ihr Mitbewohner aus lauter Unwissen, was er sonst mit seinen Händen und sich selbst anfangen sollte, ausgeteilt hatte. Die Fragen waren bohrend. Wie war Dobel überhaupt umgebracht worden? War er erfroren? Oder erst ermordet und dann ins eisig gefrierende Wasser geworfen worden? Wo lag der Tatort? Thidrek würde ihm keine dieser Fragen beantworten, für den Koblenzer Kommissar war dieses Herrschaftswissen ein Ass im Ärmel.

Julius' Augenlider waren schwerer als eine Doppelmagnumflasche Spätburgunder, als er sich am Morgen anzog.

Zumindest wusste er seit drei Uhr siebenundzwanzig, was er nun als Erstes angehen würde.

Es hing mit den Gesprächen zusammen, die er gestern Abend noch in der »Alten Eiche« geführt hatte. Erst nach Einsatz von größeren Mengen Wein, guten Worten und aufmunterndem Nicken war es aus seiner Mannschaft herausgebrochen. Die Polizei hatte sie vernommen. Sie hatten alle nur Gutes über ihn erzählt – aber leider kein Alibi vorbringen können.

FX war Julius den ganzen Abend aus dem Weg gegangen, sein Zwirbelbart hing schlaff wie ein geplatzter Luftballon im Gesicht. Erst kurz vor Restaurantschluss nahm er all seinen Mut zusammen und Julius beiseite.

»Ich wollt doch bloß a bisserl helfen! Aber ich hab alles nur noch schlimmer gemacht! Wenn ich schwindel, widersprech ich mir mehr als ein Weibsbild«, stammelte er und nahm Julius' Kopf behutsam in die Hände, wie es eine Mutter mit dem ihres Sohnes tat. FX war von der Polizei am intensivsten auseinandergenommen worden. Auch er hatte kein Alibi für die Nacht. Denn obwohl sein Fernseher hochauflösend war und so groß wie ein Tennisplatz, konnte er leider keine entlastende Aussage machen. »Meine Mutter haben's auch schon angerufen und sich über mich erkundigt. Die weiß doch gar net, was eine Eisweinleiche is! Die hält jedes unbekannte Wort für eine exotische Mehlspeisen!«

Julius zwirbelte FX' Bart empor und gab ihm einen freundschaftlichen Klaps. »Vergiss es einfach, am besten alles. Es wird schon wieder werden, oder? Komm, mach deine Arbeit.«

Obwohl es keine gab, verschwand FX im Restaurant. Nachdem um einundzwanzig Uhr immer noch niemand überraschend zum Essen aufgetaucht war, hatte Julius dann alle nach Hause geschickt. Dadurch konnte er immerhin die erbosten Anrufe seiner Verwandten ohne Publikum annehmen. Sie waren sauer auf Julius, dass sie der Polizei solch unangenehme Fragen hatten beantworten müssen, man sie unfreundlich behandelt und sie mit einem Mord in Verbindung gebracht hatte. Einige meinten, sie hätten schon immer gewusst, dass Julius' Beschäftigung mit dem Kriminellen ihn irgendwann in den Abgrund ziehen würde. Schlimmer als die Vorwürfe waren aber die Erkundigungen seiner Sippe. Wieso die Leiche in einem Eisblock gesteckt hatte? Wie der überhaupt in den Weinberg gelangt war?

Woher sollte *er* das denn wissen?

Na ja, als Mörder würde er es.

Das dachten wohl auch die Verwandten. Selbst wenn sie es nicht aussprachen.

Irgendwann zog Julius den Telefonstecker.

Heute Morgen hatte er dann erfolglos versucht, den Polizeipräsidenten ans Rohr zu bekommen. Er sei leider nicht zu sprechen, habe so viele Termine und überhaupt zurzeit ganz anderes um die Ohren. Julius solle es später nochmals versuchen, versprechen könne man aber nichts. Ja, man würde ausrichten, dass er angerufen habe. Selbstverständlich. Aber gern. Auf Wiederhören.

Nun stand Julius wieder vor dem Weingut Pikberg. Über die B 267 rasten unzählige Wagen, denen es egal war, wer wie nah an der Fahrbahn stand.

Julius nahm sich das erste Haus zur Rechten vor. Vielleicht hatte ihn in der Mordnacht jemand bemerkt. Er drückte den rostigen Klingelknopf, der nur mit viel Mühe versenkt werden konnte. Fast zeitgleich wurde die Eichentür geöffnet, doch eine dünne Metallkette sicherte auf Augenhöhe das Haus. Ein Kopf erschien im dunklen Spalt. Es war nicht erkennbar, wer in der Diele stand, aber die Stimme klang wie eine alte ausgewetterte Trockenmauer.

»Mein Sohn ist nicht da!«

»Ich komme nicht wegen ihm. Es geht um die Nacht von Samstag auf Sonntag.«

»Nicht noch einer! Habt ihr keine Verbrecher zu jagen, oder was? Nur armen alten Frauen die Zeit stehlen könnt ihr!«

»Aber hören Sie –«

»Früher hat die Polizei noch richtig gearbeitet, damals, als der Eduard Zimmermann im Fernsehen war. Aktenzeichen XY ungelöst! *So* fängt man Verbrecher wie diesen fetten Koch aus Heppingen. Auf den elektrischen Stuhl gehört der!«

Julius konnte nicht anders. »Ich will aber nicht geröstet werden.«

»Wie? Wer redet denn von Ihnen? Diesen Eichenberg meine ich, der den Dobel umgebracht hat.«

»Das bin ich, Julius Eichen*dorff*, von Beruf fetter Koch. Willi Dobel habe ich allerdings nicht umgebracht.«

»Wollen Sie mich jetzt auch lynchen?« Sie verschwand, ließ den Türspalt aber offen. Als sie zurückkam, fand sich ein stumpfes Brotmesser in ihrer Hand. »Ich bin dem Tod schon ein paarmal von der Schippe gesprungen, Jungchen!«

Wahrscheinlich hatte der Schnitter ihr lieber nicht persönlich begegnen wollen.

Die alte Frau linste heraus und musterte Julius, als wäre er ein verlauster Straßenköter.

»Haben Sie mich zufällig in der Nacht bemerkt? Sie wohnen doch direkt dane–«

»Ich hab *nix* gesehen. Und Sie haben einen bösen Blick. Verschwinden Sie!«

Tür zu. Julius konnte hören, wie die Sicherheit der Türkette überprüft wurde. Er klingelte noch mal. Die Hausbewohnerin brüllte von weit innen.

»Ich ruf die Polizei, wenn Sie nicht sofort weggehen! Mich bringen Sie nicht um, mich frieren Sie nicht ein wie ein Suppenhuhn!«

Ein Haus abgehakt!

Also jetzt das erste zur Linken. Die Suche versprach, ein großer Spaß zu werden.

Diesmal wurde die Haustür ganz geöffnet. Julius betete seinen Sermon herunter.

»Wir sind leider erst gestern aus dem Urlaub zurückgekommen. *Sie* waren das also?« Die Frau mit der Eva-Herman-Frisur lächelte mitleidig. »Hier weiß keiner was, glauben Sie mir. Wir tratschen nämlich über nichts anderes mehr. Die Fragerei können Sie sich sparen.«

Julius folgte ihrem Rat nicht.

Zehn Häuser später hatte er keine neuen Erkenntnisse gewonnen – dafür geschwollene Füße. Er hatte nicht erwartet, dass die Ermittlung so schnell in einer Sackgasse enden würde, dass dieses schwarze Loch von einer Nacht sich überhaupt nicht erleuchten ließ.

Julius schleppte sich zurück zum Weingut, wo er seinen alten Käfer geparkt hatte. Der Wagen sah hier so deplatziert aus, wie er sich fühlte. Plötzlich hupte ihn ein schwarzer Mustang mit Rallyestreifen und getönten Schweinwerfern an und scherte vor ihm auf den Bürgersteig. Ein Mann sprang heraus, die Bluejeans auf Knöchelhöhe umgeschlagen, eine grüne Bomberjacke halb offen, sodass der Brustpelz zu sehen war. Er legte seine Haartolle zurück. Den Kaugummi spuckte er nicht aus.

»Julius, da bist du ja wieder! Heute nüchtern?« Der Mann kringelte sich vor Lachen, hielt eine Hand hoch, damit Julius ihm danach Zeit zum Erholen gab. »Ich bin voll froh, dass du hier bist! Die Bullen wollten mich nämlich abchecken – aber nicht mit Andi! Vorher sprechen wir beiden Hübschen unsere Geschichte ab. Sollen wir reingehen? Ist vielleicht unauffälliger. Meine Mutter kann uns einen Kaffee kochen.« Er ging zu seinem Rennwagen, aus dem Roy Orbison knödelte, und parkte ihn vor dem Haus der netten alten Dame.

Julius rannte, um den Mann davon abzuhalten, deren Haus zu betreten.

»Lassen Sie uns lieber draußen reden!«

»Hä? Warum siezt du mich denn jetzt? Sag bloß, du hast alles vergessen?« Der Mann brüllte nun fast vor Lachen. »Na ja, du warst schon ziemlich strack. Und das sag *ich*!«

Julius traute sich näher heran. Obwohl ihn der penetrante Currywurstgeruch gehörig abschreckte. Er hatte überhaupt nichts gegen den deutschen Küchenklassiker, aber bei dieser Portion war das Fleisch alt und das Fett ranzig gewesen. Jetzt erst erkannte Julius sein Gegenüber. Es war Andi Diefenbach, mit dem er zusammen die Schulbank gedrückt hatte, die ersten drei Klassen. Dann war Andi sitzen geblieben. Als Freund war er unschlagbar gewesen. Im wahrsten Sinne des Wortes.

»Mensch, Andi! Du hast dich ja … kaum verändert. Geht das alles vielleicht auch ein bisschen leiser? Deine Nachbarn lehnen sich schon aus den Fenstern.«

»Nu mach mal halblang! Bin ich dein Alibi oder nicht?«

»*Bist* du es?«, fragte Julius erstaunt.

»Nee!« Andi Diefenbach beugte sich feixend zu Julius. »Eben nicht.«

Sie schlugen die schützende Winterplane von den Gartenstühlen im Innenhof des Weinguts Pikberg, rückten alles in eine Ecke, und Andi begann zu erzählen.

»Ohne meine Schlafprobleme wärst du tot, Alter. Ich penne nur drei Stunden, musst du wissen. Mehr klappt einfach nicht, deswegen bin ich auch immer müde. War sogar schon in einem Schlaflabor. Die meinten, das sei halt so bei mir. Bleibt nachts viel Zeit, um die Glotze anzuhaben – natürlich nur ganz leise, wegen meiner Mama.« Er lachte wieder, es schien aus dem Magen zu kommen. »Plötzlich höre ich da so ein Johlen. Zuerst dachte ich, das käme von meiner DVD, ›Haus der 1000 Leichen‹. Ein geiler Film, sag ich dir, von Rob Zombie. Aber das stammte von draußen. Ich dachte mir nix dabei. Nur als es aufhörte, da musste ich unbedingt nachgucken gehen. Hab dann das Licht unter der Kellertür von Pikbergs gesehen und dich schnarchend im Weinkeller gefunden. Du hättest krepieren können mit den Gärgasen! Ich hab dir dein verdammtes Leben gerettet. Deshalb hab ich was gut. Mir fällt schon noch ein, was.«

»Da bin ich mir sicher. Zigaretten?«

»Nee, was Besseres. Es ging schließlich um dein Leben, Alter.«

Und dann berichtete Andi Diefenbach, wie überschwänglich Julius sich gefreut habe, ihn zu treffen. Dann habe er von der tollen Cuvée erzählt und von seinem darbenden Restaurant. Nach knapp einer halben Stunde, um kurz nach zwölf rum, sei er jedoch weitergezogen.

»Jetzt kommt das heikle Detail, Alter: Du hast mich gefragt, wo der Dobel wohnt. Und ich hab's dir auch erzählt. Über seinem Restaurant nämlich. Ich hab ihm da vor Kurzem die ganzen Installationen erneuert. – Ist das jetzt Beihilfe zum Mord? Deckst du mich, dann deck ich dich, okay? Wir haben uns in der Nacht nicht gesehen, klar? Die Bullerei hört nichts anderes von mir.«

Julius wusste nicht, ob er Andi danken sollte. Der hatte sich mittlerweile so häufig zwischen den Beinen gekratzt, dass Julius befürchtete, eine Ameisenfamilie hätte darin ihr Winterquartier bezogen.

»Von mir auch nicht«, sagte er.

Andi Diefenbachs grinsendes Gesicht wirkte wie ein fleischgewordener Fluch.

Julius fuhr seinen beruhigend knatternden VW-Käfer wie in Trance zurück in Richtung Heppingen. Währenddessen suchte er nach den verlorenen Stunden, pulte in den hintersten Regionen seines Hirns wie ein Fischer in der Krabbenschale. Doch seine Erinnerung war bedeutend glitschiger als die köstlichen Meeresbewohner. Julius rutschte immer wieder ab, bekam nichts zu packen.

Er versuchte krampfhaft, sich an das Treffen mit Andi Diefenbach zu erinnern. Doch nicht einmal dieses kam zurück.

Was wusste er bis jetzt? Er war betrunken gewesen, unheimlich wütend und hatte den Weg zu Dobel erfahren. Dann war er zu Fuß in die richtige Richtung getorkelt.

Es sah schlimm für ihn aus.

Als er in die Martinusstraße einbog, trat Julius auf die Bremse. Bis fast der Boden durchbrach. Der Käfer bockte, die hinteren Räder hoben sich durch die plötzliche Aktion in die Höhe.

Auf dem Bürgersteig vor ihm stand sein Vater und strich sich über den Kopf. Das machte er mit Ausgiebigkeit und Konzentration. Vielleicht hoffte er, Gold zu finden. Sein Anzug sah aus, als hätte er einen Termin bei der Königin von England. Dieser exzentrische Stil hatte ihm im Tal den Kosenamen »Sir« eingebracht. Julius' Käfer hatte er Gott sei Dank nicht gehört, selbst das quietschende Bremsen war ihm entgangen. Sein schwächelndes Gehör bewahrte ihn vor vielen akustischen Schrecken. Darunter die Stimme seiner Frau.

Sie waren schon da!

Dann war seine Mutter auch nicht fern, vermutlich schritt sie in diesem Moment durch seinen Garten, den Kopf ob der unkorrekten Pflanzenkombinationen schüttelnd und ständig enttäuscht schnalzend. Das konnte er jetzt gar nicht gebrauchen. Keine Standpauke, keine Ratschläge.

Sonst würde er tatsächlich zum Mörder werden.

Julius setzte zurück, parkte seinen Wagen an der Landskroner Straße, ging zur »Alten Eiche«, öffnete die Tür zur Küche, sog den lockenden Duft der vorbereiteten Speisen ein und fühlte sich sofort wohler. So als sei der köstliche Dampf ein schützender Kokon, der ihn unverletzbar machte.

»Da bist du ja endlich! Empfängt man so seine Eltern? In der Küche muss ich stehen, weil der Herr Sohn nicht zu Hause ist. Auf der Arbeit aber auch nicht! Dabei muss den Burschen hier gehörig auf die Finger geschaut werden.«

Seine Mitarbeiter sahen Julius an wie Tiger, die an diesem Morgen zu oft die Peitsche gespürt hatten. Julius musste seine Mutter aus der Gefahrenzone bringen, hier gab es heißes Öl und spitze Messer.

Andererseits wäre ein Küchenunfall die eleganteste Lösung, bei der Hochzeit den nervtötendsten Gast los zu sein.

Niemand würde misstrauisch werden.

Und alles, was er tun musste, war, sie noch ein wenig ihr Unwesen treiben zu lassen …

»Schau mal hier, wie die Schürze von dem jungen Mann aussieht! Da möchte man nichts mehr essen, was er angefasst hat. Zu den Haaren will ich ja eigentlich gar nichts sagen, aber er sollte sich mal einen anständigen Schnitt zulegen. Im eigenen Interesse. Sonst wird er nie eine Frau finden.«

Der Getadelte hob seine Hand samt Ehering in die Höhe. Das irritierte Julius' Mutter nur kurz.

»Es ist verwunderlich, dass Sie eine Gattin gefunden haben, die über solchen Schlendrian hinwegschaut. Doch Langmut, glauben Sie mir, ist keine Tugend der modernen Frauen!«

Julius' Mutter ließ ihren Blick schweifen, auf der Suche nach ihrem nächsten Opfer. Das Knacken von Fingerknochen war zu hören. Einer von Julius' Mitarbeitern würde wohl bald ins Gefängnis wandern müssen. Doch auch wenn zurzeit keine Gäste kamen, brauchte er jeden. Die »Alte Eiche« musste bereitstehen, falls jemand speisen wollte. Sonst könnte er gleich schließen. Deshalb nahm Julius seine Mutter am Arm und führte sie ins Restaurant, wo er sie auf einem Stuhl nahe den Spirituosen ablud. Er selbst nahm sich einen Schluck vom schottischen Whisky, der nach Mullbinde und Jod roch. Julius hatte beschlossen, sich prophylaktisch zu verarzten. Vorsicht war besser als Nachsicht.

Betonte seine Mutter schließlich auch immer.

»Mutter«, sagte er.

»Sohn«, sagte sie. »Eines gleich zu Beginn: Ich werde mit dir nicht über diese unappetitliche Angelegenheit mit dem seligen Willi Dobel sprechen. Das ist deine Privatsache. Schau bitte, dass du sie rechtzeitig vor der Hochzeit erledigt hast. Kein Wort darüber zu deinem Vater, sonst regt er sich nur auf. Sein Herz ist nicht mehr das jüngste, und seine Prostata macht ihm neuerdings auch zu schaffen. Da kann er solche Kindereien nicht gebrauchen.«

»Ich stehe unter *Mordverdacht*. Kindereien sind was anderes.«

»Papperlapapp!« Das war ihre Art zu sagen: Mund halten, zuhören. Anders ausgedrückt: Kusch! »Wo ist Anna?«

Julius erzählte die Geschichte. Schnell und kompakt, damit er nicht ständig unterbrochen wurde. Am Fenster tauchte sein Vater auf, winkte kurz, hob dann abwehrend die Hände, wortlos anzeigend, dass Julius bloß nicht auf die Idee kommen sollte, ihn hereinzuholen, und verduftete in Richtung Weinberge. Seine Mutter hatte ihn nicht erspäht.

»Annas Verhalten kann ich nicht gutheißen. Sie sollte augenblicklich hier erscheinen. Ich habe viel mit ihr zu besprechen. Der Ruf unserer ganzen Familie steht bei den Hochzeitsfeierlichkeiten auf dem Spiel. Alles muss perfekt sein.«

»Es zog eine Hochzeit den Berg entlang / Ich hörte die Vögel schlagen / Da blitzten viel Reiter, das Waldhorn klang / Das war ein lustiges Jagen!«

»Was um alles in der Welt willst du mir mit diesem Zitat sagen?«

»Ich kümmere mich um alles.«

Obwohl Julius seine Mutter seit der Geburt kannte, hatte er so etwas noch nie erlebt. Sie bekam eine Art Lachanfall, auf eine derart hysterische Weise, als könne sie sich nicht entscheiden, ob blinde Panik oder kreischende Ausgelassenheit angebracht sei. Sie klopfte sich immer wieder mit beiden Händen auf die Schenkel, stand schließlich auf und lehnte sich an die Wand, bis es sie nicht mehr durchschüttelte.

»Im Ernst, Sohn. Wer nimmt die Organisation in die Hand, bis Anna wieder da ist, was hoffentlich in wenigen Tagen der Fall ist? Deine Cousine Annemarie oder vielleicht meine liebe Schwester, deine Tante? Sag es mir.«

So etwas wie gerade wollte Julius nicht wieder erleben, deshalb antwortete er: »Ich wollte dich darum bitten.«

Dafür erntete er ein mildes Lächeln und einen sanften Klaps auf die Wange. »Du kannst so froh sein, eine Mutter wie mich zu haben.«

Er hatte zu wenig Whisky getrunken, merkte Julius. Allerdings reichte vermutlich der gesamte Bestand nicht aus, um den inneren Wutanfall zu beenden.

FX sprang herein. »Alle Tische sind heut Abend besetzt! Dank der Zeitung, in der du als möglicher Mörder titulierst worden bist. So was musst unbedingt öfters machen! Die Leute fragen, ob du die Gäste denn auch persönlich begrüßt. Ich hab des bejaht. Jeder will halt die Hand eines echten Mörders drücken. Ich lieb die Bewohner dieses kleinen Tals einfach! Herrlich geschmacklose Leut!« Er sprang wieder fort, einer österreichischen Berggämse gleich.

Und Julius Mutter bekam ihren zweiten Anfall.

Nachdem er seine Eltern in einem Bad Neuenahrer Hotel untergebracht hatte – nahe dem Casino, damit sie stets ausgiebig beschäftigt waren –, fuhr Julius wieder zurück zur »Alten Eiche«. Er trat jedoch nicht ein, sondern setzte sich auf die Bank im gefrorenen Garten. Im dortigen Katzentheater wurde gerade »O Dohle mio« gegeben. Der schwarz glänzende Vogel pickte momentan an einer Nuss im von Julius selbst gebauten Vogelhäuschen – einer maßstabsgetreuen Kopie seines Restaurants. Felix kraxelte derweil vorsichtig den niedrigen Baum hinauf. Da der Kater, wie Julius nun bemerkte, wieder dicker geworden war, fiel ihm das ziemlich schwer. Die

Dohle schaute immer mal wieder interessiert in seine Richtung, ließ sich durch sein Näherkommen jedoch nicht stören. Neben Julius saß Herr Bimmel, in direkter Nachbarschaft zu Baum, Häuschen und Dohle. Das Geschehen betrachtete der alte Kater mit großer Sanftmut.

Bis Felix das Vogelhäuschen erreicht hatte und die Dohle abhob.

In diesem Moment bewegte sich der Herr Bimmel blitzschnell, sprang leicht in die Höhe, fuhr Pranke und Krallen aus, erwischte die sehr überraschte Dohle, und zack, hielt er sie im Maul. Julius kam nicht umhin zu denken, dass er sie Felix triumphierend präsentierte. Erst danach ließ er den wütende Laute wie »Kja« und »Schack« ausstoßenden Vogel wieder frei. Herr Bimmel kletterte mit erhobenem Schwanz von der Bank, leckte sich die Lefzen und verschwand im Küchenvorraum, wo ein gut gefüllter Napf auf ihn wartete.

Felix zeigte sich unbeeindruckt. Er sah überhaupt nicht konsterniert aus und sprang auch nicht vom Vogelhäuschen herunter. Stattdessen drapierte er sich elegant darüber, als sei genau dies von Anfang an sein Plan gewesen, als habe es nie eine leckere Dohle gegeben.

Falls Julius dieses Theaterstück irgendetwas über das Leben sagen sollte, wusste er nicht, was. Vielleicht fiel es ihm ja noch ein.

»Ah, da sind Sie!« Ein Mann mit rotem Pferdeschwanz und Ziegenbart setzte sich neben ihn. »Ist mir schon erzählt worden, dass Sie gern an der frischen Luft sind. Find ich sympathisch. Ich weiß einiges über Sie.«

Der Bursche war Julius auf Anhieb unsympathisch. Deshalb stand er jetzt auf. »Das kann ich von Ihnen nicht behaupten. Allerdings habe ich auch kein Interesse daran.« Er wollte gehen, doch die nächsten Worte des Fremden brachten ihn dazu, sich wieder zu setzen.

»Mein Name ist Georgy Tremitz. Ich bin, besser *war*, Willi Dobels Patissier.« Er grinste. Seine Eckzähne waren spitz, als habe er sie gefeilt.

»Und was wollen Sie von mir?«

»Rache üben für den Mord an meinem Chef!« Tremitz schaute grimmig, lachte dann aber. »Anheuern möchte ich. Mir gefällt es hier im Tal. Und Sie sind der Beste weit und breit.«

Julius sah sich den Mann genauer an. Das Gesicht war kantig, die Nase sah fast aus wie lang gezogen, und der hoch angesetzte Pferdeschwanz wirkte wie das Federbüschel eines Ritterhelmes. Georgy Tremitz war schick gekleidet, auf eine bunte Art und Weise. Julius hatte schon von ihm gehört. In der Küche musste er sensationell sein. Zurzeit hatte Julius keinen Patissier, sondern kümmerte sich selbst um die Desserts. Wenn die Gäste nicht nur heute Abend wieder kämen, konnte er ihn gut gebrauchen. Sehr gut sogar. Mit einem so fähigen Mitarbeiter ließe sich der zweite Stern in Angriff nehmen.

»Haben Sie denn keine Angst?« Julius blieb ernst.

»Vor *Ihnen*?« Tremitz dachte nach. »Ich bin jünger und kräftiger als Dobel, außerdem schlauer. Mich würden Sie nicht so leicht erledigen können.«

»Sie glauben also, dass ich es getan habe?«

»Stellen Sie mich ein, dann lege ich meine Hand für Ihre Unschuld ins Feuer.« Tremitz setzte ein Pokerface auf. Es sah nach einem verdammt guten Blatt aus.

»Wissen Sie etwas über den Mord?«

»Wenn man genau darauf achtet, wie die Polizei einen verhört, und die richtigen, ganz unschuldigen Nachfragen stellt, kann man viel herausbekommen. Haben Sie denn Interesse daran«, er machte eine lange Pause, »mich einzustellen?«

»Erzählen Sie mir noch etwas mehr von Ihren *Qualifikationen*.«

Tremitz schmunzelte und zeigte wieder seine Reißzähne. Ein Brillant war in den größten eingelassen. »Willi ist am Samstag zuletzt um vierzehn Uhr zwanzig gesehen worden.«

»Das heißt, er hat abends nicht gekocht und das Schaubild hat er auch nicht gesehen?«

»Zumindest hat ihn niemand dabei beobachtet. Zudem«, Tremitz zog das nächste Ass, »ist er nicht durch Erfrierung verstorben. Sein Genick war gebrochen. Er ist wohl erschlagen worden. Womit, weiß unsere Staatsmacht nicht. Allerdings hat sie das Eis untersuchen lassen.« Er spielte sein Blatt sehr langsam, fast genüsslich aus.

»Vanilleeis wird es nicht gewesen sein, nehme ich an?«

»Ein Witz! Auch über diese Eigenart von Ihnen hat man mir berichtet.«

»Sie haben mich ja geradezu durchleuchtet.« Julius behielt seine

Gesichtszüge nun ebenfalls unter Kontrolle. Immerhin saß er am längeren Hebel, Tremitz suchte schließlich eine Anstellung.

»Das Eis kommt aus der Ahr. Die ist aber nur in den Nebenarmen gefroren. Willi muss dort in eiskaltes Wasser gelegt worden sein, bevor der Frost kam. Sie konnten sogar den genauen Platz orten, wo der Block samt Willi mit einem Stemmeisen herausgebrochen wurde. Es handelt sich um eine Stelle nahe Bad Bodendorf.« Tremitz lehnte sich zu Julius und flüsterte nun. »Gar nicht so weit von hier entfernt – aber das wissen Sie alles sicher besser. Trotzdem würde ich gerne bei Ihnen arbeiten.«

»Was soll das alles?« Julius stand auf und verschreckte Felix, der ohne nachzudenken in die Tiefe sprang. »Ist das Ihr typisches Bewerbungsgespräch? Wenn Sie glauben, dass ich ein Mörder bin, will ich Sie nicht im Team der ›Alten Eiche‹ haben. Ich brauche keine todesmutigen Mitarbeiter, sondern hochmotivierte.«

»Aber ist das nicht jeder, der Angst haben muss, sein Chef könnte ihn bei schlechter Leistung in die Ahr werfen?« Wieder lachte Tremitz, diesmal durch die Nase. Es erinnerte an ein Wiehern. »Nicht aufregen, Herr Eichendorff. Nur ein kleiner Scherz. Ein blöder, gebe ich ja zu.«

»Das ist noch untertrieben.«

»Jetzt kommt ein richtig guter.«

»Ich will keinen mehr hören. Auf Wiedersehen!«

»Ein blaumetallic Ford Focus.«

Julius war schon an der Tür zur Restaurantküche. Doch hinein ging er nicht. Denn in Tremitz' kryptischer Aussage schwang eine geradezu bösartige Überlegenheit mit.

»Der Witz ist sogar noch schlechter«, sagte Julius, ohne sich umzudrehen.

»Dann erzähle ich ihn jetzt ausführlicher. Ein blaumetallic Ford Focus in Dernau an der B 267, um Viertel nach eins am Morgen, genauer gesagt am Sonntagmorgen.«

Jetzt wandte sich Julius zu Tremitz. Er spürte, dass etwas an der Geschichte dran war. Es war die Art, wie Tremitz sie erzählte. Als habe er Julius dabei erwischt, wie er einen Sexshop mit einer dicken Einkaufstüte verließ.

»Ich weiß nicht, was dieser Blödsinn soll. Aber Sie werden es mir jetzt sofort erzählen.«

»Was sonst? Rufen Sie die Polizei? Glaube ich nicht.«

Wie unter heißem Wasser lief Julius' Gesicht rot an. Doch er hielt seine Hände zurück, die Georgy Tremitz schütteln wollten. »Erzählen Sie endlich! Oder ich hole meine Katzen.«

Der Satz war einfach so rausgeflutscht. Eigentlich wollte er »Hunde« sagen, allerdings hatte er ja keine. Nur zwei Katzen. Aber auch die ließen sich auf andere hetzen. Er hatte es noch nie probiert, theoretisch sollte es jedoch klappen.

»Ach bitte. Jetzt werden Sie nicht kindisch. Seien Sie lieber etwas netter zu Ihrem neuen Patissier.«

»Niemals werden Sie das!«

»Gut, auch kein Problem. Dann gehe ich jetzt zur Polizei und erzähle, wer in den Wagen gestiegen ist, schwer angetrunken, und ›Dobel, jetzt hol ich dich!‹ gebrüllt hat.« Die entstehende Pause genoss Tremitz wie einen langen Zug an einer teuren Zigarre. »Ein Mitarbeiter der ›Alten Eiche‹ würde natürlich seinen Mund halten.« Jetzt grinste er wieder. Obwohl der Mund dabei geschlossen war, lugten die Spitzen seiner Reißzähne hervor.

»Das haben Sie sich alles ausgedacht!« Doch Julius spürte, dass es nicht so war.

Tremitz schüttelte nur den Kopf und streckte Julius seine Hand entgegen. »Habe ich die Stelle?«

Es war Nachmittag, als Julius an der Ahrweiler Schützenstraße parkte. Der Frost hatte nun das ganze Tal in Besitz genommen. Alles schien erstarrt. Aber da, wo er nun hinging, würde das nicht auffallen. Denn es war ein Ort, an dem die Zeit stillstand. Zumindest für jene, die dort lagen.

Der alte jüdische Friedhof stammte noch aus dem 19. Jahrhundert und wurde von einer rund zwei Meter hohen Bruchsteinmauer umgeben – weswegen er nur sehr schwer einzusehen war. Vorbei kam fast nie jemand, denn das jüngste Grab stammte aus dem Jahr 1960. Es war einer der einsamsten Plätze des Tals.

Aus diesem Grund hatte Julius den Friedhof ausgewählt. Um jemanden zu treffen und dabei nicht gesehen zu werden.

Julius öffnete das schwarzmetallene Tor mit den scharfen Spitzen und trat ein in diesen Hort der Ruhe.

Im Schatten einer alten Lärche stand eine Frau. »Du hattest

schon immer etwas übrig für außergewöhnliche Plätze«, begrüßte sie ihn.

»Ich bin noch nie hier gewesen, dabei hatte ich es immer schon mal vor.«

»Ging mir genauso«, sagte die Frau und gab ihm zur Begrüßung einen Kuss.

»Freut mich, dass du keine Angst hast, du würdest mein nächstes Opfer werden.«

Sie knuffte ihn in die Seite. »Hör schon auf! Wer könnte dich allen Ernstes für einen Mörder halten? Meine Güte, bei uns lachen sich alle kaputt darüber.«

»Wirklich alle?« Julius senkte den Kopf. Die groß gewachsene Frau mit den langen brünetten Haaren und den ebenso langen Lederstiefeln sollte die Zweifel in seinem Gesicht nicht sehen. Sie klang unglaublich sicher. Das tat Julius gut. Ihr Name war Simone Sester, und Julius hatte früher viel Zeit mit ihr verbracht. Heute arbeitete sie beim Lokalen Fenster des Landesfernsehens. Und war extrem gut informiert. Da Informationen genau das waren, was er momentan am dringendsten brauchte, wegen Annas Abwesenheit aber nicht bekam, hatte er seine Jugendliebe kontaktiert. Dabei hatte er sich geschworen, das nie wieder zu tun.

Simone Sester hatte sich über den Anruf sehr gefreut. Jetzt flanierte sie über das gefrorene Gras des Friedhofs, als sei es der Laufsteg einer Modenschau. Es knackte leise unter ihren Stiefeln. Sie umrundete die Grabsteine, von denen viele schmucklos im Gras standen. Nur wenige hatten ein eingefasstes Kiesbeet vor sich oder einen Zaun rundherum.

»Kannst du Hebräisch entziffern?«, fragte sie und blieb an einem Grab mit eindrucksvollen Lettern stehen. Den schwarzen Stein schloss ein imposantes Dach ab.

»Nein, und ehrlich gesagt habe ich zurzeit drängendere Probleme.«

»Du hast es aber eilig …« Sie zog eine leichte Schnute. Wie hatte Julius das früher geliebt. »Doch du hast völlig recht. Ich hab mich extra noch mal umgehört wegen der anderen Verdächtigen im Mordfall Dobel. Näher kommen musst du für die Infos aber schon, denn richtig laut will ich das selbst hier nicht sagen.« Sie spielte mit ihm, und auch diese Leichtigkeit gefiel Julius. Auf eine wunderbare Art war Simone ein junges Mädchen geblieben – obwohl jeder ihrer aufreizenden Augenaufschläge deutlich machte, dass sie genau dies nicht mehr war. Julius kannte sie nicht anders. Dazu kam ihre Übermütigkeit, nichts nahm sie wirklich ernst. Das machte nicht nur ihre Faszination aus, sondern war damals auch Teil des Problems gewesen.

Julius trat näher zu ihr, sie hakte sich unter und schlenderte mit ihm weiter.

»Du bist ihr Hauptverdächtiger. Der leitende Kommissar konzentriert sich darauf, dein nicht vorhandenes Alibi zu zerschmettern. Warst du wirklich so betrunken? Mir kannst du es ja sagen!«

»Es war noch schlimmer als damals in Remagen.«

»Oh.« Sie blieb stehen. »Bei dir ist komplett alles weg?«

»Na ja, zumindest kann ich mich noch an Remagen erinnern.«

»Dann sind wir zwei.« Sie schmiegte sich an ihn. »Dann jetzt – nein, warte!« Sie ließ ihn los und baute sich hinter einem Grabstein auf. Plötzlich klang sie wie eine Nachrichtensprecherin. »Neue Entwicklungen im Dobel-Mordfall. Wie die Polizei mitteilte, gibt es weitere Verdächtige. Zum einen Dobels Cousine Tanja Engels, die seine Mutter fünf Jahre aufopferungsvoll pflegte, allerdings nichts vom Erbe erhielt. Denn Willi Dobel bekam überraschend das Gesamtvermögen. Auch der Sous-Chef des ermordeten Drei-Sterne-Kochs ist ins Zentrum der Ermittlungen gerückt. Über sein mögliches Motiv ist noch nichts bekannt.«

»Simone?«

»Oh, die Regie teilt mir gerade mit, dass wir einen Anrufer in der Leitung haben. Mit wem spreche ich?«

»Ich wollte nur –«

»Mit *wem* habe ich die Ehre?« Sie ließ tatsächlich nicht locker.

»Hallo, hier spricht Julius Eichendorff aus Heppingen.«

»Ah, was für eine Freude. Der Hauptverdächtige! Ich hoffe, es geht Ihnen gut. Den Umständen entsprechend?«

»Ich fühle mich, als würde ich schon mit beiden Beinen auf dem Friedhof stehen.«

»Das tut mir leid zu hören. Wie kann ich Ihnen helfen? Bitte stellen Sie Ihre Frage kurz, unsere Sendezeit neigt sich dem Ende zu.«

»Haben die anderen Verdächtigen Alibis?«

»Bei dieser Frage gibt es ein Problem. Bisher konnte nicht genau festgestellt werden, wann Willi Dobel starb. Klar ist nur, dass er um vierzehn Uhr am 11. November letztmalig lebend gesehen wurde und als Eisweinleiche am 12. November tot aufgefunden wurde. Da in dieser Nacht Blitzeis das Tal heimsuchte, brauchte die Leiche nicht lange, um einzufrieren. Der Mord kann sowohl am Nachmittag als auch in der Nacht ausgeführt worden sein. Für solch einen langen Zeitraum haben natürlich die wenigsten ein wasserdichtes«, sie musste kichern, »Alibi.«

»Bisher konnte die Polizei den Todeszeitpunkt fast immer bis auf die Minute genau feststellen.«

»Ah, noch eine zweite Frage! Ich versuche, sie ganz schnell zu beantworten, ohne zu überziehen – sonst werden die Kollegen von der Aktuellen Stunde sauer.«

Julius verzog seine Miene, das erheiterte Simone nur noch mehr.

»Aber die Zeit nehme ich mir sehr gern für unseren sympathischen Anrufer aus Heppingen! Die Antwort auf die Frage ist: Durch das eisige Wasser und das Einfrieren wurde die Leiche konserviert. Das heißt, Dobel kann genauso gut um siebzehn Uhr wie um dreiundzwanzig Uhr gestorben sein. Der Nebenarm der Ahr, in welchem er gelegen hatte, fror einem Meteorologen der Universität Bonn zufolge erst zwischen circa ein Uhr und vier Uhr zu.«

Was bedeutete das für ihn? War es gut oder schlecht?

Mit einem weiteren Schmollmund blickte Simone auf ihre schmale, edelsteinbesetzte Armbanduhr. »Wer hat an der Uhr gedreht? Ist es wirklich schon so spät? Stimmt es, dass es sein muss: Ist für heute wirklich Schluss? Heute ist nicht alle Tage, ich komm wieder, keine Frage!« Sie hob die Hand und vollführte die Ausschaltgeste auf einer unsichtbaren Fernbedienung. Dann kam sie zu Julius und nahm seine Hände in ihre.

»Es war sehr schön, dich wiederzusehen. Ich begreif gar nicht, warum wir das nicht schon viel früher getan haben. Wenn du Fragen hast oder Hilfe brauchst, ruf mich einfach an. Du hast ja jetzt auch meine Handynummer, die gebe ich nur besonders lieben Freunden. Ich werde nicht zulassen, dass mein alter Teddy im Gefängnis landet. Versprochen!«

Sie umarmte ihn zum Abschied lange.

Plötzlich waren Schritte von der Straße zu hören, sie kamen am Gatter zu stehen. Doch als Julius zum Tor schaute, hatten sie sich schon wieder entfernt.

»Ich würde gern einmal zu dir essen kommen. Lädst du mich ein?«, fragte Simone und strich mit dem Zeigefinger über seinen Bauch.

»Für dich ist immer was frei – und wenn ich in der Küche einen Tisch aufbauen muss.«

»Hast du denn auch leckere Nachtische? Du weißt ja, dass ich so eine Süße bin.«

»Ja«, sagte Julius, und ihm blieb ein wenig die Luft weg. »Das weiß ich. Und mach dir keine Sorgen wegen des Nachtischs. Ich habe gerade erst einen herausragenden Patissier eingestellt.«

Der Berg rief.

Und Julius hatte begriffen, dass er zuhören sollte.

Wenn er seine fehlende Nacht nicht vom Beginn her auffädeln konnte, dann vielleicht vom Ende. Auf dem Berg war er erwacht, dort setzte seine Erinnerung wieder ein. Und da der Berg bewohnt war, gab es Stimmen, mit denen er sprechen konnte. Sie gehörten Nonnen, Ursulinen, die auf dem Calvarienberg seit 1838 ihr Kloster bewohnten.

Die Schwester am Eingang sah aus, als sei sie von Anfang an dabei gewesen.

Zuerst hatte Julius in der Küche nachgefragt, weil die Fenster dort so einladend offen standen. Von dort war er direkt zu der kleinen unscheinbaren Tür geschickt worden und über das imposante Treppenhaus im Büro des Relikts in Nonnenkluft gelandet. Sie sah ihn an, als sei er der Belzebub persönlich. Dabei lächelte Julius schon die ganze Zeit und versuchte, so harmlos wie möglich zu wirken. Trotz seines Alters und seiner großzügigen Körperproportionen fühlte er sich unwohl wie ein schmächtiger Sextaner, der ganz dringend auf die Toilette musste.

»Die Mutter Oberin wird Sie empfangen«, sagte die Nonne mit einem Unterton, der nur allzu deutlich machte, dass sie diese Entscheidung überhaupt nicht guthieß. Trotzdem geleitete sie Julius über den Flur mit seinen gotischen Bögen in ein riesiges Zimmer mit hohen Decken, das einem Sissi-Film entsprungen schien. Dort musste er lange warten, weswegen er sich die Zeit mit der Aussicht hinunter ins Tal vertrieb. Von hier aus hatte er es noch nie betrachtet. Er kannte nur den umgekehrten Blick. Wie eine Festung erhob sich das Kloster über Ahrweiler, als verbeuge sich das Land devot davor. Wenn er von einer Reise zurück ins Tal kam, fühlte er sich erst zu Hause, wenn er den Berg sah. Jeder wusste, dass er heilig war. Das hatte der Calvarienberg einem Ritter zu verdanken, der 1440 aus Jerusalem zurückkehrte. Ihm fiel die Ähnlichkeit Ahrweilers mit Jerusalem auf. In der Ahr glaubte er den Bach Cedron wiederzusehen, und der Hügel auf der Südseite schien ihm eine Darstellung des Calvarienberges zu sein. Im Dorf Gerhardshofen schließlich erkannte er den Garten Getsemani. Der Ritter maß die Entfernung und stellte fest, dass es vom Hügel bis zur St.-Laurentius-Pfarrkirche genauso weit war wie vom Calvarienberg in Jerusalem bis zu dem Prätorium des Pilatus.

Ein weiterer Beweis, dachte Julius, dass man sich alles schönsaufen konnte.

Die Tür wurde leise geöffnet, Julius drehte sich um. Die Chefin trat ein. Julius faltete die Hände und verbeugte sich.

»Guten Tag, Herr Eichendorff. Ich bin nicht der Papst, Sie können gerade stehen bleiben.« Die Mutter Oberin war jünger als der Wachhund in Nonnenkleidern, doch ihre Augen strahlten große Souveränität aus. »Setzen Sie sich bitte. Dürfen wir Ihnen einen Kaffee anbieten?«

»Vielen Dank, dass Sie mich empfangen. Kaffee brauche ich keinen, zurzeit bin ich ständig wach.«

»Wegen des Mordverdachts, der auf Ihnen lastet? Schauen Sie nicht so überrascht. Wir leben hier vielleicht auf dem Berg, aber doch immer noch im Ahrtal. Wir bekommen durchaus mit, was vor unseren Mauern geschieht. Kennen Sie eigentlich unser Kloster? Ich würde es Ihnen gerne zeigen.«

»Eigentlich wollte ich –«

»Folgen Sie mir.«

Julius taperte wie ein folgsamer Schüler hinterher. »Sie sprachen gerade den Mord an, haben Sie vielleicht –«

»Hier entlang bitte.«

Offenbar wollte sie nicht darüber reden. Aber Julius wurde das Gefühl nicht los, dass sie trotzdem froh über seinen Besuch war.

»Vorsicht, Stufe«, sagte sie. »Haben Sie eigentlich das Fußballspiel am Samstag gesehen? Endlich hat der FC wieder einmal gewonnen. Schwester Brunhilde und ich haben uns sehr darüber gefreut. Hier ist unsere Bibliothek.«

Der Raum roch nach altem Holz, die Bücher waren in wundervollen Schränken untergebracht, eine Nonne saß an einem niedrigen Tisch. Sie blickte versonnen auf, als Julius mit der Oberin eintrat.

»Sehr schön«, flüsterte Julius und suchte nach weiteren Nonnen. »Wie viele Schwestern leben hier eigentlich?«

»Rund dreißig, wieso fragen Sie?«

»Weil das Gebäude so riesig ist. Ich dachte, hier müssten Hunderte leben.«

Seine Fremdenführerin zog die Augenbrauen hoch. »In welchem Jahrhundert leben Sie?«

Der Weg führte weiter durch lange Flure und spartanisch eingerichtete Zimmer. Julius hatte ein wenig gehofft, junge Nonnen zu treffen, die ihn, den stattlichen Mann, mit schwärmerischen Augen anblickten, ihr Gelübde noch einmal überdenkend. Doch er wurde schwer enttäuscht. Auf dem Gang durch das Kloster inklusive Kirche, die Räume des geistlichen Zentrums, in denen an den Wochenenden Exerzitien für Gäste stattfanden, und den großen Speisesaal des Internats sah er so gut wie niemanden. Stattdessen strahlte das Gebäude große Ruhe aus, einen fast surrealen Frieden.

Seine Fremdenführerin sprach die ganze Zeit, so als wollte sie ihm keine Chance geben, selbst etwas zu sagen. »Die Mitte unseres Gemeinschaftslebens ist die tägliche Eucharistiefeier. Laudes und Vesper – Morgen- und Abendlob – beten wir nach dem Stundenbuch der Kirche. Unverzichtbar sind für uns auch die Zeiten des persönlichen Betens und der Meditation.«

Julius nickte nur noch, er hörte gar nicht mehr zu. Als sie durch den Innenhof gingen, konnte er den Weinberg sehen, in dem er nach der verlorenen Nacht wieder aufgewacht war. Julius blieb stehen. Die Nonne merkte es erst, nachdem sie weitere zwanzig Meter gegangen war.

»Herr Eichendorff, hier entlang!«

»Ich muss mit Ihnen reden. Die Polizei glaubt, dass ich einen Mord begangen habe, und ich kann mich an nichts in der Nacht erinnern. Da drüben bin ich aufgewacht. Hat jemand von Ihrem Kloster etwas mitbekommen? Sie leben doch direkt neben dem Weinberg, und Nonnen stehen früh auf. War vielleicht jemand im Garten?«

Jetzt stand die Mutter Oberin wieder neben ihm. »Ich weiß dies alles. Die Polizei war hier und hat uns befragt, niemand hatte ihr etwas zu sagen.«

Julius sah sie fragend an.

»*Wenn* wir etwas zu sagen gehabt hätten, dann wäre es ausgesprochen worden.« Sie ging näher an das Mäuerchen, das den Weinberg vom Kloster trennte. »Allerdings habe ich noch nicht mit allen Schwestern sprechen können. Bevor sie etwas der Polizei sagen, besprechen sie es mit mir. Unser Richter ist ein anderer als der Ihre.«

Sie blickten eine Weile gemeinsam auf den gefrorenen Weinberg, von dem nun alle Trauben gelesen waren. Bis die Mutter Oberin seufzte.

»Die Rebstöcke schauen ein wenig nackt aus, alle Trauben sind ihnen geraubt. Manchmal tun sie mir leid, doch dies ist nun mal der Gang des Lebens.«

»Ich finde, die Weinberge haben auch ohne Blätter und Reben etwas Schönes. Das ist ihr Kern, das ist, was übrig bleibt, wenn alles Kurzzeitige verschwunden ist. – Aber ich glaube, dass Sie nicht mit mir philosophieren wollten, sondern dass Ihnen etwas anderes auf dem Herzen liegt. Und ich zerplatze fast, um endlich zu erfahren, worum es geht.«

Die Mutter Oberin lächelte. »Jetzt weiß ich, dass ich es Ihnen erzählen kann und sollte. Ich schätze Ehrlichkeit, und ich brauche Klugheit.«

»Es ist wirklich schön, mal wieder etwas Nettes über mich zu hören.«

»Ich kann mich auf Ihre Verschwiegenheit verlassen?«

»Wer würde mir zurzeit schon glauben?«

»Kann ich mich auf Ihre Verschwiegenheit verlassen?«

»Ja.«

Und Julius dachte an Anna und FX, daran, dass dieses Versprechen auch sie einschließen würde.

Doch statt ihn nun einzuweihen, führte ihn die Nonne zum ältesten Teil des Klosters, der wie ein kleiner Anbau wirkte. Sie erklärte, dass die Franziskaner das Gebäude errichtet hätten, welches heute ein Kaminschlot mit metallener Uhr schmückte. Erst beim Näherkommen fiel Julius auf, dass im runden Sprossenfenster neben der alten Weinpresse das Holz gesplittert war und das Glas vollständig fehlte.

»Ich möchte Sie bitten, sich für uns umzuhören. Ganz vertraulich.« Die Mutter Oberin holte merklich Luft. »Bei uns ist in der letzten Nacht eingebrochen worden. Schwester Waltraud wurde niedergeschlagen, Gott sei Dank erlitt sie keine schwere Verletzung. Wir wollen keinen Aufruhr, die Polizei weiß von nichts. Auch die Presse darf hiervon nichts erfahren.«

»Was wurde gestohlen?«

»Anscheinend nichts. Doch das ist nicht das einzig Merkwürdige. Noch irritierender erscheint uns, womit Schwester Waltraud niedergeschlagen wurde. Es ist das Letzte, woran sie sich erinnern kann. Sie hat es genau gesehen, es gibt keinen Zweifel.«

»Darf ich raten?«, fragte Julius und sprach weiter, ohne eine Antwort abzuwarten. »Mit einem Eisblock?«

Die Mutter Oberin schüttelte leicht den Kopf. »Nein. Das nicht. Mit einem großen Stück Käse.«

4. Kapitel

»Der Teufel schläft nicht.«
Fjodor Michailowitsch Dostojewski

Hatte sie wirklich Käse gesagt?

Ging es noch absurder? Wer schlug jemanden mit Käse nieder? Micky Maus?

Erst jetzt fiel Julius auf, dass er vergessen hatte, nach der exakten Käsesorte zu fragen. War es ein schlagkräftiger Edamer gewesen? Ein überreifer Brie? Nein, wohl eher ein Hartkäse wie Parmesan oder Pecorino. Die hatten genug Wums und eine harte Rinde.

Vielleicht fanden sich ja noch Krümel davon auf dem Boden?

Indizien, die man essen konnte. Öfter mal was Neues.

Er bog mit seinem tuckernden Käfer in die Heerstraße. Wo war er da nur wieder hineingeraten? Als hätte er nicht schon genug Probleme. Seit letztem Samstag hatte er sogar Angst, von einer Milchkuh erschlagen zu werden. Im Traum war ihm bereits ein Rindvieh erschienen.

In Lila.

Immer wieder blickte Julius aus dem Fenster zu den Weingärten des Ahrtals. Dort grasten keine Kühe. Trotzdem hatte es eine geschafft, auf seine Kühlerhaube zu fallen.

Sein Handy klingelte. Natürlich durfte er während des Fahrens nicht drangehen – aber die Polizei würde ihn ja wohl nicht gerade jetzt anhalten. Wie sich herausstellte, war sie am Telefon.

»Herr Eichendorff, hier ist Thidrek von der Kripo Koblenz. Ich möchte Sie bitten, umgehend unser Kommissariat aufzusuchen.«

»Das passt mir gerade überhaupt nicht«, sagte Julius. »Ich schaue, ob ich es morgen einrichten kann. Oder können wir die Angelegenheit am Telefon klären?«

»Sie verstehen mich falsch, Herr Eichendorff. Dies ist keine Bitte, sondern eine polizeiliche Anordnung.«

»Und mit welchem Recht sprechen Sie die aus? Wahrscheinlich habe ich die Ehre nur, weil Sie mich nicht leiden können und auf die Stelle meiner Verlobten scharf sind.« Julius wusste nicht, warum er das gesagt hatte. Aber als es raus war, merkte er, dass es schon lange hinausgewollt hatte.

»Na, da zeigt er ja *endlich* sein wahres Gesicht, der nette Herr Eichendorff. Ich sage Ihnen sehr gern, mit welchem Recht ich Sie zu mir bestelle. Mit dem eines Beamten nämlich, dem gerade der Fahrer eines blaumetallic Ford Focus etwas über einen angetrunkenen Julius Eichendorff erzählt hat, den er in der Mordnacht in Dernau aufgegabelt hat. Klingelt es bei Ihnen? Ach, Verzeihung, geht ja gar nicht. Sie haben ja praktischerweise eine Gedächtnislücke für die Zeit, in der Sie Willi Dobel ermordet haben.«

Julius war so perplex, dass er an der »Alten Eiche« vorbeifuhr. »Und was hat der Fahrer über mich gesagt? Wo hat er mich abgesetzt?«

»Der ist gut, Herr Eichendorff. Aber nicht wirklich raffiniert. Ich nehme Ihnen das Theater nicht ab. Sie wissen, was er uns erzählt hat, und deswegen ist Ihnen auch klar, dass wir Sie einige Zeit bei uns behalten werden. Der Richter hat den Haftbefehl für diese verfahrenssichernde Ermittlungsmaßnahme bereits unterschrieben. Ich sage Ihnen auch gern den Haftgrund nach § 112 Absatz 2 StPO: Verdunklungsgefahr. Warten Sie, ich hebe das göttliche Schreiben gerade mal hoch. Hören Sie es?« Thidrek ließ Papier knistern. »Musik in meinen Ohren! Ich freue mich ja schon so auf unser nächstes Zusammentreffen. Das ist für mich wie Weihnachten und Ostern auf einmal, Herr Eichendorff. So eine Freude machen Sie mir. Damit Sie sehen, wie nett ich sein kann, erlaube ich Ihnen, zu Hause noch eine Zahnbürste und frische Unterwäsche einzupacken. Ich mag es nämlich nicht, wenn mein Gegenüber bei einem stundenlangen Verhör stinkt.« Ein Handyklingeln war im Hintergrund zu hören. »Sekunde!«, sagte Thidrek.

Der Koblenzer Kommissar nahm ein weiteres Gespräch an und lachte lauthals auf. Dann war er wieder am Hörer.

»Tststs, Herr Eichendorff. Sie sollten beim Fahren nicht telefonieren. Noch ein Vergehen! Aber Sie sind ja gerade gut in Schwung. Nach einem Kapitalverbrechen ist so etwas für jemanden wie Julius Eichendorff natürlich nur Kleinkram. – Verraten Sie mir doch bitte, warum Sie an Ihrem Haus vorbeigefahren sind. Habe ich Ihnen nicht eben deutlich gesagt, dass Sie Ihre Sachen packen sollen? Widersetzen Sie sich gerade etwa der Verhaftung? Oh, das würde mich freuen, das wäre ein Spaß! Machen Sie nur weiter so, Herr Eichendorff. Wie wäre es mit einer Verfolgungsjagd? Tun Sie mir bitte den Gefallen. Ich mag dramatische Schuldeingeständnisse so gern!«

Julius sah in den Rückspiegel.

Dort fuhr ein unauffälliger silberner VW Passat.

Darin zwei Männer.

Der Wagen hatte zwei Rückspiegel. Und ein Funkgerät, das der Beifahrer in Händen hielt. Er winkte Julius nun zu.

Verdammt! Wie lange verfolgten sie ihn schon? Hatten sie sein Treffen mit Andi Diefenbach überwacht? Seinen Besuch im Kloster? Deshalb sprach Thidrek von Verdunklungsgefahr. Er ging davon aus, dass Julius seine Spuren verwischte.

Es passierte also genau das, wovor Anna ihn gewarnt hatte.

Er hatte sich noch tiefer hineingeritten.

So tief wie niemals zuvor.

Dabei wusste er noch nicht einmal, was der Fahrer des blaumetallic Ford Focus gesagt hatte.

Es schien nichts Entlastendes gewesen zu sein.

Julius' Fuß senkte sich auf das Gaspedal des Käfers.

Ein Stück Käse befand sich in Julius' Mund. Es war holländischer Provenienz und äußerst schmackhaft. Vor ihm stand ein Teller mit dem Rest des damit bedeckten Graubrots, daneben ein Glas Apfelschorle. Mit viel Eis.

Julius sah sich um.

Hatte er nicht gerade noch in seinem Wagen gesessen?

Draußen war es bereits dunkel.

Wo war er? So sah die Untersuchungshaft sicher nicht aus.

Irgendwie kam es ihm hier bekannt vor. Er saß in einer Küche. Die Geräte waren teuer. Der Boden aus Carrara-Marmor, die geleerten Weinflaschen kündeten von exquisitem Geschmack. Viel vom burgundischen Kultwinzer Ponsot war dabei, aber auch andere Trouvaillen, die sich Otto Normalkipper nicht leisten konnte.

War er etwa entführt worden? Aber von wem und warum? Hatte diese Küche etwa keinen Ausgang? Warum erinnerte er sich an nichts? War es wieder ein Blackout? Aber diesmal hatte er doch gar keinen Wein getrunken!

Vorsichtig erhob er sich, jedes Geräusch vermeidend. Auf Zehenspitzen schlich er zur angelehnten Tür, blickte durch den Spalt. Ein Fernseher lief, doch Julius konnte niemanden davor ausmachen. Dafür hätte er die Tür weiter öffnen müssen. Er ging zurück zur Küchenzeile und griff sich ein Filetiermesser mit feinem Schliff. Derart bewaffnet trat er die Tür auf und stieß einen markerschütternden Schrei aus.

August Herold und seine Frau Christine fielen vor Schreck von der Couch. Die Herold'sche Katze rannte so schnell davon, dass Julius an eine optische Täuschung dachte.

»August, Christine, was macht …« Julius wollte den Satz mit »ihr hier?« fortsetzen, doch dann wurde ihm klar, wie saublöd das gewesen wäre. Denn er war in ihrem Weingut. Der Porzermühle. Dies war *ihr* Wohnzimmer, er hatte eben in *ihrer* Küche gesessen, *ihren* Käse gegessen, *ihre* Apfelschorle getrunken.

Und als Dankeschön für die nette Bewirtung hatte er sie gerade fast zu Tode erschreckt.

Solche Gäste hatte man gern.

»Sag mal, hast du noch alle Tassen im Schrank?«, brüllte August Herold und rappelte sich auf. Die Brille des Mayschosser Spitzenwinzers hing schief auf seiner Nase. Als er sie gerade gerückt hatte, bemerkte er das scharfe Messer in Julius' Hand. »Julius, mach keine Dummheiten! Wir sind doch Freunde.«

Anstatt das Messer sofort fallen zu lassen, tapste Julius auf August Herold zu, um ihn zu umarmen. Weil ihm alles so schrecklich leidtat. Herold wich zurück, kippte über das Sofa und landete auf dem Glastisch. Der mit lautem Krachen zusammenbrach. Christine Herold schrie spitz auf und schlug Julius das Messer aus der Hand, welches daraufhin im Ledersofa landete. Klinge voraus.

»Jetzt ist alles noch schlimmer!«, klagte Julius. »Soll ich euch was kochen? Oder … soll ich lieber gehen?«

August Herold stand auf, klopfte die Scherben von seiner Kleidung und baute sich vor Julius auf.

»Erst mal räumst du das hier mit uns auf, dann will ich eine Erklärung von dir hören, und wenn die nicht besser als die 98er Neujahrsansprache des Bundeskanzlers ist, verfrachte ich dich eigenhändig zur Polizei. Oder zu deiner Mutter – wenn ich *besonders* wütend bin.« Er wuschelte Julius durch die Haare. »Mit dir wird es wirklich nie langweilig. Dabei ist so ein bisschen Langeweile ab und zu richtig schön.«

In einer Küche fühlte Julius sich zu Hause – egal, wo sie sich befand. Einige Lebensmittel oder Kochwerkzeuge mochten nicht an ihrem gewohnten Platz stehen, und für gewöhnlich ließ die Ordnung in den Kühlschränken anderer deutlich zu wünschen übrig, aber das meiste befand sich doch da, wo es sein sollte. Kräuter in direkter Griffnähe, Messer, Gabeln, Löffel in der obersten Schublade, Mülleimer unter der Spüle. Julius glich einem Pianisten, der sich an einen neuen Flügel gewöhnen musste. Das Instrument im Hause Herold hatte einige vorzügliche Klänge zu bieten. Diese brauchte er auch für das bevorstehende kulinarische Stück. August Herold hatte sich einen famosen Nachtisch gewünscht (»Zum Nie-Vergessen«), und Christine verlangte es nach einer Vorspeise (»Was ganz Leichtes, aber ruhig deftig«).

Julius hatte sich entschlossen, beides zu kreieren.

In einem einzigen Gericht.

Aus dem Nebenraum drangen Staubsaugergeräusche. Die Herolds waren dabei, die gute Stube wieder instand zu setzen. Ihre Laune hatten sie mit einem Glas »Balthasar B.« bereits wieder in Schuss gebracht. Der Spätburgunder stand nun neben Julius. Doch er würde sich erst ein Glas genehmigen, wenn das Werk getan war und die Herolds beglückt alles vergessen hatten, was mit Julius, einem gezückten Filetmesser und demolierten Möbeln zusammenhing.

Den schwierigsten Teil hatte er bereits im Eisfach, den einfacheren schob er jetzt in den Ofen.

Nun hieß es warten.

Dann würde er die Torte von Pilzen und Kalb mit Gänselebereis im Schokoladenmantel servieren. Julius freute sich schon auf das Staunen in den Gesichtern. Hoffentlich würde es auch schmecken.

Schnell wusch er sich die Hände und griff sein auf stumm geschaltetes Handy. Bei den »Unbeantworteten Anrufen« erschien immer wieder die Nummer der Koblenzer Polizei. Die konnten ihn mal gern haben! So bald würden sie ihn nicht zu Gesicht bekommen. Erst würde er seine Unschuld beweisen. Undercover. August hatte für seinen Käfer einen Platz in der Kelterhalle frei gemacht und ihn mit schwarzer Plastikplane abgedeckt. Da anscheinend niemand bemerkt hatte, wie Julius im Weingut eingetroffen war, würde er nun erst mal Zeit zum Nachdenken haben. Die »Alte Eiche« musste allerdings informiert werden. In Form ihres Maître d'Hôtel und wandelnden schlechten Gewissens: FX Pichler.

Die personifizierte Mehlspeise aus Österreich nahm höchstselbst ab. »Rufen S' bitte später an, des is grad nämlich sehr schlechtes Timing.« Er ließ keine Pause, in der Julius etwas hätte sagen können. »Sehen S', ich möcht gar net wissen, wer am anderen Ende der Leitung is. Hier is Land unter, Sintflut sozusagen, morgen Mittag werd ich wieder ansprechbar sein. Vielleicht. Auf Wiederhören.«

Klack.

Beim nächsten Mal drückte FX ihn einfach weg.

Erst beim dritten Mal bemerkte er die Nummer im Display.

»*Andrea*, Süße! Wo steckst du? Freust dich schon auf unsere schönen Stunden heut Nacht? Ich vermiss dich sehr, weißt des eigentlich?«

»Ist die Polizei bei dir?«

»Ja, aber sicher, mein Spatzerl. Darum erzähl ich's dir ja.«

»Ich werde heute Nacht nicht können. Hast du alles im Griff?«

»Ach, des is aber schad! Aber so was hab ich mir fast schon gedacht. Na, dann ruh dich heut lieber aus, schon deinen Luxuskörper, mein süßes Pummerl.«

»Übertreib es nicht, *Oberkellner*! Sonst reiß ich dir beim nächsten Treffen den Zwirbelbart mit der Klempnerzange aus.«

»Oh, du verrücktes kleines Huhn! Dann werd ich deinem süßen kleinen Popscherl aber ein paar hinten draufgeben.«

»Hör sofort auf, mir wird übel. Mein Handy schalte ich nach unserem kleinen Flirt aus. Ich hab zwar keine Ahnung, ob die Polizei mich über das Ding orten kann, aber ein Risiko will ich lieber nicht eingehen. Du findest mich bei dem Mann, der mal eine Wildsau spazieren gefahren hat. Bitte komm morgen früh um acht mit unserem neuen Patissier vorbei, damit wir meine Unschuld beweisen können. Und achte darauf, dass dich keiner verfolgt!«

»Ein Rendezvous im Morgenschein? Ich liebe es, wenn du romantisch wirst. Zieh was Enges an und die hohen Schuh – auch wenn dich dann selbst deine Mutter nicht mehr erkennen würd.«

»Mein Gott, die habe ich ja total vergessen …«

»Sie vermisst ihr kleines Goldstück sehr und macht alle um sie herum ganz deppert.«

»Es tut mir leid.«

»Ich überleg mir, wie du des wiedergutmachen kannst. Mir fällt bestimmt was ein. Fühl dich gezwickt!«

»Du mich auch.«

Julius blickte hinaus zum Mönchberg, der seit Jahrhunderten an seinem Platz war und sich keine Gedanken um Verwandte, Verlobte und die Polizei machen musste. Er funkelte dank unzähliger Eiskristalle im Mondlicht.

Sein Handy hatte Julius eben auch eine Nummer gezeigt, die nicht von der Polizei stammte. Sondern von einem Menschen, den er erst am Morgen wiedergetroffen hatte. Und der ihm vielleicht erzählen konnte, was während seines neuerlichen Blackouts passiert war. Hatte sein Hirn ein Loch? Saugte da jemand Zeit raus? Die Herolds hatten berichtet, wie er mit quietschenden Bremsen vor dem Weingut gehalten habe und zu ihnen gerannt sei. Wie er gestammelt habe und nichts Vernünftigeres aus ihm herausgekommen sei als »Käse« und »Eis«. Genau das hatten sie ihm gebracht, um ihm dann Zeit zur Erholung zu geben.

Aber darüber, was vorher passiert war, wussten sie genauso wenig wie Julius. Im Gegensatz zu Simone Sester. Sie würde sehr genau verfolgt haben, was die Polizei meldete. Julius griff sich das Herold'sche Telefon.

»Hallo, Simone. Hier ist Julius.«

»Ju–«, sie fing sich schnell, »–tta, grüß dich. Was für eine Überraschung!«

Würde das jetzt bis zur Verhaftung des Mörders so weitergehen? Und warum gaben ihm alle Frauennamen?

Justus wäre doch auch schön gewesen. Oder Junker Jörg.

»Wenn du es so willst, spricht hier jetzt Jutta. Jutta Eichendorff, die Schwester von Julius, der sich nicht erinnern kann, was heute passiert ist, als er das Gaspedal seines Käfers durchtrat und die Polizei hinter ihm her war. Das würde er jetzt sehr gern wissen. Kannst du es seiner lieben Schwester erzählen?«

»Na, aber sicher. Der gute Julius Eichendorff ist wie ein Irrer losgebrettert, konnte aber mit seiner alten Kiste die Zivilstreife nicht abhängen. Nahe Sinzig ist er dann von der Straße runter quer übers

Feld – die Ordnungshüter hinterher. Sie hatten ihn fast schon, als er eine spektakuläre 180-Grad-Wende mit seiner Rostlaube vollführte. Beim Skateboarden nennt man das glaube ich einen Pop-Shove-It.«

»Große Güte!«

»Ja, nicht? Traut man dem Guten gar nicht zu. Durch die Aktion hatte er wieder ein bisschen Vorsprung, ist zurück auf die Straße, jetzt Richtung Heppingen, überfuhr vier gelbe Ampeln. Aber mit Abhängen war es wieder Essig.«

»Und wieso haben sie ihn dann nicht festgenommen?«

»Wegen eines Verkehrschaos.«

»Verstehe ich nicht.«

»Na, weil wieder eine Kuh auf die Straße geplatscht war. Julius Eichendorff fuhr im Slalom dran vorbei, alle anderen Wagen auf der B 267 hielten an. Somit kam die Polizei nicht durch. Das Glück ist mit den … Seligen.«

»Dann hat mein Bruder jetzt also auch noch einige Verkehrssünden auf dem Kerbholz. Immerhin hat er die Straftaten zur Abwechslung mal wirklich begangen.«

»Keine Sorge, liebe Jutta. Denn jetzt kommt das Schönste an der Geschichte: Verkehrsvorschriften hat er bei alldem nicht verletzt. Es war eine Verfolgungsjagd ganz im Sinne des Gesetzgebers.«

***

Dienstag, der 14. November

Als Julius am nächsten Morgen in einem Bett aufwachte, das keine hungrig schnurrenden Katzen beinhaltete, die ihn bei nicht umgehendem Servieren des Frühstücks in die Zehen bissen, fühlte er sich ein wenig einsam. Eigentlich störte ihn dieses Gehabe seiner Mitbewohner ja, aber nun vermisste er es.

Das würde er ihnen gegenüber natürlich niemals zugeben!

Noch müde tapste Julius ins Bad – das sich als Kleiderschrank herausstellte. Die nächste Tür führte ins Treppenhaus, in dem sich eine Putzfrau befand. Sie schnappte überrascht nach Luft und bedeckte ihre Augen.

Julius sah an sich hinunter.

Er war noch in Unterwäsche. Sie hing aufgrund einer unruhigen Nacht arg schief und gab einiges preis. Julius lief zum einen rot an und zum anderen zurück ins Gästezimmer. Endlich fand er das Bad und konnte den Tag so gesittet beginnen, wie er es von Anfang an geplant hatte.

Nach einem ausgiebigen Frühstück, das dank der Jägerschaft August Herolds äußerst wildschweinig ausfiel, wünschte Julius kurz den stürmisch gärenden Weinfässern einen guten Morgen und lauerte dann hinter einem Fenster der ersten Etage darauf, dass FX endlich vorfuhr. Der mit typisch österreichischem Zeitgefühl ausgestattete Freund ließ sich jedoch Zeit. Eine gute Stunde zu spät fuhr er auf den Parkplatz des Mayschosser Weinguts. Jedoch schlecht gelaunt, was offensichtlich an seinem Beifahrer lag. Georgy Tremitz war dagegen überaus fröhlich, er grinste Julius zu, seinen Zahndiamanten der Morgensonne präsentierend. Julius huschte, so gut ein Mann seiner Größe und Masse dies konnte, den Weg zum Wagen hinunter und quetschte sich auf die Rückbank.

»Morgen, die Herren.«

»Da is ja unser Kamikaze-Fahrer! Wünsche wohl geruht zu haben. Hättest jetzt die Freundlichkeit, uns aufzuklären, wie wir deine Unschuld beweisen sollen?«

»Fahr zur ›Ahrgebirgsstube‹.« Er wandte sich zu Tremitz. »Wenn mich nicht alles täuscht, müsste der Sous-Chef im Moment damit beschäftigt sein, Ordnung in den Laden zu bringen. Was meinen Sie?«

Der Patissier legte den Kopf zurück und schürzte die Lippen. »Da würde ich von ausgehen. Ein treuer Hund bleibt schließlich am Grab seines geliebten Herrn. Das können Sie bestimmt nachvollziehen, Herr Pichler?«

Julius hatte keine Lust auf eine angespannte Stimmung. »Seit wann siezt man sich in der Gastronomie? Wir sollten uns alle duzen. Ich bin der Julius.«

»Ich lass mich doch net von jedem duzen. Und von diesem Großgoscherten schon mal gar net!«

»Georgy«, sagte Tremitz und reichte Julius seine Hand. FX klopfte er auf die Schulter und beugte sich zu dessen Ohr. »Georgy, mein lieber Franz-Xaver.«

FX kurbelte das Seitenfenster herunter und spuckte hinaus.

Julius schüttelte den Kopf und legte sich unter eine Decke auf den Rücksitz. Es wurde nicht mehr gesprochen, bis sie vor dem Hintereingang der »Ahrgebirgsstube« hielten. Zu Julius' Beruhigung hatte dieser nichts Glamouröses, kein Samtteppich führte zu den Müllcontainern, kein Gold glänzte am Türgriff. Georgy Tremitz schickte er vor. Schon nach kurzer Zeit stolzierte dieser zurück. Die Luft sei rein und der Sous-Chef im Restaurant. Sonst niemand.

Die drei fanden den letzten Wackeren aus Willi Dobels Drei-Sterne-Truppe in der Küche, die teuren japanischen Messer fotografierend, um sie im Internet zu versteigern. FX bezog seine Position am Eingang, um frühzeitig Alarm schlagen zu können, falls die Polizei auftauchte. Georgy Tremitz pirschte sich von hinten an den Sous-Chef und nahm ihn kurz in den Schwitzkasten.

»Wolfgang, alter Schleifer. Ich hatte Sehnsucht nach dir. Schau mal, wen ich mitgebracht habe.« Er drehte den Glatzkopf zu Julius um. Wolfgang Zwingerls Körperbau war exotisch. Obwohl hager und groß gewachsen, hatte er einen gewaltigen Wanst, der sich wie eine Eisbombe unter der Kochjacke wölbte. Tremitz sprach ihm säuselnd ins Ohr. »Schrei bloß nicht, sonst landet die Gusseiserne auf deiner Rübe! Du musst jetzt nur ein paar Fragen beantworten.«

Julius trat näher und versuchte, nicht so zu wirken wie ein Mafiaboss, der mit zwei Schlägern einem armen, kranken Vater von sechs Kindern das letzte bisschen Haushaltsgeld abpresste. Aber er fühlte sich so. Sie waren in der Überzahl, und Wolfgang Zwingerl musste gehorchen.

»Was wollen Sie von mir?«, schrie der nun und griff sich ein Tranchiermesser. »Kommen Sie mir bloß nicht zu nahe!«

Tremitz schlug es ihm so sicher aus der Hand, als habe er das schon öfter gemacht. Der Sous-Chef fiel in sich zusammen.

»Sie können ganz ruhig bleiben«, sagte Julius beschwichtigend. »Ich will wirklich nur ein paar Antworten. Eigentlich würde mir sogar eine reichen. Wer hat Willi Dobel ermordet?«

»Sie!«

»Und warum nicht Sie?«

»Weil ich kein minderbemittelter Koch bin, der es nicht erträgt, dass ein Genie in seiner Nähe kocht.«

Tremitz stocherte sich mit dem Zeigefinger zwischen den Vorderzähnen herum. »Nein, Wolfgang. Du bist deiner Meinung nach ein Kochgenie, das von Willi immer zu kurz gehalten wurde. Niemand hat je erfahren, wie viele der Klassiker des Hauses von dir stammen. Alles war offiziell auf Willis Mist gewachsen. Dazu kommt, dass du tierisch frustriert warst, nie das vollständige Rezept für sein legendäres Seeteufel-Gericht erfahren zu haben. Und gab es da nicht auch noch den Traum eines eigenen Restaurants? Woran ist der eigentlich gescheitert?«

Zwingerl presste die Lippen aufeinander.

»Spuck's aus! Oder muss ich mich erst in der Szene umhören und dabei einige kleine unangenehme Geheimnisse über dich ausplaudern?«

Julius sah, dass Tremitz bluffte. Doch Zwingerl durchschaute die Finte nicht. Er war viel zu verängstigt.

»Ja, das hat Willi mir verbaut. Er hat Lügen über mich erzählt. Aber doch *nur*, weil er mich nicht verlieren wollte! Er brauchte mich so sehr!«

»Das hat dir dein kleines Herz gebrochen, nicht wahr?«

»Ich habe ihn geliebt!«

Erst jetzt fielen Julius die feminine Gestik Wolfgang Zwingerls und das leichte Make-up auf. Er hatte einen Lidstrich. War er womöglich für die warme Küche zuständig?

Tremitz strich Zwingerl zärtlich über die Glatze. »Aber er dich nicht, das war ja gerade das Problem. Egal, wie sehr du ihm in den Arsch gekrochen bist. Das hat dich nie zu seinem Liebling gemacht, sondern immer nur zu seiner Klobürste.«

»Das ist nicht wahr!« Zwingerl stand eine Träne im Auge. »Willi hatte es auch nicht leicht. Die drei Sterne lasteten wie tonnenschwere Steinplatten auf ihm, und trotzdem nahm er es Tag für Tag mit jedem Kritiker auf, der versuchte, sie ihm runterzustoßen. Das hat ihn viel Kraft gekostet, da blieb nichts mehr übrig, um seine Gefühle so zu zeigen, wie er wollte. Aber Willi wusste immer, was er an mir hatte! Wie viel er mir verdankte.«

»Deswegen hat er auch immer mit jungen knackigen Köchen vor dir rumgeknutscht. Genau so zeigt man seine Dankbarkeit.«

Mit erhobenen Fäusten rannte Zwingerl auf Tremitz zu und trommelte ihm hilflos auf die Brust. »Du miese Verleumderin!«

Das entlockte Tremitz nur eine hochgezogene Augenbraue.

»Wann haben Sie Willi Dobel zum letzten Mal gesehen?«, fragte Julius. Die ganze Situation wurde ihm immer unangenehmer. Er konnte andere nicht leiden sehen.

Es kostete Wolfgang Zwingerl merklich Kraft, sich wieder zusammenzureißen. Aber nach etlichem langen Ein- und Ausatmen gelang es ihm.

»Um vierzehn Uhr, als er zum Walking gefahren ist. Das war eine liebe Gewohnheit von ihm.«

»Wer wusste davon?«

»Jeder. Das steht sogar in seiner Biografie ›Kochlöffel auf zwei Beinen‹.«

Den Titel hatte Julius immer schon blöd gefunden. Aber immerhin hatte er nicht »Fleischklopfer mit Gesicht« oder »Schüssel mit Rüssel« gewählt.

»Hatte Willi Dobel Feinde? Schuldete er vielleicht irgendwem Geld?«

»Feinde? So ein Unsinn! Alle liebten ihn. Und was seine Finanzen angeht: Dem Restaurant ging es blendend. Jeden Abend voll. Da hinten liegen die Abrechnungen noch.«

Julius ging in den kleinen Erker, wo ein alter Barockschreibtisch mit Notebook und einigen Aktenordnern stand. Die Unordnung verriet, dass die Polizei ihn durchsucht hatte. Willi Dobel hatte es vermutlich wie jeder Spitzenkoch geliebt, wenn alles an seinem Platz war.

Etwas erregte Julius' Aufmerksamkeit. Ein Ordner mit dem Titel »Neue Restaurantprojekte«. Hatte Dobel etwa weitere Dependancen geplant? Er zog ihn heraus. Darin fanden sich ausführliche Raumskizzen der »Ahrgebirgsstube« sowie – separat in einer Plastikhülle – ein Plan, den ein Ortsfremder für den Grundriss eines Restaurants halten mochte.

Doch das war er nicht.

Er zeigte etwas völlig anderes.

Das Erdgeschoss des Klosters Calvarienberg.

Den Ort des Käseüberfalls.

Julius steckte ihn ein.

»Ist bei Ihnen zufällig ein Käse entwendet worden?«

»Wie bitte?«

»Hat jemand einen Käse geklaut, einen richtig harten? Er müsste vorgestern gestohlen worden sein.«

»Ich habe keine Ahnung, wovon Sie sprechen. Hier hat sich jeder bedient, wie die Hyänen sind sie über die Lebensmittel hergefallen. Schauen Sie sich doch den Käsewagen an!«

Das tat Julius und roch an den verbliebenen Abdrücken der milchigen Schätze. Eine exquisite Auswahl musste es gewesen sein. Doch nun war nichts mehr davon zu sehen.

»Sind wir fertig mit ihm?«, fragte Tremitz aus dem Hintergrund. Nachdem Julius kurz bejaht hatte, war ein satter Schlag zu hören. Verbunden mit einem Knacken. Gefolgt von einem Plumps und anhaltendem schmerzvollen Stöhnen Wolfgang Zwingerls. Dann war Tremitz' Stimme zu hören. »Und wenn du zur Polizei gehst, gibt's tüchtig Nachschlag!«

Als er zu Julius und FX kam, grinste er übers ganze Gesicht. »Das hatte ich mir schon so lange gewünscht. Der hat mich immer elend getriezt. War Willis Tod doch zu was gut.«

Julius schwieg die ganze Rückfahrt zum Weingut Porzermühle. FX erstickte jedes Gespräch im Keim, indem er sein Radio bis zur Schmerzgrenze aufdrehte. Dadurch hatte Julius Mühe, sich auf seine Gedanken zu konzentrieren. Nur die Frage nach der merkwürdigen Rolle des Klosters Calvarienberg war stark genug, um selbst die schlechteste Dudelmusik zu übertönen. Aber Antworten stellten sich nicht ein. Deshalb war er froh, als FX ihn endlich bei Herolds herausließ. Der alte Freund fuhr jedoch nicht gleich wieder zurück in die »Alte Eiche«, sondern ging einige Schritte mit seinem Chef. Als sie außer Sichtweite von Georgy Tremitz waren, packte FX Julius brüsk am Oberarm.

»Sag mal, hast sie eigentlich noch alle beisammen?«

»Glaubst du jetzt etwa, ich hätte Dobel wirklich ermordet?«

»Schmarrn mit Quastln! Dabei wär *des* gar net so dumm gewesen. Ich mein die Einstellung von diesem Verbrecher da.« Er wies in Richtung des Autos. »Ich dacht, dir bräucht ich net sagen, dass in einer Restaurantbrigade die Chemie stimmen muss, dass nur Teamspieler gefragt sind. Und du schleppst uns diesen arroganten, groben, unfähigen, schnöseligen, rotzfrechen arroganten Hirsl an!«

»Ein ›arrogant‹ muss ich abziehen. Das war doppelt.«

»Jetzt verrat endlich, was dieser Schmarrn soll! Des is ein böser Bub!« FX klopfte mehrmals gegen Julius' Stirn. »Hallo? Jemand zu Haus?«

Julius packte die Hand seines Oberkellners und blickte ihm tief in die Augen. »Du hast ja recht, er ist ein böser Bube. Aber er ist *unser* böser Bube. Und außerdem ist er ein grandioser Patissier. Das sind die Torwarte der Küche. Alles elende Exzentriker – aber jedes Team braucht einen.«

»Du verschweigst mir was. Des spür ich in meinem rechten Knie. Und was, des bekomm ich schon noch aus dir raus. Wart's nur ab! Ich hab da so meine Methoden.« FX drehte sich zum Gehen. »Aber dass eins klar is: Mir hat *der* nix zu sagen.«

»Wer hat das schon?«, fragte Julius und schloss die Tür des Weinguts auf. Den Schlüssel hatte ihm August Herold am Morgen noch zugesteckt. Da die Polizei nun von dem blaumetallic Ford Focus wusste, hatte Tremitz ihn nicht mehr in der Hand. Aber das wusste der Patissier nicht. Was Julius sehr gefiel. Er beschloss, ihn noch nicht zu entlassen. Vielleicht konnte der Verrückte weiterhin zu etwas gut sein. Gleich würde er sich den Lageplan des Klosters genauer anschauen. Er brauchte nur etwas Zeit und Ruhe, dann kämen ihm sicher die richtigen Eingebungen.

Doch nun kam erst einmal etwas ganz anderes. Nämlich ein dicker Kater mit gerecktem Köpfchen und ein anderer, der sich direkt auf die Seite warf und ungeduldig mit dem Schwanz schlug, seine Streicheleinheiten erwartend.

Herr Bimmel und Felix!

»Sohn? Wo bleibst du denn? Denkst du etwa, deine armen Eltern hätten den ganzen Tag Zeit? Setz dich zu uns!« Die Stimme kam aus der oberen Etage.

»Was macht ihr denn hier?«

»Was für eine kreuzdumme Frage. Auf dich warten, natürlich!«

Julius gönnte den beiden Katzen eine kurze Streicheleinheit und stapfte die Treppe hoch. Seine Eltern thronten im Herold'schen Wohnzimmer und tranken Kaffee.

»August hat uns netterweise hereingelassen. Er ist mit Christine in Köln, Kleidungseinkäufe tätigen. Setz dich endlich, wir müssen uns über die Hochzeit unterhalten.«

»Wie habt ihr mich gefunden? Hat FX sich verplappert?«

»Nein. Wir haben unsere eigenen Quellen.«

»Selbst die Polizei hat mich nicht ausgemacht!«

»Die ist auch nicht mit dir verwandt. Jetzt hör endlich auf mit deinen dummen Fragen! Die Blumenarrangements müssen überdacht werden, und wir haben nicht genug Silberbesteck, da du auf deiner Gästeliste unseren Familienzweig aus Bernburg vergessen hast.«

»Augenblick mal! Als meine Eltern werdet ihr sicher von der Polizei überwacht. Habt ihr euch während der Fahrt mal umgesehen? Wahrscheinlich ist das Weingut schon längst von einem Spezialeinsatzkommando umzingelt.«

»Trink einen Kaffee und beruhige dich endlich.« Julius' Mutter goss ihm eine Tasse ein. »Habe ich selbst gebrüht.« Was sie damit sagen wollte, war: Mir ist keiner gekocht worden. »Wegen der Polizei brauchst du dich nicht zu sorgen. Wir sind doch keine Anfänger. Bei meiner Schwester Hedwig in Bachem haben wir den Wagen gewechselt. Hinter dem Haus stand ihr Kombi, mit dem ging es weiter. Die beiden Beamten in Zivil denken wahrscheinlich immer noch, wir halten ein nettes Schwätzchen unter Geschwistern.« Sie erlaubte sich ein stolzes Räuspern.

Diese Gerissenheit erschreckte Julius. Dass sie herrisch und manipulierend war, wusste er. Doch solch ein verbrecherisches Hirn hatte er bei seiner Mutter nicht erwartet. Er war der Sohn Mata Haris!

»Wenn du sonst noch unnütze Fragen hast, dann raus damit, damit wir endlich mit dem wichtigen Teil beginnen können.«

In diesem Moment sprang Herr Bimmel auf seinen Schoß. Felix schnappte sich währenddessen ein Cantucci, das ihm Julius' Vater kredenzte – außer Sichtweite seiner Frau.

»Was ist mit den beiden?«

»Wenn du mit deiner Frage ausdrücken möchtest, wie sie hierhin gelangt sind: Wir haben sie mitfahren lassen. Ihr unglückliches Gemaunze war nicht mehr zu ertragen. Dabei habe ich ihnen ausreichend Trockenfutter gegeben.«

Ach so. Daher wehte der Wind. Es war keine schreckliche Sehnsucht, die seine Katzen in Trauer versetzt hatte, sondern das falsche Fressen. Die harten Trockenfutterbrocken waren für streunende Nachbarskatzen gedacht, seine beiden Tiger waren Feineres gewohnt. Sie passten wirklich in die Familie.

In den folgenden zwei Stunden musste Julius etliche Fragen zur Hochzeitsplanung beantworten, die ihn für keine drei Pfennig interessierten. Er versuchte seiner Mutter mehrmals klarzumachen, dass sie alles mit Anna besprechen solle, doch es nützte nichts. Also gab er ihr in den meisten Fällen einfach nur recht. Doch sie forderte immer wieder seine Meinung ein. Seine ehrliche Meinung. Um sie dann schnaubend zu übergehen.

Es dauerte vier Kaffee, bis sie wieder verschwanden. Zur Erholung machte sich Julius danach auf den Weg in den Weinkeller, um dem Traubenmost beim Gären zuzuhören. Vorher blickte er noch kurz in die Kelterhalle, wo August Herolds Destillieranlage stand. Der Winzer plante sie heute Abend anzuwerfen, weswegen Julius sich schon mal mit der kupfernen Apparatur vertraut machen wollte.

Als es plötzlich klingelte.

»Komme!«, rief Julius gedankenverloren und machte sich auf den Weg ins Wohnhaus, das an das Weingutsgebäude grenzte. »Bin sofort da. Augenblick noch!«

»Wir sind von der Polizei, Herr Herold«, antwortete ihm der Besucher mit tiefer Stimme und rheinischem Akzent. »Wir wollen Ihnen nur ein paar Fragen zu Ihrem Freund Julius Eichendorff stellen. Aber gegen ein Weinchen hätten wir auch nichts!«

Verdammt! Die Bullen.

Was sollte er jetzt machen? Sich leise verhalten und so tun, als sei keiner zu Hause, fiel flach. Hätte er doch bloß nicht geantwortet!

»Können Sie vielleicht später wiederkommen? Gerade passt es überhaupt nicht.«

»Das klang gerade aber noch ganz anders. Wollen Sie nicht mit uns reden?«

Die Polizisten – den Schritten nach zu urteilen waren es zwei – näherten sich dem Tor zur Kelterhalle. Es war nicht abgeschlossen! Gleich würden sie vor ihm stehen und die Handschellen um seine Gelenke einrasten lassen. Hatte er genug Zeit, zu fliehen? Den Wagenschlüssel zu holen und wegzubrausen? Würde er noch einmal eine Verfolgungsjagd überleben?

Das Tor wurde rumpelnd geöffnet. Die beiden Polizisten schauten neugierig herein.

»Da sind Sie ja!« Der Mann klebte die Worte so aneinander, als wären sie ein einziges. Und er ließ es unglaublich dreckig klingen. »Hier stecken Sie also.«

»Entschuldigen Sie, wenn ich Ihnen nicht die Hand gebe«, sagte

Julius, »aber die verdammte Spindel hat sich verhakt.« Er wusste nicht, ob das Ding vor ihm überhaupt Spindel hieß. Sicher war Julius sich nur, dass die Beamten unmöglich seinen Kopf sehen konnten, denn der steckte nun tief in der Weinpresse. Nur Hintern und Beine schauten heraus, doch anhand dieser war er hoffentlich nicht zu identifizieren.

»Wir wollen Sie auch gar nicht lange aufhalten«, pappte der Polizist wieder die Worte zusammen. »Sie haben ja sicher mitbekommen, dass Julius Eichendorff verschwunden ist. Standen Sie vielleicht heute oder gestern in Kontakt mit ihm?«

»Nein. Dem würde ich schön die Ohren lang ziehen, wenn er sich meldet!«

»Wahrscheinlich weiß er das und lässt sich deshalb nicht blicken.«

»Kann er sich denn mittlerweile an die Mordnacht erinnern?«

»Wenn er schlau ist, wird er das nie. Aber wir haben einen Zeugen gefunden, der ihn in Dernau mit seinem Wagen aufgelesen hat. Dreimal dürfen Sie raten, wo er ihn abgesetzt hat.«

»In Ahrweiler, in der Nähe von Dobels Restaurant?«

»Volltreffer.«

»Wie heißt der Mann denn?«

»Nanana, Herr Herold. Nicht so neugierig!«

»Morgen steht es doch eh in der Zeitung.«

»Ich glaube, eher nicht. Aber hier im Tal spricht sich ja sowieso alles schnell herum. Es war dieser Koch aus Sinzig mit dem französischen Namen.«

Julius wusste sofort, wer gemeint war. Antoine Carême vom »Frais Löhndorf«. Einer seiner besten und ältesten Freunde. Warum sagte der gegen ihn aus? Es war noch gar nicht lange her, dass er Carême das Leben gerettet hatte. Und zerstritten hatten sie sich in letzter Zeit auch nicht. Warum also diese Aussage? Welches falsche Spiel trieb der Normanne?

»Brauchen Sie eigentlich noch lange da unten?«, riss ihn der Polizist aus den Gedanken.

»Jaja, das ist immer eine elende Frickelei.«

»Lassen Sie mich mal ran«, war nun die junge Stimme des anderen Beamten zu hören. »Meine Eltern haben auch so eine Europress. Wenn das Tresterransportsystem klemmt, kenn ich einen guten

Trick.« Er drängte sich zu Julius in die Presse. »Lassen Sie mir was Platz, dann geht das ganz fix.«

Wenn der Polizist jetzt seinen Kopf drehte und ihn ansah, war alles aus.

»Autsch!«, schrie Julius einen Unfall vortäuschend. »Ich stecke fest.« Er ruckte wild mit seinem Körper, was den jungen Polizisten dazu brachte, die Presse wieder zu verlassen. »Holen Sie mir Butter aus der Küche, dann schmier ich mir die Hand ein. Schnell, schnell!«

Die Beamten rannten weg. Sie würden einige Zeit brauchen, die Küche zu finden.

Genug, um Julius die Flucht zu ermöglichen.

Er sprintete los, ohne sich umzuschauen. Die Rebzeilen entlang, den kürzesten Weg zum Waldstück nehmend. Dort warf er sich hinter den Stamm einer Fichte. Seine Lunge brannte, sein Herz schlug ihm im Hals. Vorsichtig lugte er über das modernde Holz. Was würde nun passieren?

Lange Zeit gar nichts.

Dann erschienen die beiden Beamten vor dem Kelterhaus. Einer trug eine Butter- und eine Margarinepackung, der andere hielt zwei schlanke Flaschen – Julius erkannte Oliven- und Sonnenblumenöl. Sie riefen und sahen sich immer frustrierter nach ihm um.

Also nach August Herold.

Irgendwann gaben sie es auf und brachten die Lebensmittel zurück in den Kühlschrank.

Das war der Moment, als alles schiefging.

Julius war mittlerweile durchgefroren und wünschte sich nichts sehnlicher, als wieder ins warme Innere des Herold'schen Anwesens zu laufen. Er sah die Polizisten vor seinem inneren Auge schon davonfahren. Das Verschwinden von August Herold auf einen dringenden Termin oder ähnlichen Blödsinn schiebend.

Doch dann parkte eben dieser August Herold seinen Aston Martin vor dem Gut.

Und sie kamen ins Gespräch.

Der Hausherr schüttelte immer häufiger den Kopf. Dann hob er abwehrend die Hände und wollte an den beiden Beamten vorbei in sein Haus stürmen. Es gelang ihm nicht. Er landete auf dem Boden, das Knie des älteren Polizisten auf dem Rücken, die Arme zurückgedreht, Handschellen um die Gelenke einrastend. August Herold zeterte wie Rumpelstilzchen, doch auf der Rückbank des Polizeifahrzeugs landete er trotzdem. Ein Polizist fuhr mit ihm fort, der andere sicherte das Gelände.

Es gab kein Zurück mehr!

Und Julius hatte kein Handy, kein Auto, kein Portemonnaie. Aber am allerschlimmsten war: Er hatte einen guten Freund mit reingerissen.

Julius wollte nur noch weg. Immer tiefer trieb es ihn in den Wald, bis nirgendwo mehr Zeichen der Zivilisation zu sehen waren, bis nur noch eisverkrusteter Boden und Bäume existierten. Obwohl er nun in Sicherheit schien, stapfte Julius weiter. Immer in Bewegung bleiben! Egal, wohin. Als er plötzlich aus dem Wald in einen abgeernteten kahlen Weinberg trat, hielt er nicht inne, sondern stolperte den Hang hinunter, wieder näher an Häuser und Straßen.

Mit einem Mal wurde ihm klar, wo er hingehen musste. Gebückt schlich er über die Brücke ans andere Ahrufer und begann den beschwerlichen Aufstieg zur Ruine der Saffenburg. Wie ein Adlerhorst prangte sie hoch über dem Mayschosser Bahnhof. Sturm, Regen und Schnee hatten die stolze Feste über die Jahrhunderte verfallen lassen, nun wucherte allerlei Kraut über sie. Julius schleppte sich empor, die Schritte tonnenschwer auf dem kargen Boden. Immer öfter legte er Pausen ein. Der Wind tobte in der Höhe, durchdrang mit seiner Kälte Julius' Kleidung.

Endlich auf der Spitze angekommen, ließ Julius sich auf den steinigen Boden fallen, sog die eisige Luft tief in die Lungen. Sein Zufluchtsort war umschlossen von den Grundmauern aus dem 11. Jahrhundert, die fast nahtlos in den Felsen übergingen.

Hier war er sicher.

Plötzlich musste er trotz seiner Erschöpfung lachen. Und zwar über sich selbst. Denn auch hier oben war er nicht geschützt. Wie so viele vor ihm. Die Saffenburg war oft erobert und zurückerkämpft worden. Egal, wie geborgen man sich fühlte, man war es doch nie.

Er rappelte sich auf und schlich durch die Überreste einstiger Pracht, entlang den Böschungen, an denen früher Mauern verlaufen waren. Immer wieder ertastete er den Stein, wie um sich zu versichern, dass er massiv und fest war. Julius konnte von hier oben aus die Eifelhöhen erkennen und das ganze Tal bewundern. Unter ihm floss seine Ahr, die von Dichtern als wildeste Tochter des Rheins bezeichnet worden war. Mittlerweile war sie sicher auch die blutigste. Kein Straßenlärm drang zu ihm, nur das Brausen des Windes war zu hören. Er fand einen schönen moosbewachsenen Platz vor der Ruine und setzte sich. Die Aufregung forderte nun ihren Tribut und ließ ihn trotz der Kälte binnen kürzester Zeit einschlafen.

Plötzlich fühlte er, wie seine Wange feucht und warm wurde. Hastig öffnete er die Augen.

Ein vom Wind gerötetes Gesicht lächelte ihn an, das ihm noch nie so schön vorgekommen war wie heute.

»Hättest du dir nicht ein leichter zu erreichendes Versteck aussuchen können? Eine geschlagene halbe Stunde musste ich hier hochstiefeln!«

»Anna!« Er schloss sie in die Arme. Und wollte sie gar nicht mehr loslassen. Als könnte er so die Zeit anhalten, als würde dann nichts Schreckliches mehr geschehen. Er drückte sie ganz fest an sich, bis ihr die Luft wegblieb.

»Ich habe dich auch schrecklich vermisst«, brachte Anna hervor. »Du hättest hier erfrieren können, du dummer, dummer Koch.« Sie strich Julius über die eiskalten Wangen und legte ihre Winterjacke um ihn. »Hättest du die Ruine jemals wieder verlassen, wenn ich nicht gekommen wäre?«

»Gott, bin ich froh, dass du da bist! Du glaubst ja nicht, was in der Zwischenzeit alles passiert ist.«

»Doch, das glaube ich schon. Schließlich steht alles schwarz auf weiß in den Berichten.«

»Was ist mit Kanada?«

»Ich hab sie allein gelassen, soll sie doch gucken, wie sie klarkommt.«

»Wie bitte?«

»Für wen hältst du mich? Ich habe einen unheimlich teuren Pflegedienst angeheuert, Ganztagsbetreuung. Immerhin steht mein zukünftiger Ehemann kurz davor, die Hochzeit zu verpassen, weil er im Knast sitzt. Apropos sitzen: Gibt es hier vielleicht einen Platz, wo einem der Wind nicht so um die Ohren pfeift?«

Julius führte sie hinter eine der geschliffenen Mauern und legte ihre Jacke auf den steinhart gefrorenen Boden. Jetzt mussten sie sich eben gegenseitig warm halten.

»Wie hast du mich eigentlich gefunden?« Plötzlich kam ihm ein erschreckender Gedanke. »Bist du etwa nur die Vorhut, und gleich kommen deine Kollegen, um mich zu verhaften?«

Anna strich ihm die Strähnen aus der Stirn. »Würde ich denn einen so süßen Koch wie dich ausliefern? Niemals! Du gehörst mir. Kein anderer soll dich bekommen. Auch nicht die harten Jungs im Knast.«

»Ich bin wirklich froh, dass du da bist.«

»Ja, ich weiß.«

»Das kann ich nicht oft genug sagen.«

»Stimmt.«

»Wenn die Polizei mich also noch nicht gefunden hat, wie ist dir das dann gelungen?«

»Weibliche Intuition.«

»Das musst du mir erklären.«

»Ich wusste, dass du in diesem Bereich Nachholbedarf hast.« Sie lächelte und fuhr sich durch ihr Haar. »Deine Mutter hat mir einmal erzählt, dass du als Kind immer auf Kleiderschränke oder den Speicher geklettert bist, wenn du mal wieder was ausgefressen hattest. Ganz nach oben, wo dich keiner einfangen konnte.«

»Ich hab mich also überhaupt nicht geändert.«

»Damit kann ich gut leben.«

»Und was machen wir jetzt?«

»Kannst du dir das denn nicht denken?«

Julius drückte sich noch näher an sie und fuhr mit den Fingerspitzen zärtlich ihren Nacken entlang. »Unser Wiedersehen feiern?«

Anna sprang auf. »Hier oben? Bei der Kälte? Während du unter Mordverdacht stehst? Könnt ihr Männer auch mal an was anderes denken?«

»Man muss die Prioritäten eben richtig setzen. Ich hab dich schrecklich vermisst. Deinen brillanten Geist, deinen köstlichen Humor ... und deinen hinreißenden Körper.«

»Du bist ein Charmeur!«

Julius klopfte einladend auf die Jacke. Doch Anna schüttelte den Kopf.

»Nein, wir beide müssen erst was anderes hinter uns bringen.«

»Was denn?«

»Einen Besuch im Kommissariat.«

5. Kapitel

»Der braucht einen langen Löffel, der mit dem Teufel isst.«
William Shakespeare

Julius schüttelte sich wie ein regennasser Hund. Doch das unangenehme Gefühl blieb. Kommissar Thidrek hatte ihn auseinandergenommen wie einen Automotor. Julius hatte den Eindruck, es sei immer noch nicht alles zurück an seinem Platz.

Anna hatte bei der Befragung nicht anwesend sein dürfen. Deshalb hatte sie ihm vorher eingebläut, dass Thidrek keine stichhaltigen Indizien habe. Es sei schließlich überhaupt nicht verbürgt, dass Dobel zur fraglichen Uhrzeit in seinem Haus gewesen sei. Zudem hatte sie den für Julius bislang nicht erreichbaren Polizeipräsidenten nun um Unterstützung gebeten – er wurde den Eindruck nicht los, sie habe ihn angefleht –, an Julius' Erfolge in der Verbrechensbekämpfung erinnert, ihre bevorstehende Hochzeit hervorgehoben und ihn so vor dem Haftbefehl bewahrt. Auf diese Weise hatte sie Julius jedoch zusätzlichen Hass von Seiten Thidreks beschert.

Nachdem Anna ihn zu Hause abgesetzt und wieder Richtung Koblenz gefahren war, um nach ihrer Wohnung zu schauen, hatte Julius sich abermals auf den Weg zum Kloster Calvarienberg gemacht. Der Berg thronte gemächlich über dem Tal, ließ alles andere glanzlos wirken. Die Nonnen waren Gott zweifellos so nah, wie man es an der Ahr überhaupt sein konnte.

Julius schaffte es am Zerberus in Nonnenkluft vorbei und wurde von Schwester Brunhilde zu dem Raum geführt, den Gott für einen Augenblick verlassen haben musste. Die Nonnen hatten die Scherben immer noch nicht weggefegt, so als lauere ein böser Geist darin, der mit dem Besen aufgescheucht werden könnte. Julius schob die Splitter mit dem Fuß ein wenig zur Seite, um seine Nase ganz nah an den Boden des Zimmers senken zu können. Wie Schwester Brunhilde erzählte, wurde es für Seminare genutzt. Bis auf einige funktionale Stühle, karge Tische und ein großes hölzernes Kreuz (inklusive Jesus) über dem Clipchart war es leer. Der alte graue Linoleumboden hatte unzählige Schlieren und wellte sich schon.

»Geht es Ihnen nicht gut?«, erkundigte sich Schwester Brunhilde besorgt, als sie Julius auf den Knien sah.

»Ich hab schon was!« Julius blähte seine Nüstern, sog den bodennahen Geruch auf wie ein riesiger Staubsauger.

Die Nonne kam vorsichtig näher und legte ihm beruhigend die Hand auf die Schultern.

»Soll ich Ihnen hochhelfen?«

»Jetzt ist es intensiver geworden! War bestimmt ein Käse aus der Schweiz. Aber schon relativ rezent, richtiggehend scharf. So was essen nur knallharte Patrioten.«

»Aber Schwester Waltraud wurde nicht hier niedergeschlagen, sondern im Nebenraum.«

Schwester Brunhilde öffnete die Tür zu einem anderen Zimmer. »Hier sollten Sie noch einmal riechen, da werden Sie sicher fündig.«

Der Geruch war verschwunden.

Julius verkniff sich jede Bemerkung über die Fußhygiene der netten Nonne und lächelte entschuldigend, als er wieder aufstand. Im angrenzenden Raum fanden sich dann die erhofften Käsekrümel auf dem Boden, weshalb er keine Mühe hatte, einen Pecorino sardo, klassisch aus Schafsmilch hergestellt, zu identifizieren. Allerdings in seiner ekeligsten Ausführung als Casu marzu, als verdorbener Käse. Äußerst selten. Die Nachfrage war außerhalb Sardiniens allerdings auch nie besonders groß gewesen. Der Käse enthielt lebendige Fliegenmaden, die mit ihren Ausscheidungen den Käse fermentierten. Nur der äußere Laib war hart, innen war der Käse cremig. Julius hatte keine Kunden für so etwas. Den Casu marzu futterten nur fortgeschrittene Gourmets. Weit, weit fortgeschrittene.

An Dobels Käsewagen hatte er den Geruch bereits erschnüffeln können.

»Was wird im Kloster für Käse gegessen?«, fragte Julius zur Sicherheit.

»Nur Holländer.« Schwester Brunhilde sah ihn zweifelnd an. »Weicher Holländer. Der bringt keine Nonne zu Fall.«

»Das glaube ich Ihnen gern«, sagte Julius. Die Nonnen des Klosters wirkten auf ihn wie hart gewordenes Brot, dem sämtliches Wasser entzogen war. So leicht warf sie sicher nichts um. »Sie haben mir von Exerzitiengästen erzählt, bringen die vielleicht ab und an Lebensmittel mit?«

»Nein. Wir sind hier kein Schlemmerparadies. Gegessen wird, was alle anderen auch bekommen. Oder denken Sie, man könnte sich mit Käse auf sich selbst besinnen?«

Mit einem schönen Stück Brie de Meau oder Epoisses schon, dachte Julius. Doch er behielt seine Meinung lieber für sich. »Dann haben wir gerade einen wunderbaren Hinweis gefunden.«

»Oh, das freut mich!« Schwester Brunhilde gab Julius einen trockenen Kuss auf die Wange. »Die anderen wollten mir ja nicht glauben, aber ich habe Sie in Schutz genommen: Der Herr Eichendorff hat einen Hang zum Kriminellen!«

»Danke. Das wäre wirklich nicht nötig gewesen.« Julius ging hinaus auf den Innenhof. Er wollte den Käsegeruch aus der Nase bekommen. Eigentlich beide Käsegerüche.

»Ist mittlerweile einer Ihrer Schwestern zur Mordnacht noch etwas eingefallen?«

»Leider nicht.«

Schwester Brunhilde hakte sich bei Julius ein. »Sie haben doch noch etwas anderes auf der Seele.«

»Bin ich so leicht zu durchschauen?«

Dieses Mal antwortete Schwester Brunhilde nicht.

Julius räusperte sich und zog den säuberlich zusammengefalteten Lageplan aus der Tasche. »Es geht mir darum.«

»Woher haben Sie *den*?« Sie griff sich das Papier.

»Aus der ›Ahrgebirgsstube‹ von Willi Dobel. Lag in seinem Büro.«

»Wie kommt er denn dorthin?«

»Das frage ich Sie.«

»Außer unseren Exemplaren gibt es nur noch eines bei der Stadt.«

»Und bei Ihnen, wer hat sie da in der Obhut?«

»Ich und ...«

»Ja?«

»Unser Hausmeister, Herr Kramp.« Schwester Brunhilde starrte auf den Plan. »Auf diesem Plan ist der Stempel des Klosters. Er stammt von uns. Aber mein Exemplar liegt im Tresor. Ich hielt es letzte Woche noch in Händen.«

»Wo finde ich Ihren Hausmeister?«

»Das weiß man bei ihm nie so genau. Irgendwo in den Eingeweiden des Klosters. Ich rufe Sie an, wenn er wieder auftaucht. Ich wäre Ihnen sehr verbunden, wenn *Sie* ihn befragen könnten. Er kann sehr … merkwürdig sein. Verstehen Sie mich bitte nicht falsch, Herr Kramp ist ein sehr fähiger Mitarbeiter. Nur eben etwas …«

»… verschroben?«

»Nein, ich würde es anders ausdrücken: verrückt.«

Es war Julius' erster Aufenthalt in Kalenborn. Der Ort hockte oberhalb Altenahrs, nah an der B257 – was gleichzeitig sein größtes Plus war. Julius fuhr mit seinem alten Käfer in die Holmichstraße. Wegnamen konnten sie in Kalenborn besonders gut. »Zur Grillhütte« und »Zur Bobbahn« sowie der Klassiker »Auf dem Acker« sagten mehr über das kleine Dorf aus als jeder Vorgarten mit Fuchsien und Kaninchenstall. Ein Name, der auf die beiden Reiterhöfe hinwies, hätte das Straßenkonzept komplett gemacht. Für jeden der rund sechshundert Einwohner gab es genug Pferde, Bobs und Grillgut.

Der Mann, den Julius suchte, fand sich allerdings nicht in dem gastlichen Dorf. Gerd-Willi Guth, Vorsitzender des Kreisbauern- und Winzerverbands Ahrweiler, war auf dem Feld bei seinen Liebsten. Den Rindern. Seitdem im Ahrtal ständig Milchvieh auf die Straße fiel, hielt er die seinen gerne im Blick.

Zurzeit streichelte er einer jungen Kuhdame in einem Unterstand zärtlich über den Rücken.

Dieser Mann würde ihm hoffentlich gleich Auskunft geben. Das Rindviecher von Klippen fielen und gleichzeitig eine Nonne mit Käse niedergeschlagen wurde, konnte kein Zufall sein. Julius hatte der Mutter Oberin sein Wort gegeben, sich umzuhören. Guth würde über alles Vieh im Tal Bescheid wissen. Und vielleicht führten die Kühe zum Käse.

An der Koppel war ein neues Schloss angebracht worden. Es bestand aus massivem Metall, fast so dick wie Julius' Unterarm. Fort Knox konnte nicht besser gesichert sein. Als Julius einige Schritte auf die Weide gegangen war entdeckte er eine in Guths Gummihose steckende Pistole. Er entschied sich deshalb, sein Eintreffen per kurzem Gruß anzukündigen, um nicht überraschend erschossen zu werden.

»Geht's der Kuh gut, freut sich der Mensch!«, rief Julius.

Geld-Willi Guth drehte sich um, den Kopf gesenkt wie ein spanischer Stier vor dem entscheidenden Aufspießen. »Finden Sie das etwa lustig? Wer sind Sie überhaupt?« Der Bauernvorsitzende setzte seine Brille auf. »Der Herr Eichendorff! Ich dachte, Sie säßen im Knast.«

»Wunderbar«, sagte Julius. »Dann brauche ich mich ja nicht mehr vorzustellen. Und den Smalltalk über meine aktuelle Lage können wir uns auch sparen.«

Der Wind pfiff mit einem Mal so scharf über die Weide, als leerten die Wolken ihre mächtigen Wangen vollends. Gerd-Willi Guth hielt seine Kopfbedeckung fest. Die gehörte zu ihm. »Nur Guth mit Hut!«, pflegte er zu scherzen, auch wenn die Zahl der Lachenden stark gegen null ging. Er fand den Witz auch nach dreißig Jahren noch köstlich. Julius wusste einiges über den Mann, dessen runzeliges Gesicht wie Leder war – und unfassbar haarig. Vollbart beschrieb Guths Gesichtsfrisur nicht annähernd. Bei ihm gingen die buschigen Augenbrauen ansatzlos in die Haare zur einen und in den Bart zur anderen Seite über. Manche verglichen ihn deshalb mit einem Bären, von seiner Statur her wirkte Guth jedoch eher wie ein Bärchen. Und dank seiner knallroten Regenjacke erinnerte er Julius nun an eines der Exemplare aus dem Süßigkeitenregal.

»Sagen Sie, warum Sie mich hier stören. Geradeheraus, ohne Umschweife.«

»Schöne Rinder haben Sie. Holsteiner?«

Guth hob die Augenbrauen. Das hieß, sein ganzes Gesichtsfell bewegte sich nach oben.

»Nicht schlecht! Holstein-Friesian, um genau zu sein. Eine der leistungsstärksten Milchkuhrassen. Vierzehntausend Kilogramm sind keine Seltenheit.«

Julius hatte keinen Schimmer, was diese Zahl bedeutete, nickte jedoch anerkennend.

»Und die Euter sind hervorragend maschinengerecht, die Striche haben so um die fünf Zentimeter Länge.«

»Oho, na das nenne ich mal imposant!«

»Ist es auch. Aber wegen meiner Tiere sind Sie bestimmt nicht hier. Ich hab schließlich keine Zweinutzrasse, Fleisch kann ich Ihnen also nicht verkaufen.«

»Kein Fleckvieh?«

Guth war tief beeindruckt. »Und ich dachte schon, Sie bluffen. Nein, Fleckvieh hab ich nicht.«

»Ich kann gut verstehen, wenn Sie sich um Ihre wertvolle Herde sorgen.« Julius ging näher und streichelte der Kuh über den Kopf, während sie friedlich Heu mampfte. »Solche Prachtexemplare sind einiges wert. Hat die Polizei schon irgendwas über die Unglücksfälle herausgefunden?«

»Was geht Sie das an?«

»Ich dachte mir nur, Sie könnten jede Hilfe gebrauchen. Manchmal erfahren Beamte von außerhalb Dinge nicht, die einem Ureinwohner wie mir erzählt werden. Ich interessiere mich dafür, weil mir die heimischen Kühe sehr am Herzen liegen – und das nicht nur, weil ich sie in meinem Restaurant verarbeite. Aber wenn Sie nicht mit mir reden wollen und Vertrauen in die Arbeit der Polizei haben – es sind Ihre Rinder.«

Guth stapfte näher zu Julius, den Kopf immer noch gesenkt. »Ganz schön verschlagen sind Sie.« Er stupste ihn gegen die Brust. »Sie fangen an, mir zu gefallen.«

Lieber nicht zu sehr, dachte Julius. Sonst käme er mit seinem Gesichtspelz vielleicht noch näher.

»Gibt es irgendeinen Zusammenhang zwischen den beiden gestürzten Tieren?«

»Die sind nicht gestürzt, die sind runtergeworfen worden.« Guth ging weiter zur nächsten Kuh und packte ihr an den Euter. »Kühe fallen nicht einfach einen Abhang hinab. Die sind schlauer, als man denkt.«

»Geschenkt. Haben die beiden Rinder irgendetwas gemein gehabt? Waren es beides Ochsen?«

»Nein.«

»Waren Sie im selben Alter?«

»Nein.«

»Eine bestimmte Rasse?«

»Nein.« Guth hatte merklich Spaß daran. Julius war es, als fange das Fell des Bauernvorsitzenden an zu glänzen.

»Gehörten sie vielleicht zu ein und demselben Hof?«

»Nein.«

»Können Sie eigentlich auch Ja sagen?«

»Ja.«

»Das beruhigt mich.«

Guth fing an zu prusten. Es mochte auch husten sein. Zumindest war es so laut, dass die neben ihm stehende Kuh schnaubend das Weite suchte. »Sie stellen die falschen Fragen.«

»*Was* verbindet die vierbeinigen Opfer?«

»Es waren beides bunt gescheckte Kühe. Und man hatte ihnen jeweils eine Schelle um den Hals gehängt.« Mit einem scharfen Pfiff befahl Guth eine Kuh zu sich und kniete sich vor ihr auf den gefrorenen Boden. »Schon mal Berliner Schnitzel gegessen?«

Julius schüttelte den Kopf, in dem etwas ganz laut klingelte. Er musste nur noch herausfinden, was es war.

»Das sind falsche Koteletts aus in Scheiben geschnittenen und panierten Eutern. Aber der Euter muss vor der Zubereitung unbedingt mehrere Stunden gewässert werden. Meine Frau macht das großartig.«

»Die Sage von der Bunten Kuh!«, rief Julius.

Die Kuh bockte. Guth fiel hart auf den gefrorenen Boden. Das machte ihm allerdings nichts aus. Sein Hintern musste aus Beton sein. »Ich dachte schon, da kommt so einer wie Sie nie drauf.«

»Als der fiese Raubritter an dem Felsen nahe Walporzheim einen Kaufmann überfallen wollte, schlug eine Glocke. Der Bursche und seine Spießgesellen knieten sich hin, weil sie dachten, es sei ein Messdiener.«

»Ja.«

»In der Zwischenzeit zog der Händler weiter.«

»Ja.«

»Plötzlich tauchte aus dem Gebüsch eine Kuh auf. Eine bunt gescheckte mit Glöckchen.«

»Ja.«

»Der Raubritter schrie ›Fahr zur Hölle mit deiner Glocke!‹ und schubste sie über den Felsen, der deshalb heute noch als Bunte Kuh bekannt ist. – Sagen Sie bloß nicht wieder Ja!«

»Nein.« Guth strich sich zufrieden durch den Bart. Das heißt, er fuhr sich über das gesamte Gesicht.

Bisher hatte Julius nie darüber nachgedacht, auf welchem Straßenabschnitt die beiden Kühe gelandet waren. Dabei war es so auffällig. Vermutlich hätte er nur mal in die Zeitung blicken müssen.

»Wer könnte dahinterstecken?«

Der Bauernvorsitzende sprach mit einem Mal sehr leise. »Wir haben keine Ahnung. Die erste Kuh stammte von einer Wiese, die nahe am Felsen lag, aber die zweite wurde bei einem Vorgebirgsbauern gestohlen und hierhin geschafft.«

Julius klappte den Mantelkragen hoch, seine Ohren waren längst blaugefroren. »Wenn man weiß, wer geschädigt wurde, ist der Täter meist schnell gefunden.«

»Tja, am meisten hat es den Kühen geschadet.«

»Eindeutig.« Julius rieb sich die Nase wieder warm. »Haben die Taten vielleicht irgendwelche Auswirkungen auf den Milchpreis?«

»Bei zwei toten Kühen? Nein. Den größten Ärger hat wohl die Straßenwacht damit, die mussten die Kadaver nämlich abtransportieren.« Guth legte sich auf den Boden. »So, das muss jetzt reichen. Ich muss mir nämlich noch die restlichen Euter anschauen.« Er schoss sich einen Strahl warmer Milch in den Mund. »Auch einen Schluck auf die Erkenntnis? Die Kuh hatte Mastitis, aber jetzt ist wieder alles in Ordnung.«

Julius legte drei Papiertaschentücher auf den Boden und kniete sich darauf. Das Gerede über Kühe hatte ihn durstig gemacht. Und frisch war Milch immer noch am besten.

Julius konnte Geheimnistuerei auf den Tod nicht ausstehen. Es sei denn sie stammte von ihm. Diesmal war jedoch seine Zukünftige die Urheberin. Er sollte sich mit ihr in Bad Bodendorf treffen – sie wollte nicht sagen, warum. »Damit du unvoreingenommen bist. Bring Handschuhe und alte Gummistiefel mit, irgendetwas, das du danach wegwerfen kannst. Und schau dich während der Fahrt um, ob dir jemand folgt! Ein schwarzer Golf oder ein silberner Mazda. Die musst du dann unbedingt abhängen. Beeil dich!«

Zumindest Annas Timing war perfekt gewesen, denn Julius' Arzttermin hatte gerade auf die Art und Weise geendet, wie es wohl die meisten taten. Mit einem neuen Termin. Der Mediziner seines Vertrauens hatte keine Erklärung für die Aussetzer und schickte ihn nun in die Röhre, sprich: verwies ihn an eine radiologische Praxis mit Kernspintomographen. Die Ungewissheit darüber, was in seinem Kopf vorging, machte Julius fast verrückt. Selbst eine schlechte Nachricht wäre ihm lieber gewesen als keine.

Schon nach wenigen Minuten in seinem Käfer dachte er nicht mehr daran. Was an seinem hohen Puls liegen konnte. Julius kam vor lauter In-den-Rückspiegel-Blicken kaum noch dazu, auf die

Straße vor sich zu schauen – was einige äußerst hektische Lenkbewegungen zur Folge hatte. So sehr er auch danach suchte, die beschriebenen Wagen fanden sich nicht hinter ihm. Trotzdem beschlich Julius ein ungutes Gefühl, als er wie verabredet in der Bäderstraße parkte.

Dann passierte erst einmal einige Minuten nichts.

Julius stieg aus und sah sich um. Nicht einmal die Luft schien sich zu bewegen. Er begann zu pfeifen. Und kurze Zeit später zu frieren. Weswegen er begann, auf der Stelle zu treten. Es half nicht viel.

Er wollte schon wieder fahren, als Anna endlich erschien. Sie rannte auf ihn zu. Der Begrüßungskuss fiel kurz aus – und schmeckte nach Lippenbalsam.

»Du hast ja immer noch deine guten Schuhe an! Jetzt zieh dich schnell um. Wir haben keine Zeit zu verlieren.«

»Wieso hast du mich dann warten lassen?«

»Ich musste erst sichergehen, dass dir keiner der Kollegen gefolgt ist. Aber es ist alles sauber, auch die Seitenstraßen.«

»Mir ist gar nicht aufgefallen, dass du hier rumgelaufen bist.«

»Sonst hätte ich es auch bleiben lassen können, mein kluger Koch. Und jetzt hopp, hopp!«

Julius staffierte sich wie gewünscht aus, und Anna schlug einen Weg zu den Ahrauen ein. Eine karge, stille Winterlandschaft, nur der Fluss gluckste leise.

»Bist du schon einmal hier gewesen?«, fragte Anna. »Erinnerst du dich an irgendetwas?«

»Nicht, dass ich wüsste. Vielleicht sind meine Eltern mal mit mir hier spazieren gegangen, als ich noch klein war.«

Anna blieb stehen. »Schau dich bitte noch einmal in aller Ruhe um.«

Das tat Julius, aber es blieb dabei. Dies war seine Heimat, die kannte er selbstverständlich, aber genau diesen Flussabschnitt? Wie sollte er das sagen? Er schüttelte den Kopf.

»Gut«, sagte Anna. »Sag mir, wenn du doch etwas wiedererkennst. Es ist wirklich wichtig.«

Sie gingen lange, und Julius fragte sich schon, warum er nicht näher am Ziel geparkt hatte, als er das Absperrband der Polizei am Flussufer erkannte. Deshalb die alten Stiefel, die Handschuhe, der weit entfernt stehende Wagen! Dies war der Platz, an dem Willi Dobel aus dem Eis geschlagen worden war. Würde Thidrek hier eine Spur von Julius finden, wären die Ermittlungen abgeschlossen. Und er selbst in Haft.

»Ich kann dir ansehen, was du denkst«, sagte Anna. »Und es ist sogar noch gefährlicher. Thidrek kann nämlich jeden Augenblick auftauchen. Er fährt ständig her, hofft wahrscheinlich, dass ihm hier endlich eine Eingebung kommt, wie er dich einbuchten kann.« Sie drückte das Flatterband für Julius herunter.

Von den Ufern der Ahr, wo das Wasser langsamer floss, ragten Eisschollen auf, streckten ihre Spitzen gierig aus, als wollten sie den Fluss vollends bedecken. Das Loch, in dem Willi Dobel gelegen haben musste, sah von Weitem aus, als habe dort jemand Eisfischen wollen. Doch mit jedem Schritt näher wurden die Dimensionen deutlicher. Julius fühlte sich unwohl, so als nähere er sich einem Abgrund, als könne ihn ein scharfer Windstoß in die Tiefe fallen lassen. Hier war Willi Dobel also in einen Eisblock verwandelt worden. Julius trat an den Rand. Kälte stieg empor. Ein krudes Rechteck war aus dem Eis herausgeschlagen worden, ohne Akkuratesse, wie gesplittert die Ränder. Viele Schläge waren danebengegangen, die Spuren sahen aus, als stammten sie von einem Gartenspaten und einem handelsüblichen Klauenhammer. Am Grund des Lochs war kein Eis oder gar Wasser zu sehen, sondern der gefrorene lehmige Boden, verziert von ein paar Kieseln und braunem Laub. Die Sonne schien darauf, doch idyllisch sah die Winterlandschaft trotzdem nicht aus.

Anna schoss aus allen Blickwinkeln Fotos der Stelle. »Es gibt keine Schleifspuren zum Wasser *hin*. Die Leiche muss also getragen worden sein. An dieser Stelle ist die Ahr gerade mal einen halben Meter tief. Aber warum sie hier abladen? Das Blitzeis war für die Nacht zwar angekündigt worden, aber darauf spekulieren, dass gerade dieses Stück hier zufriert, wäre für den Täter zu riskant gewesen. Es ist ein dummer Platz, um eine Leiche einfrieren zu lassen, und ein ebenso unsinniger, um eine Leiche unauffällig zu entsorgen. Entweder hat der Mörder all das nicht durchdacht – oder er ist viel raffinierter, als wir denken.«

»Es klingt fast wie die Schnapsidee eines Besoffenen – womit wir wieder bei mir wären. Vielleicht hat Thidrek ja recht.«

»Hör auf mit dem Blödsinn!« Anna drückte ihm einen wütenden

Kuss auf den Mund. »So etwas darfst du überhaupt nicht denken. Sonst küsse ich dich so lange, bis du …«

»… bis ich tot umfalle? Das muss wahre Liebe sein.«

Anna kitzelte ihn an der Hüfte. »So gefällst du mir viel besser. Jetzt lass uns weiter nachdenken. So eine Leiche ist schwer zu tragen, das hält man nicht lange durch.«

»Also wird Dobel wohl hier in der Nähe ermordet worden sein.«

»*Muss* aber nicht! Darauf baut Thidrek. Hier ist nirgendwo Blut gefunden worden oder sonst irgendetwas, das auf die Tat hindeutet. Sicher ist nur, dass er hier *zwischengelagert* wurde, bevor es nach dem Schockfrosten zum Calvarienberg ging. Und damit kommen wir zu den offensichtlichen Spuren.« Auch von diesen schoss Anna nun Fotos.

Sie sahen aus, als wäre eine kleine Schneeraupe dafür verantwortlich gewesen. Die Schleifrillen waren tief und führten fort von dem Loch im Eis hin zu Reifenabdrücken; Erdbrocken türmten sich links und rechts des Wegs.

»Könnte Dobel nicht zuerst zum Wasser hin und dann denselben Weg wieder hinausgeschleift worden sein?«

»Wie gesagt, die Spurensicherung schließt das aus.«

Julius trat zu den Reifenspuren. Sie waren tief im Boden, kein Wunder beim Gewicht des Eisklotzes. Dobel war hier in einen Wagen gehievt worden. Aber warum? Sollte der Verdacht vielleicht auf Julius gelenkt werden, der sich zu diesem Zeitpunkt schon im Weinberg befunden hatte? Hätte man die Leiche dann nicht besser direkt neben ihm abgeladen? Der Mörder wollte mit der Deponierung der Leiche etwas sagen. So viel stand fest. Allerdings verstand seine Botschaft niemand.

Julius hatte gar nicht gemerkt, dass sich Anna vor ihn gestellt hatte und ihn nun ansah. Sie strich ihm zärtlich über die Schläfe.

»Du warst es nicht, Dicker! Bestimmt nicht. Aber wenn wir uns jetzt nicht ganz schnell aus dem Staub machen, landest du vielleicht trotzdem in Haft.«

Die Strecke zurück kam Julius viel länger als der Hinweg vor. Vielleicht weil seine Gedanken immer noch an dem klaffenden Loch im Eis hafteten.

Wäre Dobel doch nur dort geblieben.

Von Bad Bodendorf aus fuhr Julius nach Sinzig, um den Mann zu besuchen, der ihn verraten und dadurch die Verfolgungsjagd mit der Polizei erst eingeleitet hatte: Antoine Carême vom Restaurant »Frais Löhndorf«. Der normannische Koch hatte heute ein Auswärtsspiel, von Julius organisiert. Die »Anonymen Schokoholiker« des Tals trafen sich im Sinziger Schloss zu einem Menü, bei dem jeder Gang dem dunklen Gold huldigte. Alles top secret, selbstverständlich. Zwar war dies überhaupt nicht nötig, denn die Vereinigung mischte ihre Süßwaren nicht mit Haschisch oder Kokain, doch das Versteckspiel war Teil des Vergnügens.

Obwohl Julius wusste, wo das Schloss lag, tauchte es wieder einmal unerwartet auf. Ein solches Kleinod vermutete man einfach nicht an der nüchternen Barbarossastraße. Der neugotische Bau mit seinen hohen, spitzen Fenstern residierte im Hintergrund, vor sich gut gepflegtes Grün, ein Brunnen und eine elegant geschwungene Einfahrt. Die Wetterfahne auf der Turmspitze wehte leise flatternd im kalten Wind. Die Initialen »G.B.« standen darauf, für Gustav Bunge, den Kölner Kaufmann, der sich das Schloss als Sommervilla Mitte des 19. Jahrhunderts errichtet hatte. Für 27.000 Taler, wie Julius wusste. So viel Kleingeld läge wohl nie auf seinem Konto. Egal wie viele Unbekannte ihm etwas überwiesen.

Dieses Rätsel lastete immer noch schwer auf Julius. Wer um alles in der Welt war sein Wohltäter – oder Komplize? Es musste jemand mit großen Geldmitteln sein. Und Geld bedeutete immer auch Macht.

Ihm selbst würde es schon reichen, wenn seine »Alte Eiche« wieder in ruhiges Fahrwasser käme. Salons, Erker und Verliese fehlten ihm jedoch nicht zu seinem Glück.

Angemessen geheimnisvoll schlich Julius ins Innere. Antoine Carême hatte die Behelfsküche im Turmzimmer eingerichtet, wo seine weiß bekittelte Brigade nun im warmen Schokoladenduft letzte Hand an die vorbereiteten Leckereien legte. Wie eine Biene im Blütenmeer schwirrte der Chef zwischen ihnen hin und her, hier einer Sauce den letzten Schuss gebend, dort mit frischen Kräutern dekorierend. Es war merkwürdig, das Treiben eines gut geölten Kochtrupps in diesem Raum mit seinen edlen hölzernen Dielen, den kunstvoll verzierten Wänden und dem teuren Kristalllüster zu sehen. Es passte irgendwie nicht zusammen – doch gerade deshalb hatte es einen besonderen Reiz. Es war fast, als vollführte die Kochbrigade des »Frais Löhndorf« etwas Verbotenes.

Julius' Nase wurde umschmeichelt. Die brasilianische Schokolade eroberte seinen Geruchssinn am schnellsten, während die ghanaische sich länger Zeit ließ, dafür aber umso mächtiger auftrat. Es kam Julius vor, als habe Antoine die beiden vorgeschickt, um seine Wut zu schmälern. So weit würde er es nicht kommen lassen! Julius atmete tief ein und teilte das Helfermeer vor sich, direkten Kurs auf den befreundeten Koch nehmend.

Vielleicht war er das schon in wenigen Minuten nicht mehr.

»Julius! Was für einen Freude, dich hier zu sehen!« Antoine Carême, auf dessen Kopf die Toque wie ein explodierter Schokokuss saß, schloss ihn in die Arme und gab ihm drei Küsse. Links, rechts, links. »Komm, ich dir zeige alles.« Er legte die Hand auf Julius' Rücken und führte ihn zu einer zierlichen asiatischen Köchin.

»Yoko macht die Thunfisch mit das Gewürzkirschen an Santo-Domingo-Schokolade. Kleines Sushi!« Julius' Hand führte, scheinbar ohne den Befehl dafür vom Gehirn erhalten zu haben, ein Amuse-Bouche in seinen Mund, der die Speichelproduktion bereits erhöht hatte.

»Und hier, das Bitterschokolade mit Kartoffelespuma. Meine Liebling.«

Julius musste erneut einen Probehappen nehmen. Immerhin hatte er das alles organisiert und würde dafür geradestehen! Auch wenn er heute nicht teilnahm, weil er sich unzählige blöde Fragen ersparen wollte, Kontrolle musste sein!

Warum war er gleich noch einmal hergekommen?

Nach »Entenstopfleber mit Schokolade und Espelettepaprika«, »Putenpraliné an weißer Safranschokolade mit rosa und grünem Pfeffer«, »Kalbsroastbeef mit Venezuela-Schokoladenorangen«, »Bärlauch mit Ingwer-Barriqueschokolade und Meersalz« und schließlich »Maisblini mit fünfundachtzigprozentiger Chilischokoladensauce und Brokkoliröschen« schob Julius den kleinen Sinziger Koch auf die polierte Holzbank im Erker. Denn die Erinnerung an den Grund seines Hierseins hatte die glücklich derilierenden Geschmacksknospen überwunden.

»Hab ich dir irgendwas getan, Antoine?« Julius setzte sich neben ihn, den Blick starr auf den Eifeler Normannen gerichtet. »Dich geärgert? Verletzt? Begleichst du gerade eine uralte Rechnung mit mir?«

»Wovon sprichst du?«

»Warum verpfeifst du mich bei der Polizei?« Er hätte nie gedacht, eine solche Frage jemals zu stellen.

Antoine Carême erhob sich – was ihn nur unwesentlich größer erscheinen ließ. »Wieso sollte ich, deine guten alten Freund, so etwas tun?«

»Genau das will ich von dir hören! Und jetzt setz dich wieder, deine Brigade guckt schon zu uns rüber. Ich hatte in den letzten Tagen bereits genug Publikum.«

»Meine guten Julius!« Antoines Augen wirkten mit einem Mal so traurig wie die eines ausgehungerten Bassetts. »In die Schutz genommen hab ich dich!«

»Indem du davon erzählst, wie du mich in der Mordnacht bei Dobel abgeliefert hast?«

»Meine Auto habe ich vor den Stadtmauer geparkt und dich bis zu die Haustür begleitet.«

»Grandiose Leistung, Antoine! Und als würde das noch nicht reichen, hast du der Polizei wahrscheinlich auch mitgeteilt, dass ich stinkewütend war.«

»Oh, aber das warst du – und sehr betrunken. Aber deine große Schwips hab ich nicht erwähnt.«

»Das wussten sie eh schon. Wieso glaubst du also, deine Aussage hätte mir geholfen?«

»Weil ich auf dich eingeredet hab wie auf ein tot Ochs, dass du mit den Dobel reden sollst. Und genau den Sache hast du mir versprochen.«

»Pferd. Man redet wie auf ein totes Pferd ein.«

»Pferd, Ochs! Den haben alle vier Beine und ein Schwanz. Ich habe sogar extra bei ein Tankstelle diese kleine Gummiteufelchen gekauft, das man essen kann. Das Tüte wolltest du den Dobel schenken, weil er doch so berühmt wegen sein Seeteufel ist. Du wolltest ihn nicht töten. Nur reden! Das hab ich den Kommissar gesagt. Er hat versprochen, sich zu kümmern um dich.«

»Das hat er getan, keine Frage. Dann muss ich mich jetzt wohl entschuldigen und für deinen guten Willen bedanken, Antoine. Ich weiß das zu schätzen – trotz allem, was dadurch passiert ist.« Julius stand auf. »Dann will ich dich auch nicht länger aufhalten. Da gibt's viel, worüber ich nachdenken muss. Und deine Truppe braucht ihren Aufpasser wieder. Erzähl bitte keinem, dass ich hier war. Sonst gibt es wieder Gerede.«

Julius umarmte Antoine lange zum Abschied. Wie hatte er nur an ihm zweifeln können? Wem der Franzose einmal seine Zuneigung geschenkt hatte, der besaß sie ein Leben lang.

»Warte noch ein Augenblick, Julius! Was ist mit dein Hochzeit? Kann ich dir helfen?«

»Meine Mutter hilft mir schon. Ich kann dich viel zu gut leiden, als dir eine Zusammenarbeit mit ihr aufzubürden.«

»Ein Hochzeit ist ein schrecklich wichtige Sache, Julius. Weil das Ehe so bedeutend ist! Achtzig Prozent von meine Erfolg verdanke ich meinen Frau, Julius! Dein Anna wird den Glück in deine Haus bringen.«

»Und Unordnung.«

»Ein bisschen Unordnung tut jede Leben gut. Hält jung.«

»Sagt der Mann, der jedes Rezept haarklein aufschreibt.«

»Genau *den* Mann. Wer sollt sonst wissen, wovon er red'?« Antoine Carême lächelte, und wie immer machten seine Augen mit. Der Mann musste jeden Morgen einen großen Löffel Glück essen.

»Schweigend sieht ihn an die milde / Braut mit schauerlicher Lust / Sinkt dem kühnen Ritterbilde / Trunken an die stolze Brust«, rezitierte Julius seinen Vorfahren, der sich eingehend mit der Ehe beschäftigt hatte. »Ich gehe jetzt mitsamt stolzer Brust zu meiner zukünftigen Erretterin. Die ist sicher längst in meinem, also unserem Haus und sorgt dafür, dass ich jung bleibe, indem sie ihre Klamotten überall da hinstopft, wo sie nicht hingehören.«

»Manchmal sieht man den Dinge von das falsche Seite. Den Schloss zum Beispiel ist am schönsten von die Gartenseite – doch den meiste Besucher schauen nur von die Straße. Es lohnt manchmal, hinter die Haus zu gucken. Glaub mir!«

»Antoine, du klingst wie ein griechischer Philosoph, und ich habe keine Ahnung, worauf du hinauswillst.«

»Du wirst noch herausfinden. Ich hab groß Vertrauen in dich.«

»Damit stehst du zurzeit ziemlich allein. – Mach es gut, Antoine.«

»Noch einen Sach, Julius!«

»Ja?«

»Geh mal zu die Haus links neben die Buchhandlung, in die erste Stock. Als ich dich in die Nacht bei Dobel abgeliefert hab, hat dort jemand den Fenster geschlossen. Vielleicht kann das Person dich entlasten.«

»Hast du das auch der Polizei gesteckt?«

»*Non!* Könnte ja sein, dass diesen Jemand gesehen hat, wie du …«

»Danke für dein Vertrauen.«

Julius war froh, wieder in ein Zuhause zurückzukehren, in dem Anna ihn erwartete. Trotz der beiden Katzen hatte sich seine Heimstatt in den letzten Wochen leer und ungemütlich angefühlt. Er blieb nur noch kurz in seinem Käfer und telefonierte mit August Herold. Den hatten sie mittlerweile wieder freigelassen, und der Lautstärke nach zu urteilen, tobte er in seinem Weingut. Erstaunlicherweise war er jedoch nicht wütend auf Julius. Die Befragung hatte stattdessen seinen Ehrgeiz angestachelt. Er würde den Mörder finden, und wenn er dafür jeden Eisklotz von hier bis Alaska untersuchen müsste! Um allen zu beweisen, wie ungerechtfertigt sein hochdramatischer Abtransport gewesen war.

Als Julius die Haustür öffnete, stand Pfarrer Cornelius dahinter und strahlte ihn an. Der junge Geistliche hatte den athletischen Körper eines Kurzstreckenschwimmers und das glänzende Haar eines Golden Retrievers. Julius hatte sich geschworen, dass ihm niemals solch ein gut aussehender Priester die Show bei seiner Hochzeit stehlen würde – aber gegen Annas weibliche Logik war er nicht angekommen. Sie hatte entschieden, dass Pfarrer Cornelius die Trauung vollziehen sollte, da er der einzige Priester war, den sie beide kannten. Zwar durch die Ermittlungen in einem Mordfall, doch das war Julius' Zukünftiger egal. Sie fand die Wahl aus irgendeinem Grund romantisch. Neben Pfarrer Cornelius würde Julius wie ein schlecht aufgegangenes Roggenbrötchen aussehen. Eingezwängt in einen spacken dunklen Anzug.

Immerhin wäre damit für gute Stimmung in der Kirche gesorgt.

»Mir fällt ein Stein vom Herzen!« Pfarrer Cornelius führte ihn ins Wohnzimmer. Er roch ein wenig nach Weihrauch. »Von der Größe des Berges Golgatha, wenn Sie mir diese Bemerkung erlauben.«

Obwohl es sein Sofa war, fühlte sich Julius wie auf einer Kirchenbank, als Pfarrer Cornelius nun über die Bedeutung der Ehe referierte. Dessen Blick verweilte dabei stets in der Ferne, als spreche er zur Welt im Allgemeinen.

Sie durfte ihm eine geschlagene Dreiviertelstunde lauschen.

»Und damit möchte ich meinen kleinen Vortrag beenden. Bevor wir über die Details Ihrer Hochzeit sprechen, muss dieses Dokument noch ausgefüllt werden.« Cornelius zog eine graue Mappe aus seiner Jute-Umhängetasche hervor. »Ich lasse Sie nun für einen Augenblick allein, damit Sie alles in Ruhe und mit Bedacht studieren können.«

Er verschwand in den Garten, wo er einige Kniebeugen machte und rhythmisch dünne Atemwölkchen ausstieß. Ein bewundernswertes Priesterexemplar, fand Julius.

Anna setzte neuen Tee auf. Julius konnte hören, dass sie es mit der falschen Kanne tat. Diese klang einen ganzen Ton höher, wenn sie auf den Herd gestellt wurde. Er verkniff sich einen Kommentar und nutzte die Zeit stattdessen, um die vor ihm liegenden Bögen mit den vielen Kästen und Leerzeilen anzuschauen. »Ehevorbereitungsprotokoll – Amtliches Formular der Deutschen Bischofskonferenz«, stand darauf. Es ließ die Hochzeit wie einen Gebrauchtwagenkauf erscheinen. Alle Eventualitäten wurden abgesichert – Scheidungen verhindern konnte es trotzdem nicht. Die Personalien hatte Julius schnell durch, länger brauchte er für die Rubrik »Ehehindernisse, Eheverbote, Trauverbote und Ehewille«. Es war eine faszinierende Lektüre. Wenn auch sprachlich arg trocken. Doch zwischen den Zeilen taten sich Abgründe auf.

»Die Ehe ist ihrer Natur nach auf das Wohl der Gatten sowie auf die Zeugung und Erziehung von Nachkommenschaft hingeordnet«, konnte Julius da lesen. Nach kurzer Freude, dass dies ein Vorteil für ihn wäre, wies die mit dampfendem Tee zurückkommende Anna lachend darauf hin, dass damit beide Ehepartner gemeint seien. Er solle sich bloß keine falschen Hoffnungen machen.

Dann kamen die wirklich essenziellen Fragen: Konnte er bestätigen, dass er nicht durch Drohung, starkes Drängen oder (äußeren oder inneren) Zwang zur Heirat beeinflusst wurde? Anna hatte ziemlich deutlich gemacht, dass sie geheiratet werden wollte und sich ansonsten jemand anderen suchen würde. Sie sei nun mal so erzogen worden. Basta. Galt das schon?

»Versichern Sie, dass Sie Ihren Partner vor der Eheschließung unterrichten, falls bei Ihnen eine Eigenschaft vorliegt, die die Gemeinschaft des ehelichen Lebens schwer stören kann?« Was sollte das heißen? Würden seine Vorliebe für frühmorgendliches Duschen, sein Hang zu einem geometrisch angelegten Garten oder sein Schwärmen für amerikanische Filmkomödien aus der Schwarz-Weiß-Ära die Ehe stören? Oder waren hiermit eher Julius' Blackouts gemeint? Über die wollte er am liebsten niemals reden. Und in ein Ehevorbereitungsprotokoll schreiben schon mal gar nicht.

Unter Punkt 10 wurden die »Ehehindernisse« genauer erläutert. Unter anderem Mindestalter, ewiges Gelübde im Ordensinstitut, Frauenraub, Gattenmord. Julius konnte sie alle ausschließen. Besonders freute ihn das bei Unterpunkt c: »Unfähigkeit zum ehelichen Akt«.

Als Pfarrer Cornelius den Raum wieder betrat, war Julius bester Laune. Nach der Pflicht folgte die Kür. Es galt, die Messe zu besprechen.

»Wichtig ist«, forderte Julius in einem Grabeston, »keine Verwandten in die Kirche zu lassen. Besonders meine Eltern nicht! Nur Fremde dürfen kommen. Fremde mit Weinspenden.«

»Meine Familie darf natürlich rein, sonst ist die Kirche so kahl«, ergänzte Anna todernst gegenüber dem blass werdenden Priester. »Die können sich auch benehmen – wenn wir darauf achten, dass sie morgens keinen Kaffee bekommen. Ansonsten sind sie sehr überdreht und hangeln sich von Kanzel zu Kanzel. – Sie brauchen gar nicht so zu schauen, Pfarrer Cornelius. Es ist auch in Ihrem Interesse!«

Der Geistliche faltete die Hände. »Sie scherzen, nicht wahr?«

»Meinen Sie?«

»Doch, da bin ich mir eigentlich sicher.« Er zwängte ein Grinsen in sein Gesicht. »Oder?«

»Lassen Sie sich bei der Hochzeit einfach überraschen«, sagte Julius. Dieses Treffen war bedeutend unterhaltsamer, als er vermutet hatte.

Pfarrer Cornelius schlug ein dunkles Notizbuch auf. »Gut. Kommen wir dann zur Auswahl der Lesung.«

»Da nehmen wir die ›Hochzeit zu Kana‹«, platzte Julius heraus. »Jesus verwandelt Wasser in Wein. Mein absolutes Lieblingswunder!

Wenn das nicht für eine Trauung im Ahrtal passt, dann weiß ich es nicht.«

»Nein«, widersprach Anna. »Kommt nicht in die Tüte.«

»Also Johannes 2 ist eine sehr populäre Lesung für eine Hochzeit, da hat Ihr zukünftiger Mann schon recht.«

»Der kann recht haben, so viel er will, aber wir nehmen diesen Bibelvers mit ›Nun aber bleiben Glaube, Hoffnung, Liebe, diese drei; aber die Liebe ist die Größte unter ihnen‹. Das war nämlich mein Konfirmationsspruch.«

Pfarrer Cornelius strahlte. »Also das hohe Lied der Liebe aus dem 1. Korinther 13 ist wirklich immer noch die Lesung schlechthin für eine Hochzeit, da hat Ihre zukünftige Frau schon recht.«

»Gilt das jetzt schon als Ehehindernis?«, fragte Julius. »Ich will nämlich keine Frau, die immer recht hat.«

»Ich werde dich das nicht jedes Mal spüren lassen«, säuselte Anna.

»Dann ist ja gut.«

»Nur *fast* jedes Mal.«

Sie hatten gar nicht bemerkt, wie Pfarrer Cornelius aufgestanden war. »›Wenn ich mit Menschen- und mit Engelszungen redete und hätte die Liebe nicht, so wäre ich ein tönendes Erz oder eine klingende Schelle. Und wenn ich prophetisch reden könnte und wüsste alle Geheimnisse und alle Erkenntnis und hätte allen Glauben, sodass ich Berge versetzen könnte und hätte die Liebe nicht, so wäre ich nichts. Und wenn ich alle meine Habe den Armen gäbe und ließe meinen Leib verbrennen und hätte die Liebe nicht, so wäre mir's nichts nütze.‹«

Julius war, als würde sein Herz in der Brust wachsen und sich erwärmen. Er hatte ganz vergessen, worum es eigentlich ging. Dass sie verdammtes Glück hatten, sich gefunden zu haben. Dass es sich besser anfühlte, mit Anna zusammen zu sein, als mit irgendwem sonst.

Fast immer zumindest.

»Wir nehmen es«, sagte Julius.

»Wunderbar! Dann zu den Liedern. Gern wird eine Mischung aus klassischen und neuen geistlichen Liedern genommen. Nach wie vor wünschen sich Brautpaare häufig das ›Largo‹ von Händel oder das ›Ave Maria‹. Kennen Sie vielleicht eine Sängerin, die dieses darbieten könnte?«

»Die Kellermeisterin vom Weingut Schultze-Nögel ist ausgebildeter Sopran. Die kann ich fragen«, sagte Julius.

»Zudem würde ich Ihnen ›Lobe den Herren‹ und ›Großer Gott wir loben dich‹ aus dem Gotteslob empfehlen. Echte Klassiker, die gefallen jedem, und alle können sie mitsingen.«

Julius kam sich vor wie bei der Absprache eines Büfetts. Und dann nehmen Sie noch ein paar Frikadellchen, die kommen immer gut an, und Tomaten mit Mozzarella für die Damen.

Er nickte alles ab.

»Dann bleibt allerdings keine Zeit mehr für all die schönen neuen geistlichen Lieder wie ›Kleines Senfkorn Hoffnung‹, ›Laudato si‹ oder ›Herr, Deine Liebe ist wie Gras und Ufer‹.«

»Das ist schon okay«, sagte Julius. »Das sollen die neuen Geistlichen singen. Meine Mutter würde mir den Hals umdrehen, und mein Vater würde mich dabei festhalten, falls sie die trällern müssten. Und wir wollen ja trotz allem eine friedliche Feier.«

»Bleiben noch die Fürbitten.«

»Oh Herr, wir bitten dich, lass meinen Ehemann nicht ins Gefängnis wandern!«, rief Anna, die Arme ausgebreitet.

»Oh Herr, lass meine minderbemittelte Frau den Mord aufklären, dessen ich ungerechtfertigterweise beschuldigt werde!«, revanchierte sich Julius.

»Das ›minderbemittelt‹ nimmst du zurück!« Anna warf sich auf ihn und biss spielerisch in seine Schulter. Julius wehrte sich, als sei er ein mächtiger Serengeti-Löwe.

»Sind Sie sich *sicher*, dass Sie heiraten wollen?«, fragte Pfarrer Cornelius.

Augenblicklich stoppte der Kampf. »Ehrlich gesagt«, antwortete Julius. »Sicherer als je zuvor.«

***

Mittwoch, der 15. November

Mordverdächtigungen, Kommissare und fliegende Kühe blieben in dieser Nacht außerhalb der Hausmauern. Die gut gemeinten Ehevorbereitungsratschläge von Pfarrer Cornelius ebenso. Auf diese

Weise hatte Julius endlich mal wieder eine angenehme Nacht und genoss am nächsten Morgen sogar das Frühstück – obwohl Anna es zubereitet hatte.

Danach ging er in die »Alte Eiche«, um dort etwas Ordentliches zu essen. Das Restaurant gehörte zu dieser Uhrzeit noch ihm allein. Beim Hereinkommen warf er kurz einen Blick ins Belegbuch, um erfreut festzustellen, dass alle Tische reserviert waren. In der Küche ließ er sich von seiner Nase zu allerlei Köstlichkeiten leiten und briet sich schließlich ein ganz klassisches Spiegelei – allerdings mit Serrano-Schinken statt Speck.

Es tat ihm gut zu kochen, das zu vollführen, wozu er geboren war. Und sei es nur, ein profanes Ei in die Pfanne zu hauen. Aber eben das richtige Ei bei der korrekten Temperatur auf die Sekunde genau gebrutzelt. Was für wunderbare Gerichte ließen sich aus einfachen Dingen zaubern, wenn man ihrem Geschmack nur auf den Grund ging. In einer Ecke der Küche, neben dem »Salamander« genannten Ofen, der dank seiner extrem starken Oberhitze alles gratinieren, überbacken, glasieren oder karamellisieren konnte, stand ein silberner Bilderrahmen mit einer verglasten Karte des Ahrtals. Viele seiner Angestellten hatten ihn gefragt, was es damit auf sich habe, aber Julius wollte diese Idee für das humoristische Hochzeitsessen noch nicht verraten. Nun hatte er wieder Lust, sich daranzubegeben. Das Projekt sah vor, eine kulinarische Landkarte des Ahrtals zu erstellen.

Mit Weingummi.

Aber nicht irgendwelchen.

Natürlich würden sie aus Gelatine, Wasser, Zucker, Honig und Zitronensäure bestehen, aber eben vor allem aus Wein. Doch Julius wollte mehr, als dass die kleinen Leckereien in Flaschenform undifferenziert nach dem Rebensaft schmeckten. Sie sollten ihre Sorte widerspiegeln, den Boden, auf dem sie gewachsen waren, das Jahr und den Winzer, der sie geschaffen hatte. Er würde sie genau dort auf die kleine Glasscheibe kleben, wo sie »geboren« wurden: Altenahrer Eck, Dernauer Pfarrwingert, Mayschosser Mönchberg, Walporzheimer Kräuterberg, Heimersheimer Landskrone.

Den Ahrweiler Ursulinengarten hatte Julius nach Dobels Tod gestrichen. Auch wenn ein Eisweingummi von dort sicher für besondere Schlagzeilen sorgen würde.

Einem Chemiker gleich experimentierte er nun am richtigen Mischverhältnis, achtete mithilfe eines Thermometers darauf, dass die Temperatur der Ausgangssuppe nicht über 115 Grad stieg, und konnte am Ende des Prozesses ein fertiges Weingummi aus seiner Mehlform lösen und auf die Zunge legen. Viel mehr war nicht nötig, denn das unscheinbare kleine Ding löste sich wie von selbst auf.

Ein Spätburgunder Walporzheimer Gärkammer, Weingut Kiesingar, aktueller Jahrgang.

Es war alles da. Die Essenz des Weines fand sich in der Nascherei.

Großer Gott, würden die Hochzeitsgäste Augen machen!

Über den ganzen Nachmittag und Abend hin griff Julius immer wieder in das kleine Tütchen mit dem Weingummi. Auch als er sich nach getaner Arbeit um kurz nach elf auf den Weg zum Bad Neuenahrer Spielcasino machte, ließ er eines auf seine Zunge gleiten, um die aufkeimende Anspannung zu lösen. Julius wusste über Casinos nur eines, nämlich dass die Franzosen sie erfunden hatten – der Name stammte allerdings aus dem Italienischen und bezeichnete ursprünglich ein Bordell. Daran musste er immer denken, wenn er an dem Prachtbau vorbeifuhr.

Manchmal machte er dafür sogar einen kleinen Umweg.

Julius stellte seinen Wagen in der City-Park-Garage ab. Mit seinem Käfer kam er sich neben all den Prunkkutschen aus Untertürkheim und München wie ein Bettelstudent vor. Gott sei Dank standen so viele andere Kleinwagen in den Parktaschen, dass er nicht fürchten musste, völlig deplatziert am Spieltisch zu sitzen.

Der Casino-Portier trug eine rote Jacke mit schwarzem Kragen und grüßte ihn so freundlich, als käme Julius jeden Abend vorbei. Das passte zu dem unwirklichen goldenen Lichtermeer, das Besucher ins pastellfarbene Jugendstilgebäude mit dem lebenslustigen Flair der Belle Époque zog.

Nach der Ausweiskontrolle kaufte sich Julius ein paar Jetons und flanierte vorbei an den wohlgebräunten Damen in ihren Chiffonkostümen, die ihre Pelzstolas und Klunker ausführten, und ihren wie zur Beerdigung schwarz gekleideten Begleitern. Viele rochen, als hätte man sie über Nacht in Parfum mariniert. Doch diese Gestalten stellten die Ausnahme dar. Krawatte und Jackett waren schon lange nicht mehr erforderlich, um eingelassen zu werden. Nur »gepflegt« musste es sein. Deshalb gab es Jeans und Pullover, Frauen in Strickjacke, ein Spieler war sogar in Tenniskleidung hier. Das empfand Julius als ernüchternd, denn der Pomp alter Zeiten gefiel ihm. Wie eine dicke Buttercremetorte mit extra Sahne.

Er hielt auf den Roulettetisch zu, hinter dem eine magere Frau mit strengem, schwarz glänzendem Pferdeschwanz und dezentem Make-up als Croupier stand. Sie hatte ein lang gezogenes Gesicht mit hoher Stirn und erinnerte an Celine Dion. In jung. Und in schlecht gelaunt. Deshalb saß wohl auch nur ein Spieler an ihrem Tableau. Sein Bier war längst schal, die Hand darum verkrampft und sein Stapel silberner Fünf-Euro-Jetons verdammt niedrig.

»Bitte das Spiel zu machen!«

Früher hieß es noch »Faites vos jeux«, dachte Julius. Das hatte Weltstadtflair gehabt.

Zögerlich verteilte der Mann seinen Stapel. Einen auf die Linie zwischen 14 und 17 – Cheval mit der Chance auf siebzehnfachen Gewinn. Zwei auf die rechte Seitenlinie. Transversale pleine auf 4, 5 und 6. Den Rest auf das Feld mit der Aufschrift »Manque«, das alle Zahlen von 1 bis 18 beinhaltete und nur einfachen Gewinn versprach. Seine Hände zitterten nicht, doch sie glänzten von Schweiß.

»Nichts geht mehr.«

Die Elfenbeinkugel wurde in den rotierenden Kessel geworfen. Nach etlichen Umdrehungen blieb sie in einem der siebenunddreißig Felder liegen.

»Sechsunddreißig, Rot, Pair, Passe!«

Der Mann hatte alles verloren. Er zeterte nicht, drückte nur das Bierglas an seine Brust und strich zum Abschied zärtlich über den Roulettetisch.

Julius setzte sich.

Die Frau mit dem strengen Pferdeschwanz war Tanja Engels, Willi Dobels Cousine. Übergangen bei der Erbschaft. Nun arbeitete sie wieder in ihrem alten Beruf.

»Ich weiß, wer Sie sind. Und ich weiß, dass Sie nicht spielen.« Ihre Stimme war viel rauchiger, als Julius erwartet hatte. Sie musste die Falten und Furchen in ihrem Gesicht, die zu einem solchen Timbre gehörten, mit viel Puder überdeckt haben.

»Zwanzig Euro auf die Zwölf«, sagte Julius und schob die Jetons ordentlich in die Mitte des Feldes.

»Sie wollen doch gar nicht spielen.«

»Und Sie wollen anscheinend kein Geld verdienen. Ich dachte immer, Croupiers leben von den Trinkgeldern der Gäste.«

Sie warf die Kugel. »Es gibt ein Mindestgehalt, der Tronc kommt nur dazu. Aber glauben Sie ernsthaft, bei einem solchen Publikum wäre viel zu holen? Die Zeit der Reichen und Schönen ist vorbei, jetzt kommen Hinz und Kunz. Die halten ihr Geld schön beisammen.«

»Hat der liebliche Thidrek Sie auch schon in die Mangel genommen?«

»Acht, Schwarz, Pair, Manque. Sie haben leider verloren.«

Doch genau darüber freute sich Julius. Denn er hatte auf das Datum seiner Hochzeit gesetzt. Der 12.12. um 12 Uhr 12. Genau einen Monat, einen Tag, eine Stunde und eine Minute nach Karnevalsanfang. Dem höchsten Fest im Rheinland. Deshalb auch das rheinisch-humoristische Menü. Glück in der Liebe, Pech im Spiel, dachte Julius. Er hatte vor, alle Jetons zu verlieren, und setzte wieder auf die Zwölf.

»Ich glaube nicht, dass Sie es waren«, sagte Tanja Engels.

»Wer denn dann? Sie?«

»Ein Motiv hätte ich gehabt.«

»Dann sitzen wir in einem Boot. Hatten Sie ein enges Verhältnis zu ihm?«

Tanja Engels schüttelte fast unmerklich den Kopf. »Ich habe Willi sehr selten gesehen. Wenn, dann war es hier. – Vierundzwanzig, Schwarz, Pair, Passe. Sie haben wieder verloren.«

»Hat er um große Summen gespielt?«

»Er hat viele goldene Jetons verloren. Die zu zehntausend. So viele, dass er sich *spezielle* Freunde suchen musste.«

Wieder setzte Julius auf die Zwölf. Nun sogar etwas mehr. Er hatte Spaß am Verlieren gefunden. »Ich dachte, seinen Restaurants ging es gut. Er hat doch sicher viel Geld gemacht.«

»Willi sagte immer, Geld zieht Geld an. Wo die Menschen es vermuten, da bringen sie ihres hin. Mein Cousin war sozusagen nicht nur im Koch-, sondern auch im Showgeschäft. In die ›Ahrgebirgsstube‹ hat er nur reingebuttert in der Hoffnung, irgendwann etwas zurückzubekommen.«

»Haben Sie das auch der Polizei erzählt?«

»Natürlich. Denken Sie, ich sei blöd?« Ihre mahagonibraunen Augen funkelten gefährlich.

»Nein. Ich halte Sie für verdammt intelligent.« Tanja Engels wirkte auf Julius nicht wie eine Frau, die sich allein aus karitativen Beweggründen um eine Verwandte kümmerte. Sie war beileibe keine Mutter Teresa. Auf den Jackpot hatte sie spekuliert, auf das Erbe.

»Vier, Schwarz, Pair, Manque. Und wieder.«

»Hat er sie eigentlich oft besucht, seine kranke Mutter, meine ich?«

»Sind Sie wirklich so naiv?«

»Aber warum hat er dann trotzdem *alles* geerbt?«

»Weil er ihr den Notar bezahlt hat, um ein neues Testament aufzusetzen. Ein guter Freund von Willi. Und plötzlich waren darin Dinge verfügt, die sie niemals gewollt hat.«

Sie hatte sich also verzockt. Weil ein noch gerissenerer Spieler betrogen hatte. Tanja Engels lächelte gequält.

»Klingt nicht, als hätten Sie ihn gut leiden können.«

»Bitte das Spiel zu machen!« Sie zog ihr Haargummi straffer. »Einen solchen Verwandten wünsche ich meinem ärgsten Feind nicht. Charmant, von allen geliebt, berühmt, im Fernsehen immer strahlend – und hinter den Kulissen ein Abgrund.«

Die Permanenzanzeige über dem Roulettetisch zeigte die Zahlen der letzten zwanzig Spiele. Kein einziges Mal war die Zwölf gefallen. Wunderbar! Gleich morgen früh würde Julius seiner Herzallerliebsten von dem guten Omen erzählen. Sie glaubte an so etwas. Und wenn er ehrlich zu sich war, sah es bei ihm nicht anders aus.

»Ich setze wieder auf dieselbe Zahl. Und diesmal alles.«

Julius glaubte nicht, dass Tanja Engels zu einem Mord fähig war. Doch es irritierte ihn, wie sicher sie sich war, dass er ihren Cousin nicht umgebracht hatte. Sie wusste etwas, doch davon erzählen würde sie nicht. Zumindest nicht hier, nicht jetzt. Allerdings sah sie wie eine Frau aus, die einen Verbündeten brauchte. Die jedoch nicht wusste, woran sie ihn erkennen konnte.

»Nichts geht mehr.« Sie gab der Elfenbeinkugel viel Schwung, Ewigkeiten haftete sie am oberen Rand des Roulettekessels. »Hat die Polizei Sie eigentlich auch über süße Teufel ausgequetscht?«

Julius kam es vor, als wäre sein Rücken schockgefrostet worden. Thidrek hatte die Süßigkeit beim gestrigen Verhör tatsächlich angesprochen. Julius hatte es für einen seiner dummen Scherze gehalten. Selbst als Antoine Carême ihm später davon berichtete, hatte er es als unwichtiges Detail abgetan. Offenbar steckte mehr dahinter. Viel mehr.

»Wieso?«

»Dann haben sie es Ihnen also nicht verraten. Mir erst ganz zum Schluss.«

»Was denn?«

Die Kugel senkte sich den Zahlenfächern entgegen.

»In Willis Sakkotasche sind süße Teufel gefunden worden. Dabei isst er so einen Kram schon seit Jahren nicht mehr.«

Die Kugel hatte ihr Ziel gefunden. Tanja Engels lächelte. »Zwölf, Rot, Pair, Passe! Meinen herzlichen Glückwunsch. Sie sind anscheinend ein echter Glückspilz!«

6. Kapitel

»Wenn es keine Hexen gäbe, wer möchte Teufel sein?«
Johann Wolfgang von Goethe

Donnerstag, der 16. November
Plötzlich wurde die Bettdecke weggezogen.

»Aufwachen, Schlafmütze!« Anna kitzelte ihn an den Fußsohlen. »Ich dachte ja, der Kaffeeduft würde dich munter machen. Aber ich muss dich wohl doch wachkuscheln.«

Julius sprang auf, Anna landete im leeren Bett. Er war noch nicht in der Stimmung für morgendliches Aneinanderschmiegen. Erst einmal wollte er wach werden und die Augen ordentlich aufhalten können.

»Spielverderber!«, sagte Anna und rollte sich wieder von der Matratze. »Wer so gemütlich aussieht wie du, der muss *immer* kuschelbereit sein. So eine Art SEK – Schmuse-Einsatz-Kommando.«

Julius grunzte und warf sich seinen Kimono über. Der stand ihm zwar nicht, aber er liebte ihn sehr. Er gab ihm das Gefühl, ein verdammt gefährlicher Samurai zu sein – selbst beim Aufstehen.

»Kommst du frühstücken? Es gibt Bircher-Müsli und warme Brötchen vom Bäcker. Als Belohnung für dich, du Süßer.«

Was redete Anna da?

Wodurch hatte er sich die Backwaren verdient? Hatte er sich in dieser Nacht vielleicht ausnahmsweise mal nicht so breit im Bett gemacht?

»Erst Katzenwäsche«, raunzte er und verschwand für die nächste Dreiviertelstunde im Badezimmer. Als er die Treppe herunterkam, waren die Brötchen kalt.

»Dass ein Mann so eitel sein kann, hätte ich mir auch nie träumen lassen.«

»Köche sind nun mal reinliche Menschen. Das ist alles. Wo ist mein Brötchen, wo das Messer, wo die grobe Leberwurst?«

»Sitz!«, sagte Anna. Und strich ihm über das spärliche Haupthaar, das halbrund wie ein Mistelkranz auf dem Kopf spross. »Machen wir das heute Abend noch mal?«

»Was meinst du? Willst du mir die Decke jetzt auch beim Einschlafen vom Leib wegreißen?«

»Du weißt schon …« Anna blickte ihn mit ihrem Augenaufschlag für ganz besondere zwischenmenschliche Momente an.

Nein, Julius wusste nicht. Erst jetzt wurde ihm klar, dass er sich an nichts erinnern konnte, was nach dem Roulettegewinn geschehen war. Verdammt! Eine neue Gedächtnislücke. Immerhin war er diesmal nicht vor der Polizei geflohen oder nachts zum Ort eines Verbrechens gewandert. Manchmal musste man mit wenig zufrieden sein. Diesmal schien er sogar etwas genau richtig gemacht zu haben. Anna schnurrte geradezu.

Das erklärte auch die Brötchen.

»Können wir gerne wieder machen«, sagte Julius. Anna durfte nichts von dem neuerlichen Blackout erfahren. Deshalb: Themenwechsel. »Hast *du* zufällig mit meiner Bank gesprochen?«

»Wieso sollte ich das tun? Muss ich etwa einen Bräutigampreis entrichten? Ist das die neue Form der Aussteuer? Ich hatte eigentlich nur an ein paar Tischdecken und das alte Familienbesteck gedacht.«

»Jemand hat meine Schulden beglichen. Sonst gäbe es heute keine ›Alte Eiche‹ mehr.«

»Du hast mir nicht gesagt, dass es so ernst um dich stand!« Anna hörte auf zu essen. Der kleine Brotkrümel an ihren Lippen sah niedlich aus, fand Julius.

»Ich wollte meine Zukünftige nicht verunsichern.«

Sie ließ ihr Brötchen energisch fallen. »Soll das heißen, du hast befürchtet, ich hätte dich dann nicht mehr geheiratet?«

»Nein!«

Anna sah ihn lange mit ihrem Raubtierblick an, die Kaumuskeln angespannt, die Zähne knirschend. »Damit sind wir noch nicht durch, mein Lieber! Ich überleg mir noch, wie du diese Frechheit wieder ausbügeln kannst.«

»Ist das eine Drohung oder ein Versprechen?«

»Weiß ich noch nicht. Du wirst dich überraschen lassen müssen. Zur Besänftigung solltest du auf jeden Fall noch mal die Behandlung von gestern Abend wiederholen. Das wäre schon mal ein Anfang.«

»Ja, gerne.« Verdammt! Jetzt musste er in Erfahrung bringen, was genau passiert war. »Was hat dir denn am besten gefallen?«

Anna sah ihn fragend an. »Das habe ich ja wohl deutlich gemacht, findest du nicht? Du fragst, als wärst du nicht dabei gewesen.«

»Ach Quatsch! Niemals werde ich das vergessen. Keine Einzelheit. Ich wollte mich nur rückversichern. Wir Männer sind ja manchmal etwas unsensibel.«

»Sag bloß!«

»Nenn mir einfach deine Top drei.«

»Also, Platz eins ist der Kir Royal, den du mir ans Bett gebracht hast.«

»Der war eine gute Idee, nicht?«

Anna hielt sich die Hand vor den Mund. »Oh mein Gott!«

»*Was ist?* Geht es dir nicht gut?«

Anna strich Julius über die Wange. »Du kannst dich nicht erinnern! Es gab überhaupt keinen Kir Royal. Das hab ich mir nur ausgedacht.«

»Oh.« Mehr fiel ihm dazu nicht ein.

»So was verschweigst du mir also auch! Ist das deine Vorstellung davon, wie man eine Ehe beginnt? Es macht mich stinkewütend, wenn man mir etwas verheimlicht.«

Das Telefon klingelte.

»Da gehst du jetzt nicht dran«, sagte Anna. »Jetzt wird geredet!«

»Aber das könnte wichtig sein. Immerhin stehe ich unter Mordverdacht.« Er stand auf und nahm ab. »Eichendorff.«

»Hallo, Teddy. Ich hab leider schlechte Nachrichten für dich.« Es war Simone.

Julius wollte sie gerade mit Namen begrüßen, besann sich dann aber eines Besseren. Wenn Anna mitbekam, dass er jetzt auch noch mit einer alten Flamme telefonierte, würde sie ihm den Kopf abreißen. Und vermutlich Arme und Beine dazu. Wenn sie aufgebracht war, gab es keinen Unterschied mehr zwischen einer rasenden Wildsau und seiner zierlichen Freundin.

»Hallo, *Antoine*. Was gibt es denn?«

»Ist die Polizei bei dir?«

»Wo denkst du hin? Also, raus damit!«

»Etwa deine Verlobte? Willst du nicht, dass sie von mir erfährt? Weil ich eine äußerst attraktive Frau bin? Du bist so süß, Julius! Ich fass das als ganz großes Kompliment auf. Wenn du mich jetzt sehen könntest, wüsstest du, dass ich erröte. Am ganzen Körper.«

Plötzlich stand Anna neben Julius. »Was sagt er? Ist ihm noch etwas zur Mordnacht eingefallen?«

Julius hielt die Sprechmuschel zu. »Ich erzähl dir gleich, was er gesagt hat. Und es tut mir leid, wegen allem.« Er gab Anna einen Kuss, den sie nur widerwillig annahm. Erst als sie wieder am Frühstückstisch saß, sprach er erneut ins Telefon.

»Jetzt mach es nicht so spannend!«

»Das brauch ich auch gar nicht, ist es nämlich sowieso.«

»Ich höre.«

Anna spurtete zu ihm und stellte das Telefon auf laut. »Das will ich auch mitbekommen!«

Bevor Julius auflegen konnte, sprach Simone wieder.

»Die Polizei hat die Kamelhaardecke analysiert, mit der du im Ursulinengarten gefunden worden bist. Und jetzt halt dich fest, Süßer! Sie stammt aus Willi Dobels Haus. Nun brauchst du eine verdammt gute Erklärung.«

Anna übernahm für Julius das Auflegen. Dann pfefferte sie ihm eine, griff sich sein Frühstück, schmiss es mit vollem Karacho in den Mülleimer, verließ die Küche und gleich danach das Haus. Den Türknall konnte man noch auf Helgoland hören. Julius' Katzen flohen mit Buckel und erhobenen Schwänzen durch die Katzenklappe.

Als er schon dachte, Anna sei fortgefahren, erschien sie vor dem Küchenfenster.

»Du brauchst nicht nur *eine* gute Erklärung, sondern *zwei*! Wenn sich Antoine in den letzten Tagen keiner Geschlechtsumwandlung unterzogen hat, steckst du bis zum Hals in der Gülle!« Sie rannte davon, kam dann aber nochmals wieder. *»Süßer!«*, schrie sie und rauschte endgültig ab.

Nun kamen die Katzen wieder hereingerast. Sie waren völlig verwirrt. Ihre Welt war nicht mehr sicher. Weder drinnen noch draußen.

Er würde ihnen etwas für die Nerven geben müssen. Am besten Käserollis.

Für sich selbst auch eine große Portion.

Dass die Mutter Oberin des Klosters Calvarienberg Julius zu sich bestellte, war eine echte Erlösung. Die Luftveränderung würde ihm guttun – und vielleicht hatte die Nonne ja eine Idee, wie eine Furie wieder in eine Frau zu verwandeln war. Er hatte doch alles nur gut gemeint! Warum sah sie das bloß anders?

Tief in seinem Inneren regte sich vorsichtiger Widerspruch. Aber Julius war nicht bereit, ihm Beachtung zu schenken.

Die Mutter Oberin wartete bereits vor dem Kloster auf ihn. Statt einer Begrüßung untersuchte sie seine Jacke.

»Kann man die wenden?«

»Nein, wieso?«

»Haben Sie eine andere im Wagen?«

»Die reicht mir völlig.«

»Trotzdem ziehen Sie diese nun aus. Zwar könnte es gleich kalt werden, doch es ist nur zu Ihrem Besten.«

Die Nonne half ihm aus der Jacke. Julius fing sofort an zu frieren.

»Soll ich Ihnen vielleicht eine meiner ... nein, die würden Ihnen wohl nicht passen. Lieber gebe ich Ihnen meine graue Filzdecke.«

»Was haben Sie hier für eine strikte Kleiderordnung? Muss ich mich gleich bis auf die Unterhose ausziehen?« Julius griff sich schützend an die Gürtelschnalle.

Die Mutter Oberin schüttelte vehement den Kopf. »Unser Hausmeister mag keine grüne Kleidung. Sie lässt ihn äußerst unwirsch werden. Noch mehr als sonst.«

»Und was macht er, wenn er an einer grünen Pflanze vorbeigeht? Wird die direkt vernichtet?«

»Er meidet sie. Deshalb mussten wir auch einen Gärtner einstellen.«

»Wieso behalten Sie solch einen Kauz überhaupt?«

»Jeder Mensch hat seinen Platz, Herr Eichendorff. Gottfried Kramp hat seinen bei uns gefunden. – Oder wollen *Sie* ihn einstellen?« Die Nonne hielt ihm die muffig riechende Filzdecke hin.

Er nahm sie. Das Wort »kratzig« bekam durch die Decke eine ganz neue Bedeutung. Dagegen waren Stahlschwämme kuschelweich.

»Auf was muss ich sonst noch achten? Darf ich ihn nur aus westlicher Richtung ansprechen? Soll ich jeden Satz mit einem Hosianna beenden? Oder Ihrem Herrn Kramp zur Begrüßung meinen dicken Zeh statt der Hand reichen?«

»Na ja ...«

»Es gibt wirklich *noch* etwas?«

»Nur eine Klitzekleinigkeit. Sie sollten vermeiden, ihm in die Augen zu blicken.«

»Beißt er sonst?«

»Schauen Sie einfach woandershin.«

Der Mann war also ein Monster. Vermutlich trug er eine Metallkugel am Bein, damit er nicht unkontrolliert durchs Ahrtal rannte. Und ihn musste er jetzt fragen, wie die Karte des Klosters aus seiner Obhut verschwinden konnte.

Klang nach einem Riesenspaß.

Lieber würde er sich weiter mit Anna fetzen.

Das Treppenhaus mit den breiten Marmorstufen endete im Keller an einer kleinen Aluminiumtür, die so gar nicht ins hochherrschaftliche Kloster passen wollte. Die Mutter Oberin bemerkte Julius' Verwunderung.

»Unsere alte Eichentür war durchgefault, und eine neue konnten wir uns nicht leisten.«

Dahinter lag die Schattenwelt des Klosters. Die Wände waren weder glatt verputzt noch mit Pastellfarbe gestrichen, sondern rau. Unbehauene Steine, nicht der Ästhetik, sondern nur der Statik gehorchend, unordentlich gemauert.

»Dieser Teil unseres Klosters ist fast noch im Originalzustand«, erklärte die Mutter Oberin ehrfurchtsvoll.

Ein durchhängendes, blankes Stromkabel führte an der Decke entlang in die Tiefe, alle zwanzig Meter baumelte eine nackte Glühbirne davon herab. Die Steinstufen waren schmal und ungleichmäßig, jederzeit drohte Julius zu stolpern, und es gab kein Geländer zum Festhalten.

Der Gang wurde immer enger und dunkler. Die Wände schienen das Licht hier unten noch gieriger zu verschlingen. Nur wenige, längst von Spinnweben bedeckte Lampen erleuchteten die Eingeweide des Baus. Und die Mutter Oberin führte ihn immer noch eine weitere Treppe hinab. Julius fühlte sich, als gelange er mit jedem Schritt tiefer in die Vergangenheit des Klosters. Dumpfer und feuchter wurde der Geruch. Tiefe, grummelnde Geräusche waren zu vernehmen, als sei er im Bauch eines Wals. Wo würde ihn dieses gewaltige Vieh wieder ausspeien?

Pilze bedeckten die grob gemauerten Rundbögen über den Gängen. Es war nicht nur schwarzer Schimmel, auch Champignons fanden sich darunter, prachtvoll gewachsen. Doch der Geruch wurde mit der Zeit fauliger, und Julius fühlte sich nicht länger wie in einem Magen. Dies war fraglos der Enddarm.

»Früher einmal wurden alle Räume hier zur Lagerung genutzt, doch heute stehen sie leer«, erläuterte die Mutter Oberin. »Nur unsere Heizungsanlage findet sich noch in diesem Teil des Klosters.«

Julius erwartete einen feuerspeienden Ofen, in den Gottfried Kramp grölend Kohlen schaufelte, mit halb nacktem verwachsenem Oberkörper, die Augen blutunterlaufen.

Stattdessen fand sich am Ende des letzten Ganges ein Raum mit der Höhe einer Opernbühne. Ganz oben war ein Fensterschlitz eingelassen. Durch diesen mussten die Holzpellets geschüttet worden sein. Julius hatte eine solche Menge noch nie gesehen. Ein Gitter, das bis zur Decke ging, teilte den Raum und schützte Gottfried Kramp vor dem Brennmaterial. Der Hausmeister stand neben einem chromblitzenden Ofen. Sein Oberkörper war bedeckt, er hatte keinen Buckel, keine Fangzähne, auch Hörner waren nicht auszumachen. Er sah eigentlich aus wie ein ganz normaler Rentner im Blaumann. Die Mutter Oberin machte sie bekannt, stellte stolz das moderne Heizsystem vor und ließ die beiden Männer dann allein.

Gottfried Kramp hatte bis zu diesem Zeitpunkt kein einziges Wort von sich gegeben.

»Ich will es kurz machen«, sagte Julius. Und das war die volle Wahrheit. Er wollte nämlich so schnell wie möglich wieder ans Tageslicht. Der merkwürdige Hausmeister stand gefährlich nah neben der Schaufel für die Holzpellets – und er war mit Sicherheit stark genug, um ihm damit eins überzuziehen. Vielleicht geriet er ja plötzlich in Raserei, weil eine grün schimmernde Kakerlake über den Boden krabbelte?

Der Mann lugte über Julius' Schulter in den Gang.

»Herr Kramp, es geht um eine Karte des Klosters, die durch Zufall in meine Hände gelangt ist. Da es nicht das städtische Exemplar ist und auch nicht das von Schwester Brunhilde, muss es Ihres sein. Nicht wahr?«

Immer noch blickte der Hausmeister hinter Julius. »Moment noch! – Endlich fort, die Alte.« Damit drehte er sich um und begann, das Abzugsrohr des Ofens zu prüfen.

»Wollen Sie nicht mit mir reden? Schauen Sie her.« Julius zog die Karte aus der Tasche und merkte erst zu spät, dass sie in einer grünen Kladde steckte.

Kramp starrte wie irre darauf und brach dann in Lachen aus. »Angst gehabt? Dass ich Ihnen den Hals umdrehe?«

»Ehrlich gesagt, ja«, sagte Julius. »Ist das ein ungefährlicher Grünton?«

»Genau wie alle anderen.«

»Sind Sie etwa farbenblind geworden?«

»Ach Quatsch! Ich hab nie was gegen Grün gehabt, bin völlig normal. Was ich Ihnen jetzt sage, bleibt unter uns. Ich weiß, dass man Ihnen trauen kann. Meine Enkelin hat nämlich mal in der ›Alten Eiche‹ gekellnert. Sie sind in Ordnung. Auch wenn Sie den Dobel um die Ecke gebracht haben. Das macht mir nichts aus.«

Dafür allerdings Julius. Ein Mensch, der so offen mit einem Mörder sympathisierte, war ihm unheimlich. Selbst wenn er selbst der mögliche Mörder war.

»Früher, da haben die Pinguine mich gescheucht«, fuhr Kramp fort. »Kommandierten mich herum wie einen Hund. Da kam mir die Idee, ein wenig wunderlich zu werden. Jeden Scheiß müsste ich sonst immer noch machen! Trotz meines Alters. Jetzt haben sie alle Angst vor mir, diese Drachen des Herrn. Und ich hab meine Ruhe. Eine gute Arbeit ist das hier. In der Kantine machen sie sogar dicke Bohnen mit Speck. Extra für mich. Dafür kümmere ich mich um ihren Fettfilter.« Er spuckte in die Hand und reichte sie Julius. »Stillschweigen?«

Julius griff zu, seinen Ekel unterdrückend. »Versprochen. Verraten Sie mir jetzt, wie die Karte ins Restaurant von Willi Dobel kam?«

»Da müssen Sie Rudolf fragen. Dem hab ich den Plan gegeben, weil er damit ein *Begrünungskonzept* erstellen wollte.« Er lachte laut auf, es hallte wie in einer Kathedrale. »Auf den Plänen sind ja nicht nur die Innenräume, sondern auch der Hofbereich drauf. Vor drei Wochen bekam er die.«

»Und wo finde ich diesen Rudolf?«

»Bei sich zu Hause, der ist nämlich entlassen worden. Ein unfähiges, unreifes junges Bürschlein ist das. Ich habe ihm noch nie getraut.«

»Wie alt ist er denn?«

»Siebenundsechzig! Was weiß so einer schon vom Leben? Und stinkefaul ist er. Die Mutter Oberin gibt Ihnen sicher die Adresse. Wahrscheinlich hat er den Plan für viel Geld weiterverkauft.«

»Wer könnte denn ein Interesse daran haben? Ist er irgendwas wert?«

»Gibt doch für alles Sammler. Ich zum Beispiel hab mich auf Kronkorken spezialisiert. Die ganzen Wände hängen voll. Sie stammen ausschließlich von selbst geleerten Bierflaschen – und alle mit den Zähnen geöffnet!« Er zeigte sein Gebiss. Einige Backenzähne wiesen tiefe Einkerbungen auf. Wegen seines Gesichts, das einem zusammengekniffenen Boxhandschuh glich, erinnerte er Julius an Fuzzy Q. Jones aus »Western von gestern«. Ein verschrobener Witzbold, genau wie dieser Gottfried Kramp. Julius entschloss sich zu einem Lächeln. Man konnte diesen Burschen sogar ins Herz schließen.

»Gucken Sie mir nicht in die Augen! Das kann ich gar nicht leiden.«

»Aber …«

»Kein Aber, jetzt raus mit Ihnen. Was sind Sie denn für einer? Was hat mir meine Enkelin da nur erzählt. Hauen Sie bloß ab.«

Julius starrte ihn entgeistert an. Wieder von Pupille zu Pupille. War das jetzt ein Scherz?

»Sind Sie noch nicht raus?« Kramp griff sich die Schaufel. »Sie Dreckskerl!«

Julius orientierte sich an der über ihm verlaufenden Stromleitung und rannte davon. Als er endlich die Aluminiumtür hinter sich schloss, wurden ihm die Knie weich, und er sank auf den Boden.

Das mit dem Augenkontakt hatte sich Kramp also nicht ausgedacht. Dieser Wahnsinn war absolut authentisch.

Es war doch immer wieder erstaunlich, wie viele Irre sein wunderschönes Tal hervorbrachte.

Gemäß dem Oscar-Wilde-Wort, dass man nach einem trefflichen Mittagessen geneigt ist, allen zu verzeihen, sogar den eigenen Verwandten, beschloss Julius, die erzürnte Anna erst nach einem ordentlichen Imbiss anzurufen. Vorher blieb ihm noch Zeit, den Winzer aufzusuchen, in dessen Weinberg ein tiefgefrorener Willi Dobel und ein fröstelnder Julius aufgetaucht waren. Denn wenn ein Weinbauer nicht wusste, was zwischen seinen Rebstöcken vorging, woran konnte man dann noch glauben?

Der Name des Weinguts war schwungvoll und mit allerlei Schnörkeln auf die Fassade des hohen Hauses an der Ahrweiler Max-Planck-Straße geschrieben. Im Sommer zierten unzählige Blumenkübel mit ihren großen Blüten die Parkplätze, nun stand nur noch die alte Korbpresse davor. Der flache Anbau, in dem der eigentliche Betrieb untergebracht war, erinnerte Julius immer an eine überdimensionierte Garage. Doch innen gab es die angemessene Portion Winzerromantik. Der Verkostungsraum war mit großen Bleiglasfenstern, hellem Holzfußboden, roten Perserteppichen und dunklen Holzsesseln an langen Tischen ausgestattet. Auf allen Tafeln standen umgedrehte Gläser. Der bullige Hausherr trat aus dem Büro am anderen Ende, in dem gerade ratternd ein Fax ankam. Als er Julius sah, schlug Kiesingar die Hände über dem Kopf zusammen.

»Willst du mich in den Ruin treiben? Wenn dich hier einer sieht! Stell dir vor, jetzt platzt einer von der Zeitung rein – der denkt doch, ich sei dein Komplize!« Markus Kiesingar bot Julius trotzdem einen Stuhl an. »Aber wo du schon mal hier bist: Was kann ich dir zu trinken anbieten?«

»Gärkammer. Großes Gewächs.«

»Ich dachte, du ziehst Rosenthal vor?«

»Manchmal muss es Gärkammer sein.«

Markus Kiesingar schloss erst die Haustür ab und zog sämtliche Gardinen zu, bevor er den Wein einschenkte.

»Zum Wohl!«

Julius stieß mit ihm an. »Ist mir viel lieber als Ursulinengarten. Was hast du überhaupt mit den Trauben aus dem mörderischen Weinberg gemacht?«

»Komm mal mit«, sagte Kiesingar und führte Julius zu den Edelstahltanks im Nebengebäude. Versteckt zwischen den mächtigen Gebinden, die Wein im fünfstelligen Literbereich enthielten, stand ein kleiner gläserner Gärballon, der nur alle paar Sekunden einen Blubber von sich gab.

»Zuckersüß«, sagte Kiesingar, lockerte den Stopfen und saugte eine Winzigkeit in ein Glas. »Probier mal.«

Der Tropfen stand genau auf der Grenze zwischen Saft und Marmelade. Doch er kitzelte die Zungenspitze nicht wie ein Eiswein, auch die besondere Note fehlte.

»Nur eine Beerenauslese geworden?«, fragte Julius.

Kiesingar nickte und wollte den Rest des Glases schon zurückgießen, als sich etwas in seine Kniekehle drückte. Es war sein Hund. Das mollige Tier war ein Mischling unbestimmten Ursprungs, wobei vermutet wurde, ein kleines Nashorn müsse unter den Vorfahren gewesen sein. Er stemmte sich seinen Weg stets frei – und der führte immer zum Wein. Er hatte einen ordentlichen Zug, dagegen aß er so gut wie nichts. Poffel, so hieß das Tier, schwankte glücklich durchs Leben. Zumindest wenn er nicht schlief, wobei er häufig wild mit den Beinen in der Luft strampelte.

Markus Kiesingar hielt seinem Hund das Glas zum Auslecken hin.

»Warst du seitdem noch mal im Weinberg?«, fragte Julius. »Oder deprimiert dich das zu sehr?«

»Klar war ich noch mal da. Hab mir angeschaut, was für den Winterschnitt nötig ist. Ich bin gern gut vorbereitet. Überraschungen kann ich dagegen gar nicht leiden.« Er warf Julius einen vielsagenden Blick zu. »Ließe man die Rebe gewähren, würde sie eine enorme Laubwand, aber kaum Trauben produzieren. Sie ist ein egoistisches Geschöpf. Erst durch den rigorosen Schnitt wird sie so verunsichert, dass sie sich in ihrer Existenz gefährdet sieht und als Reaktion eine größere Menge an Trauben produziert, mit dem Ziel der Fortpflanzung. Wir müssen uns bewusst sein, dass Weinbau nur infolge dieser dauernden Irreführung der Rebe möglich ist.«

»Hältst du bald in Geisenheim einen Vortrag zum Thema?«

Kiesingar trat vor eine gerahmte Panorama-Fotografie seiner Lage Ursulinengarten. »Auch der Mensch ist ein egoistisches Geschöpf, Julius. Den Mörder von Willi Dobel muss auch etwas gefährdet haben. Doch anstatt wie die Rebe Trauben zu produzieren, hat er den Störenfried ausgeschaltet. Das ist meine Theorie. Wenn die Reben könnten, würden sie uns Menschen aus ihren Bergen jagen.«

Julius stellte sich neben ihn. »Und wie hilft dir diese ungewöhnliche Theorie weiter? Dass man ein Motiv zum Mord braucht, ist keine neue Erkenntnis.«

»Willst du mich nicht verstehen? Was macht der Tote in *meinem* Weinberg? Mir geht die Muffe, Julius! Vielleicht ist das eine Warnung an mich. Dobel fror in einem Seitenarm der Ahr ein, und der Täter macht sich die Mühe, die Leiche den ganzen Weg in meine Parzelle des Ursulinengartens zu bringen? Es gibt einen Zusammenhang zwischen Weinberg und Täter. Ich schwöre dir, den kriege ich raus, bevor es mir auch an den Kragen geht.«

Plötzlich sprang Poffel auf ein Fass und bellte. Hier war so viel Wein, und er durfte gerade mal ein Glas auslecken! Kiesingar griff sich einen für solche Notfälle bereitstehenden Untersetzer und goss etwas dunklen Dornfelder darauf, den der Hund gierig wegschleckte. Danach schlief er auf der Stelle ein, über dem Fass hängend wie ein nasser Wischmob.

»Hätte denn jemand einen Grund, dir was zu wollen?«

»Meinst du, mit der Frage zermartere ich mir nicht das Hirn? Klar sind einige neidisch auf unseren Aufstieg in der Qualitätshierarchie der Ahr – vor allem die, an denen mein Bruder und ich vorbeigezogen sind. Aber mir fällt keiner ein, der auf Dobel und mich einen solchen Groll haben sollte, dass er uns dermaßen fertigmachen will.«

»Verkaufen sich deine Weine seit der Tat denn schlechter?«

Der breitschultrige Glatzkopf reichte Julius eine aktuelle Preisliste. Alle Weine auf der Liste waren mit einem Stempelabdruck versehen, der »ausgetrunken« verkündete.

»Wie die Dummen haben sie mich leer gekauft – jetzt bleibt nichts mehr für meine Stammkunden.«

»Dann hat dir einer aber schlecht geschadet.«

»So was kann ja immer auch nach hinten losgehen! Oder hättest du mit einem Werbeeffekt durch eine Leiche im Weinberg gerechnet?«

»Ehrlich gesagt wundert mich das überhaupt nicht.«

»Ich hab mich gefragt, ob es vielleicht mit der Lage zusammenhängt. Du erinnerst dich bestimmt daran, dass ein Teil des Ursulinengartens bei einem Unwetter vor knapp zwanzig Jahren abgerutscht ist – vorher waren die Weinberge begradigt worden. Danach haben die Schwestern den Weinberg dann verpachtet. Wer weiß, was sich findet, wenn man da buddelt? Vielleicht ist das der Grund.«

»Hast *du* gebuddelt?«

»Und meinen schönen Weinberg verwüstet? Bist du wahnsinnig? Nur wenn es hieb- und stichfeste Beweise gibt, dass da irgendwer liegt.«

»Oder irgendwas.«

»Genau.«

»Wird denn irgendwer oder irgendwas vermisst?«

»Nicht dass ich wüsste.«

Sie gingen zurück ins Probierzimmer, und Julius nahm im Stehen einen weiteren Schluck des Burgunders aus der berühmten Walporzheimer Lage.

»War an dem Morgen, als Dobel aufgefunden wurde, irgendetwas anders als sonst?«

»Alles wie immer – sofern es das bei einer Eisweinlese gibt. Ich hatte am Abend vorher rumtelefoniert, um meine Helfer zusammenzutrommeln. Morgens tauchten noch ein paar Leute auf, auch dein François, der riecht Eisweinlesen ja förmlich, und der Landrat samt Presse-Anhang. Alle bekamen ihre Handschuhe und Rebscheren, und ab ging es. Lief auch alles glatt, bis die Leiche gefunden wurde.«

»Von wem eigentlich?«

»Na, von Wolfgang Zwingerl, dem Sous-Chef vom Dobel. Den hatte wohl auch der Landrat mit angeschleppt. Mir kam meine Eisweinlese schon vor wie eine Touristenattraktion.«

Zwingerl! Den würde er sich noch einmal zur Brust nehmen.

Warum hatte er Kiesingar die Frage nicht schon Tage früher gestellt? Setzte sein Hirn jetzt etwa auch beim Nachdenken aus? Vielleicht aß er auch einfach nur zu wenig Schokolade. So etwas konnte einem das Denkzentrum verübeln. Julius sorgte deshalb gleich für Nachschub.

Er fühlte sich direkt … intelligenter.

Zurück in Heppingen folgte Julius seinem Kater Herrn Bimmel bei seiner Grenzabschreitung durch die Dorfstraßen Heppingens. Als Wegzehrung diente ihm sein sich stetig verkleinernder Vorrat an Notfallpralinen (Pampelmuse-Ganache). Ohne klaren Kopf brauchte er die weiteren Ermittlungen gar nicht erst angehen. Frischluft war angesagt.

Wenn Herrn Bimmels Bewässerungssystem oberflächlich gesehen auch viel zu wünschen übrig ließ – sodass ein Passant, der ihn zufällig in den Grünflächen Heppingens sähe, durchaus berechtigt wäre, sein diesbezügliches Benehmen irgendwo zwischen »wahllos« und »unbeherrscht« einzustufen –, so handelte es sich in Wahrheit um ein höchst kompliziertes Verhaltensmuster. Irgendwo tief in seinem Organismus gab es ein enorm komplexes Rechnersystem, das unter Berücksichtigung bestimmter Basisinformationen wie Tageszeit und Witterung sowie der auf dem Weg zu erwartenden Anzahl von Straßenbäumen, geparkten Autos und sonstigen Einrichtungsgegenständen des Bürgersteigs innerhalb weniger Sekunden ermittelte, wo zu markieren sei. Mit dieser Information ausgestattet, trat sodann die Abteilung für Quantitätskontrolle in Aktion und teilte mit Laborpräzision abgemessene Portionen aus, deren jeweiliges Volumen sich nach der verfügbaren Flüssigkeitsmenge, der Anzahl der Zielobjekte und ihrer relativen Bedeutung richtete.

Herrn Bimmels Weg endete an diesem Tag vor der »Alten Eiche«, was Julius sehr recht war. Er frittierte für sich und das schon anwesende Personal Pommes frites und servierte dazu selbst gekochten Ketchup. Doch um in Ruhe zu essen blieb keine Zeit, denn ein aufgelöster François baute sich vor ihm auf.

»Du siehst aus, als hättest du einen Geist gesehen«, begrüßte Julius ihn. Der hagere Südafrikaner, wie so oft in makelloses Weiß gekleidet, war leichenblass.

»Willst du dich setzen oder sollen wir direkt zum Arzt?«, fragte Julius.

»Da ist ein Mann im Restaurant.«

»Ich würde mir wünschen, wir hätten mehr als einen Gast – aber es sind ja noch etliche Stunden, bis wir aufmachen.«

»Er will Wein kaufen.«

»Das wird ja immer schöner! Da wir keine Weinhandlung sind, kann er sicher noch etwas warten. Willst du dich nicht lieber zu mir setzen und auch etwas essen? Ich frittiere gleich eine frische Portion, heiß und fettig.«

»Bitte komm mit und sag du ihm, dass wir so was nicht machen! Mir will er nicht glauben.« François kaute auf seiner Unterlippe. Immer wieder glitt sein Blick zurück ins Restaurant. Er wirkte, als habe er Angst, der ominöse Gast könne sich selbst bedienen.

Julius aß seine Portion trotzdem noch in Ruhe auf – denn kalt waren selbst aus besten heimischen Kartoffeln hergestellte Pommes frites nur der halbe Spaß. François stand die ganze Zeit neben ihm und hielt den Schlüssel zum Weinkeller verkrampft in der Hand.

Es stellte sich heraus, dass dafür ein Mann verantwortlich war, der auf Julius wirkte, als stamme er aus einer längst vergangenen Zeit. In einen dunkelbraunen Cordanzug gewandet, mit akkurater gepunkteter Fliege, die grauen Haare streng nach hinten gegelt, das Gesicht glänzend, obwohl es im Restaurant kühl war. Der stetige Schweißfluss konnte damit zusammenhängen, dass er seinen massigen Körper in zu enge Kleidung gezwängt hatte. Der Mann schien aus dem Kragen zu quellen. Julius, selbst stolz auf jedes seiner Pfunde, hatte weiß Gott nichts gegen korpulente Menschen. Aber ihn störten solche ungemein, die versuchten, es zu verbergen. So als wäre Dicksein etwas, dessen man sich schämen musste.

Der Besucher stand zackig auf und schlug leicht die Hacken zusammen, als er sich vor Julius verneigte.

»Eduard von Belitz, vielen Dank, dass Sie sich Zeit für mich nehmen.«

»Alter Adel?«

»Wir sind ein hinterpommersches Adelsgeschlecht des Stammes Kutzeke. Unsere Stammreihe beginnt, urkundlich belegt, 1168 mit dem Kastellan von Demmin.«

»Es ist mir eine Ehre.« Eigentlich war es Julius egal, aber tief in seinem Inneren ließ ihn ein solcher Stammbaum immer leicht in Ehrfurcht erstarren. »Wie kann ich Ihnen helfen? Mein Sommelier sagte mir, Sie möchten gern Wein trinken. Haben Sie unsere Karte schon studiert?«

»Da haben Sie etwas missverstanden, Herr Eichendorff. Ich will Wein *kaufen*, aus Ihrem Keller. Alte Flaschen, besser Kisten.«

François schaltete sich hastig ein. »Ich habe dem Herrn bereits erklärt, dass wir nicht verkaufen. All die Schätze sind nur zur Begleitung deiner wunderbaren Gerichte.«

Von Belitz lehnte sich vor. »Seien wir doch einmal ganz ehrlich, Herr Eichendorff. Wer kauft heute noch die großen, gereiften Bordeaux, die exorbitant teuren Burgunder? Das Publikum der deutschen Sternegastronomie hat sich massiv verändert. Aber anderswo, da lechzen die Restaurants nach diesen Trouvaillen. In Russland und Asien. Viele Ihrer Kollegen leeren mithilfe von Internetauktionshäusern ihre Keller. Weil sie wissen, dass all die Flaschen unter ihren Füßen bloß totes Kapital sind. Da komme ich ins Spiel. Durch mich können sie ihre Weine zu höheren Preisen mit weniger Aufwand verkaufen. Ich dachte mir, Sie könnten ein wenig zusätzliches Geld momentan sicher gut gebrauchen.«

Julius sah François fragend an. Jetzt zeigst du es ihm, schienen die Augen des Sommeliers zu sagen, jetzt rettest du meine Lieblinge!

»Sie haben recht«, sagte Julius stattdessen. »Mit allem. Und Sie sind erstaunlich gut informiert über meine Situation.«

»Ein offenes Geheimnis, Herr Eichendorff.«

»Was machen Sie beruflich, wenn ich fragen darf? Oder ist das Ihre Profession?«

»Ich bin Gutsbesitzer, wie es schon viele meiner Vorfahren waren.«

»Wieso dann solche Geschäfte?«

»Es ist die reine Leidenschaft, die mich herführt, Herr Eichendorff. Nötig hätte ich es beileibe nicht. Mir geht es um die Faszination seltener Weine. Selbstverständlich profitiere auch ich davon, doch der größte Gewinn ist das Glitzern in den Augen meiner Kunden.«

»Den Kontakten zu wichtigen Persönlichkeiten ist dieses Geschäft sicherlich auch zuträglich.«

»Ich sehe, wir verstehen uns.« Von Belitz zwinkerte ihm zu.

»Sind Sie auch bei Willi Dobel vorstellig geworden?«

Erstmalig wich ein wenig von von Belitz' Souveränität. Er lockerte seine Fliege. »Wieso fragen Sie?«

»Das liegt doch nahe. Ein Drei-Sterne-Koch mit zwei Restaurants, also auch zwei Weinkellern. Da muss doch etwas für Sie zu holen gewesen sein.«

»Ich rede nicht gerne über meine Geschäfte.«

»Aber mit mir möchten Sie welche machen! Das ist eine schlechte Basis.«

Von Belitz benetzte sich die Lippen. »Also gut. Ja, ich stand mit ihm in Kontakt. Willi Dobel stieß vor allem italienische Spitzenweine ab sowie große Mengen an Süßwein.«

»Sie waren eng befreundet, oder? Das merkt man daran, wie Sie seinen Namen aussprechen.«

»Es ist sicher keine Schande, einem Mann wie ihm nahegestanden zu haben.«

Trotzdem wirkte von Belitz nun peinlich berührt. Er fuhr mit der Hand unsicher über sein Haar, brachte es damit aber nur in Unordnung.

»Was denken Sie über den Mord?«

»Wollen Sie Ihre Weine verkaufen? Ich zahle gut, sehr gut sogar. Ich bin an allen wertvollen und ungewöhnlichen Kreszenzen interessiert. Sie wissen sicher, welche ich meine?«

»Selbstverständlich. Ich denke, wir kommen ins Geschäft.«

François rannte fort in die Küche. Ein Schluchzen war zu hören. Dann ein Scheppern. Anscheinend trommelte er gegen einen der Schränke.

»Das freut mich sehr«, sagte von Belitz. »Es wird nicht zu Ihrem Nachteil sein! Sie werden sehen.«

»Kommen Sie heute Abend wieder«, fuhr Julius seelenruhig fort. »Sie können jeden Wein aus dem Keller bestellen. Ohne Ausnahme. *Zum Essen*. François wird die Flaschen mit Freude für Sie öffnen.«

Von Belitz stand schnaubend auf. »Ich bedauere Ihre Entscheidung außerordentlich, Herr Eichendorff. Aber vielleicht überlegen Sie es sich ja nochmals. Schlafen Sie darüber. Hier meine Karte. Momentan finden Sie mich allerdings im Kloster Calvarienberg, ich bin dort zu Exerzitien.«

»Wussten Sie eigentlich, dass Willi Dobel plante, noch ein weiteres Restaurant zu eröffnen? Vielleicht können Sie, als einer seiner engen Freunde, mir erklären, warum sich eine Karte des Klosters bei ihm fand. Wenn Sie eine gute Antwort für mich haben, entdecke ich bestimmt noch etwas in meinem Keller, das auch ohne Menü den Weg zu Ihnen findet. Sie ist in meinem Büro, ich hole sie schnell.«

Doch als Julius zurückkehrte, war Eduard von Belitz fort.

Julius fand François auf dem Hof, wo er in der schattigsten Ecke rauchte. Zwei Kippen lagen bereits ausgetreten auf dem Boden. Hochgeschwindigkeitsquarzen. Seine Augen waren gerötet, die Wangen nass von Tränen.

»Ist er im Keller?«, fragte der Sommelier mit zittriger Stimme.

»Nein, er ist schon wieder weg.«

»Was wird er kaufen?«

»Wenn wir Glück haben, das Sieben-Gänge-Menü, und zu jedem Gericht eine überlagerte Flasche.«

»Heißt das …?«

Julius nickte, und François fiel ihm um den Hals. Ja, er gab ihm sogar Küsse. Sieben auf die Wangen. Zur Krönung einen auf die Lippen.

»Du bist der Beste! Das macht mich sehr glücklich, du weißt ja nicht, wie sehr.«

»Wir Köche sind halt eine ganz besondere Spezies. Das kann eine Kellerassel wie du natürlich nicht verstehen.«

»Aber fast wäre ich einer von euch geworden. Willi Dobel hat mich damals jedoch für ungeeignet gehalten.«

»Mein Glück!«, sagte Julius. »Sonst hätte ich jetzt niemanden, der so gut auf meine Weine aufpasst. Und immer bereit ist, das finanzielle Wohl des Restaurants voranzustellen …«

»Köche sind solche miesen Lügner.«

»Stimmt. Meine Azubis behaupten immer, mein Apfelrotkohl schmecke nicht. Ich finde, das ist die dreisteste Lüge überhaupt.«

»Aber wir Sommeliers können es auch gut.«

»Ach, sag bloß.«

»Ja, nimm zum Beispiel diese Lüge: Ich hole jetzt einen einfachen Weißwein aus dem Keller, um von Belitz' denkwürdige Abfuhr zu begießen.«

Diese Lüge, dachte Julius, gefiel ihm sehr. Und als François wenige Minuten später einen teuren Barolo in sein Glas goss, schmeckte sie ihm sogar vorzüglich.

Eine gute halbe Stunde später tauchte FX plötzlich auf und warf Julius dessen dicke Winterjacke zu. »Du kommst jetzt mit! Keine Widerworte, sonst wirst durch den Fleischwolf gedreht.«

»Aber …!« Julius wollte protestieren, doch FX schob ihm sogleich eine Liwanze in den Mund. Das österreichische Gebäck war mit Pflaumenmus bestrichen. Köstlich!

Als Julius wieder einen klaren Gedanken fassen konnte, saß er schon in FX' Wagen – und dieser bewegte sich Richtung Bad Neuenahr. Sein österreichischer Maître d'Hôtel beugte sich vor und blickte durch die Windschutzscheibe nach oben. Der Himmel war kornblumenblau. FX nickte zufrieden und wandte sich zu Julius.

»Du hast's zurzeit arg schwer, des spüren wir alle. Und ich hab es dir auch net unbedingt leichter gemacht. Aber des kann ich besser. Viel besser! Und da sind wir auch schon. Wennst die Gnädigkeit hättest, auszusteigen.«

»Und ich dachte, du würdest mir die Tür öffnen.«

»Du bist schlecht gelaunt, net fußkrank.«

»Meine Laune schlägt mir immer auf die Beinmuskulatur.« Julius stieß einen kümmerlichen Ächzer aus. FX schüttelte den Kopf, ging jedoch zur Beifahrerseite und half Julius heraus.

»Dafür trägst aber die Decken.« Er reichte ihm drei wollige Ungetüme. »Den Kaffee und die Tassen nehm ich.«

FX hatte ihn zum Kurpark gefahren. Strammen Schrittes ging der Österreicher nun voran, ließ Bouleplatz und Teich rechts liegen, hatte keine Augen für die Skulptur »Engel 67/68« und den Mammutbaum.

»Eine wunderbare Idee, dieser Winterspaziergang«, keuchte Julius. »Dafür danke ich dir sehr. Können wir jetzt bitte wieder zurück?«

»Was bist nur für ein Weichei! Dazu hat dich deine zauberhafte Frau Mutter sicher net erzogen.«

Julius ging schneller, denn dafür verdiente FX einen gesitteten Tritt in den Allerwertesten. Doch der Wiener legte einen Zahn zu.

»Als hielte man einem alten Esel eine Murkn vor die Nase. Herrlich! Du bist so wundervoll berechenbar.«

Julius' Wurfarm war allerdings kräftiger, als FX berechnet hatte, denn plötzlich trafen ihn die Decken mit voller Wucht und warfen ihn um. Zumindest fiel er weich.

»Wer ist jetzt der Esel?«, fragte Julius und half ihm lachend auf.

»Fraglos du, Maestro. Denn jetzt sind *deine* Decken schmutzig.«

Erst als sie sich dem Ausgang an der Oberstraße näherten, hörte Julius es. Quintett-Musik. »Leichtes Blut« von Johann Strauß. Aber er sah nicht, woher die Klänge kamen. Stattdessen tauchte »Das Ohr des Dionysos« auf, eine Steinskulptur, die wie eine riesige abgeschnittene Ohrmuschel auf der Wiese lag. Schlanke junge Damen posierten gern für Fotos in der bananenförmigen Aussparung.

»Des ist genau der richtige Platz für dich«, sagte FX. »Denn du bist ein echter Dionysos – besonders was die Körperfülle angeht.«

»Meine *göttliche* Körperfülle, meinst du?«

»Des hab ich *so* net gesagt. Und würd's auch net. Aber manchen Weibsleut mag deine Wampe gefallen, und ich gönn es dir.«

»Du bist zu gnädig.«

»Von Geburt an. Und jetzt setz dich da bittschön irgendwie drauf.« FX pfiff auf den Fingern. Die Musiker, alle in Schlips und schwarzen Mänteln, traten vor und stellten sich um Julius.

»Wiener Kaffeehausmusik, extra für dich. Des Beste für die Nerven! Und ohne Kalorien.« Er deckte Julius zu, eine Lage nach der anderen, und schenkte ihm dann eine Tasse »Wiener Melange« ein – genauer gesagt eine Version, die sich per Warmhaltekanne transportieren ließ.

All das wärmte Julius tatsächlich. Kaffee und Decken den Bauch, die Musik die Seele und FX' Einfall sein Herz. Edward Elgars »Salut d'amour«, Franz Lehars Walzer »Gold & Silber« und W.C. Powells Ragtime »Lockenköpfchen« bot das klassische Quintett mit viel Schwung dar. Vor Julius' geistigem Auge tanzten Mehl, Eier, Zucker und Vanilleschoten, als wollten sie eine neue neckische Kombination eingehen.

Doch gerade, als sich ein neues Gericht abzuzeichnen begann, klatschte jemand. Doch es war kein begeisterter Applaus. Das Geräusch war zynisch und hart. Es brachte die Musiker dazu, umgehend aufzuhören.

»Bravo!«, rief Kommissar Thidrek. »Wenn es noch eines weiteren Beweises bedurft hätte, dass Sie nicht ganz normal sind, Herr Eichendorff, wäre er hiermit erbracht.«

»Können Sie ihn denn nirgendwo in Ruh lassen?«, fragte FX und baute sich schützend vor Julius auf. »Jeder Mensch braucht a bisserl Zeit für sich.«

»Das ist aber nicht mein Job. Ich muss Mörder stellen. Dafür werde ich bezahlt.« Thidrek ging auf FX zu. »Sind Sie jetzt seine Mama? Das ist ja süß! Kann der arme, dicke Koch nicht mehr selbst auf sich aufpassen?«

Julius drängte sich an FX vorbei, bevor dieser seinem Temperament freien Lauf ließ. »Mit Ihnen würde ich selbst dann noch fertig, wenn meine Hände auf dem Rücken festgebunden wären.«

»Oh, eine Gewaltandrohung! Passt wunderbar ins Bild. Haben Sie so etwas auch zu Willi Dobel gesagt, bevor Sie ihn ermordeten?«

Julius würde nicht auf Thidreks Spiel eingehen. Der Bursche

wollte ihn reizen, bis er sich zu etwas hinreißen ließ. Nicht mit ihm. Ganz sachlich musste er sein! Tief atmen. Und die Zähne zusammenbeißen.

»Woher wussten Sie, dass Sie mich hier finden?«

»Ihr österreichischer Busenfreund hat im Restaurant hinterlassen, wo es hingeht.«

FX schlug sich mit der Hand an die Stirn. »Himmel Herrgott Sakrament! Was bist nur für ein saubleder Hirnedi, Pichler!«

»Und was gibt es so Dringendes, das Sie mich bei einem großen Kunstgenuss stören? Die Herren spielen nämlich fantastisch.« Julius warf dem Quintett einen aufmunternden Blick zu, das mit unsicherem Lächeln reagierte.

»Wir haben einen Zahlungsverkehr auf Ihrem Konto ausgemacht. Jemand hat Ihre enormen Schulden bei der Bank beglichen. Kurz nach dem Mord an Willi Dobel. Was sagen Sie zu diesem unglaublichen Zufall?«

Was konnte er dazu schon sagen? Dass es ihm ein Rätsel war? Wie unglaubwürdig würde das klingen! Man wusste schließlich normalerweise, von wem und warum man Geld bekam.

Nur er nicht.

»Dazu kann ich nichts sagen«, antwortete Julius deshalb.

»Das hatte ich erwartet. Sie wollen uns also nicht mitteilen, wer das Geld für Sie eingezahlt hat?« Thidrek zündete sich eine Zigarette an und blies Julius den Qualm ins Gesicht.

»Die Bank wird es Ihnen doch längst mitgeteilt haben, warum also dieses Spielchen?«

Thidrek sog tief in seine Lunge ein. »Ach Herr Eichendorff. Wie ermüdend! Sie wissen so gut wie ich, dass sich in der Bank angeblich niemand erinnern kann. Oder besser: will. Den Einzahler eines solchen Batzen Geldes merkt man sich schließlich, über den wird in der Kaffeepause geredet. Aber in Bad Neuenahr wird sich ausgeschwiegen. In diesem läppischen Tal stecken doch alle unter einer Decke.«

»Ich weiß nicht, von wem das Geld stammt. Das können Sie mir glauben.«

»Darf ich aber nicht.« Thidrek drehte sich zu FX um. »Finden Sie nicht auch, dass es aussieht, als würde sich jemand für den Mord erkenntlich zeigen?«

Das tat es. Es sah immer mehr danach aus, als sei Julius der Täter.

Konnte es vielleicht doch sein? Weigerte er sich nur, das Offensichtliche zu akzeptieren? Er buddelte, um Beweise für seine Unschuld zu finden – dabei fanden sich die für seine Schuld wie von allein.

FX schnippte Thidrek die Zigarette aus der Hand. »Rauchen is verdammt ung'sund. Und was Julius angeht: Seit wann is es strafbar, wenn einem jemand Kröten schenkt?«

»Also bitte! So blauäugig können doch selbst Sie nicht sein.« Thidrek legte FX eine Hand auf die Schulter. »Oder haben Sie *Ihren* Anteil klugerweise in bar erhalten? Das würde auch erklären, warum Sie sich jetzt so dumm stellen.«

»Spielt's wieder!«, rief FX dem fünfköpfigen Kaffeehaus-Orchester wütend zu. »Fürs malad Rumstehen zahl ich euch nämlich net! Und spielt's laut, ich kann des depperte Geschwätz von dem depperten Hihappla net länger ertragen!«

Lothar Brühnes Tango »Von der Puszta will ich träumen« erklang. Julius fand den Titel sehr passend. Das Ahrtal bescherte einem in letzter Zeit nämlich ausschließlich Albträume.

Die Tische der »Alten Eiche« waren an diesem Abend alle besetzt – allerdings von den falschen Gästen. Sie aßen nur kleine Menüs, tranken den günstigsten Wein, gaben kaum Trinkgeld. Stattdessen fragten sie, ob der Chef auch mal an die Tische komme. Diese Art von Kundschaft kam nicht wieder, sobald der Mord aufgeklärt war. So oder so.

Julius hatte über den Tag verstreut insgesamt zwölf Nachrichten auf Annas Anrufbeantworter hinterlassen. Sie hatte die Ansage extra für ihn geändert. Nun enthielt sie zwei zusätzliche Sätze: »Hinterlassen Sie Ihre Nachricht nach dem Piep – es sei denn, Sie sind Julius Eichendorff. Dann scheren Sie sich verdammt noch mal zum Teufel!« Jetzt konnte er nur noch warten.

Bei einem Vulkanausbruch musste man Schutz suchen und ausharren, bis die Lava sich abgekühlt hatte. Als die »Alte Eiche« schloss, war der Vulkan anscheinend immer noch aktiv. Anna hatte sich nicht gemeldet. Also machte sich Julius auf den Weg nach Ahrweiler. Zu dem Haus neben der Buchhandlung. Erster Stock. Antoine Carême zufolge hatte ihn von hier aus jemand beobachtet, als er in der Nacht zu Willi Dobel gegangen war. Julius wollte endlich wissen, wer hier wohnte.

Das Nachtleben Ahrweilers war äußerst überschaubar. Es hieß Steve und Mike. Im Winter existierte es jedoch nicht, denn dann war es den beiden Halbstarken zu kalt, um rauchend abzuhängen. Niemand war deshalb zu sehen, als Julius über die Ahrhutstraße schritt. Trotzdem wirkte Ahrweiler nicht ausgestorben, sondern erschien ihm wie ein riesiger Schlafsaal. Julius traute sich nicht, fest auf die hallenden Pflastersteine zu treten, um niemanden aus dem Schlummer zu reißen. Dieses Vergnügen würde er ausschließlich der Person im ersten Stock des Gebäudes bereiten, vor dem er nun stand und lange ein- und ausatmete. Denn Julius hatte den Namen auf dem Klingelschild entziffert. Hier war eine Erklärung fällig. Eine verdammt gute! Allerdings wusste Julius nicht, wie er die bekommen würde. Er musste sich auf seine Intuition verlassen. Hoffentlich war die um ein Uhr früh noch intakt. Er drückte auf den Knopf und nahm den Finger gute fünf Sekunden nicht herunter.

Es dauerte nicht lange, bis eine Stimme aus dem mit einem weißen Kunststoffgitter geschützten Lautsprecher dröhnte.

»Um Himmels willen, wer ist da?«

»Julius Eichendorff. Sie haben mich in der Nacht gesehen, als Willi Dobel ermordet wurde. Sollen wir darüber reden?«

Er musste nur einen Sekundenbruchteil warten, bis das Schloss summte und er die verglaste Metalltür aufdrücken konnte. Aus dem ersten Stock drang spärliches Licht in das nüchterne Treppenhaus. Seine Gesprächspartnerin empfing Julius nicht an der Tür, sondern saß im Bademantel auf dem Wohnzimmersofa, einen Cognacschwenker in der Hand. Nur der Julius entgegengebrachte Blick war noch kühler als dieser Raum. An den Wänden klebten noch die Tapetenreste des Vorbesitzers, die wenigen schweren Holzmöbel waren abgenutzt und standen ohne erkennbare Ordnung herum. Leben hauchte dieser Behausung nur ein blau beleuchtetes Aquarium ein, in dem ein fetter Goldfisch einsam seine Runden zog. Der Wohnungseinzug lag anscheinend noch nicht lange zurück, mit viel Enthusiasmus war er nicht durchgeführt worden. Wer hier lebte, wollte es eigentlich gar nicht.

»Ich wusste gleich, dass Sie mir etwas verheimlichen.«

»Auch einen Mitternachtsdrink?«, fragte Tanja Engels.

»Einen ordentlichen Obstbrand bitte. Am besten aus der Eifel.

Dann fühlt es sich an, als würde ich selbst in der Nacht noch unseren Mittelstand unterstützen.«

»Ich fülle das Glas bis zur Oberkante, so tun Sie mehr für diese Hilfsbedürftigen als Vater Staat.«

Tanja Engels sah mit offenem Haar bedeutend attraktiver aus, ihr Bademantel gab zudem mehr von ihren langen Beinen preis als das strenge Casino-Outfit.

»Diese Wohnung hat Willi mir als Brotkrumen gelassen. Das heißt: Ich darf Miete zahlen. Weniger als üblich, aber immer noch genug. Zu mehr war seine Großzügigkeit nicht fähig.«

»Sie hatte offensichtlich sehr enge Grenzen.«

Tanja Engels reichte ihm das gefüllte Schnapsglas. »Ich hatte befürchtet, dass mich Ihr Fahrer gesehen hat.«

Von dieser Bezeichnung musste er Antoine erzählen. So hatte ihn sicher noch nie jemand tituliert.

»Warum haben Sie es nicht der Polizei erzählt?«

»Hören Sie, ich bin keine Heilige!« Sie stand auf und zog ihren Bademantel zu. »Das hab ich auch nie behauptet. Es gibt genug Dinge in meinem Leben, auf die ich nicht stolz bin. Und die Sache mit Ihnen gehört dazu.«

Julius lehnte sich zurück und nippte an seinem Hochprozentigen. Der Alkohol verlieh dem Weinbergspfirsich Flügel. Die Geschichtsstunde konnte beginnen.

»Ich lausche.«

»Sie sind an dem Samstag zu Willi hochgegangen, in seine Maisonettewohnung über dem Restaurant. Da er den Giebel als große Fensterfront ausgebaut hat, konnte ich Ihre Silhouetten sehen.«

»Wieso haben Sie überhaupt rübergeschaut?«

»Weil *ich* da oben wohnen sollte. Deshalb blicke ich immer wieder hin, fast schon krankhaft. Dieses Haus gehört von Rechts wegen mir! Aber Willi bekam ja alles. Deshalb macht es mich so schrecklich wütend und traurig, das Haus zu sehen. Am besten sollte ich wegziehen, aber ich will nicht.«

»Habe ich mit Willi Dobel gestritten?«

»Es sah nicht so aus. Es gab keine wilden Gesten, und Sie standen weit voneinander entfernt. Ich hörte auch keinen Schrei. Und nachdem Sie weg waren, erschien seine Silhouette wieder, dann konnte ich blaues Fernsehflackern sehen. Tote schauen kein Nachtprogramm.«

»Die meisten Lebenden allerdings auch nicht. Kein Wunder bei dem Mist, der da läuft.«

Tanja Engels lächelte nicht, nippte nur an ihrem Glas. »Sie haben ja einen unverwüstlichen Humor. Sind Sie nicht stinksauer auf mich, weil ich Sie nicht entlastet habe?«

»Haben Sie Schokolade da? Pralinen? Nussnougatkuchen?«

»Ich rauche und trinke, das reicht an Lastern.«

»Schade. Etwas Süßes hätte meine extrem gestressten Nerven etwas beruhigt. Meine Notfallpralinen sind leider aus.«

Als Julius aufstand, knarzte der alte Sessel unter ihm. Er stellte sich neben Tanja Engels ans Fenster.

»Ich bin sauer, zugegeben. Aber ich kann mir denken, dass es Ihnen ganz recht war, nicht die Hauptverdächtige zu sein. Deshalb haben Sie mich lieber nicht entlastet.«

Willi Dobels Cousine spielte nervös mit dem Rollladengurt. »Vielleicht sind Sie in der Nacht später ja noch mal wiedergekommen, und ich hab es nicht bemerkt.«

Julius zog die Augenbrauen hoch. »Das ist eine mickrige Ausrede.«

»Ich weiß.«

Die Sicht von der Wohnung war gut. In dieser Nacht brannte bei Willi Dobel allerdings kein Licht.

»Hatte ich eine Decke bei mir, als ich aus dem Haus kam?«

»Ist mir nicht aufgefallen.«

»Man kann wohl nicht alles haben.«

»Wie meinen Sie das?«

Wieder ein Geheimnis, das blieb. »Sonst noch was? Alles kann mir helfen«, sagte Julius, den plötzlich große Müdigkeit überkam. Er wollte zurück zu Anna. Doch die würde nicht da sein. Nur seine Kater würden ihn zu Hause begrüßen. Vielleicht hatten sie ihm als kleines Willkommensgeschenk eine Maus aufs Bett gelegt. Home, sweet Home.

Tanja Engels antwortete nicht. Julius fixierte sie, doch die kühle Brünette wich seinem Blick aus.

»Haben Sie *sonst* noch etwas bemerkt?«

»Ja, aber ich werde es nach diesem Gespräch nie mehr erwähnen. Egal wem gegenüber! Kurz vor Ihnen hatten sich die Junggesellen einer der Hutenschaften vor Willis Haus versammelt. Die Jungs klingelten Sturm, aber er ließ sie nicht rein. Ich habe einen von ihnen erkannt, er gehört zur Niederhut. Die hatten sich den Sieg dieses Jahr ausgerechnet, aber dank Willis Seeteufel gingen sie leer aus. Sie waren sehr, sehr wütend.«

»Wütend genug?«

Julius griff sich Tanja Engels' Kinn und drehte ihren Kopf sachte, aber bestimmt zu sich. Er wollte ihr Gesicht bei dieser Antwort sehen. Er wollte, dass es endlich jemanden gab, der genauso verdächtig war wie er selbst.

»Ich weiß es nicht! Wirklich. Sie sind alle so schrecklich jung, und sie hatten viel getrunken in dieser Nacht. Das merkte man. Aber Mord?«

»Muss ich verstehen, warum Sie der Polizei nichts von den Burschen berichtet haben? Das hätte den Verdacht doch von Ihnen abgelenkt.«

»Lassen Sie mich jetzt bitte allein.« Sie ging zur Wohnungstür und öffnete sie. Doch Julius blieb einfach stehen.

»Warum bekommt die Mordkommission von der Sache nichts zu hören?«

»Ich hab denen nichts gesagt, und dabei bleibt es. Raus jetzt!«

Julius goss sich nach und besetzte das Sofa. »Dann werde ich den guten Kommissar Thidrek darauf aufmerksam machen, dass er in diesem Punkt gehörig nachbohren muss.«

Tanja Engels drückte die Tür wieder ins Schloss und massierte sich die Schläfen. »Der Typ, den ich erkannt habe, ist mein Freund! Ich werde ihn heiraten. Egal, was er getan hat und ob es vielleicht für mich war. Ich möchte es nicht einmal wissen und werde ihn nie danach fragen.«

Sie setzte sich zu Julius und stieß ihren Schwenker gegen den seinen. Es klang stumpf, als die Gläser einander trafen.

»Von mir aus kann Thidrek mich tagelang foltern, ich werde nichts sagen, was Maik belastet.«

7. Kapitel

»Sag die Wahrheit und beschäme den Teufel!«
Benjamin Jonson

Freitag, der 17. November
Als Julius am nächsten Morgen das Bett schlaftrunken abtastete, fand sich immer noch keine Anna neben ihm. Er hatte gehofft, sie sei nachts hineingeschlüpft, weil sie es ohne ihn einfach nicht mehr ausgehalten hatte.

Das fiel dann wohl in die Kategorie Wunschtraum.

Das Frühstück nahm er trotzdem nicht allein ein. Seine Katzen leisteten ihm Gesellschaft und begleiteten ihn danach auch zur »Alten Eiche«. Aus deren Tür kam jemand, der Julius' Morgen endgültig vermieste. Kommissar Thidrek. Noch dazu in bester Laune.

»Ich hab heute gar keine Zeit für Sie«, sagte Julius statt einer Begrüßung.

»Das trifft sich gut. Ich will nämlich auch gar nicht mit Ihnen sprechen.«

»Was haben Sie dann in meinem Restaurant zu suchen?«

Thidrek trat unangenehm nahe zu Julius. »Ihre hochverehrte Mutter erwies sich als *äußerst* gesprächig. Wir waren uns direkt sympathisch.«

»Was hat sie denn erzählt?« Julius sah seine Mutter vor sich, wie sie die All-Time-Favourites seiner schlimmsten Jugendsünden (inklusive der mittels eines Expanders zertrümmerten Stalltür) und seine ärgerlichsten Angewohnheiten (darunter das fast schon manische Nachschärfen aller Messer) aufzählte. Sie war froh über jede Gelegenheit, bei der sie diese Geschichten loswerden konnte.

»Das erfahren Sie noch früh genug – vermutlich auf einer Pressekonferenz«, erwiderte Thidrek und wollte sich an Julius vorbeischieben, doch der hatte ganz plötzlich Lust auf ein wenig Freitagmorgenstreit.

»Ich habe gehört, Ihre SOKO steht schwer in der Kritik. Mit dem angestrebten schnellen Ergebnis ist es ja wohl nichts geworden. Das mindert sicher Ihre Karrierechancen, oder täusche ich mich da?«

Wie dankbar war Julius für diese kleine Info, die Anna ihm noch vor dem Streit erzählt hatte. Als Thidrek nicht antwortete, setzte Julius nach.

»Vielleicht werden Sie ja bald zum Hüten von Kühen eingesetzt? Die armen Viecher stürzen in letzter Zeit ständig Felsen herunter.«

»*Sie* können mich nicht reizen, Herr Eichendorff. Die Schlinge um Ihren Hals zieht sich zu. Es wird mir eine ganz besondere Freude sein, sie festzuzurren.«

»Ich bewundere Männer wie Sie«, konterte Julius. »Selbst der berufliche Absturz kann Ihre Laune nicht trüben.«

»Mein lieber Eichendorff, es gibt einen guten Grund für meine Heiterkeit. Eigentlich wollte ich ihn in Ihrem Briefkasten deponieren, aber es ist doch viel schöner, Ihnen diesen persönlich zu überreichen.«

Er gab Julius einen grauen Umschlag mit Stempel der Polizeidirektion Koblenz.

»Eine Vorladung. Zum Thema Fahrerflucht.«

»Wovon sprechen Sie?«

»Dachten Sie ernsthaft, Sie können eine Kuh überfahren und ungeschoren davonkommen?« Thidrek hob den Zeigefinger, als sei ihm gerade eine Eingebung gekommen. »Warten Sie! *Natürlich* sind Sie davon ausgegangen. Sie halten die Polizei schließlich auch für so unfähig, Sie nicht wegen Mordes dranzukriegen. Einen wun-der-schö-nen Tag wünsche ich noch.«

Er ließ Julius keine Möglichkeit, etwas zu erwidern. Allerdings war der eh viel zu verdutzt. Im Restaurant nahm er direkten Kurs auf den Blauen Salon, der zu dieser Uhrzeit Ungestörtheit versprach. Die Vorladung würde er sich in aller Ruhe anschauen. Da musste man doch etwas machen können!

»Hallo, Sohn«, begrüßte ihn seine Erzeugerin im Salon, verschiedene Arten der Serviettenfaltung für das Hochzeitsbankett ausprobierend. »Du hast ganz knapp den charismatischen Herrn von der Polizei verpasst. Dabei hättest du ihm sicher viel mehr über dein Verhältnis zu Tieren berichten können. Ich hab ihm die amüsante Geschichte erzählt, wie du damals dem Dackel ein Pfund Kaffeepulver über den Kopf geschüttet hast. Wie hat das arme Tier geheult!«

Nicht schon wieder *die* Anekdote! Jetzt war er also auch noch ein polizeilich dokumentierter Tierquäler. Da die Straftat im zarten

Alter von vier Jahren begangen worden war, sollte sie eigentlich längst verjährt sein. Doch für seine Mutter galten andere Regeln. Sie allein entschied, wann ein Thema nicht mehr auf den Tisch kam. Und bisher hatte sie stets zu seinen Ungunsten entschieden.

»Sohn«, ihre Stimme wurde ernster, hatte nun etwas Richterliches. »Du kümmerst dich bei Weitem nicht genug um die bevorstehende Hochzeit. Du hast die Liste gesehen, die ich dir auf deinen Sekretär gelegt habe, nicht wahr? Ich habe gerade noch einmal nachgeschaut, was bereits abgehakt wurde. Mit Erschrecken musste ich feststellen, dass du nichts in die Wege geleitet hast! Dabei muss alles bis Montag erledigt sein, sonst ist es zu spät. Willst du deinen Vater etwa enttäuschen? Er freut sich so auf die Hochzeit, trotz seines schwachen Herzens. Ich glaube nicht, dass er es gesundheitlich übersteht, wenn sie ein Desaster wird.«

»Willst du damit sagen, ich bringe meinen Vater um, indem ich die falschen Namenskärtchen bestelle?«

»Du musst wieder alles ins Lächerliche ziehen. Die Sorgen deiner Eltern sind dir völlig egal. So habe *ich* dich nicht erzogen.«

»Ich werde mich direkt darum kümmern, Mutter. Dein Hotel rief übrigens bei mir auf dem Handy an, du wirst gesucht.«

»Und warum?«

»Das habe ich nicht gefragt.«

»Mit wem hast du gesprochen?«

»Ups. Es ging alles so schnell.«

»Wofür bist du eigentlich zu gebrauchen? Ich fahre lieber gleich hin. Alles muss man selbst machen!«

Es gab etwas, dachte Julius, dafür war er wunderbar zu gebrauchen: seine Mutter mit Lügen aus dem Haus zu locken. Wenn im Hotel gleich keiner wusste, worum es ging, würde sie sich nur über das dortige Personal aufregen. Ihr Zorn traf stets diejenigen, die sich gerade ungeschützt in ihrer Nähe aufhielten.

François arbeitete konzentriert am neuen Wein-Menü, und Georgy Tremitz experimentierte an einem Dessert mit Honigöl, als Julius in die Küche trat.

Ein neuer Gang für das Hochzeitsmenü musste kreiert werden.

Auch wenn die Braut nicht mehr mit dem Bräutigam sprach.

Julius wollte etwas Unerwartetes schaffen – aber nichts mit Käse, Milch oder Eis. Auch kein Seeteufel. Keine Zutat, die an Mord

(Mensch wie Kuh) oder Käse-Einbruch erinnerte. Selbst Wein nicht, eher das Gegenteil: Bier. Der prollige Bruder. Den konnte Julius auch gut leiden, zumindest wenn er frisch gezapft und kühl daherkam. Die Idee, wie er mit diesem ein Rezept zaubern konnte, war ihm am Morgen gekommen. Herr Bimmel und der stetig schwerer werdende Felix hatten sich auf seinem Plumeau zusammengerollt, als er kurz an der Welt verzweifelte. Egal was er für die Aufklärung des Mordes tat, hatte Julius gedacht, nichts glückte. Es schien fast, als sei Hopfen und Malz verloren. Er fand das Ei des Kolumbus einfach nicht.

In diesem Moment hatte es Klick gemacht.

»In Hopfen und Malz verlorenes Ei« – das würde er kochen! Im Halbschlaf waren die Zutaten zu ihm gekommen. Julius hoffte, dass er sich alles richtig gemerkt hatte.

Vorsichtig öffnete er die Schalen dreier legefrischer Eier über kochendem Wasser, dessen Dampf seine Finger rasend schnell erhitzte, und ließ das Innere sanft ins sprudelnde Nass gleiten. Nachdem er sie auf diese Weise pochiert hatte – nur kurz, damit das köstliche Eigelb flüssig blieb –, griff er sich eine Birne, filetierte sie und karamellisierte die Stücke in Butter und Zucker. Der süße, nussige Duft umschmeichelte seine Nase und erzählte von Weihnachten, Schnee und dicken Socken. Dann nahm sich Julius fein-herbe Hopfensprossen und erhitzte sie kurz in Salzwasser. Für das geplante Malzsabayon kochte er Bier ein und schlug es rasant mit weicher Butter schaumig. Nachdem er es mit Zitronensaft und Salz abgeschmeckt hatte, goss er das Sabayon als Spiegel auf einen großen quadratischen Porzellanteller. Das pochierte Ei landete sanft darauf, umspielt von Birnenschnitzen, Hopfensprossen und – Julius musste nun doch über seinen Schatten springen, dem Genuss zuliebe – Roquefortkrümeln. So viel Käse musste sein. Dann stach er das Ei auf. Strahlend orange, wie eine aufgehende Sonne, ergoss es sich über den Teller. Auf diese Art ließ er es sich gern gefallen, wenn Hopfen und Malz verloren war.

Das neckische Gericht gab Julius den nötigen Schwung für den Weg zum ehemaligen Klostergärtner, der den schönen Namen Rudolf Trinkuss trug. Sein Vorgarten sah jedoch überhaupt nicht nach Gärtner aus, sondern eher wie die Gesellenprüfung eines Betonierers. Insgesamt vier Güsse, die jegliches Grün erstickt hatten. Es gab keine Blumenkästen oder Topfpflanzen. Nichts rankte, kein Kraut spross. Julius lugte in den eigentlichen Gartenbereich, zu dem ein gepflasterter Weg führte. Dort bot sich derselbe Anblick. Der Mann musste das Gegenteil eines grünen Daumens haben – den grauen Zeigefinger. Was er berührte, verwandelte sich in Beton. Der Inhaber des teuflischen Körperteils öffnete nach längerem Klingeln die Tür.

Rudolf Trinkuss sah aus wie ein alter Eisenträger. Der Lack war ab, aber der Kern noch so hart wie eh und je. Julius sagte nichts, faltete nur die Karte vor Trinkuss' Augen auseinander.

»Sollen wir uns setzen?«, fragte der Alte.

Julius nickte. Doch statt in die gute Stube geführt zu werden, nahm Trinkuss auf einer eiskalten Stahlbank im Innenhof Platz – mit Ausblick auf eine blanke Mauer.

»Ich bin gern an der frischen Luft«, kommentierte der Gärtner seine Platzwahl. »Haben Sie schon das Neueste von den verunglückten Kühen gehört? Kam gerade im Radio.« Er wollte offenbar eine Runde Smalltalk, bevor er mit der Wahrheit herausrückte.

»Seit Montag höre ich keins, und in die Zeitung schau ich auch nicht mehr«, erwiderte Julius.

»Die Viecher waren alle besoffen!«

»Das ist selbst an der Ahr unüblich.« Julius setzte sich zu Trinkuss und lehnte den Kopf zurück, um den Himmel zu sehen. »Wurde im Radio auch gesagt, wie so etwas passieren kann? War das Heu vergoren?«

»Die hat jemand abgefüllt! Bis zur Oberkante. Strunzvoll waren die. Sind glücklich gestorben.«

»Wenigstens etwas.« Julius raschelte mit dem Lageplan. »Der Hausmeister sagt, Sie hätten diesen Plan des Klosters Calvarienberg als Letzter in Händen gehabt – gefunden wurde er allerdings im Restaurant des verstorbenen Willi Dobel.«

Trinkuss legte Julius vertraulich eine Hand auf die Schulter. »Ganz ehrlich: Die Karte kenn ich überhaupt nicht. Keine Ahnung, was der Kramp Ihnen da erzählt hat. Der ist eh plemplem.«

»Warum haben Sie mich dann eben nicht weggeschickt, wenn sie Ihnen so unbekannt ist?«

»Bin ein höflicher Mensch. Dachte, Sie suchen einen Gärtner und haben eine Skizze mitgebracht.«

Der Alte log, und er tat es schlecht. Julius beschloss, ihn zu noch mehr offensichtlichem Schwindeln zu bewegen.

»Die Schwestern fragen sich natürlich, was Willi Dobel mit der Karte wollte. Wofür könnte man die denn brauchen?«

»Also, um etwas zu finden sicher nicht. Einen Schatz oder so. Ist ja bloß eine stinknormale Karte.«

»Einen Schatz?« Julius legte einen fordernden Unterton in seine Stimme.

»Dafür ist die *bestimmt* nicht gut. Aber warum erzähl ich Ihnen das überhaupt? Ich hab nix mit der Karte zu tun und hab sie dem Dobel auch nicht für Geld gegeben. Es gab auch keine Absprachen über eine Beteiligung am Fund oder so was. Überhaupt nicht.«

»Das heißt, Sie hatten auch nicht mit anderen Personen in der Angelegenheit zu tun?«

»*Nein!* Überhaupt nicht. Auch mit diesem Dessertmenschen, wenn Sie das meinen. Mit niemandem, so einfach ist das. – Die Kühe hatten übrigens alle ein Glöckchen um den Hals. Haben Sie das gewusst?«

»Mit Dessertmensch meinen Sie einen Koch für Nachspeisen?«

Rudolf Trinkuss war nun völlig durch den Wind. Er wusste augenscheinlich nicht mehr, was er abgestritten oder zugegeben hatte. Er kratzte sich im Gesicht, als ließe sich die Haut wie Borke davon lösen.

»Jaja, der mit dem roten Pferdeschwanz. Also der war es nicht.«

»Verstehe. Ob so ein Schatz jetzt noch da wäre?«

»Ohne die Karte kann man den doch nicht finden! Dobel selbst hat sie ja erst einen Tag vor seinem Tod bekommen – also kann der ihn schon mal nicht geholt haben. Und wenn es danach einer versucht haben sollte, durch Einbruch oder so, hätte es sicher nichts gebracht. Man braucht die Karte. Können Sie mir übrigens hierlassen, dann bring ich sie den Schwestern zurück.«

»Sie sind doch entlassen.«

»Ja? Ja, stimmt. Mach ich trotzdem gern.«

»Das übernehme ich gern selbst. Ich will Ihnen nicht zu viel zumuten. Vielen Dank für den Kaffee.« Julius stand auf.

»Kaffee? – *Moment!* Es gab doch gar keinen.«

»Eben.«

So wie Julius den Sous-Chef des ermordeten Willi Dobel einschätzte, ordnete dieser immer noch die Hinterlassenschaften seines ehemaligen Herrn in der »Ahrgebirgsstube«. Nicht nur um aufzuräumen, sondern auch weil er seinen Traum nicht loslassen konnte. Wolfgang Zwingerl war Julius beim ersten Treffen wie ein Soufflé vorgekommen, das endlich zu Ende gebacken werden wollte.

Doch nun war der Ofen aus.

Das ehemalige Drei-Sterne-Restaurant war mittlerweile nahezu leer geräumt. Nur die teuren Küchengeräte hatte noch niemand ausmontiert. An einem der Gasherde stand Zwingerl und briet etwas, das wohl mal ein Kotelett gewesen war, nun aber einem Stück Grillkohle glich. Der glatzköpfige Mann mit dem riesigen Bauch schwenkte es trotzig hin und her, während der beißende Rauch seinen Kopf einhüllte.

»Er kommt nicht mehr zurück«, sagte Julius und warf ihm einen Pfannenschaber zu. Diesmal würde er sich so geben, wie er wirklich war. Kein Don Corleone heute. Ein Gespräch ließ sich schließlich auch freundlich und nett führen.

»Denken Sie, das wüsste ich nicht?«, antwortete Zwingerl und versuchte nicht einmal, den Schaber zu fangen. Scheppernd landete er auf den Bodenkacheln.

»Sie haben ganze Arbeit geleistet, Herr Zwingerl. Bewundernswert, wie schnell Sie sich von allem trennen konnten. Obwohl Sie sicher sehr daran hingen.«

Zwingerl wandte sich zu Julius, die Augen aufgequollen wie eingelegte Litschis. »Ich arbeite einfach weiter, was soll ich auch anderes tun? Aber jetzt ist alles erledigt. Die Küchenzeilen holen sie morgen ab. Geht alles nach Bergisch Gladbach, da macht wohl jemand Neues auf.«

»Und Sie?«

Zwingerl zuckte mit den Schultern. »Ich geh auf Wanderung.«

»Wem Gott will rechte Gunst erweisen / Den schickt er in die weite Welt / Dem will er seine Wunder weisen / In Berg und Wald und Strom und Feld.« Julius konnte das Rezitieren selbst jetzt nicht lassen. »Ist aus ›Der frohe Wandermann‹. 1817 entstanden und einer der größten Hits meines dichtenden Vorfahren.«

Zwingerl nickte matt. »Das hilft mir auch nicht weiter. Und Sie schon gar nicht. Lassen Sie mich bitte in Ruhe. Oder ist das zu viel verlangt?«

»Ich wollte nur mit Ihnen sprechen. Unter vier Augen.«

»Ach, verzichten Sie diesmal auf Georgy? Meinen Sie, mit mir werden Sie allein fertig?« Zwingerl hob die Pfanne. Das dehydrierte Kotelett fiel auf den Boden und zerbrach. Die Trauer war nun aus Zwingerls Augen verschwunden, Wut hatte ihren Platz eingenommen. Und sich richtig breitgemacht. »Jetzt sind Sie auf einmal ganz klein mit Hut, was? Ich will Ihr Mitleid nicht!«

Julius sprang hinter die Kücheninsel, als Zwingerl ausholte. Dann hörte er ihn irre lachen.

»Ich nehme alles zurück! Jetzt bin ich doch froh, dass Sie da sind. Ich werde Ihren Kopf mit einem Schlag zerschmettern. Und den armen Willi rächen!«

Wieder schwang er die schwere Pfanne, deren Boden noch rot glühte. Julius kam nicht zum Aufstehen, er musste sich auf dem Boden nach vorne werfen, um dem nächsten Schlag auszuweichen. Dabei riss er sich die Hose an einer scharfen Metallkante auf. Das Geräusch erheiterte Zwingerl noch mehr.

»Gott, das tut gut! Jetzt sind Sie da, wo Sie hingehören, Eichendorff. Zu meinen Füßen, im Dreck.«

Okay, dachte Julius, das ist mir jetzt zu blöd. Er konnte Zwingerl eigentlich gut leiden. Der Mann hatte jahrelang unter dem nicht eben einfachen Dobel gearbeitet und als Einziger der Brigade den Dreck nach dessen Tod aufgekehrt. Aber jetzt reichte es. Er griff nach der nächstliegenden Schranktür und knallte Zwingerl den harten Edelstahl mit voller Wucht gegen das Bein. Die Pfanne flog dem Sous-Chef aus der Hand und entschied sich für dessen rechten Fuß als Landeplatz. Als Zwingerl aufschrie, griff sich Julius die gusseiserne Waffe. So ausgestattet stellte er sich breitbeinig über den nun wimmernden Koch.

»Dann spielen wir eben wieder so, wie Sie es verstehen. Ich habe eine Pfanne, und ich werde sie benutzen.«

Zwingerl schossen Tränen in die Augen. Julius zeigte sich unbeeindruckt.

»Von mir aus können Sie so viel weinen, wie Sie wollen. Gerade eben wollten Sie mich noch lynchen.«

Zwingerl heulte auf.

Julius schlug zu.

Gegen die Küchenzeile. Es hallte sekundenlang nach. »Ich bin nur hier, weil ich es sehr, sehr merkwürdig finde, dass gerade *Sie* auf die Leiche gestoßen sind. Und dass gerade *Sie* bei einer Eisweinlese dabei waren, von der Sie nichts wissen konnten. Kiesingar erzählte mir, dass er Sie gar nicht benachrichtigt hat. Und mit dem Landrat sind Sie sicher nicht gekommen – der umgibt sich nämlich nur mit großen Namen. Also: Können Sie mir Ihr Auftauchen im Weinberg erklären oder muss ich noch mal zuschlagen? Und diesmal auch treffen?«

So langsam fühlte sich die Pfanne richtig gut in seiner Hand an.

»Ich hab doch nur den Willi gesucht.«

»Im Weinberg? Frühmorgens im Dunkeln?« Julius schnippte gegen den Pfannenrand. Es klang gefährlich – doch danach schmerzte seine Fingerspitze.

»Weil Willi da immer sein Walking gemacht hat. Er hatte seine festen Strecken. Ums Kloster und bei Bad Bodendorf.«

Bad Bodendorf! Dann würde er dort auch ermordet worden sein – egal was Thidrek glaubte. Oder glauben wollte. Es konnte kein Zufall sein, dass Dobels Leiche genau in dem Landstrich zu einem Eisblock geworden war, in dem sich der Drei-Sterne-Koch auch sportlich ertüchtigt hatte.

Doch dies machte all die Hinweise auf Julius' Schuld nur noch mysteriöser. Wenn Dobel schon am Nachmittag tot gewesen war – mit wem hatte Julius dann in dessen Wohnung gesprochen?

Zwingerl bekam einen neuen Heulschub. »Das geht alles so schnell, Herr Eichendorff! Letzten Samstag haben Sie den Willi erschlagen. Und heut, und heut, und heut«, er kam ins Stottern, »wird er begraben.«

»Langsam gehen Sie mir auf den Wecker, Zwingerl. Ich traue keinen Tränen, die so schnell trocknen wie Ihre. Also hören Sie auf mit dem Schmierentheater und erzählen Sie endlich, wieso Sie frühmorgens im Ursulinengarten standen!«

Zwingerl drehte die Tränendrüsen tatsächlich zu. Doch bevor er sprach, schniefte er lautstark in ein Taschentuch.

»Willi war wie ein Uhrwerk. An einem Tag ging er die schwierige Strecke, am nächsten die leichte. Eigentlich war letzten Samstag der Weg um Bad Bodendorf dran. Aber da war er nicht. In der Nacht hatte ich kein Auge zugetan, mich nur gewälzt und mir Sorgen gemacht. Also bin ich zum Kloster. Ich hatte im Gefühl, dass was nicht stimmte. Er war den ganzen Tag nicht in der Küche aufgetaucht, das passte so gar nicht zu ihm. Selbst abends zu den Martinsfeuern kam er nicht. Dabei wusste er, dass eines davon für ihn sein würde!«

»Das erklärt immer noch nicht, weswegen *Sie* auf die Leiche gestoßen sind, obwohl so viele andere im Weinberg waren.«

»Die haben Eiswein gelesen, ich hab nur so getan und in Wirklichkeit Willi gesucht. Ich hatte Angst, er sei vielleicht gestürzt.«

»Ist er eigentlich immer allein ge*walkt*?« Das Wort fühlte sich merkwürdig an, als habe Julius eine heiße Kartoffel im Mund.

»Ich habe ihn oft gefragt, ob ich mitdarf. Immer hat er Nein gesagt.«

»Und andere?«

»Wenn er etwas zu bereden hatte.«

»Soll ich mit der Pfanne nachhelfen oder spucken Sie endlich aus, mit wem er zusammen den Pfunden zu Leibe gerückt ist?«

»Verschiedene Leute. Mal mit Politikern, mal mit dem Vorsitzenden des Bauernverbandes, natürlich auch mit wichtigen Winzern, von denen er spezielle Abfüllungen wollte.«

»Und an dem fraglichen Tag?«

»An dem Tag wollte er nicht darüber reden.«

»Das heißt, es gab jemanden. Hat er vielleicht anderen davon erzählt?«

Zwingerl musste begriffen haben, dass Julius niemals zuschlagen würde, denn er erhob sich.

»Wenn er es mir nicht gesagt hat, dann auch sonst keinem.«

Der Sous-Chef glaubte, was er sagte. Und Julius wollte ihm diese Illusion nicht zerstören. Egal, was eben zwischen ihnen vorgefallen war.

Er verließ die »Ahrgebirgsstube« – mit einem großen Unbekannten mehr.

Am Abend verabschiedete sich Julius aus der im wahrsten Sinne des Wortes unter Volldampf arbeitenden Küche der »Alten Eiche«. Er hatte Tremitz auf den Lageplan des Klosters angesprochen, doch der hatte kalt wie eine Hundeschnauze alles abgestritten. Der Mann ließ sich nicht so einfach knacken. Julius musste warten, bis er eine Schwäche des Patissiers entdeckte, einen Ansatzpunkt, um die Wahrheit aufzuhebeln.

Ein anderer Platz versprach mehr Ergebnisse: Ahrweiler. Julius hatte in Erfahrung gebracht, dass die Junggesellenvereinigung der Niederhut ein Treffen in ihrer Klause abhielt. Es war ein Kellerraum, dessen niedrige Fensteröffnungen wie Schießscharten wirkten. Als Julius die Tür öffnete, wusste er gleich: Hier war er fehl am Platz. Denn ein gesittetes Zusammentreffen heimatliebender junger Männer sah anders aus. Zumindest in alten UFA-Filmen saßen sie stets in Lederhosen an Tischen, tranken Bier aus Maßkrügen und lauschten klugen Reden oder sahen sich lehrreiche Diavorträge an. Vergorenen Gerstensaft konsumierten auch die Ahrtaler, aber sie lümmelten sich in abgewetzten Jeans auf Sofas, die wohl beim Sperrmüll mitgenommen worden waren, und ließen sich von knalliger Musik zudröhnen. Kein Diaprojektor weit und breit.

Julius kam sich mit einem Mal schrecklich alt vor.

Dabei fühlte er sich normalerweise immer noch wie Mitte zwanzig. Halt nur stärker gepolstert. Und mit reduzierter Haarpracht.

Aber als er jetzt die Ahrtaler Twentysomethings sah, merkte er, dass ihn Welten von diesem Haufen Wilder trennten. Zwei davon zeigten mit den Fingern auf ihn und feixten. Andere tuschelten. In den Augen eines blonden Lockenkopfes war allerdings auch Angst zu erkennen. Julius zählte durch. Es waren vierzehn Jungmänner – und einer davon machte nun die Musik aus.

»Greise haben hier eigentlich keinen Zutritt. Aber bei Ihnen machen wir eine Ausnahme. Eine solche Berühmtheit verirrt sich selten zu uns. Die Zeitungen sind voll von Ihnen. Ein Bier?«

Julius nahm eines. Es war eiskalt. Das war das Beste, was sich über dieses Gesöff sagen ließ. Ein Pils. Wenn er fremdtrank, dann eigentlich Kölsch. Er fischte eine Notfallpraline aus der neu befüllten Jacke und steckte sie unauffällig in den Mund. Der Rote-Grütze-Trüffel erfüllte seine Aufgabe vortrefflich und vertrieb den bitteren Geschmack.

»Wie können wir Ihnen helfen?«, fragte der Anführer. Es war der Lockenkopf. Seine Jeans war schwarz und ohne Löcher, das Hemd steckte ordentlich in der Hose, und seine Haare sahen aus, als verbringe er viel Zeit mit deren Pflege. Hinter der schnieken Fassade verbarg sich Angriffslust, das spürte Julius gleich. Er war in ihr Revier eingedrungen, hatte sie bei ihrem Tun gestört. Wenn er keinen verdammt guten Grund nannte, würden sie ihn hochkant rauswerfen.

Die Hutenschaft beäugte ihn wie ein Rudel Wölfe seine Beute.

»Ihr habt am Abend von Willi Dobels Ermordung vor dessen Haus randaliert. Warum?«

Jetzt starrten sie ihn an, unsicher, welche Reaktion die richtige wäre. Nach und nach richteten sich ihre Blicke auf den Anführer, doch der lächelte nur überlegen.

»Oder soll ich das lieber die Polizei fragen?«, setzte Julius nach.

Der blonde Lockenkopf verschränkte die Arme. »Würde die *Ihnen* glauben? Wo Sie doch der mutmaßliche Mörder sind?«

»Wisst ihr was? Ich probier's einfach aus. Ich wünsche noch einen schönen Abend. Danke für das Bier.« Er drückte seinem Gegenüber das alkoholische Kaltgetränk in die Hand.

»Bleiben Sie doch noch ein wenig. Bitte setzen Sie sich!« Der Anführer der Junggesellen wandte sich zu den beiden Lungernden auf dem größten Sofa. »Maurice, Jonas, macht Platz. Unser Ehrengast möchte sich setzen.«

Julius nahm das Angebot an. »Mit wem habe ich überhaupt das Vergnügen?«

Die jungen Männer kreisten ihn ein, der Anführer blieb vor Julius stehen.

»Nico Kiesingar«, sagte das Alphatier.

»Verwandt mit …?«

»Mein Onkel.«

»Gute Familie.«

Dieser Satz erfüllte den jungen Kiesingar sichtlich mit Stolz, sein Brustkorb hob sich.

»Wer hat Ihnen davon erzählt, dass wir da waren?«

»Nein, so läuft das nicht. Ich werde meine Quelle nicht preisgeben. Wenn ihr denkt, jemand hätte euch verpfiffen, liegt ihr völlig falsch. Dann wäre jetzt die Polizei hier, und ich würde in der ›Alten Eiche‹ kochen. Also, was habt ihr da zu suchen gehabt?«

Kiesingar blickte fragend einen kantigen Burschen mit kurzem dunklem Haar an, der Julius an den Polizisten Jochen Franke erinnerte. Beide wirkten, als sei körperliche Gewalt stets eine Option für sie. Der Bursche schob das Kinn vor und nickte dann kurz. Anscheinend waren die Kräfteverhältnisse bei den Junggesellen doch anders als gedacht.

»Wir wollten ihn fertigmachen, diesen Dobel. Er hat die Regeln gebrochen und für ein Schaubild bezahlt.«

»Hättet ihr nicht eher die Jungs von der Oberhut dafür aufs Korn nehmen müssen?«

»Die hatten sich versteckt. Keiner wusste, wo sie feiern. Wir haben etliche Läden abgeklappert. Feige Säue sind das. Also wollten wir uns Dobel schnappen.«

»Und ihn lynchen?« Julius musterte die Gesichter der Milchbubis. Einige zuckten. Der Brutale rotzte auf den Boden.

Nein, so jung war er nie gewesen.

»Darum ging es nicht.«

»Seid ihr euch da so sicher? Ihr wart sturzbetrunken und wütend. Eine gefährliche Mischung.«

»Wir hatten über zweitausend Fackeln aufgefahren! Und den Turm nachgebaut! Wir hätten gewinnen *müssen*. Aber wer jubelt zum Schluss? Die geldgeilen Idioten von der Oberhut. Eine Schande fürs ganze Tal ist das!«

Nico Kiesingar hatte sich in Rage geredet und schleuderte seine Bierstange wütend auf den Boden. Die Kumpels johlten.

»Wo seid ihr hin, nachdem Dobel nicht aufmachte?«

»Wir haben hier noch einen gehoben, und dann haben sich nach und nach alle verkrümelt.«

»Heißt einer von euch Maik Pütz?«

Julius ließ den Namen von Tanja Engels Freund trocken fallen. Er konnte es scheppern hören, als er aufschlug. Unsicheres Kopfschütteln machte die Runde.

»Wieso …?« Der junge Kiesingar war schockiert. Er wirkte plötzlich, als stünde er nackt vor Julius.

»Wie gesagt, das geht euch nichts an. Maik Pütz hat am meisten Terz geschlagen, nicht wahr? Verließ er das Kabuff hier unter Dampf oder hatte er sich abgeregt?«

»Der hat sich ganz schnell wieder einbekommen«, erklärte Nico Kiesingar.

»Danke. Genügt. Anlügen lassen kann ich mich auch woanders. Mehr wollte ich nicht wissen.«

»Lassen Sie den Maik aus dem Spiel! Für den legen wir alle unsere Hand ins Feuer.« Die Stimmung war umgeschlagen. Nun sahen sie ihn als Gefahr.

»Hat er einen Wagen, auf dem sich ein Eisblock samt Leiche transportieren lässt?«

Schweigen.

»Hat ihn vielleicht einer von euch gefragt, was er in der Nacht noch getrieben hat?«

Das Schweigen legte an Intensität zu.

Auf einmal konnte Julius die Burschen leiden. Sie standen füreinander ein. Taten so, als seien sie harte Männer, doch im Innern waren sie bloß verunsicherte Kinder. Eigentlich wollten sie nur spielen.

»Esst ihr gerne Schnitzel?«

»Was?«

»Ich lass euch zum nächsten Treffen eine Fuhre kommen. Als kleines Geschenk unter Leidensgenossen. Nicht nur ihr seid beim diesjährigen Martinsfeuer über den Tisch gezogen worden. Wir sollten zusammenhalten, oder?«

Gut gelaunt kehrte Julius in die »Alte Eiche« zurück. Die Gerüche und Geräusche in der Küche waren für ihn wie eine Familie. Das Zischen des heißen Öls, wenn Fleisch hineingelegt wurde, das Knacken der Muscheln beim Öffnen, das Blubbern des stärketrüben Wassers, auf dessen Oberfläche die Pasta schaukelte – all das begleitete ihn seit Jahren. Es hatte sich in der ganzen Zeit nicht geändert. Wie wunderbar. Er lauschte dieser einzigartigen Küchenmusik, sog die heißen Schwaden ein, als seien sie ein linderndes Kamillendampfbad, und konnte sich nicht satt sehen an den sich ständig wandelnden Formen und Farben, welche die besondere Chemie des Kochens erzeugte.

Doch heute konnte er es nicht wirklich genießen.

Immer noch keine Antwort von Anna.

Dabei hatte er Rosen schicken und Pralinen vor ihre Wohnung stellen lassen. Verschiedene Farben. Der Blumenhändler hatte ihm die Symbolik erklärt. Rot für Liebe, Weiß für ewige Liebe, Rosa für Jugend und Schönheit, Gelb für Freundschaft, tiefe Verehrung und Dankbarkeit, Orange für Hoffnung. Julius hatte von jeder Sorte drei genommen.

Nichts.

Er hatte Pralinen vor ihre Wohnung stellen lassen.

Keine Reaktion.

Also fuhr er jetzt selbst. Ohne Blumen und Süßigkeiten. Nur mit einem Nudelholz zur freien Verwendung …

Als Anna ihn so sah, öffnete sie endlich die Tür.

»Ich höre.«

»Es tut mir alles leid. *Sehr* leid.«

»Was denn?« Sie griff sich das Nudelholz und klopfte prüfend dagegen. »Zähl es auf.«

»Das weißt du doch alles, quäl mich nicht so.«

»Zähl es jetzt auf!«

»Ich darf dir nichts verheimlichen. Nie. Auch wenn ich denke, dass es dir besser geht, wenn du etwas nicht weißt?«

»Klingt nicht, als wärst du dir da sicher.«

»Doch, doch.«

»Weiter?«

»Wie weiter?«

»Muss ich erst das Nudelholz benutzen, oder gehst du ins Detail? Warte! Ich probiere es zur Sicherheit mal aus.« Sie schlug ihm auf den Hintern. Durchaus nicht zärtlich. Julius stieß ein kurzes »Au« aus, und die Nachbarin von der Wohnung gegenüber erschien im Türrahmen. Anna begrüßte sie.

»Guten Abend, Frau Venohr. Darf ich vorstellen: mein Verlobter. Er hat mir verschwiegen, dass er sich mit einer anderen Frau getroffen hat, und am Telefon so getan, als sei sie ein Mann. Was halten Sie davon?«

Die Nachbarin, eine hochgewachsene Rentnerin in blau-weißer Kittelschürze mit aufgedrehten Haaren, warf Julius einen bösen Blick zu und schlurfte eine Etage höher, klingelte weitere Nachbarinnen (Frau Großhäuser, Frau Straczynski) aus ihren Wohnhöhlen, erzählte ihnen von dem unglaublichen Geschehen, woraufhin auch diese zu Julius kamen und eine ohrenbetäubende Schimpftirade losbrach. Sie glich einer Steinigung mit Worten. Frau Straczynski – mintgrüner Frottee-Bademantel und neongelbe Plastiksandalen – griff sich gar das Nudelholz und schlug einmal wütend zu.

Erst an diesem Punkt brachte Anna ihn in Sicherheit.

Und bedankte sich bei ihren Nachbarinnen für die Unterstützung. Bevor sie die Tür schließen konnte, bekam sie noch einige gut gemeinte Ratschläge zu hören (»Wenn es schon so anfängt, sollten Sie ihn gar nicht erst heiraten!«, »Sie sollten sich mit einem attraktiven Mann treffen. Dann sieht er mal, wie das ist« sowie »Männer sind Schweine – und genau so muss man sie auch behandeln!«).

Anna schubste ihn aufs Sofa. »Das reicht noch lange nicht aus als Strafe. Ich werde mir einiges einfallen lassen müssen.«

Hoffentlich würde sie nicht für ihn kochen! Dann schon lieber Schläge.

»Wie konntest du mir das nur antun? Wie konntest du mich nur so hintergehen?« Er folgte eine halbe Stunde, in der Julius häufiger nickte als jemals zuvor in seinem Leben. Ein Wackeldackel war ein jämmerlicher Amateur gegen ihn. Und Julius schaute äußerst schuldbewusst dabei.

»Wenn du mir noch einmal etwas verheimlichst, nur ein einziges Mal, dann kannst du unsere Hochzeit vergessen. Ist das klar? Und diese Frau siehst du nie wieder.«

»Aber da ist doch nichts ge–«

»*Warum* erzählst du mir dann nicht davon? Ich will *keine* Widerworte von dir hören!«

»Es tut mir wirklich leid.«

»Ich weiß nicht, wie ich aus dir einen guten Ehemann machen soll.«

»Mit viel Liebe, Pflege und gutem Futter«, sagte Julius. »Eine große Portion Nachsicht kann auch nicht schaden.«

»Wirst du schon wieder frech?« Sie setzte sich auf seinen Schoß und nahm sein Gesicht so in die Hände, dass sich Julius' Mund fischgleich vorstülpte. »Muss ich dir etwa eine Karte zeichnen, damit du siehst, wo es langgeht?«

Es war einer dieser Momente, wo es plötzlich Klick machte. Julius fühlte sich auf einmal, als sei sein Hirn ein eingerostetes Gewinde, dem mehr als ein Tropfen Öl fehlte. Warum hatte er nicht früher daran gedacht? Griff der Gedächtnisschwund nun auf sein logisches Denken über? Würde er bald keinen klaren Gedanken mehr fassen können? Und vor allem: Warum stellte er sich all diese Fragen, wo es doch etwas viel Wichtigeres zu tun gab?

Was ihm plötzlich eingefallen war: Er hatte gar nicht nachgeschaut, ob es eine Markierung auf dem Lageplan des Klosters gab.

Wer damit einen Schatz finden wollte, musste wissen, wo dieser sich befand. Da er die Karte heute Morgen zu Rudolf Trinkuss mitgenommen hatte, lag sie jetzt noch in seinem Käfer. Julius stürzte aus der Wohnung.

»Wo willst du denn hin?«, rief Anna ihm im Flur nach.

»Ich glaube, ich hab das Licht in meinem Wagen brennen lassen.«

»Komm aber schnell zurück. – Ich wärm schon mal das Bett vor …«

Julius wollte nicht den Aufzug abwarten. Er sprintete das Treppenhaus hinunter und riss die Haustür auf, als flüchte er vor einer Feuersbrunst. Die Karte lag unversehrt im Käfer. Es gab keine Kugelschreibermarkierung, keinen Pfeil, keinen roten Punkt. Doch wenn er das Papier leicht schräg hielt, konnte er einen Schattenwurf erkennen. Der funzelige Schein der Innenbeleuchtung reichte, um ein Kreuz auszumachen, das sich an der Querseite des großen Speisesaals befand. Jemand musste die Stelle mit Bleistift gekennzeichnet und die Markierung danach wieder ausradiert haben. Doch die Mine hatte eine feine Spur hinterlassen.

Er musste dorthin.

Sofort.

Aber Anna würde es nicht erlauben. Nicht jetzt.

Es ging nicht anders.

Julius startete den Käfer.

Sie würde es schon verstehen.

Müssen.

Julius hatte endlich eine heiße Spur, und er wollte ihr nachgehen, endlich weiterkommen in diesem Mordfall, der sich immer enger um ihn schlang, wie eine hungrige Python. Na gut, es war mitten in der Nacht. Morgen früh würde wahrscheinlich auch reichen. Er hätte jetzt eigentlich Besseres zu tun, als Nonnen zu erklären, warum er ihre heilige Nachtruhe störte. Aber etwas trieb ihn an, und es würde nicht aufhören, ehe er den markierten Platz gefunden hatte.

Das Kloster Calvarienberg wirkte um diese Uhrzeit verlassen, auch wenn sich Julius sicher war, dass Hausmeister Gottfried Kramp tief im Inneren wie ein Maulwurf neue Gänge grub.

An der Eingangstür brannte kein Licht. Julius' Finger bewegte sich nur zögerlich auf die Klingel zu. Sie würde wie ein Donnerschlag in die düstere Stille des Klosters fahren. Wie lange würde es wohl dauern, bis sich eine Nonne in ihre Kluft geworfen hatte? Wie viele Lagen mochten es überhaupt sein? Oder gab es Nonnenpyjamas in Schwarz-Weiß mit Haube?

Bevor seine Fingerkuppe den Messingknopf berührte, merkte Julius, dass die Tür nur angelehnt war.

Was für ein unerwartetes Glück.

Die Nonnen waren alt, das konnte zu Vergesslichkeit führen.

Doch da erst vor Kurzem eine Schwester mit einem Käse niedergeschlagen worden war, wären sie niemals so nachlässig gewesen.

Es musste jemand eingedrungen sein.

Julius griff sich das Nächstbeste, was als Waffe dienen konnte: den eisernen Fußabtreter. Er war so kalt, dass er in seinen Händen brannte. Gefrorene Erdbrocken hingen daran. Julius widerstand der Versuchung, das Licht einzuschalten. Stattdessen wartete er lange, bis sich seine Augen einigermaßen an die Dunkelheit gewöhnt hatten. Doch das Kloster blieb schemenhaft.

Die Wände schienen jedes Geräusch aufzusaugen, selbst seine eigenen Schritte konnte er nicht hören. Die Ruhe war fest eingebaut. Julius kannte den Weg zum Speisesaal noch von der Führung. Mit jeder bereits geöffneten Tür stieg die Gewissheit, dass er nicht allein war.

Die Nebengänge des Klosters waren nicht hochherrschaftlich. Schlichte weiß verputzte Wände, schmucklose Holztüren, grau melierte Bodenplatten. Das passte viel besser als der Glanz, fand Julius. Schließlich war dem wahren Gläubigen alles Weltliche fremd. Diesen Punkt hatte er noch lange nicht erreicht – und wollte es auch gar nicht. Zum Weltlichen gehörten schließlich auch schokoladenüberzogene Erdbeeren.

In brenzligen Situationen dachte Julius stets an Essen. Und je schwieriger die Lage, desto süßer die Speisen.

Julius zuckerte noch einmal nach.

Die Tür zur Kapelle stand offen, sperrangelweit. Das ewige Licht flackerte zwar noch, doch schien es Julius, als habe es vor gar nicht langer Zeit etwas von seinem Feuer abgegeben – zwei der großen, armdicken Stumpfkerzen des goldenen Altarleuchters fehlten.

Wie groß mochte der Vorsprung des Eindringlings sein? Wie viel Zeit blieb ihm?

Er durfte es nicht darauf ankommen lassen.

Julius rannte los zum großen Speisesaal.

Auf dem Weg änderte sich die Beleuchtung.

Die Lampen waren immer noch aus. Doch nichts lag mehr im Dunkeln. Es waren Flammen, die nun das Kloster Calvarienberg erhellten.

Julius rannte schneller, den Türabtreter in der Hand, sodass er auf der Stelle zuschlagen konnte. Denn er hatte verdammte Angst.

Julius dachte an Zuckerwatte mit Honigfäden. Und Karamellsirup.

Das Feuer breitete sich dank der trockenen alten Holzmöbel rasend schnell in dem Gemäuer aus. Julius lief, ohne es zu wissen, zum Brandherd.

Denn dieser lag im großen Speisesaal.

Mit der hohen Holzdecke, den Bleiglasfenstern und den schweren alten Holzanrichten hatte er ihn bei seinem ersten Besuch an die Zaubererschule Hogwarts aus den Harry-Potter-Büchern erinnert. Doch magisch wirkte hier nun nichts mehr. Nur heiß. Der Eindringling musste über einen Stuhl gefallen sein. Dieser lag nun auf dem Boden, eine der beiden fehlenden Kerzen aus der Kapelle befand sich unter dem Tisch daneben. Zuerst musste sie die baumwollene Tischdecke in Brand gesteckt haben, wodurch das Holz Feuer gefangen hatte und mit ihm alles andere. Die Möbel standen dicht beieinander, die Gardinen hingen tief herab, die Feuersbrunst hatte kurze Wege gehabt.

Aber noch etwas war anders. Es war weit weniger spektakulär als das Feuer, doch bedeutend vielsagender.

Das große Bild am Querende des Saals zeigte das letzte Abendmahl. Jesus, den Blick fragend gen Himmel gerichtet, mit einer Art Burgerbrötchen in der Hand vor einem Silbertablett mit Spanferkel – es mochte auch gebratene Riesenratte sein, der Maler hatte sich nicht wirklich festlegen wollen. Nun stand es am Boden, der goldfarbene Rahmen gesplittert, die Leinwand nach innen gewellt. Die riesigen Schrauben mit denen es im Mauerwerk befestigt gewesen war, lagen verstreut auf dem Boden. Ohne Werkzeug musste es unheimlich viel Zeit und Kraft gekostet haben, den Rahmen von der Wand zu bekommen. Der Platz, an dem das Bild bisher gehangen hatte, hob sich durch einen vergilbten Umriss ab. Die Essensdämpfe der Jahrzehnte hatten ihn geschaffen.

Hinter dem letzten Abendmahl hatte sich nicht nur Mauerwerk befunden. Sondern auch ein großer quadratisches Schacht, tief hineingetrieben. Weinflaschen stapelten sich darin. Sie waren matt vom Staub der Zeit. Die gesamte obere Lage fehlte bereits.

Ein Schemen kniete in dem Schacht, steckte eine Flasche, vorsichtig wie ein rohes Ei, in einen bereits prall gefüllten Rucksack. Das Feuer drohte ihn langsam einzuschließen. Immer wieder blickte er sich nervös um – und entdeckte Julius. Panisch kletterte der Mann aus dem Schacht und rannte davon.

Die Scheiben des Speisesaals barsten, Scherben zischten wie Geschosse durch die Luft. Julius warf sich auf den Boden. Glas spritzte von allen Seiten auf ihn, während sich die lodernden Flammen im blank gebohnerten Parkett spiegelten.

Julius dachte nicht darüber nach, dass er nun sterben könnte. Seine Gedanken galten nur dem Kloster, was für eine Schande es war, dass es in Flammen stand. Und dass derjenige, der dafür verantwortlich war, zu flüchten versuchte. Das durfte nicht sein. Julius hielt sich den metallenen Fußabtreter über den Kopf und jagte hinterher. Er musste durch die Flammen rennen, um den Schemen zu verfolgen. Die Nackenhaare kräuselten sich, als eine neue Hitzewelle seinen Kopf traf. Ein ums andere Mal rutschte er auf dem glatten Boden aus, rappelte sich hoch und nahm die Verfolgung des Flüchtenden wieder auf. Die Hitze wurde immer stärker. Es war Julius, als hause der Teufel im Kloster, als wüte er glücklich in seinem neuen Besitz.

Endlich konnte er den Einbrecher wieder vor sich sehen. Der Mann umklammerte seinen Rucksack, versuchte, das wertvolle Diebesgut zu schützen und den Ausweg zu finden.

Nur noch ein Stück näher!

Wenige Meter.

Dann würde er ihn haben.

Julius folgte ihm um eine Ecke. Der Einbrecher blieb stehen. Julius konnte sein Gesicht nicht erkennen, denn der Mann wandte ihm den Rücken zu, versuchte hektisch, eine verschlossene Tür aufzubekommen. Das war Julius' Chance! Mit einem Schrei, wie ihn Kugelstoßer ausstießen, warf er den Fußabtreter nach dem Mann. Er wollte den Burschen an den Beinen erwischen, ihn verletzen, nicht töten. Er sollte der Polizei alles erzählen. Vom Angriff auf die

Nonne, vom Einbruch, vom Mord an Willi Dobel. All das musste doch zusammenhängen.

Der mit aller Wucht geworfene Fußabtreter traf.

Doch nicht sein Ziel, sondern den Türrahmen.

Er splitterte, brach auf. Der Mann trat noch einmal dagegen und zwängte sich hindurch.

In diesem Moment begann das Inferno. Das Feuer musste die Gasleitungen erreicht haben, denn Explosionen erschütterten das jahrhundertealte Gemäuer.

Die Decke stürzte über Julius ein.

Er jagte zur Tür, warf sich dagegen und brach krachend durch das Holz. Die Landung auf dem Steinboden des Hofes erschütterte selbst die kleinsten Knochen seines Körpers. Doch er war im Freien. Eine Madonnenstatue blickte von ihrem Podest verzweifelt zu Boden, die Arme schützend über der Brust gefaltet. Vor sich erkannte Julius die Mauer, die den Klosterhof von dem verfluchten Weinberg trennte, der den Namen Ursulinengarten trug. Die roten Rücklichter eines Wagens leuchteten darin auf und verschwanden in Richtung Tal.

Wieder explodierte etwas, der Lärm war diesmal bedrohlich tief, und Julius sah, wie sich der Hauptkamin des Klosters einem riesigen Korkenzieher gleich in den Nachthimmel schraubte. Die Wolkendecke war nun taghell erleuchtet, in ihr fing sich das Rot des Feuers. Julius sprang über die Mauer und in den Weinberg. Selbst hier war es nicht mehr kühl, sondern so heiß, als herrsche Sommer. Ein teuflischer noch dazu.

Julius drehte sich noch einmal um, obwohl er weiterrennen sollte, sich in Sicherheit bringen. Doch er konnte nicht anders. Gierig leckten die heißen Flammen am Kloster, kein Höllenhund konnte schneller wüten als sie. Sie hatten sich bereits des Klosters und der Schulbauten bemächtigt, doch ihr Hunger schien noch lange nicht gestillt. Sie wollten mehr, die ganze Welt wollten sie verschlingen. Immer höher loderten sie, und der Wind vermählte sich mit ihnen, zog ihre Zungen bis zu den Rebstöcken, die trocken und wehrlos an den Hängen wurzelten. Das lodernde Feuer fraß auch sie, als wären sie nur kleine Happen, die seinen riesigen Magen nicht füllen konnten.

Es dauerte viel zu lange, bis sich Blaulicht von allen Hängen ergoss. So viel hatte Julius noch nie gesehen, so viele Sirenen niemals zuvor gehört. Hubschrauber erschienen am Nachthimmel. Sie würden mit ihrer Ladung versuchen, die Flammen zu ersticken. Julius konnte sich nicht losreißen, hoffte auf ein Wunder, auf ein schnelles Ende dieses Wahnsinns. Doch die Löschversuche aus der Luft waren nicht mehr als Wasserspritzer auf eine glühend heiße Herdplatte.

Nichts konnte mehr ausgerichtet werden.

Sein Tal würde nie mehr dasselbe sein.

8. Kapitel

»Die Engel, die nennen es Himmelsfreud';
die Teufel, die nennen es Höllenleid;
die Menschen, die nennen es Liebe.«
Heinrich Heine

Samstag, der 18. November
Es war gerade einmal eine Woche her, dass Willi Dobel das Zeitliche gesegnet hatte. Und schon wieder saß Julius im Koblenzer Polizeipräsidium. Ihm gegenüber der Herrscher dieses Reichs aus Straferlassen, Verhörzimmern, Kaffeetassen (mit lustigen Sprüchen) und Aktenordnern: Polizeipräsident Ludwig Görtz. Neben Julius saß seine Verlobte – sie verhielt sich ihm gegenüber jedoch wie eine taubstumme Gefängniswärterin. Anna war so sauer, dass sie nicht mal mehr meckerte. Schlimmer ging es nicht.

Das heißt: doch. Es ging noch schlimmer. Die Bilder des wie Stroh lodernden Klosters hatten sich wie Brandzeichen in Julius' Hirn geätzt. Es kam ihm vor, als wäre das Herz des Tals herausgerissen worden. Die Nonnen hatten über die Menschen hier gewacht. Sie waren der direkte Draht zu Gott gewesen. Selbst Atheisten hatten sich beim Anblick des Klosters sicherer gefühlt. Falls es doch einen Gott gab, hatte das Tal ein Pfund gehabt, mit dem es wuchern konnte.

Julius war sich ein wenig nackt vorgekommen, als er an diesem Morgen das Haus verlassen hatte. Der göttliche Schutzschild war fort.

Der Polizeipräsident, ein über alle Maßen freundlich wirkender Mann mit grauen Schläfen, gütigen Augen und dem bestrasierten Kinn, das Julius je gesehen hatte, seufzte nun laut und beantwortete Julius' Frage. Es machte den Eindruck, als habe Görtz zuletzt oft geseufzt.

»Die Nonnen müssen in den vergangenen Jahren effektiv gebetet haben. Alle Internatskinder waren zum Zeitpunkt des Feuerausbruchs aus dem Haus – am Wochenende geht es für die nämlich immer in die Heimat.«

»Und die Nonnen?«

»Die haben wir überall gesucht –«

»Sind sie tot? *Alle?*«

»Lassen Sie mich bitte ausreden! Fährt er Ihnen auch ständig über den Mund, liebe Kollegin?«

Anna sagte erst nichts, nickte dann.

»Dann ist es also nichts Persönliches – ich bin beruhigt.« Der Polizeipräsident warf ein weiteres Stück Zucker in seinen Kaffee. »Als das Feuer ausbrach, waren leider alle Nonnen im Kloster. Und es war viel zu spät für sie, um zu fliehen.« Er goss Milch in die Tasse, bis ein zartes Beige entstand. »Das würden Sie aber alles auch ausführlich in der Pressekonferenz zu hören bekommen, die um elf Uhr stattfindet.«

Julius bekam keine Luft mehr, die Lungen weigerten sich, Sauerstoff aufzunehmen, sie waren wie erstarrt.

»Mein Gott!«, stieß er aus.

»Nein, der war es eigentlich nicht wirklich.« Görtz schlürfte seinen Kaffee und lächelte. »Der Mann heißt Gottfried Kramp und ist der Hausmeister. Fragen Sie mich nicht, was der um die Uhrzeit da noch zu suchen hatte, aber er führte die Schwestern in den sicheren Kellerbereich. Sie haben alle überlebt. Da ist jetzt mindestens eine Seligsprechung fällig.«

Kramp, dachte Julius. Dieser verdammte Hund hatte also doch das Herz am richtigen Fleck. Es konnte natürlich auch sein, dass er nur weiterhin jemanden zum Veräppeln haben wollte. Julius' Körper entspannte sich. Es war also nur Sachschaden entstanden. Oder auch nicht. Das Kloster war ihm immer wie ein Bewohner des Tals vorgekommen. Als wäre es selbst lebendig.

»Das soll aber nicht unser Thema sein, lieber Herr Eichendorff. Und ich benutze dieses Adjektiv ganz bewusst, denn Sie sind uns in den letzten Jahren sehr lieb und teuer geworden. Ohne Sie hätten wir einige Male ganz schlecht dagestanden. Ich weiß, dass einige Kollegen im Haus dies anders sehen, aber jeder hat eben seinen Blickwinkel. Reden wir also offen, wie es sich unter Freunden gehört.« Görtz holte drei Tumbler aus seiner Kommode und schenkte, ohne zu fragen, zwei Finger breit Whisky ein. Julius roch es direkt, der Gerstenbrand war ein Alkoholmonster in Fass-Stärke. Görtz kippte den Sechzig-Prozenter unverdünnt herunter.

»Trinken Sie auch, Herr Eichendorff. Sie werden es brauchen, glauben Sie mir.« Er stieß nicht mit ihm an. »Ihre Klostergeschichte ist atemberaubend. Die würde ich keinem anderen abnehmen, aber Ihnen schon. Nur nicht mehr lange. Im Gegensatz zu den Klosterschwestern hat meine Geduld ein Verfallsdatum, und das ist morgen um neun Uhr. Also in gut fünfundzwanzig Stunden. Da treffen wir uns hier wieder. Und Sie erzählen mir was.«

»Wieso? Was soll ich Ihnen denn erzählen?«

Ludwig Görtz stand auf, schenkte nach und stellte sich mit dem Glas ans Fenster, den Blick auf das eingefrorene Koblenz gerichtet, eine unharmonische Symphonie in Grau und Weiß.

»Sie walken doch sicher gern, Herr Eichendorff.«

»*Ich?* Die Zeiten sportlicher Ertüchtigung sind längst vorbei. Anna, sag du es ihm. Wegen dir habe ich doch aufgehört, du wolltest mich lieber gemütlich gepolstert.«

Anna reagierte nicht. Stattdessen wandte sich Ludwig Görtz um und drehte seinen Computerbildschirm zu Julius.

»Unsere Spurensicherung braucht manchmal eine Weile zur Auswertung der sichergestellten Daten. Vor allem wenn es sich um versteckte Dateien handelt wie diese hier von Willi Dobels Computer. Wir wissen nicht, warum er so ein Geheimnis darum machte, aber er wollte offenbar nicht, dass irgendjemand sie findet. Gott sei Dank hatte er keinen Erfolg. So wissen wir nun, mit wem er am Tag seines Todes verabredet war.«

»Doch nicht mit Julius?«, rief Anna. Das restliche Blut wich aus ihrem Gesicht. Nun sah sie aus, als sei die Leichenstarre eingetreten.

»Ich habe mich überhaupt nicht mit ihm getroffen!«, protestierte Julius.

»Neben Ihrem Namen steht sogar eine Telefonnummer: die der ›Alten Eiche‹. Schauen Sie doch. Vor diesem Treffen wurde Willi Dobel noch gesehen – danach nicht mehr. Demzufolge ist es nicht unwahrscheinlich, dass Sie der letzte Mensch sind, der ihn lebend sah.«

»Und der Erste, der ihn tot erblickte. Sagen Sie es doch offen heraus! Sie glauben auch, dass ich es war.«

»Wenn ich sage, dass es schlecht für Sie aussieht, Herr Eichendorff, dann untertreibe ich. Die Schlinge muss nur noch zugezogen werden, und Kommissar Thidrek ist ganz ungeduldig, endlich Hand anzulegen.«

Anna umklammerte Julius' Arm und lehnte sich zu ihm. Tränen rannen über ihr Gesicht.

»Da muss einer die Datei manipuliert haben!«

»Unsere Experten sind sich sicher, dass dies nicht geschehen ist. Herr Eichendorff, ich sagte zu Beginn unseres Gesprächs, dass Sie mir lieb und teuer sind. Das meinte ich auch so. Nur deswegen räume ich Ihnen Zeit bis morgen früh ein. Sie haben ein ganz besonderes detektivisches Gespür, und Sie sollten es jetzt *verdammt noch eins* gebrauchen! Verzeihen Sie mir die harten Worte.« Görtz wischte seinen Mund ab.

So waren also nette Polizeipräsidenten, dachte Julius. Sie kredenzten einem nicht mehr als ein paar Stunden und ein Glas Whisky.

»Was Sie angeht, liebe Kollegin: Sie melden sich mit sofortiger Wirkung krank. *Keine Widerworte!* Unterschreiben Sie hier.« Ein bereits ausgefülltes Blatt lag auf dem Schreibtisch. »Sie können tun und lassen, was Sie wollen – nur nicht im offiziellen Auftrag. Ihr Verlobter wird Sie brauchen. Sie sollten ihm auch im Interesse unserer Behörde helfen. Wie sähe es aus, wenn uns jahrelang ein Krimineller an der Nase herumgeführt, wenn unser Ministerpräsident einen Mörder ausgezeichnet hätte? Wollen wir das etwa?«

»Ich bin für dich da«, flüsterte Anna Julius ins Ohr. All der Ärger über ihren Streit war verpufft wie bei einem billigen Zaubertrick.

»Habe ich Ihr Versprechen, dass Sie morgen um neun Uhr bei mir sein werden? So oder so? Und dass Sie, liebe Kollegin, danach nichts mehr unternehmen werden? Denn irgendwann muss Schluss sein. Die Politik schreit nach einem Schuldigen für den Mord. *Habe ich Ihr verfluchtes Wort?*«

Diesmal entschuldigte er sich nicht. Er bekam das Versprechen trotzdem.

Und Julius wusste: Bis morgen früh um neun würde er nicht mehr schlafen können. Die Hoffnung, dass Tanja Engels' Aussage ihn zwischenzeitlich entlastet hätte, war enttäuscht worden. Sie hatte nicht daran gedacht, der Polizei zu erzählen, dass Julius keinen Streit mit Dobel gehabt hatte. Oder wessen Silhouette sie auch immer gesehen haben mochte. Dass es längst nicht bewiesen war, dass Dobel in seiner Wohnung umgebracht worden war, interessierte

Thidrek nicht. Die ungleich wahrscheinlichere Variante, dass es beim Walking nahe Bad Bodendorf geschehen war, hätte Julius schließlich entlastet. Für den Nachmittag hatte er nämlich ein Alibi – inklusive toter Kuh.

»Es ist uns allen doch klar, dass dieses Gespräch nicht stattgefunden hat?«, sagte Görtz, als er sie zur Tür brachte. »Ich werde mich niemals daran erinnern, meine Sekretärin nicht, der Pförtner erst recht nicht. Es gibt keinen Eintrag in meinem Terminkalender. Sie sollten unsere Unterhaltung niemandem gegenüber erwähnen – oder wollen Sie Ihren einzigen Verbündeten verlieren?« Er legte seine Hände beruhigend auf Julius' Schultern. »Ich habe keine Ahnung, wie Sie sich da herauswinden wollen. Aber wenn es einer kann, dann Sie.« Plötzlich fing er an zu lachen. »Ich hätte beinahe vergessen, was ich Ihnen noch mitteilen wollte: In der letzten Nacht ist ein weiteres Rindvieh von der ›Bunten Kuh‹ gestürzt. Das sollte Sie freuen, Herr Eichendorff! Da hatten die Kollegen Sie nämlich auch im Verdacht, irgendwie die Finger drinzuhaben. Doch Sie können es diesmal unmöglich gewesen sein. Man muss das Glas eben nur halb voll sehen. Aber in«, er sah auf seine Armbanduhr, »gut vierundzwanzig Stunden ist es ausgetrunken.« Görtz nahm seinen Whisky und schüttete sich den Rest hinter die Binde.

Julius brauchte jetzt ganz dringend eine Notfallpraline. Eine Doppelte.

Noch vierundzwanzig Stunden

Auf dem Rückweg nach Heppingen sprach Anna kein Wort. Ihre Unterlippe zitterte, und die Wangen waren so rot, als hätte jemand Himbeersaft darüber gegossen. Ihre Hand lag, wann immer sie nicht schalten musste, auf Julius' Bein, die schmalen Finger verkrampft.

Schöne Worte, das wusste Julius, würden ihr Lächeln nicht zurückbringen. Nur gute Antworten. Er musste endlich die Stunden zurückholen, die er in der Mordnacht verloren hatte. Deshalb war er froh, heute den Termin für die Kernspintomographie zu haben.

Er fuhr gleich hin, nachdem er Anna abgesetzt hatte. Die meiste Zeit verbrachte er danach im Wartezimmer mit »Gala«, »Frau im Spiegel« und »Vanity Fair«. Obwohl er den »Lesezirkel«-Stapel zweimal durchsucht hatte, war kein Magazin aufzutreiben gewesen, dessen Leser nichts über Frisurentipps, den Nachwuchs der Königshäuser oder die effektivsten BOP-Übungen (Bauch-Oberschenkel-Po) erfahren wollten. Dann ging es ab in die Röhre.

»Die Ergebnisse erhält Ihr Hausarzt in der nächsten Woche, er wird sie Ihnen dann erklären. Auf den ersten Blick sind keine Auffälligkeiten zu erkennen, doch das will nichts heißen. Die Daten müssen interpretiert werden. Vergessen Sie nicht, an der Anmeldung Ihre Versicherungskarte wieder in Empfang zu nehmen.«

Julius' Laune brach in diesem Moment durch den Boden, bohrte sich immer tiefer in die Erdkruste, erreichte den flüssigen Kern des Planeten und schoss in Australien wieder hervor.

Dort schien allerdings die Sonne.

Und Julius kam in der Verzweiflung eine Idee.

Er hatte auf die völlig falsche Wissenschaft gesetzt!

Die ureigenste des Ahrtals würde ihm helfen.

Und zwar viel schneller.

»Bier trinkt man zum Vergessen, Wein zum Erinnern« – das wusste jeder in den hiesigen Weinstuben und Straußwirtschaften. Der Wein, den Julius in großer Menge trinken musste, war die Cuvée für seine Hochzeit. Durch deren Genuss hatte er damals das Gedächtnis verloren, sie würde es nun zurückbringen. Das ergab für Julius Sinn, auch wenn ihm da kein Arzt, keine Arzthelferin, noch nicht einmal eine Praxis-Putzfrau recht gegeben hätte.

Telefonisch versuchte er, Ersatz für die mau besetzte Küche der »Alten Eiche« zu finden. François, der auch kompetent kochen konnte und gerade deswegen solch ein großartiger Sommelier war, erklärte sich bereit. Dadurch hatte Julius die nötige Zeit, um ins Weingut Pikberg zu fahren. Er wollte im Eiltempo die Cuvée nachstellen und rasch in seine Blutbahn jagen.

Julius erzählte Anna am Telefon nur, dass er kurz noch wohin müsse. Etwas Dringendes erledigen. Doch damit kam er nicht durch. Sie wollte Details.

»Also gut. Ich sag's dir. Aber nicht aufregen, ja? Versprochen?«

»*Raus* damit!«

Julius nahm seinen ganzen Mut zusammen. »Ich will noch mal zum Weingut Pikberg, meine Erinnerung wieder anwerfen.«

»Du willst *jetzt* Wein trinken?«

»Nein!« Verdammt, was konnte er sonst dort machen? »Mit Johann Pikberg reden.«

Julius konnte hören, wie sie sich lange durch die Haare fuhr.

»Na gut, aber nur weil ich dich hier in der nächsten Zeit eh nicht brauchen kann. Ich rufe jetzt nämlich jeden an, den ich bei der Polizei kenne – und sei es die Kantinenköchin. Dann gehe ich noch mal alle Zeugen am Telefon durch. Sie persönlich aufzusuchen wäre zwar besser, aber dafür bleibt einfach keine Zeit. Und danach setzen wir beiden uns zusammen und planen, was zu tun ist. Mach keinen Blödsinn, versprochen?«

Julius ließ seine Stimme samtig werden. »Bräutigam-Ehrenwort.«

Johann Pikberg war immer noch krank, reichte ihm wortlos den Schlüssel und schlurfte zurück in Richtung Bett, zu Hustensaft und Wärmflasche.

Das war Julius nur recht. Er wollte nicht reden, nur cuveetieren. Schnell zog er sich mit einem Plastikschlauch Proben aus allen Fässern und stellte sie nebeneinander auf einen runden weißen Gartentisch, der im Keller als Abstellfläche diente. Er war übersät mit Rotweinflecken, die zusammen mysteriöserweise das stilisierte Bild einer großen Traube ergaben.

Wie ein Glasharfenspieler griff Julius mal hierhin, mal dorthin. Versenkte seine Nase und sog alle Düfte ein, die er dem Wein entreißen konnte. Der Paprikaduft des Cabernet Sauvignon, die florale Note des Regents, Cassis und Zwetschgen beim Cabernet Franc, aus dem Glas mit Frühburgunder drangen Walderdbeeren, dessen großer Bruder Spätburgunder warf mit Sauerkirschen um sich, der Dornfelder duftete nach Holunder und der Merlot nach Bourbon-Vanilleschoten und durchgerittenem Ledersattel. Julius goss zusammen, was ihn an Anna erinnerte, an die Pflanzen in ihrer Wohnung, an ihr Parfum, an die Aromen ihrer Lieblingsspeisen.

Der so geschaffene rubingleich glitzernde Wein duftete jedoch nicht nach einer Liebesnacht mit Anna.

Sondern wie ein explodierter Obststand.

So ging es nicht.

Der damals kreierte Tropfen hatte vor Erotik geflirrt, sein Bouquet war provokant gewesen wie Annas Dekolleté, wenn sie das kleine Rote trug. Doch nun wusste Julius nicht einmal mehr, wie eine Nacht mit ihr roch. Er war viel zu durcheinander, um dieses besondere Odeur aus seinem olfaktorischen Gedächtnis abzurufen. Keine der vor ihm stehenden Proben erregte ihn auch nur im Geringsten.

Er musste die Situation nachstellen!

Eine Liebesnacht war nötig.

Er rief Anna an und bat sie, sofort zu kommen. Julius verschwieg allerdings, warum. Sie war sehr verwundert, bemerkte jedoch seinen drängenden Tonfall und fuhr los. Es kam Julius vor, als sei sie innerhalb von Sekundenbruchteilen bei ihm im Weingut. Sie musste eine Rakete gechartert haben.

Er küsste sie zur Begrüßung leidenschaftlich.

»Du solltest häufiger in diesen Keller gehen«, sagte Anna, als sie wieder Luft bekam. »Aber was gibt es denn so Dringendes? Hat der Winzer sich an etwas erinnert?«

»Nein, was viel Besseres!« Er erklärte ihr begeistert seinen Ansatz. »Und deshalb müssen wir jetzt miteinander schlafen.«

»Du spinnst wohl! Jetzt? Hier? In diesem kalten, feuchten Keller?« Sie schüttelte den Kopf – allerdings nicht ihren, sondern Julius'. »Ist da noch jemand drin oder sind schon alle ausgezogen? Wie kommst du überhaupt darauf, ich wäre jetzt in Stimmung für so was? Bin ich nämlich überhaupt nicht. Wir haben viel Wichtigeres zu tun!«

»*Nein*, das ist das Allerwichtigste. Nur so werde ich mich erinnern können.«

»Wer sagt das? Dr. Dolly Buster?«

»Nimm ein Glas Wein. Bitte.« Er wollte sie auf den Nacken küssen, doch sie wehrte ab.

»Ich bin doch keine Maschine, die man mit Alkohol ans Laufen bringt.«

»Also, ich habe eigentlich immer Lust – wenn ich nicht gerade hungrig bin.«

»Gegen Männer ist ja selbst ein Eimer mit Henkel eine komplizierte Konstruktion.«

Julius sagte nichts mehr, er sah Anna nur an. Und legte alle Überzeugung in seinen Blick. Dass es kein lüsterner Zeitvertreib sein würde – obwohl das natürlich auch. Dass diese Art der detektivischen Arbeit ihm sicher mit Abstand am besten gefallen würde, aber dass dies nicht der Hauptgrund war. Dass er sie schrecklich liebte und sie ihm helfen musste. Unbedingt.

Er konnte sehen, dass Anna dahinschmolz wie Schokolade an einem schwülen Sommertag.

»Nein«, sagte sie trotzdem und hob die Hände wie zum Schutz. »Es ist kalt hier und feucht und ungemütlich.«

»Warte!« Julius rannte davon. Er weckte den armen Johann Pikberg, obwohl der sich eigentlich schonen sollte, klaute an Decken, was immer er ihm entreißen konnte, und riet zu einem langen Spaziergang an der frischen Luft. Beim Zurückrennen riss er noch die gezwirbelten gelben Kerzen aus dem fünfarmigen Kandelaber der Probierstube. Und schloss zweimal hinter sich das Kellertor ab.

Anna beobachtete mit amüsiertem Lächeln, wie er auf dem kalten Betonboden des Weinkellers ein Liebesnest baute, als sei er ein kleiner Vogel. Na gut, ein gigantischer Pelikan. Das falsche Eisbärenfell verwendete er allerdings nicht für den Bau, sondern verschwand damit hinter einem großen alten Fuderfass, das nur noch aus sentimentalen Gründen im Keller stand. Dahinter entkleidete er sich schnell und schwang sich das Polyesterfell um die Hüften. Mit einem Mal fühlte er sich völlig anders. Steinzeitlicher. Es kam ihm vor, als sprössen borstige Haare aus seinen Poren, als legten sich die Zähne schief, als müsse er plötzlich gebückter und breitbeiniger gehen. Der Kopf des falschen Bären schlackerte zwischen seinen Beinen, das gefährlich aufgerissene Maul in Annas Richtung.

»Ugh!«, sagte Julius und schlug sich auf die nackte Brust.

»Ugh«, erwiderte Anna, höflich, wie sie war.

»Ugh?«, fragte Julius mit einem zweideutigen Unterton.

»Ugh«, antwortete Anna bestimmt. Nein, über die Schulter werfen lassen würde sie sich nicht.

»Ugh, uhhhhhhg!«, brüllte Julius, und er meinte es so.

»Uhuhug«, antwortete Anna verführerisch und warf ein Kleidungsstück nach dem anderen in Richtung Fässer, wo sie pittoresk liegen blieben.

»Ugh«, grunzte Julius begeistert.

»Uggggh«, bat Anna.

»Ugh! Ugh! Ugh! Ugh! Ugh!«, protestierte Julius auf dieselbe Art, wie es seine Ahnen schon Zehntausende Jahre zuvor getan hatten, wenn ihre Frauen auf dem Vorspiel bestanden. Nach weiteren »Ughs« und vor allem vielen »Uuuuughs« taten sie es schließlich wie die Höhlenmenschen.

»Ugh«, sagte Julius danach, äußerst zufrieden.

»Ugh«, pflichtete Anna ihm erschöpft bei. »Ugh. Uhugh. Ugh.«

Das hörte Julius gern. »Uuuuuuuuuuuuuuuuugh«, grölte er und gab Anna als Dankeschön einen langen Kuss.

Dann fiel ihm wieder ein, warum das alles gerade passiert war. Und er nahm Witterung auf, sah den Duft fast wie ein neblig schimmerndes Gebilde vor sich. Plötzlich entströmten den Gläsern vor ihm nicht mehr nur Obst- oder Gewürzaromen. Julius konnte nun die subtileren Düfte erschnuppern, die ihn an das eben Erlebte, an köstliche Stellen von Annas Körper, an Momente steinzeitlicher Lust erinnerten.

Er lief immer wieder zu den ausgewählten Weinproben und zurück, um an Anna zu schnüffeln. Manchmal fiel er fast über seine Füße, weil er sich so darauf konzentrierte, dazwischen weder ein- noch auszuatmen.

»Wage es nicht, dich anzuziehen!«, rief er Anna zu, als sie nach ihrem Büstenhalter griff. »Ich will den vollen Duft!«

»Und ich will die volle Bekleidung. Beeil dich!«

Die Cuvée stellte sich wie von selbst zusammen. Nach nur fünf Minuten war das Mischverhältnis perfekt.

»*Das* ist es!«, rief Julius glücklich. Und trank. Nein, er soff. Er schüttete sich den Rebensaft den Schlund hinunter, als gelte es, einen Brand im Magen zu löschen. Die Schwerkraft wurde immer stärker. Irgendwann konnte Julius ihr nicht mehr widerstehen und sank auf den Boden zu Anna, die ihn in Decken hüllte.

Dann ging das Licht aus, und der Film wurde gestartet. Ohne Ton und in klassischem Schwarz-Weiß, dazu so undeutlich, als jage ein Schneesturm darüber.

Mein Gott, es funktionierte wirklich!

Es war fraglos der Abend des Mordes, und Julius wurde gerade von Andi Diefenbach aus dem Weinkeller geschleppt. Sie redeten kurz, Julius gab Diefenbach einige ungelenke Freundschaftsküsse, bis ein Wagen langsam an ihm vorbeifuhr und schließlich zum Halten kam. Antoine Carême. Wieder Umarmungen und Küsse. Dann hob Julius die Faust in den Himmel und zeigte, wie er jemanden erwürgen würde. Carême half ihm lachend ins Auto, und es folgte eine Fahrt mit viel Gerede. Gemeinsam stiegen die beiden Köche nahe der Stadtmauer Ahrweilers aus und gingen durch ein Tor in die Innenstadt.

An dieser Stelle lief der Film schneller, anscheinend hatte der torkelnde Julius lange für den Weg gebraucht. Es sah sehr komisch aus.

Vor Willi Dobels Haus ließ Antoine Carême ihn allein. Julius klingelte Sturm.

Die Haustür wurde aufgedrückt. Julius quälte sich die Treppe empor zur Maisonettewohnung, hatte augenscheinlich große Probleme, sein Gewicht die vielen Stufen hochzuwuchten. Oben angekommen stützte er sich erst mal auf die Knie. Dann wurde ihm geöffnet, ein Lichtschein fiel ins Treppenhaus. Julius ging hinein. Der Gastgeber verschränkte die Arme. Sein Gesicht lag im Dunkeln.

Aber es war niemals Willi Dobel.

Der Film verblasste.

»Mehr Wein!«, grölte Julius.

»Ugh«, sagte Anna und füllte nach. Direkt vom Mixzylinder in den Mund.

Der Filmvorführer ließ die Rolle wieder laufen. Der Mann Julius gegenüber war schmächtig und schüttelte immer heftiger den Kopf, schließlich wies er Julius die Tür.

Julius packte sich eine Decke, die als Dekoration auf dem Korbsessel in Willi Dobels Flur lag. Er schwang sie einem Umhang gleich über seine Schultern und wankte die Treppe hinunter.

Danach ging er nicht wie zu erwarten den Weg zurück zum Tor, sondern zur Kirche St. Laurentius und rüttelte dort an den Toren. Er versuchte erfolglos, hineinzublicken.

Was trieb er da? Das ergab überhaupt keinen Sinn!

Dann wandte sich Julius ab, verließ Ahrweiler, ging über die Brücke zum Kloster und entdeckte ein Licht, das sich schwankend unterhalb des Gemäuers bewegte.

Der Film riss.

Julius ließ nachschütten. Aber der Filmvorführer hatte den Feierabend angetreten.

All der Alkohol, den Julius in sich hineingeschüttet hatte, begann nun erst richtig zu wirken. Er löste die Welt der Erinnerung auf.

Weiter würde ihn der Wein nicht führen.

Den Rest des Weges musste er selbst gehen.

Noch zwanzig Stunden

Eigentlich gab es mehrere Wege, dachte Julius. Er wählte nach seiner Rückkehr den kürzesten. Nur wenige Meter von seinem Haus befand sich das Hotel des Weinguts Schlosspark. Es sah mit seiner ovalen Form und dem neckischen Türmchen wie ein altertümlicher Ozeandampfer aus, der gemächlich durch die Wellen pflügte.

Das Hotel war nun allerdings keines mehr. Es war zum Kloster umfunktioniert worden. Der Weingutsbesitzer hatte sich dazu bereit erklärt, die heimatlosen Nonnen in seinem Hotel aufzunehmen. Es stand im Winter chronisch leer. Nun lagen Schwestern in den nach Rebsorten benannten Zimmern: im Burgunder-Domizil, im Weißburgunder-Gelass, in der Dornfelder-Klause oder der Domina-Kammer. Bei der Zimmeraufteilung hatte sich eine Nonne sicher besonders gefreut. Der Gedanke zauberte Julius ein Lächeln aufs Gesicht.

Der Raum der Mutter Oberin enthielt ein aufwendiges Himmelbett, die Wände waren erotisierend rot, das Licht automatisch gedämpft. Die Nonne war so fehl am Platz wie ein Reispflücker in der Frittenbude. Sie saß auf dem wunderbar weichen Bett, ihre Füße erreichten den dicken Teppichboden nicht.

Julius wollte das Gespräch im Stehen führen, doch sie klopfte auf die Bettdecke neben sich.

»Setzen Sie sich doch zu mir. Ich bin sehr froh, dass Sie meiner Einladung gefolgt sind. Die Polizei hat uns davon in Kenntnis gesetzt, dass Sie versucht haben, den Übeltäter zu stellen. Dafür möchte ich mich bei Ihnen bedanken. Konnten Sie erkennen, wer es war?«

»Ich habe nur Vermutungen«, sagte Julius. Rudolf Trinkuss und Georgy Tremitz hatten in dieser Angelegenheit mit Willi Dobel unter einer Decke gesteckt. Der Gärtner wusste zudem, wo sich das Versteck befand. Dann gab es noch Wolfgang Zwingerl, der als Dobels rechte Hand sicher über vieles im Bilde war, was über die richtige Schnitttechnik für Zwiebeln hinausging. Der Letzte auf Julius' Liste war Eduard von Belitz, der großes Interesse an alten Bouteillen hatte – und Wein stand im Zentrum dieses Rätsels. Die Klosterflaschen mussten unwahrscheinlich viel wert sein.

»Der Mann wollte Wein stehlen.«

»Wir besaßen aber keine wertvollen Tropfen. Nur Literflaschen mit einfachem Wein.«

»Und die hinter dem Abendmahlgemälde im zentralen Speiseraum?«

»Wo?«

Julius wiederholte es.

»Davon hat die Polizei nichts erzählt.«

»Darauf hatte es der Einbrecher aber abgesehen.«

»Das Bild hängt dort seit Ewigkeiten. Soweit mir bekannt ist, war es sogar schon vor dem Krieg an diesem Platz. Sicher hat keine der Schwestern dort Weinflaschen deponiert. Weshalb sollte jemand so etwas auch tun?«

»Haben Putzfrauen dahinter sauber gemacht?«

»Nein.«

»Ist die Wand einmal neu gestrichen worden?«

»Ja, sicher. Mehrmals sogar. Aber das Bild war fest verankert, es ist stets um den Rahmen gemalt worden.«

»Hat Ihr Hausmeister das Werk vielleicht einmal abgenommen?«

»Nicht dass ich wüsste. Ich erinnere mich nur daran, unseren Gärtner einmal dabei beobachtet zu haben, wie er sich das Gemälde anschaute und dafür extra auf einen Stuhl gestiegen ist. Er sagte, dass er das Obst auf dem Bild genau identifizieren wolle. Ich habe mir nichts dabei gedacht. Meinen Sie etwa, er hat etwas mit dieser Sache zu tun?«

Es klopfte an der Tür. »Soll noch etwas gewaschen werden, Mutter Oberin? Wir stellen nun die nächste Maschine an.«

»Stört es Sie, wenn ich mich umziehe? In meiner Tracht steckt immer noch etwas Rauch. All meine andere Kleidung ist verbrannt, und nun steht mir nur ein altes Nachthemd unserer Wirtin zur Verfügung.«

»Das ist mir sogar viel lieber so.« Der Satz rutschte ihm einfach so raus.

»Aber Herr Eichendorff«, sagte die Mutter Oberin schmunzelnd. »Ich habe ein Gelübde abgelegt.«

Die Frau konnte nicht nur seine Mutter, sondern die Urmutter seines Stammbaums sein. Er hatte doch nur etwas Aufmunterndes sagen wollen! Jetzt hätte er sich die Zunge am liebsten abgeschnitten.

Die Mutter Oberin zog sich im Badezimmer um und erschien mit einem weißen Nachthemd, das genauso viel Haut zum Vorschein kommen ließ wie ein Ganzkörperschlafsack. Erst jetzt fiel Julius die Traurigkeit der Nonne auf. Er war so in seine eigenen Probleme versunken gewesen, dass er gar nicht darüber nachgedacht hatte, dass sie ihr Zuhause verloren hatte.

»Ich finde, Sie halten sich gut«, sagte Julius und wollte schon einen Arm um sie legen, fand es dann aber doch zu anzüglich.

»Wir sind alle am Boden zerstört.«

Julius ergriff die Hand der Oberin, sie war welk wie ein altes Blatt. »Weltlicher Besitz ist doch nicht wichtig. Der wahre Reichtum liegt im Herzen, oder? Habe ich zumindest im Kommunionsunterricht gelernt.«

»Ist bei der Katechese auch über Klosteranlagen gesprochen worden, die ihren Ursprung im Jahre 1664 hatten und nun bis auf die Grundmauern abgebrannt sind?« Die Mutter Oberin zog ihre Hand fort, sie klang nun leicht verärgert.

»Was ist ein Kloster anderes als die Gemeinschaft der Schwestern oder Brüder? Sie sind doch der Kern, alles andere ist nur Tand.« In der Gegenwart der Nonne traute sich Julius, dieses hübsche altertümliche Wort zu gebrauchen.

»Herr Eichendorff, Sie klingen wie unser Weihbischof. Und der Mann ist ein Schwätzer. Unsere Heimat ist vernichtet. Das bezeichnen Sie allen Ernstes als Tand? Ich muss doch sehr bitten. Unsere Bücher, unser Hab und Gut, alles zerstört.« Sie stand auf und ging ans Fenster, zog die Gardinen zu. »Aber diese Gedanken will ich jetzt nicht ins Zimmer lassen. Mir fehlt die Kraft, Richtung Berg zu schauen – und auch darüber zu sprechen.« Sie presste die Lippen aufeinander und setzte sich wieder zu Julius. »Lassen Sie uns über etwas Erfreulicheres sprechen. Gibt es Fortschritte, was Ihre Suche nach dem Mörder angeht?« Sie verzog keine Miene. Das »erfreulich« schien sie wirklich ernst zu meinen.

»Ich kann mich jetzt erinnern«, sagte Julius.

»Erzählen Sie bitte, lenken Sie mich ab.«

»In der Mordnacht, es muss gegen zwei Uhr früh gewesen sein, habe ich jemanden unterhalb des Klosters gesehen, mit einem Licht. Es hat geflackert, als würde es getragen.«

Die Mutter Oberin stöhnte auf. »Also hat sie es wieder getan! Und ich dachte, diese Geschichten seien endgültig vorbei.«

»Also wissen Sie, wer es gewesen sein könnte?« Julius rückte näher zu ihr, als könne er die Antwort so aus ihr herausdrücken.

»Ja, leider. Hoffentlich macht sie es nicht hier in Heppingen, dann würde sie sicherlich überfahren!«

»Wer, *sie*?«

Julius hatte schon seine Arme gehoben, um die Antwort aus der Mutter Oberin zu schütteln.

»Schwester Innocencia – sie kann ihre Füße manchmal nicht still halten. Dann muss sie hinaus. Eine innere Unruhe. Sie schämt sich sehr dafür, erzählt nie davon. Aber manchmal fällt es auf. Das letzte Mal allerdings ist schon gut ein Jahr her.«

»Wo finde ich sie?«

»Sie schläft fast den ganzen Tag.«

»Trotz allem, was heute Nacht passiert ist?«

Die Mutter Oberin nickte.

»Dann sollten wir sie wecken. Welches Zimmer?«

»Im Riesling-Reich. Aber man darf sie nicht aus dem Schlaf reißen, wirklich. Sie wird dann …«

»… ungehalten?«

»Nein.«

»Sauer?«

»Nein.«

»Genervt?«

»Nein. Unausstehlich. Wie eine Xanthippe. Schwester Innocencia sagt das selbst. Aber wenn Sie möchten, versuchen Sie es ruhig. Das wird uns alle aufmuntern.«

»Haben Sie schon mit ihr über die Nacht gesprochen?«

»Sie ist nur selten bei uns, verstehen Sie? Bisher war der richtige Moment noch nicht da. Ich sage Ihnen sofort Bescheid, wenn sie wieder wach ist. Versprochen. Und dann suchen Sie uns auf. Vielleicht erinnert sich Schwester Innocencia, wenn sie Ihr Gesicht sieht.«

Das vergisst man nicht, dachte Julius. Dafür war es zu bildfüllend.

»Gut, dann bin ich mal weg.« Es gab noch so viel zu klären, doch so wenig Zeit.

»Sie sehen besorgter aus als ich«, bemerkte die Mutter Oberin.

»Der Mord, die Kühe, der Einbruch und jetzt der Brand – irgendwie hängt das alles zusammen. Aber ich habe nicht die geringste Ahnung, wie.«

Sie lehnte sich zu Julius, zog zur Sicherheit jedoch ihren Kragen enger zu.

»Bei einem Ihrer Probleme kann ich Ihnen ein wenig helfen. Ein ehemaliger Schüler kommt immer noch zu mir, um zu beichten. Es ist natürlich nur eine Art Beichte, da ausschließlich geweihte Priester eine wirkliche abnehmen dürfen. Aber auch ich halte mich daran, über das in diesen Gesprächen Gesagte zu schweigen. So viel darf ich jedoch sagen: Sie sollten meinen Beichtling aufsuchen. Sein Name ist Maik Pütz.« Die Mutter Oberin sah auf ihre Uhr. »Wenn Sie Zeit haben, sollten Sie gleich zu ihm gehen. Er arbeitet in der Schnapsbrennerei Bogen in Lantershofen.«

Maik Pütz.

Tanja Engels' Freund.

Seinen Namen hatte Julius nun schon oft gehört. Vielleicht konnte er ihn zur Beichte bewegen – bei einem Koch.

Julius stand auf, die Nonne griff sich seinen Arm. »Bringen Sie beim nächsten Mal eine große Flasche Eifelgeist mit.«

»Mach ich doch gern für Sie.«

»Es ist *nicht* für mich, sondern für Schwester Innocencia. Es könnte ihr helfen, sich zu erinnern.« Sie überlegte. »Bringen Sie besser gleich zwei.«

Noch achtzehn Stunden

Julius konnte sich viele unangenehmere Orte als eine Schnapsbrennerei vorstellen. Hier lag Alkohol in der Luft, und die Vögel schienen schwungvoller als anderswo zu fliegen. An etlichen Fenstern waren Klebepiepmätze angebracht, um den lebenden Brüdern deutlich zu machen, dass Flüge hier abrupt enden konnten.

Vielleicht waren sie aber auch für Besucher gedacht, die zu viel verkostet hatten. Besonders für Schluckspechte und Schnapsdrosseln.

Das Haus präsentierte seine Ziegelsteine unverputzt – und wirkte dadurch beruhigend brandsicher. Julius merkte sich trotzdem genau den Ausgang, als er eintrat. Maik Pütz war direkt auszumachen. Da er zu jung war, um der Eigentümer dieses Eifeler Brennblasenimperiums zu sein, musste es sich um den regelmäßigen Beichtgänger der Mutter Oberin handeln. Er sah aus, als trage er eine Maske seiner selbst, die hinter den Ohren zu fest zugebunden war. Ein Gesicht voll vertikaler Schlitze, Mund und Augen wie Striche, die Stirn ein heruntergeklapptes Visier. Er erinnerte an den Münchner Torwart-Titan.

Nur in klein.

Man fühlte sich in seiner Nähe auf Anhieb unwohl.

Aber anscheinend fanden junge Frauen wie Tanja Engels ihn attraktiv.

»Wird das Eifelgeist?« Julius kannte die Spirituose seit der Kindheit. Seine Mutter rieb sich immer damit ein, wenn die Wade zwickte. Sein Vater bevorzugte die innerliche Anwendung.

Der in einem Blaumann steckende Maik Pütz schaute auf. Sein Blick verriet, dass er Julius erkannte. Doch er versuchte, es sich nicht anmerken zu lassen.

»Eine siebenundvierzigprozentige Köstlichkeit aus bestem Weizenkorn und zweiundvierzig handverlesenen Heil- und Geschmackskräutern nach einem über siebzig Jahre alten Rezept.«

»Sie sind ja eine wandelnde Werbetafel.«

»Ich sag den Satz bei jeder Führung. Wollen Sie etwas über dieses Schmuckstück wissen?« Er klopfte gegen das metallische Ungetüm, das er gerade poliert hatte. »Ein Schnelldampferzeuger. Hat gegenüber dem Vorgänger enorme Vorteile mit seinen geringen Ausmaßen und der Einsparung der früher sehr langen Aufheizzeit bis zum benötigten Dampfdruck. Zudem wirkt sich sein geringer Energieverbrauch positiv für die Umwelt aus – und die Finanzen.«

»Sie wissen, wer ich bin«, sagte Julius, der keine Lust auf einen fünfminütigen Brennkurs hatte.

»Ist das verboten?« Maik Pütz dehnte die Vokale. Es klang wie »Iiist daaas veeerboooten?«. Es machte das Zuhören sehr mühselig. Und jetzt fuhr Pütz auch noch mit seinem Technikvortrag fort. »Früher hatten sie hier einen Hochdruck-Dampfkessel, der mit Kohle beheizt wurde.«

»Sie wollen also nicht über die Nacht reden, in der Willi Dobel ermordet wurde. Was haben Sie zu verbergen?« Julius ging zur Brennblase und wischte einen Fingerabdruck mit dem Ärmel fort, den Maik Pütz übersehen hatte.

Der junge Mann reichte ihm ein Glas mit der Hausmarke.

Julius schnupperte daran. »Fenchel, Kamille, Melisse«, er senkte seine Nase tiefer in das Bukett, »sogar Tausendgüldenkraut.«

»Sagen Sie nicht, dass Sie das alles riechen können!«

»Nein, aber ich kann lesen. Drüben liegen ja die Kräutertütchen.« Julius senkte das Glas. »Jetzt mal Klartext: Ich weiß, dass Sie abends vor Willi Dobels Haus randaliert haben. Die Polizei weiß es allerdings noch nicht. Also spucken Sie endlich aus, was genau passiert ist.«

»Der Eifelgeist ist gut, oder? Die Liköre können auch was: Quitten-Holunderblüte, Trauben-Rum oder Weinbergsapfel.«

»Sie waren der Planer des Niederhut-Schaubilds in diesem Jahr. Sie hatten alles dafür gegeben, nicht wahr? Es war Ihr großer Traum. Und dann das. Sie fühlten sich blamiert, vor all Ihren Kumpels. Und auch noch von dem Mann, der Ihrer Freundin das Erbe abgeluchst hatte. Damit auch Ihre Zukunftsplanung. Braucht man mehr Gründe für einen Mord?«

»Nein«, sagte Maik Pütz. »Reicht völlig.« Er trat an einen anderen Kessel, der gerade auf höchster Temperaturstufe destillierte, und blickte durch das Guckloch hinein.

»Sie scheinen es nicht für nötig zu halten, sich zu verteidigen.«

»Warum auch? Sie wissen ja eh schon alles.«

»Dann rufe ich jetzt die Polizei an.« Julius zog sein Handy wie einen Colt und tippte drei Ziffern ein.

Maik Pütz riss es ihm aus der Hand. »Wo schaltet man das Ding aus?«

»Es ist gar nicht an«, sagte Julius.

Sein Gegenüber lächelte schief. »Lassen Sie uns rausgehen, dann kann ich eine rauchen, während ich auspacke.«

Julius folgte dem jungen Feuerteufel, froh, die Brennblasen hinter sich zu lassen. Maik Pütz rauchte die Zigarette bis zur Hälfte, dann fing er endlich an zu erzählen.

»Wir wollten Willi Dobel nicht lynchen, wir sind ja keine Deppen. Nur Angst einjagen, das war die Idee. Und Kohle wollten wir. Mehr, als die Schweine von der Oberhut bekommen hatten. Das Doppelte. Als Schmerzensgeld.«

»Nur fair.«

»Außerdem sollte er die Bestechung öffentlich machen, damit wir im Nachhinein zum Sieger erklärt werden.« Maik Pütz saugte hektisch an der Zigarette.

»Ich weiß nicht, ob das hingehauen hätte. Es konnte sich ja auch so jeder denken, dass Geld im Spiel war.«

»Aber die Juroren *wollten* es nicht denken. Das ist ein wichtiger Unterschied. Wie irre haben wir auf die eingeredet.«

»Wohin flossen denn dann die ganze Wut und der elende Ärger, als keiner bei Dobel aufmachte?«

»Wir haben uns verzogen – aber das haben die anderen Ihnen ja schon erzählt. Ich bin im Bilde, Herr Eichendorff. Mir war klar, dass Sie früher oder später hier auftauchen würden. Aber lieber Sie als die Bullen. Sie sind zwar ein reicher Schnösel, allerdings einer aus unserem Tal. Zwar nur aus Heppingen, aber das geht schon in Ordnung.«

Julius wusste nicht, ob er sich für diese Frechheit auch noch bedanken sollte. Seine einzige gute Eigenschaft war also, dass er von hier stammte. Da hätte er sich Bildung, Manieren, die Pflege seiner verrückten Familie und die ganzen Jahre in der »Alten Eiche« sparen können. Was zählte, war nur die Herkunft.

»Die Geschichte ist noch nicht zu Ende, oder? Sonst hätten wir nicht rausgehen müssen«, setzte Julius nach.

»Klar ist die noch nicht zu Ende. Ich bin noch mal zurückgegangen in der Nacht. Willi Dobel war nicht da, nur sein Betthupferl Nobby, dieser miese kleine Drecksack. Der Anführer von der Oberhut. Er hat die Gardinen zurückgezogen und runtergeguckt, mir überheblich zugewunken. Ich wollte die Tür eintreten, aber hatte irgendwo meine Schuhe verloren. Also hab ich's gelassen. Ich wollte ihm nicht die Freude gönnen zu sehen, wie ich mir den Fuß verstauche.«

»Nobby *wer*?«

»Der Vollidiot heißt eigentlich Norbert Spitz.«

Das war also der Mann, den er in Willi Dobels Wohnung angetroffen hatte. Norbert Spitz hatte dort auf die Rückkehr seines Schatzes gewartet. Was bedeutete, dass Julius nicht mit Willi Dobel gesprochen hatte! Über was hatte er mit dem Bursche geredet? Warum war er nach dem Gespräch zur St.-Laurentius-Kirche getorkelt und schließlich zum Kloster?

Diese Fragen würde ihm nur Norbert Spitz beantworten können.

Doch vorher galt es das Ende von Maik Pütz' Geschichte zu hören.

»Und danach haben Sie die Sache einfach auf sich beruhen lassen?«

Er lies seine Fäuste aufeinandertreffen. »Ich hab mir Nobby später vorgeknöpft.«

»Und was hat er erzählt?«

»Mit so einem *spreche* ich doch nicht! Der hat 'ne Abreibung bekommen. Voll auf die Glocke!«

Das also hatte Maik Pütz der Mutter Oberin erzählt.

»Wie viele Vaterunser haben Sie dafür bei der Beichte aufgebrummt bekommen?«, fragte Julius und deutete auf Pütz' Halskette mit Kreuz-Anhänger.

»Was gibt es da zu beichten? Für solche Kleinigkeiten hat der da oben Verständnis. Nobbys Prügel war voll verdient.«

Julius ließ Maik Pütz den Coolen markieren und orderte drei Flaschen Eifelgeist. Zwei für Schwester Innocencia. Und eine für seine Mutter.

»Ich geb Ihnen die umsonst, wenn Sie mich nicht verpfeifen.«

Julius zückte sein Portemonnaie. »Ich zahle lieber. So sind wir Heppinger eben.«

Noch siebzehn Stunden

Auf dem Rückweg ins Tal erblickte Julius das Ergebnis der Nacht in vollem Ausmaß. Wie das Gerippe eines gestrandeten Wals lag das Kloster auf dem Calvarienberg, die Mauerreste hingen dampfenden

Fleischfetzen gleich daran. Unaufhörlich jagte die Feuerwehr Wasser ins Innere. Die großen Tanklöschfahrzeuge und Drehleiterwagen bildeten einen Kreis um die Ruine. Sie standen so nah, als hielten sie sich an den Händen. Selbst sie sahen traurig aus. Julius kamen fast die Tränen, als er den Berg so sah. Er war wie enthauptet.

Die Uhr zeigte kurz nach sechzehn Uhr. Wenn er die bevorstehende Nacht abzog, blieben ihm nur noch lächerlich wenige Stunden, um seine Unschuld zu beweisen. Er hatte keine Antworten, also hatte er die falschen Fragen gestellt. Es galt noch einmal alle aufzusuchen. Diesmal würde er sie härter angehen. Sich ans Ufer retten.

Als Erstes stürzte Julius sich in Telefonate. Die Oberin musste ihm leider mitteilen, dass Schwester Innocencia immer noch in Morpheus' Armen weilte. Von Belitz ging nicht an sein Handy. Wenn es der Weinhändler war, den er in der Nacht im Kloster verfolgt hatte, ließ der sich jetzt wahrscheinlich einen der geraubten Tropfen schmecken. In der Dominikanischen Republik. Georgy Tremitz war nicht im Restaurant, und von Wolfgang Zwingerl fehlte ihm die Nummer.

Dafür fand sich eine Nachricht von August Herold auf der Mailbox. Als Julius zurückrief, wurde er mit einem saftigen »Ich könnte bekloppt werden« begrüßt. »All meine Freunde hab ich mit ›Melchior‹ bestochen – der löst sonst jede Zunge. Aber diesmal? Nix. Sind die denn alle jeck? Oder weiß wirklich keiner was?« Er ließ Julius keine Zeit zum Antworten. »Meinst du, der Brand im Kloster hängt irgendwie damit zusammen? Immerhin ist die Leiche vom Dobel ja daneben gefunden worden. Wenn ich den erwische, der das verbrochen hat, den verkorke ich höchstpersönlich!«

August Herold war wohl der einzige Mensch, bei dem Julius sich dies wirklich vorstellen konnte. Er hatte noch eine alte Maschine, mit der Doppelmagnumflaschen ihren Verschluss erhielten.

»Ich bin schon auf der Suche nach dem Brandstifter«, ging Julius dazwischen. »Und jetzt hol mal einen Augenblick Luft und lass mich reden. Ich brauch nämlich deine Hilfe.«

»Du kannst alles von mir haben.«

»Dann nehme ich erst mal einen Karton ›Melchior‹ und einen vom Großen Gewächs aus dem Altenahrer Eck.«

August Herold lachte auf. »Dafür bewundere ich dich, Julius. Dass dir nichts die Stimmung vermiesen kann. Aber den Wein musst du trotzdem bezahlen. Wovon soll ich denn sonst leben?«

»Ups. Da habe ich jetzt völlig vergessen, dass du am Bettelstab gehst ...«

»Ich komm dir gleich rüber!«

»Nicht nötig. Es reicht, wenn du mir etwas über Norbert Spitz erzählst, den Leiter der Junggesellen von der Oberhut. Kennst du den zufällig?«

Üblicherweise kannte August Herold, der nicht nur Ordensmeister der Weinbruderschaft war, sondern auch in etlichen anderen Vereinigungen die Strippen zog, so ziemlich jeden im Tal. Die Telekom rief bei ihm an, wenn sie wissen wollte, ob sich Telefonnummern geändert hatten.

»*Der* ist es gewesen? Den nehme ich mir vor. Wo treffen wir uns?«

»Lass mich nur machen! Es geht um eine andere Sache, aber da kann ich noch nicht drüber reden. Ich muss nur wissen, wo ich ihn finde.«

»Soll ich wirklich nicht mitkommen?«

»Das schaffe ich allein. Aber danke. Ich weiß dein Angebot zu schätzen.«

Die Adresse kam Julius sehr bekannt vor. Es war die von Gerd-Willi Guth, dem Bauernvorsitzenden. Julius konnte Norbert Spitz dank August Herolds Beschreibung auf der Weide gleich von den Kühen unterscheiden. Der Junggeselle von der Oberhut hatte trotz seines Alters noch weniger Haare auf dem Kopf als Julius. Das machte ihn direkt sympathisch. Sein rechtes Auge war geschwollen und blau angelaufen. Vermutlich ein kleines Dankeschön von Maik Pütz für den Schaubild-Betrug.

Als Julius aus dem Wagen stieg, feuerte Norbert Spitz gerade einen Bullen an. Einige Schaulustige hatten sich eingefunden und informierten Julius, dass heute ein neuer Zuchtbulle eingetroffen sei, den Guth auf den Namen seines amerikanischen Verkäufers Bill Buford getauft habe. Kurzform: Bibu. Jetzt wollten alle sehen, wie er seinen Job erledigte. Noch stand er im Laster und lugte vorsichtig hinaus.

Julius wandte sich an Norbert Spitz, um Näheres zu erfahren.

Der wandte seinen Blick nicht vom Geschehen ab. Ihm schien egal zu sein, mit wem er sprach. Wie ein Fußballtrainer folgte er hochkonzentriert den Bewegungen seiner Akteure.

»Er steht unter Druck. Entweder er macht es jetzt, oder er wird nach Hause geschickt. Bibu kennt seine Aufgabe.«

Julius war sich ziemlich sicher, der Bulle wusste nicht, dass er überhaupt eine hatte. Er schien an elementareren Fragen interessiert: warum er hier war, vor einem Publikum, das wild darauf war, ihm beim Sex mit Kühen zuzuschauen, die ihm keiner vorgestellt hatte. Er sah nach rechts, nach links. Er stampfte mit den Hufen, schnaubte. Offenbar wollte er zeigen, dass er ein richtiger Bulle war. Dann entdeckte er die Mädchen, beendete seine Vorstellung, trabte die Rampe hinunter und schloss sich ihnen an, so unbefangen wie alte Freunde, die sich nach einiger Zeit wiedersehen. In weniger als einer Minute nahm er seine Rolle als Chef auf der Weide an, schob die Mädchen beiseite und stellte sich vor sie. Dann führte er seine kleine Herde auf eine Inspektionstour durch sein neues Zuhause.

Bibu schien die Bedingungen seiner Anstellung nicht wirklich verstanden zu haben.

Es gab einige Aufregung, als sich eine Kuh für seine Genitalien interessierte und ihren Kopf zwischen seine Beine bohrte.

»Sie ist bereit«, flüsterte Norbert Spitz.

»Toro – worauf wartest du noch?«, kam es aus der Südkurve.

»Vier Frauen. Also wirklich. Kann es noch besser werden?«, brüllte ein Mann weit jenseits der Midlife-Crisis.

Aber der Bulle tat nichts, gar nichts. Der Bulle hätte gar nicht gleichgültiger sein können. Norbert Spitz steckte sich eine Zigarette an, Julius stellte sich näher zu ihm. Der junge Rinderkuppler roch sehr gut, eine Mischung aus Vanille und Zedern, eher ein Damenduft. Aber nicht zu auffällig.

»Kann ich Sie noch etwas anderes fragen? Nein, warten Sie! Schauen Sie mich einfach an, dann wissen Sie sicher, worum es geht.«

Norbert Spitz drehte sich um. Sein Gesicht erstarrte zu Stein. Er wollte sich nichts anmerken lassen. Doch seine Zigarette landete durchgebissen auf dem Boden. Der glühende Stumpen im eisigen Gras, der Filter im Mund.

»Kennen wir uns?«

»Tiefste Provinz, Nobby. So was bekommen selbst Laienschauspieler besser hin. Vergessen Sie das ganz schnell. Ich erinnere mich jetzt wieder an den Abend.«

»Wollen Sie mich erpressen? Sie haben nichts in der Hand! Das haben schon andere versucht. Aber jeder hat Leichen im Keller, und ich bin ein findiger Bursche.«

Da ging aber einer ran.

»Mir ist Ihr Privatleben völlig schnurz. Ich weiß, dass wir beide uns getroffen haben. Aber worüber wir gesprochen haben, weiß ich nicht.«

»Wenn ich es Ihnen sage, dann lassen Sie mich in Ruhe? Und ich hör nie wieder was von der Sache?«

»Ja«, sagte Julius. Norbert Spitz mochte sich mit den Paarungsvorlieben von Bullen und Willi Dobels auskennen, aber ein Cleverle war er nicht. Natürlich würde Julius der Polizei von ihm erzählen. Er konnte nur hoffen, dass Kommissar Thidrek dessen Wunsch nach Privatsphäre akzeptierte.

»Ich wollte mit Willi wegen dem Schaubild feiern, aber er kam nicht. Ich hab mir schreckliche Sorgen gemacht. Als es dann klingelte, dachte ich, er ist es und hat mal wieder seinen Schlüssel verlegt. Die Deppen von der Niederhut hatten vorher schon geklingelt, aber die hatte ich aus dem Fenster erkannt und nicht geöffnet. Die waren ja längst wieder abgezogen. Erst an der Wohnungstür habe ich durch den Türspion gesehen, dass Sie es sind. Nur aus Höflichkeit habe ich aufgemacht. Ich bin so ein Dussel!«

Bibu prüfte mittlerweile das Gras auf seiner neuen Weide. Die Kühe prüften Bibu. Anscheinend roch er sehr gut an Stellen, denen Julius nicht zu nahe kommen wollte.

»Den ersten Platz in der Dussel-Liste belege ja wohl immer noch ich.«

»Na ja, Sie waren zumindest ziemlich betrunken und redselig an dem Abend. Ich hab Ihnen erzählt, dass ich mit *Herrn Dobel* über ein großes Festmahl für die Hutenschaft reden wollte. Aber selbst in Ihrem Zustand haben Sie mir das nicht abgekauft.«

»Beruhigend.«

»Ich vermute, dass mein rosa Pyjama bei der Erkenntnis half.«

Selbst subtilste Zeichen habe ich noch wahrgenommen, dachte Julius und musste grinsen.

»Sie wollten dass ich Willi überzeuge, Ihr Leben nicht zu zerstören. Es war sehr melodramatisch. – *Mach voran, Bibu! Die Mädels sind heiß!*«

»Und dann?«

»Ich hab ein weiches Herz, deshalb hab ich Sie getröstet. *Jetzt nimm die Roswitha schon ran, die braucht es doch!*«

Norbert Spitz erntete Applaus für seinen Versuch, Leben ins Spiel zu bringen. Julius hätte sich die äußerst konkreten Anfeuerungsrufe lieber erspart.

»Wie lange war ich bei Ihnen?«

»Vielleicht ein Viertelstündchen. Sie wollten unbedingt wissen, wo Willi steckt. Darüber hatte ich mir natürlich auch schon den Kopf zermartert. Wir waren nämlich für die Nacht fest verabredet, und ich war mir sicher, dass er nirgendwo anders feiern würde. Aber es gab eine andere Sache, die ihn manchmal umtrieb. *Bibu, schau dir die saftigen Backen an!*«

»Etwas Delikates?«

»Nein, eher peinlich. Willi war erzkatholisch, und manchmal bekam er seinen Religiösen. Dann musste er in eine Kirche oder mit jemandem reden, der aussieht wie ein Pinguin. Das hatte ich Ihnen erzählt, und Sie wollten deshalb die Kirchenhäuser abklappern. *Nicht anrempeln – da stehen die Weiber nicht drauf!*«

»Wissen Sie etwas von einer Decke?«

»Die Sie geklaut haben? *Du weißt doch, wo es reingeht!*«

»Anscheinend genau die.«

»Sie wollten was Warmes haben für die Suche nach Willi. Da haben Sie beim Rausgehen die Decke mitgehen lassen. Hab ich leider erst zu spät bemerkt. *Ja, genau! Schön am Hintern schnüffeln!*«

»Wirklich leider«, sagte Julius. »Trotzdem danke. Und toi, toi, toi für Ihren lethargischen Zuchtbullen.«

»Warten Sie, Herr Eichendorff. Ich muss Ihnen noch was sagen.«

»Immer gern.«

»Ich glaube nicht.«

»Wieso?«

»*Mach et, Bibu!*« Norbert Spitz pfiff auf seinen Fingern. Der Bulle hob den Kopf und bemerkte, dass sich vor ihm ein Kuhhinterteil befand.

Aber Gras war irgendwie spannender.

»Ich muss wirklich weg«, sagte Julius, der sich nicht traute, wieder auf seine Armbanduhr zu schauen. Wie viel Zeit mochte ihm noch bleiben?

»Sie haben nicht nur eine Decke mitgenommen. Sondern auch Willis Schürhaken vom Kamin. Halten Sie den Mund, halte ich ihn auch. Sonst bringe ich Sie ins Gefängnis.«

Jetzt ließen Spitz auch die schütteren Haare nicht mehr sympathisch wirken.

Julius war stinksauer.

»Das stimmt doch nie und nimmer!«

»Natürlich ist das eine Lüge. Aber das weiß die Polizei ja nicht. *Soll ich dir einen Lageplan malen?!*«

Julius war unglaublich wütend. Endlich hatte er Licht am Ende des Tunnels gesehen – und jetzt stellte es sich als D-Zug heraus, der containerweise Müll geladen hatte.

Der Frust musste raus.

»Lass dir ruhig Zeit, Bibu«, rief Julius deshalb dem verwirrten Jungrind zu. »Lern die Damen erst mal richtig kennen. Geh mit ihnen Gras essen, zeig ihnen die tollsten vorbeifahrenden Traktoren – und dann überleg dir gut, mit wem du dich einlässt.«

Norbert Spitz sah ihn an wie ein frisch gebrandmarkter Bulle.

»Sollte ein Witz sein«, sagte Julius. »Ist auf jeden Fall besser als Ihrer mit dem Schürhaken.«

9. Kapitel

»Wo der Teufel nichts mehr ausrichtet, schickt er das Weib.«
Polnisches Sprichwort

Das war nicht bloß eine Sackgasse. Rechts und links reichte die Mauer bis zum Himmel, und den Rückweg versperrte ein Felsbrocken biblischen Ausmaßes. Julius wollte fort von der Weide und nach Hause, vielleicht konnte er dort mittels Gedankenkraft ein Loch in die Ausweglosigkeit brennen.

Wäre er doch bloß ein Jungbulle wie Bibu! Der hatte solche Sorgen nicht und würde sie auch nie haben. Er musste nur überlegen, ob er Heu fraß, für die Erhaltung seiner Spezies sorgte oder schlief.

Julius würde momentan Letzteres wählen. Doch dafür fehlte ihm die Zeit. Als er in die Garagenauffahrt seines Hauses in der Martinusstraße einbog, erblickte er dort den schwarzen Benz seiner Eltern. Der Wagen wirkte so schwer, als sei er gepanzert. Julius war so durcheinander, dass er drei Anläufe brauchte, bis er den Schlüssel ins Haustürschloss bekam. Das musste man seinen Eltern lassen: Selbst die Aussicht auf eine lange Haftstrafe konnte ihn nicht so in Angst und Schrecken versetzen wie einer ihrer Besuche.

Drinnen hatte ihn niemand gehört, und so verharrte er einige Zeit im Flur, das Schauspiel im Wohnzimmer betrachtend. Sein Vater ging auf und ab wie ein Tiger im Käfig, seine Mutter schlug immer wieder die Hände vor dem Gesicht zusammen. Annas Augen waren feucht vom Weinen. Er wollte sie in den Arm nehmen.

Genau das tat er nun auch.

Sie küsste ihn auf die Wange, ihre Lippen waren trocken.

»Hast du etwas herausgefunden?«

»Nichts Verwertbares«, sagte Julius. Norbert Spitz' Aussage würde ihn nur noch tiefer hineinreiten. Das heißt, eigentlich ging das schon gar nicht mehr. Aber besser machte sie es erst recht nicht. »Und du?«

Sie schüttelte den Kopf. »Ich habe lange mit einem Kollegen in Thidreks Kommission telefoniert und ihn nach Widersprüchen in der Beweislage gegen dich gefragt. Und nach Hinweisen, wo ich buddeln könnte. Er hat abgewunken.«

»Sohn«, schaltete sich nun seine Mutter ein und begann, die Blumenkübel auf der Fensterbank hin- und herzuschieben. »Ich habe lange Zeit den Mund gehalten – zu lange, wie sich nun zeigt. Nie wieder wird mir das passieren, so viel kann ich dir versprechen! Wie konntest du uns alle nur in diese unmögliche Situation bringen? In weniger als einem Monat ist eure Hochzeit. Du bist so ein dummer Bengel! Ich habe dich nicht so erzogen! Schau dir deinen Vater an, er sagt schon seit einer halben Stunde kein Wort mehr. Nur wegen dir!«

Sein Vater blieb nun entschlossen stehen. »Sie kriegen dich nicht, Junge. So einer wie du geht niemals in den Knast. Und wenn ich die Polizei selbst aus dem Haus jagen muss. Dich nehmen sie uns nicht fort!« Seine Augen hatten sich zu Schlitzen verengt. Der Sir hatte die Noblesse abgelegt – darunter steckte ein harter Knochen.

Julius legte ihm die Hand auf die Schulter. »Danke, Vater.«

»Übrigens werden deine Kater immer dicker, und der dreifarbige leckt sich ständig seinen fetten Wanst«, warf seine Mutter ein. Anscheinend bekam sie gerade nicht genug Aufmerksamkeit. »Du solltest mit ihnen mal zum Arzt gehen. Vor allem mit dem da.«

Der so angesprochene Felix köpfelte gerade mit Anna, um sie aufzumuntern. Julius ging zu ihm und streichelte sein Fell.

»Er ist prachtvoll.«

»So wie du«, erwiderte seine Mutter. »Mehr voll als Pracht!«

Es klingelte an der Tür. Alle zuckten zusammen. Aber keiner bewegte sich. Dann klingelte es nochmals. Wieder fuhr allen der Schreck von den Haarspitzen bis in die Fußsohlen. Wären sie Hühner gewesen, mindestens eines wäre vor Schock tot von der Stange geplumpst.

Julius atmete durch und ging, um zu öffnen. Simone Sester fiel ihm um den Hals. Sie gab ihm einen dicken Schmatzer auf den Mund.

»Zur Aufheiterung, du süßer Teddy. Damit du die schlechte Nachricht besser verdaust.«

Er musste sie aus dem Haus bekommen, bevor Anna anrauschte!

»Einfach raus damit, ich spüre schon gar nichts mehr.«

»Nanana! Wer wird denn den Kopf hängen lassen? Es sind alles nur Indizien, keine Beweise. Und Julius Eichendorff ist nicht irgendwer, oder? Polizisten finden immer was, wenn sie nur lange genug buddeln. Nichts anderes ist auch bei der Geschichte der Fall. – Willst du dich vielleicht trotzdem lieber setzen?«

Felix und Herr Bimmel kamen, um den Besuch in Augenschein zu nehmen.

»Oh, du hast zwei Katzen! Oder ist das Dicke ein kleiner Hund? Eine von diesen asiatischen Rassen?«

»Er ist bloß *vollschlank*. Hoffentlich hat er nicht mitbekommen, was du gesagt hast, sonst kratzt er gleich in deine …« Hose, wollte Julius sagen, doch nun fiel ihm auf, dass sie trotz der eisigen Temperaturen keine trug. Stattdessen hatte sie wieder ihre hochhackigen Lederstiefel und eine schwarze Wollstrumpfhose an, die unter einem knackkurzen Jeansrock verschwand. Deshalb beendet er seinen Satz mit: »… Schuhe«, und löste den Blick von ihren Beinen. Als er sie wieder anschaute, lächelte Simone Sester und streckte einen Fuß neckisch vor.

»Schick, was?«

»Möchtest du ins Wohnzimmer kommen?« Wenn es schon nicht schnell ging, dann wenigstens vor aller Augen. Ansonsten würde Anna sich das Ganze ausmalen. Und ihre Fantasie konnte verheerend sein.

»Nein, keine Zeit mehr. Gleich muss ich für eine Aufzeichnung nach Altenahr, das Team wartet schon. Ich wollte dir nur schnell persönlich den neuesten Stand mitteilen – unser letztes Treffen ist nämlich schon viel zu lange her!«

Felix ließ sich auf die Seite fallen und pflegte ausgiebig seine Pfoten. Herr Bimmel leckte ihm währenddessen über den Kopf. So etwas hatte Julius bei den Zweien noch nie gesehen. Eigentlich rissen sie sich viel lieber das Fell in Büscheln aus.

»Da muss ich dir völlig recht geben«, sagte Julius, höflich wie er war. »Und jetzt rück schon raus mit der Neuigkeit.«

»Es geht um die Reifenspuren, die auf dem landwirtschaftlichen Nutzweg in der Weinbergslage Ahrweiler Ursulinengarten gefunden wurden – nahe dem Fundort der Leiche. Sie tippen auf einen ›Sprinter‹ und Reifen mit der Nummer«, sie zog lächelnd und langsam einen Zettel aus ihrem Dekolleté, »235/65 R16. Wie die Polizei in Erfahrung gebracht hat, besitzt du einen solchen Wagen. Auch die Reifenart stimmt überein. Der Abdruck reicht aber nicht aus, um ihn definitiv zuzuordnen.«

»Da will mich doch einer reinreiten! Das hat einer von Anfang an geplant. Wahrscheinlich war schon im Wein von Ludwig was ...«

Und plötzlich ratterte es in Julius' Kopf.

Was für ein Zufall, dass Andi Diefenbach ihn gefunden hatte! Und dass Antoine Carême gerade in diesem Moment vorbeikam, ihn zu Dobel brachte und ihm eine Tüte mit Gummi-Teufelchen in die Hand drückte! Norbert Spitz hatte ihn schließlich dazu gebracht, das Kloster Calvarienberg aufzusuchen, in dessen Weinberg die Leiche gefunden wurde. Dann war jemand aufgetrieben worden, der ebenfalls einen Sprinter hatte. So unüblich war der Wagentyp schließlich nicht.

Irgendjemand zog an verdammt vielen Strippen. Eine andere Möglichkeit gab es nicht.

Oder er war doch selbst der Mörder. Würde die Erinnerung an diese vermaledeite Nacht denn niemals zurückkommen?

Simone Sester strich Julius über die Wange. »Wenn sie dich wirklich in U-Haft stecken sollten, starte ich eine Kampagne für dich. Ich hab dir ja versprochen, dass dem süßesten Koch des Ahrtals nichts geschieht.«

Julius spürte, dass Anna plötzlich hinter ihm stand. Die Nervenzellen in seinem Rücken nahmen auch wahr, dass sie das ganze Gespräch verfolgt hatte. Und ihr die Intimitäten keineswegs entgangen waren. Der Luftdruck in seinem Haus hatte sich geändert. Ein Gewitter stand bevor.

Beherrschten Schrittes – Anna bewegte sich fast wie auf dem Laufsteg, die Hüften betont schwingend, die Brust herausgestreckt – trat sie auf Simone Sester zu. Sie baute sich vor ihr auf und nahm das Kinn der Fernsehjournalistin zwischen Daumen und Zeigefinger.

»Jetzt halt mal dein süßes Mündchen, Schnecke! *Du* bist es also, mit der sich mein Verlobter auf einsamen Friedhöfen trifft. Brauchst gar nicht so zu gucken, das Überwachungsprotokoll habe ich eingehend gelesen. Der Dicke hier gehört mir, und den gebe ich nicht wieder her. *Nur* gucken, *nicht* anfassen! Dann kommen wir beiden wunderbar miteinander aus. Ansonsten kratze ich dir die Augen aus. Haben wir zwei uns verstanden?«

Wow, dachte Julius. So kannte er Anna gar nicht.

Das machte ihn fast ein bisschen heiß.

Mit einem Mal hatte sich ihre Riesenportion Kummer in einen Hauptgang Wut verwandelt. Es schien Anna ausgesprochen gutzutun, ihre Gefühle auf diese Art herauszulassen.

Es dauerte, bis Simone Sester sich von dem Schock erholt hatte. Sie wollte gerade etwas erwidern, als Anna ihr die Fingerspitzen auf den Mund legte. Sanft, aber bestimmt.

»Du hast schon genug geplappert, Mäuschen.« Sie öffnete die Haustür. »Jetzt möchte ich mit meinem zukünftigen Ehemann allein sein. Ich hoffe, dafür hast du Verständnis. Und wenn nicht, ist es mir auch egal.«

Hilfesuchend blickte Simone Sester zu Julius. Doch der konnte nur mit den Schultern zucken. Was sollte ein armer, schwacher Mann wie er gegen solch eine Naturgewalt schon ausrichten können?

Als Simone Sester ausgesperrt war, wischte Anna mit ihrem Ärmel Julius' Mund ab. »Über die Hochzeit reden wir noch!«

»Heißt das, du willst sie nicht einladen?«, fragte Julius. Es sollte ein Scherz sein.

Ein Lachen erntete er dafür aber nicht.

Stattdessen schüttelte sein Vater den Kopf, und seine Mutter kippte die ganze Tasse heiß gebrühten Kaffee in einem schmerzhaften Schluck herunter.

Der Wein war gekühlt, und die Gläser beschlugen verführerisch, der Duft nach Weinbergspfirsich und Cox Orange züngelte wie eine lockende Schlange durch den Raum. Doch keiner rührte etwas an.

»Kommt schon, es kann einem doch nie zu schlecht für einen Riesling gehen!« Julius stieß mit zwei Gläsern an. »Klingt das nicht, als wenn Engelchen pieseln?«

Die Schläfen seiner Mutter pulsierten. »Hermann-Josef, wir gehen. Dein Junior hat völlig den Verstand verloren.« Sie stand auf und schnappte sich ihren Mann, der gerade nach einem Weinglas greifen wollte. »Wenn er bis morgen nicht für Ordnung in seinem Leben sorgt, dann kann er die Hochzeit allein organisieren. Und wir werden *nicht* kommen! Das wird die traurigste Feier aller Zeiten!«

Seine Mutter knallte die Haustür so laut hinter sich zu, dass es Julius nicht gewundert hätte, wenn die Angeln geborsten wären. Vielleicht war das auch ihr Plan gewesen.

Zumindest konnte der ganze Ärger nun doch etwas Gutes haben: Seine Eltern würden nicht bei der Hochzeit auftauchen.

Es würde nur ein ganz bescheidenes Fest werden. Im Besuchsraum der Justizvollzugsanstalt.

Seine Zukünftige saß, die schlanken Beine angezogen, im großen Ohrensessel und kürzte ihre Fingernägel zahntechnisch ein. Julius wusste, was in ihr vorging. Sie war nicht nur wegen Simone Sester frustriert, sondern vor allem weil sie nichts von den Reifenspuren erfahren hatte. Ihre Kollegen blockten also. Vielleicht sogar auf Anweisung des Polizeipräsidenten. Julius spürte Annas Enttäuschung darüber, von den eigenen Leuten, von Freunden, im Stich gelassen zu werden. Gerade jetzt, wo sie ihre Hilfe so dringend brauchte.

Er packte Herrn Bimmel und setzte ihn auf Annas Sessellehne. Dieser Kater in Kugelform war der beste Tröster der ganzen Martinusstraße.

Anna würde noch etwas brauchen, ihm blieb Zeit für einen neuerlichen Anruf bei der Mutter Oberin.

»Ist Schwester Innocencia nun wach?«, fragte Julius zur Begrüßung.

»Leider immer noch nicht.«

»Liegt sie vielleicht im Koma? Jemand sollte nachschauen!«

Die Mutter Oberin kicherte, es klang wie bei einem jungen Mädchen. »Sie schnarcht, und die Wände hier sind nicht dick genug für Schwester Innocencia. Dafür braucht es ältere Mauern.«

»Wird sie denn heute überhaupt noch wach oder haben wir es bei ihr mit einem menschlichen Siebenschläfer zu tun?«

»Herr Eichendorff!«

»Ich frage ja nur.« Er lauschte. War da vielleicht die gute Schwester Innocencia zu hören, wie sie sich den Hunsrück entlang in seine Richtung sägte? Oder war es bloß das übliche telefonische Hintergrundrauschen? Sein mögliches Alibi weigerte sich also weiterhin, aufzuwachen. So sehr ihn das ärgerte, so sehr bewunderte er doch ihren gesunden Schlaf.

»Haben Sie denn meinen Rat befolgt?«

»Welchen meinen Sie?«

»Wegen der Beichte von Maik Pütz.«

»Ach so! Ja, ich habe mit ihm gesprochen.« Julius blickte über die Schulter zu Anna. Herr Bimmel rollte sich gerade auf ihr zusammen, und die Verkrampfung schien sich etwas zu lösen. Bald würde sein Kater mit der zweiten Stufe beginnen, dem Schnurrprogramm.

»Hat er es Ihnen gegenüber gestanden?«

»Ja, hat er. Was geht in diesen Burschen bloß vor?«

»Das weiß allein der Herr. – Was wollen Sie jetzt machen? Sie sind im Gegensatz zu mir ja nicht zum Schweigen verpflichtet.«

»Was soll ich schon machen?«

»Einhalt gebieten, Herr Eichendorff. Sofort! Bevor noch weitere Tiere sterben.«

»Aber …«

Hatte er zu viel am Wein gerochen? Julius wollte gerade nachfragen, ob er richtig gehört habe, als seine intelligenteste Hirnzelle auf sich aufmerksam machte und ihre Kumpels davon überzeugte, lieber aufmerksam zu lauschen. Und so zu tun, als wüsste man, worum es geht.

»… glauben Sie denn, das würde tatsächlich passieren?«

»Der Kitzel wird für die jungen Burschen doch immer größer! Jetzt möchte jeder eine Kuh betrunken machen und über den Felsen schubsen.«

Um Himmels willen! Hatte er gerade das Rätsel um die toten Rindviecher gelöst? Gelobt seien das heilige Sakrament der Beichte – und die Missverständlichkeit der deutschen Sprache.

»Denken Sie, Maik Pütz sieht das genauso?«

»In seinem Inneren, da bin ich mir sicher, bedrückt es ihn, dass er all dies losgetreten hat mit seiner Aktion.«

»Dann sollte er noch mal seine Gründe hinterfragen. Wissen Sie, welche das waren?«

»Wenn er es Ihnen nicht selbst gesagt hat, werde ich nicht darüber sprechen. Ich möchte Sie eindringlich bitten, den jungen Leuten ins Gewissen zu reden. Auf Sie wird vielleicht gehört. Nun muss ich unser Gespräch leider beenden, wir fahren zur St.-Laurentius-Kirche, um dort einen Gedenkgottesdienst abzuhalten.«

Julius konnte sich nicht erinnern, jemals so schnell in den Käfer gesprungen zu sein. Alle Ampeln waren grün, der Verkehrsgott meinte es gut mit ihm.

Oder schlecht mit Maik Pütz.

Wie ein Gewittergott kam Julius über ihn. Der Spirituosenbrenner schaffte es gerade noch, sich hinter einem Kessel in Sicherheit zu bringen. Julius konnte ihm dorthin wegen seiner barocken Körperfülle nicht folgen.

»Wenn ich dich erwische, Freundchen! Ewig kannst du nicht da bleiben.«

»Worum geht's denn? Ich hab den Dobel nicht umgebracht, das hab ich doch schon gesagt!«

»Aber eine Kuh! Die keinem was zuleide getan hat! Dafür destillier ich dich zu Maikbrand. *Hast du mich verstanden?* Wie kann man nur so bekloppt sein und arme Kühe auf die Straße werfen? Was hast du dir dabei gedacht?«

»Oh Scheiße.« Maik Pütz' Stimme klang plötzlich so kraftlos wie eine leere Luftmatratze. »Woher wissen Sie davon? Welcher Vollidiot hat geredet? Den mach ich ein!«

Julius griff sich eine praktischerweise bereitliegende Rohrzange und hielt sie empor. Kühe zu *essen* war eine Sache, ein großartiges Gericht ehrte das Tier. Es aber einfach *umzubringen*, als sei es wertlos, war gegen alles, woran er glaubte. Das war Ignoranz pur.

»Wieso hast du das gemacht?«

»Immer mit der Ruhe, Meister! Das war eine Mutprobe unserer Hutenschaft. Jeder, der unserer Vereinigung vorstehen will, muss eine ablegen – innerhalb eines halben Jahres nach seiner Ernennung. Sonst wird er ausgeschlossen. Es muss was Aufsehenerregendes sein, das in die Zeitung kommt. Ich hab der Kuh vorher sogar noch einen großen Napf Futter mit Eifelgold gegeben. Damit sie glücklich stirbt.«

»Und das alles hat dir so viel Spaß gemacht, dass du später noch mehr Tiere runtergeworfen hast. So, als wären sie Müll.«

»Quatsch! Das waren andere aus der Hutenschaft.«

»Das soll ich dir glauben? Warum haben die den Mist nachgemacht, wenn doch nur der Anführer gegen das Gesetz verstoßen muss?«

»Sie fanden es halt alle cool. Jeder wollte zeigen, dass er es auch bringt. Es sind doch nur Kühe!«

»Ich höre ja wohl nicht richtig?«

Julius streckte den Arm aus, bis er fast aus seiner Schulter sprang, und bekam Maik Pütz am Kragen zu packen. Immer näher zog er ihn zu sich, den Abstand zum heißen Metall der Brennblase stetig verringernd.

»Vor einer Kuh habe ich mehr Respekt als vor einer Naturkatastrophe wie dir! Eine einzige Kuh, hörst du, wenn noch einem einzigen Rindvieh etwas zustößt, dann bekommen Polizei, Presse und eure Familien von all dem Wind!«

Maik Pütz verlor jegliche Gewalt über seine Gliedmaßen und fiel in sich zusammen wie ein Mikadospiel. Er wimmerte.

»Außerdem hätten auch Menschen sterben können!«, setzte Julius nach.

Das Wimmern stoppte, doch Maik Pütz blickte nicht auf.

»Einer stand doch immer Schmiere, damit keiner getroffen wird! Das mit dem Wagen war ein Unglück! Da konnte keiner was für.«

»Wie oft muss ich deinen Kopf gegen dieses Blech hauen, damit die Dummheit rausfällt?«

Doch Julius verabscheute Gewalt. Sie erschien ihm immer wie die Lösung der Dummen – auch wenn er manchmal sehr gern dumm gewesen wäre.

»Ich mache dir ein Angebot, das du überhaupt nicht verdient hast: Wer Kühe stehlen kann, der ist auch zum Gegenteil fähig. Kühe zu bringen. Jeder beraubte Bauer erhält von euch ein neues Tier. Innerhalb einer Woche! Bringt sie nachts auf die Weide. Und dem Wildpark Rolandseck spendet ihr eine ordentliche Summe Geld. Ich will die Spendenquittung sehen. Ist das klar?«

Das Häufchen Elend war nur noch zu einem Nicken fähig.

»Dann machen wir doch gleich weiter mit der Wahrheit. Eine Nonne vom Berg wurde mit einem Käse niedergeschlagen. Wart ihr das auch?«

»*Nein!* Wir sind doch keine Verbrecher.«

Doch, dachte Julius, aber das schien der Bursche immer noch nicht begriffen zu haben. »Kann es eine andere Hutenschaft gewesen sein?«

Maik Pütz überlegte, schüttelte dann aber entschieden den Kopf – zumindest soweit es der beengte Platz zuließ.

»Gewalt gegen Menschen ist tabu. Obwohl der Käse schon passen würde.«

Plötzlich stand der Besitzer der Destillerie im Raum. Bernhard Bogen. Er sah beängstigend nüchtern aus.

»Was ist denn hier los? Ich rufe die Polizei.«

Maik Pütz rappelte sich auf. »Es ist alles in Ordnung, Chef. Wir haben uns bloß unterhalten. Bitte rufen Sie nirgendwo an! Sie kennen Herrn Eichendorff doch.«

Der Mann mit der Greifvogelnase musterte Julius. »Ja, das tue ich. Aber offenbar nicht gut genug. Bitte verlassen Sie meinen Betrieb, ich möchte mit Maik allein sprechen. Sie müssen sich doch bestimmt um andere Dinge kümmern.«

Da hatte Bogen recht. Die Kühe verband anscheinend nichts mit dem Mord an Dobel und dem Käseangriff auf Schwester Waltraud. Zumindest wenn er Maik Pütz glauben konnte. Auf dessen Auto prangte ein dreieckiger Aufkleber mit dem Spruch »Ich bremse auch für Tiere«.

Vermutlich um sie in Sicherheit zu wiegen, bevor er sie irgendwo herunterstürzte.

Zurück im Auto versuchte Julius nochmals, von Belitz zu erreichen. Nichts.

Aber es gab jemanden, der jetzt bestimmt zu Hause war. Und Julius war wütend genug, um die Wahrheit aus ihm herauszubekommen.

Doch vorher musste er zu Christoph Auggen, dem Retter der Bohnen. Dieser hatte eine große Sammlung an Samen. Darunter auch genau jene Exemplare, die den Betongärtner Rudolf Trinkuss zum Reden bringen würden.

Noch dreizehn Stunden

Julius' Vorfreude glich der in seiner Kindheit kurz vor Weihnachten. Doch statt Glöckchen war es das Rascheln der kleinen Samentütchen, welches Julius in Hochstimmung versetzte. Bevor er bei Rudolf Trinkuss klingelte, riss er sie so vorsichtig auf, als seien Diamanten darin.

»Gibt es heute einen Kaffee für mich?«, fragte Julius mit einem gewinnenden Lächeln.

»Was wollen Sie denn schon wieder?« Trinkuss lugte zurück ins Haus, trat dann in den Hof und schloss leise die Tür hinter sich.

»Darf Ihre Frau nicht sehen, dass wir miteinander reden?«

»Sie mag keine Fremden. Ist im Sauerland geboren.«

»Und da sehen Sie einen Zusammenhang?«

»Da wächst kein guter Wein, da sprießen keine guten Menschen.«

So einfach konnte die Welt sein – in der dieser Theorie zufolge zu achtundneunzig Prozent schlechte Menschen lebten.

Trinkuss setzte sich wieder auf die Bank im Innenhof, seinem »Garten«. Einen kleinen Teil davon hatte er mittlerweile grün angemalt. Dadurch fiel nur noch mehr auf, dass hier nichts rankte und wuchs. Die Dämmerung war mittlerweile ins Tal eingebrochen, einige funzelige Außenlampen beleuchteten das Geschehen.

»Warum streichen Sie den Beton nicht im Sommer an? Haftet die Farbe bei den Temperaturen überhaupt richtig?«

»Meine Frau will einen schönen Blick haben, wenn sie rausguckt. Und wenn nicht alles picobello ist, dann tobt sie. Das möchten Sie nicht erleben! Kein Kraut darf hier sprießen. Für den Boden hat sie sich Tannengrün ausgesucht. Gibt im Sauerland wohl viele Nadelbäume.« Trinkuss sagte das, als belege es deutlich die Niederträchtigkeit dieses westdeutschen Volksstammes.

Julius hielt die unbeschrifteten Tütchen hoch und raschelte damit.

»Oh, Sie haben Samen mitgebracht! Was ist es denn Schönes? Soll ich Ihnen ein paar Tipps geben?«

Julius nickte. Tipps. Das stimmte sogar. Allerdings keine zu Samen. Was mit denen zu tun war, wusste Julius nur zu gut. Er stellte sich in die Mitte des Hofs.

»Die sind alle für Sie. Und ich werde gleich säen. Das hier ist Acker-Gauchheil, in der anderen Tüte stecken die Stengelumfassende Taubnessel sowie die Purpurrote Taubnessel. Außerdem habe ich Acker-Vergissmeinnicht, Windenknöterich, Floh-Knöterich, Acker-Gänsedistel, Feld-Ehrenpreis und Acker-Stiefmütterchen im Angebot.«

Rudolf Trinkuss sprang auf, am ganzen Leib zitternd. Er wollte Julius die Saat des Bösen aus der Hand schlagen. Doch der hielt sie hoch, die Öffnungen gefährlich gesenkt.

»Noch einen Zentimeter weiter, und all dies landet in Ihrem Hof und setzt sich in den Ritzen fest. Noch ist es natürlich zu kalt, als dass sie sprießen könnten. Aber die Samen sind robust und halten locker bis zum Frühling durch. Dafür habe ich die Garantie eines studierten Biologen. Wenn es so weit ist, werden sie Beton und Stein innerhalb kürzester Zeit sprengen. Niemals werden Sie alle Samen finden und entfernen können. Teuflische kleine Dinger sind das – und ausgesprochen mächtig.«

Die Macht war mit ihm, dachte Julius und musste grinsen.

»Was wollen Sie bloß von mir?«

»Nur Ihre Stimme hören.«

»Ich habe nichts zu sagen!«

Julius neigte die aufgerissenen Öffnungen der Tütchen noch ein wenig mehr gen Boden.

»Das wagen Sie nicht!«, rief Rudolf Trinkuss.

Julius ließ ein paar Samen auf den harten Boden fallen. Für Trinkuss musste es wie Bombenhagel klingen.

»Oh mein Gott! Was sind Sie nur für ein Mensch?«

»Ein *sehr* neugieriger. Was Speisen und Weine angeht – sowie Informationen, die mich entlasten könnten. Da Sie vermutlich weder kochen können noch ordentlichen Wein keltern, will ich jetzt wissen, was es mit dem Lageplan des Klosters auf sich hat, den ich bei Dobel entdeckt habe.«

»Ich habe ihn Willi Dobel verkauft und eingezeichnet, wo das Versteck von ein paar alten Flaschen ist. Aber mit dem Diebstahl wollte ich nichts zu tun haben. Das ist schließlich ein Gotteshaus! Zu stehlen ist Sünde.«

»Und für den Klosterplan, der Ihnen nicht gehörte, Geld zu nehmen?«

»Ist ja bloß Papier. Tut auch keinem weh.«

Einige Moralvorstellungen im Tal waren sehr individualistisch. Die Deutsche Bank könnte ihren Hauptsitz problemlos hierher verlegen.

»Was ist es für Wein?«

»Ganz alter, noch aus dem Krieg. Die Korken sind bröckelig und die Etiketten vermodert. Bestimmt längst sauer. Aber Dobel wollte sie unbedingt haben. Irgendwie hatte er davon gehört, dass sich ein Politiker in den vierziger Jahren ein Depot angelegt hat. Die Nonnen wollte Dobel aus irgendeinem Grund nicht deswegen fragen, also hat er mich angesprochen. War ein feiner Kerl, der Dobel. Sehr großzügig. Aber meinen Anteil sollte ich erst bekommen, wenn er die Flaschen verkauft hätte. Als er zu mir kam, wusste Dobel nur, dass der Wein hinter einem Bild versteckt ist – aber nicht, hinter welchem genau. Also hab ich gesucht, zuerst in den Zimmern mit den teuren alten Möbeln, dann in den Gängen und schließlich in den Gemeinschaftsräumen. Und dort fand ich sie dann. Dobel wollte eine Karte, um den Einbruch genau planen zu können.«

»Haben Sie eigentlich keine Skrupel? Einen *Raub* in einem Kloster zu ermöglichen, wie können Sie das bloß vor sich verantworten?«

»Ich bin doch nur ein armer Gärtner! Was habe ich schon? Zweihundert Quadratmeter Grund und Boden und eine Frau aus dem Sauerland! Das kann es doch nicht gewesen sein! Immer schon wollte ich nach Singapur reisen, wo sie die Leute hart bestrafen, die auf den Boden spucken oder auf öffentlichen Toiletten nicht abspülen. Das sind die ordentlichsten und reinlichsten Menschen der Welt! Mit dem Geld von Dobel wäre ich hingeflogen. Aber jetzt ist alles aus …«

»Von Belitz hat Ihnen bestimmt auch ordentlich was gezahlt.«

Es war ein Schuss ins Blaue. Julius hätte genauso gut Tremitz oder Zwingerl nennen können. Doch es war der Name des Weinsammlers, der ihm in diesem Moment auf die Zunge gerutscht war. Als Rudolf Trinkuss mit der Antwort zögerte, ließ Julius weitere Samen auf den Boden fallen.

»Stengelumfassende Taubnessel, Blütezeit Mai bis Juli«, kommentierte er sein Tun.

»*Hören Sie auf!* Er hat mir noch nichts gegeben! Das Geld sollte ich erst bekommen, nachdem er sich alle Weine geholt hat. Aber jetzt ist das Kloster ja abgebrannt.«

Singapur ade, hallo Sauerland. Julius konnte da kein Mitgefühl empfinden. »Woher wusste von Belitz, dass Sie mit drinhängen?«

»Das muss Dobel ihm erzählt haben. Von Belitz hatte wohl schon öfter bei ihm Wein gekauft. Der ist stinkreich! Dobel hatte mit von Belitz ausgemacht, dass er die Klosterflaschen am 11. November für ihn holen würde – aber dann ging es dem Dobel ja an den Kragen.«

»Der Mörder ist immer der Gärtner«, sagte Julius – weil er das schon immer mal sagen wollte. Es ergab sich viel zu selten die Gelegenheit.

»Neeeeiiiinnnn!«, sagte Rudolf Trinkuss, wobei er jedem Buchstaben die gebührende Zeit einräumte. Julius wurde ein bisschen schläfrig, so lange dauerte es. Beinahe wären ihm die Tütchen aus der Hand gerutscht.

»Wer dann?«

»Manche sagen, der Kiesingar wär's gewesen. Also, abends in der Kneipe.«

»*Da* hat er Willi Dobel umgebracht?«

»Nein, da sagen die das. Über den Kiesingar. So ist das gemeint.«

»Und warum sollte er es getan haben?«

»Weil Kiesingar die Pacht nicht verlieren wollte. Vom Ursulinengarten. Die läuft nächstes Jahr aus. Dann vergeben die Schwestern sie neu. Ist irre was wert. Mir wollten sie die nicht geben. Ich weiß nicht, warum. Wir haben uns furchtbar gestritten. Rausgeworfen haben sie mich deswegen sogar. Aber räche ich mich deshalb an ihnen? Nein! Ich doch nicht. Aber der Dobel hatte bessere Karten, weil er viel Geld geboten hat. Er wollte im Ursulinengarten exklusiven Wein für sein Restaurant produzieren. Die Nonnen waren sich mit ihm quasi schon handelseinig.«

»Kiesingar hat die Lage damals nach dem Abrutsch zur Pacht erhalten?«

»Ein großer Glücksfall für den! Damit begann das Geschäft erst richtig. Den Seinen gibt's der Herr im Schlaf.«

»Mit dem Hangabgang hatte damals keiner gerechnet ...«

»War sehr überraschend. Hat in der Nacht gedonnert, aber geblitzt hat es nicht. Ich war da. Ein ganz komisches Sommergewitter.«

Das schien Trinkuss nicht weiter zu wundern. Julius dagegen schon. Vielleicht hatte ein wenig Dynamit die Winzer-Karriere beschleunigt? Eine kleine Sprengung für das Ahrtal – ein großer Sprung für Markus Kiesingar.

»Wie kamen die Nonnen damals auf Kiesingar?«

Wieder dieses Zögern bei Trinkuss, abermals säte Julius etwas wuchsfreudiges Unkraut.

»Ich hab ihn vermittelt! Er ist mein Großneffe. Hat er mir das gedankt? Hab ich was von all dem Geld gesehen, das er mit der Lage verdient hat? Nein!«

Trinkuss spuckte verächtlich aus. Aber nicht auf den Boden. In die Hand. Er wischte sie an seiner Hose ab. Das wäre selbst in Singapur erlaubt.

Julius erinnerte sich an einen Hinweis von Kiesingar, dass der Hang irgendjemanden oder irgendetwas begraben haben könnte.

»Ist in der Nacht, als der Weinberg abrutschte, jemand verschwunden? Oder gab es in dem Jahr einen großen Raubüberfall?«

»Neeeeiiiinnnn!«

Julius musste Fragen vermeiden, die sich mit einem Nein beantworten ließen. Es klang, als habe Trinkuss dieses Wort in den letzten Jahrzehnten viel zu oft gegenüber seiner Sauerländer Frau sagen müssen – ohne dass es irgendetwas genützt hätte.

Schnell wählte Julius die Nummer von Thidreks Mordkommission und reichte das Handy an Trinkuss weiter.

»Sie erzählen jetzt der Polizei die ganze Geschichte. Ansonsten erleiden meine Handgelenke einen plötzlichen Schwächeanfall, und Tausende Samenkörner ergießen sich in Ihren Garten. Und die sind nicht tannengrün. Aber einige kommen mit Sicherheit aus dem Sauerland.«

Noch zwölf Stunden

Wer seine geheime Handynummer oft genug vertrauenswürdigen Freunden gab, konnte sich sehr schnell den Eintrag ins Telefonbuch sparen. Julius' Telefon klingelte wieder, und da die Straße schmal und eine Freisprecheinrichtung im Käfer nicht vorhanden war, fuhr er an den Rand und stellte die Warnblinkanlage an. Selbst diese klang bei dem alten Käfer auf eine historische Art und Weise schön. Doch sogleich kroch die Kälte in den kleinen Wagen, für den beim Zusammenbau weniger Metall verwendet worden war als heute für Zahnklammern üblich.

»Hallo, Herr Eichendorff. Ich habe eine Nachricht für Sie.«

»Wer spricht denn da?«

»Das ist doch völlig egal.« Die Stimme war männlich, jung und unsicher. Wie ein kleines Kätzchen, das nicht wusste, wie es seine puscheligen Pfoten setzen sollte.

»Dann ist das also ein anonymer Anruf?«

»Äh, ja. Stimmt. So einer ist das.« Es war allerdings keiner, bei dem Julius sich Sorgen machen musste. Diese Art kannte er nur zu gut, und sie klang deutlich anders.

»Ich hab schon bessere gehabt«, sagte er deshalb.

»Was?«

»Sie verstellen ja nicht mal die Stimme.« Und Ihre Nummer, dachte Julius, steht auch im Display.

»Wollen Sie jetzt hören, was ich zu sagen habe?«

»Natürlich. Ich wollte vorher nur sichergehen.«

»Es geht um Norbert Spitz.«

Dieser anonyme Anrufer war so schlecht, dass er seine Abscheu nicht ordentlich unterdrücken konnte. Hoffentlich fasste er sich kurz, denn Julius war sich nicht sicher, ob der Käfer wieder anspringen würde, falls er noch länger dem eisigen Wind ausgesetzt war. Außerdem waren jetzt zwar die Kuhmorde aufgeklärt, und auch das Rätsel um die Klosterkarte lag nur noch wenig im Dunkeln, doch den Killer von Dobel hatte er immer noch nicht überführt. Dabei war es das Einzige, was ihn vor dem Gefängnis bewahren konnte.

»Sie kennen den Rotweinwanderweg?«, fragte der anonyme Anrufer nun.

»Nein, nie gehört. Ist der in Bordeaux? Lohnt er sich? Ich geh ja gern spazieren.«

»Sie nehmen mich auf den Arm!«

»Ich dachte, es wäre andersherum.« Julius dachte darüber nach, aus dem Wagen zu steigen, kälter konnte es draußen nicht sein. Es würde sicher nur noch Sekunden dauern, bis seine Füße am Karosserieboden festfroren.

»Er ist nicht weit weg vom Aussichtspunkt am Altenahrer Eck. Links geht es irgendwann ja nach Kalenborn, und danach finden Sie schnell den Platz mit Grillhütte. Da müssen Sie hin. Jetzt, sofort. Sonst ist es zu spät.«

»Was um alles in der Welt sollte jemand wie Norbert Spitz in dieser Jahreszeit dort machen?«

»Das müssen Sie schon selber sehen! Glaubt ja keiner. Das ist echt die Härte. Auf Wiederhören.«

Sogar das Gesprächsende bekam der Anonyme Anfänger nicht richtig hin. Er hätte einfach auflegen müssen und sich nicht höflich verabschieden. Die Gewerkschaft der Anonymen Anrufer würde ihn dafür sicher zur Rechenschaft ziehen.

Obwohl Julius bessere Dinge zu tun hatte, fuhr er zum Grillplatz. Es war etwas Dringliches in der Stimme gewesen, er konnte einfach nicht anders.

Schon von Weitem war zu erkennen, dass die Hütte tatsächlich genutzt wurde. Und das bei diesen eisigen Temperaturen. Im Dunkeln. Hardcore-Grillen. Normalerweise wäre es niemandem aufgefallen, denn im Winter wanderte hier keiner. All den Schönwettertouristen waren die Temperaturen zu niedrig und die Weinberge zu kahl.

Die Hütte war einer der einsamsten Plätze weit und breit.

Auf dem Grill lagen Lammhaxen, das konnte Julius schon aus dreißig Metern Entfernung riechen. Gutes Fleisch. Sein Duft vermischte sich mit zwei aufdringlichen Parfums, die frisch aufgetragen waren. Ein süßlich-maskulines, bei dem ein anscheinend unter Partydrogen stehender Parfumeur Moschus mit Kirschblüten gemischt hatte, und ein Damenduft, den Julius sogar mit Schnupfen erkannt hätte: Ylang-Ylang, Jasmin, Rose, Sandelholz, Vanille, Neroli, Vetiver: Chanel N° 5.

Plötzlich spürte Julius eine Veränderung in der Art und Weise, wie die Lammhaxen rochen. Er verspürte den starken Drang, sie zu wenden. Seine Nase sagte ihm, sie seien ausreichend gebraten und in einer Minute ruiniert.

Wer auch immer den Grill bediente, wusste verdammt gut, was er tat.

Denn jetzt wurden sie auf die andere Seite gedreht.

Bei der Zubereitung von Fleisch waren Flexibilität und Improvisation gefragt, denn Fleisch war das Gewebe einer lebenden Kreatur, und jedes Stück war anders. Es gab zwei Arten von Köchen: Fleischköche und Konditoren. Der Konditor war ein Wissenschaftler und arbeitete mit genauen Maßen und stabilen Zutaten, die sich vorhersehbar verhielten. Man vermischt eine spezielle Menge an Milch, Eiern, Zucker und Mehl zu einem Teig. Wenn man mehr Butter zufügt, wird der Teig krümelig, noch ein Ei, und er wird geschmeidig. Fleisch ist dagegen gar, wenn es sich gar anfühlt. Man bereitet einen Vogel zu, etwa eine Wachtel oder eine Jungtaube, und weiß aus Erfahrung, wann er fertig ist. Man grillt ein Steak, bis das

Gespür einem sagt, dass es so weit ist. Das konnte einem kein Kochbuch beibringen – dieses Gefühl. Man lernte es so lange, bis es in der Erinnerung gespeichert war, wie ein Geruch.

Diesen Griller würde Julius sofort anstellen.

Aber bevor er ihm den Job anbot, wollte Julius wissen, was hier vorging. Er drückte sich durch die kahle Natur näher zum prasselnden Feuer. Die Stimmen waren nur schlecht zu verstehen.

»Begreifst du denn nicht? Ich habe seine Rezepte. Außer natürlich das für seinen verfluchten Seeteufel. Aber alle anderen hatte er versteckt. In Gewürzdosen mit asiatischen Kräutern, die sich in keinem seiner Gerichte fanden. Also rührte die auch nie jemand an. Niemals hätte er sie einfach in seinem Schreibtisch abgelegt. Er war sehr clever.«

»Aber nicht so sehr wie du.«

Beide Stimmen gehörten Männern. Und sie säuselten. Ein Kussgeräusch erklang. Es konnte allerdings auch sein, dass ein Napf ausgeleckt wurde.

»Unser eigenes Restaurant muss jetzt kein Traum mehr bleiben«, sagte einer der zwei danach atemlos. Julius kannte die Stimme, doch das Prasseln – anscheinend waren Tannenzapfen in die Flammen gegeben worden – erschwerte die Identifizierung. »Ein paar Rezepte verkaufe ich an Zeitungen, die werden sich darum reißen. Die für Fleisch behalte ich für uns.«

Julius ging noch näher heran. Nur eine Reihe Bäume trennte ihn noch von der Hütte. Doch er konnte die beiden Männer immer noch nicht sehen. Aber dafür anderes: einen Haufen abgenagter Knochen zu ihren Füßen. Und ein Holzbrett mit einigen der prachtvollsten Stücke Fleisch, die Julius je zu Gesicht bekommen hatte.

Diese beiden Männer verband die Fleischeslust.

Für Lamm, Rind, Schwein und Geflügel. Und sie lebten diese gerade voll aus. Das Stöhnen beim Essen hatte geradezu ekstatische Qualitäten.

»Keiner bekommt die so blutig hin wie du. Das ist einfach nur geil! – Wie sollen wir unser Restaurant eigentlich nennen? Ich war ja letztens in New York, da gibt es einen Schuppen, der heißt ›Fette Sau‹, also auf Deutsch geschrieben. Das fand ich krass.«

Diese Stimme gehörte Norbert Spitz, da war sich Julius nun sicher. Doch was trieb Willi Dobels Geliebter hier mit einem anderen Mann?

»So was geht in Deutschland nicht. Ich dachte eher an ›Himmelsgrill‹.«

»Nee!«

»Doch, doch.«

»Never.«

»Küss mich, du dummer Junge.«

Wieder dieses Geräusch. Ob er selbst auch so klang, wenn er Anna einen Schmatzer gab? Was mochten dann nur seine Kater von ihm denken?

»Nur Fleisch aus eigener Zucht! So was gibt es sonst nirgendwo. Damit kommen wir in sämtliche Zeitungen. Wir werden richtig Kult. Davon hab ich schon so lange geträumt.«

»Willi Dobel macht's möglich!«

Das Feuer trat in eine ruhigere Phase. Jetzt erkannte Julius auch die zweite Stimme. Sie gehörte Wolfgang Zwingerl. So viel zur unsterblichen Liebe des Sous-Chefs zu Willi Dobel, zur Vasallentreue, die ihn nicht aus dem Restaurant weichen ließ. Er hatte bloß nach den Rezepten gesucht. Und der Liebhaber des Drei-Sterne-Kochgurus war in Wirklichkeit verschossen in dessen besten Angestellten. *Die Liebe ist ein seltsames Spiel, sie kommt und geht von einem zum andern. Sie nimmt uns alles, doch sie gibt auch viel zu viel. Die Liebe ist ein seltsames Spiel.*

Julius' Fuß wippte, als ihm der Text des Connie-Francis-Hits durch den Kopf ging. Er fand die Situation plötzlich nur noch irre komisch. Deshalb trat er beherzt auf den Platz und winkte dem Duo Zwingerl & Spitz freundlich zu.

»Störe ich die Herren? Oder bekomme ich auch eine Lammhaxe?«

Noch zehn Stunden

Warum hielt er jetzt ein Stück Lachs in Händen? Und stand in der warmen Küche der »Alten Eiche«? Gerade erst hatte er doch die beiden verliebten blutrünstigen Griller angesprochen?

Niemanden außer ihm schien seine Anwesenheit hier zu wundern.

Julius blickte auf seine Armbanduhr.

Jemand hatte sie zwei Stunden vorgestellt.

Schon wieder ein Filmriss.

Verdammt noch eins! Und dieser brachte ihn auch noch näher an den Knast.

»Willst den Rosmarin jetzt oder is dir später lieber?«

FX hielt ihm die holzigen Zweige vors Gesicht. Ihre ätherischen Öle umschmeichelten nicht nur Julius' Nase, sondern schienen in jede Pore seines Körpers zu dringen.

Bloß: Wofür sollte der Rosmarin sein? Was kochte er da überhaupt? Es war kein Gericht, das auf der Karte stand.

»Wie findest du meine neue Kreation?«, fragte er deshalb FX. Vielleicht hatte sein Maître d'Hôtel ja eine Ahnung.

»Die Idee ist deppert, aber vielleicht schmeckt's nichtsdestotrotz.«

»Was würdest du denn anders machen?«

FX zwirbelte seinen Bart spitz empor. »Des fragst *mich*? Nachdem du mich eben so derb angefahren hast?«

»Das hatte schon seinen Grund, ohne beschimpfe ich dich schließlich nie. Deine Meinung möchte ich trotzdem nochmals hören – vielleicht hat sie sich in der Zwischenzeit ja geändert.«

»Hat sie net. Wird sie auch nie. Zum einen ist der Name deppert: ›Der Lachs macht eine Reise‹. Wir sind hier net in einem VHS-Lyrik-Kurs! Des is eine Sterneküchen. Und des Rezept is zu simpel. Wir sind hier net in einem VHS-Bastel-Kurs. Des is eine –«

»– Sterneküche. Reicht. Geh arbeiten.«

Als sei ein Rezept nur deshalb nichts wert, weil man für die Zubereitung kein Hochschulstudium brauchte! Viele der großartigsten Rezepte waren einfach. Leider gingen selbst diese immer mehr verloren. Ein Ernährungspsychologe hatte hochgerechnet, dass im Jahr 2030 in keinem deutschen Haushalt mehr Rindsrouladen geschmort werden würden – weil bis dahin keiner mehr wusste, wie es geht. Schon heute konnte ja kaum noch jemand einen Schokoladenpudding ohne Pulver zubereiten. Simple, geniale Rezepte, das war eine Tradition, in der Julius seine Kreationen gerne sah. Nach kurzem Suchen fand er das peinlich genau verfasste Rezept, er musste es eben aufgeschrieben haben.

»Es war wie stets kein Vergnügen, mit dir zu reden!«

»Du mich auch.«

FX verschwand verächtlich schnaubend durch die Schwingtür ins Restaurant. Ach Österreich, dachte Julius. Es gab eigentlich nur eine Sache, die er an dem Land schätzte: Sein Umriss sah aus wie ein Kotelett.

Er studierte das Rezept. Es war tatsächlich simpel – aber mit Pfiff.

Er hatte anscheinend Grönlandlachs besorgt, den gab es nur bei einem befreundeten Feinkosthändler in Sinzig. Der Grund für diese ungewöhnliche Wahl stand auf dem Rezeptzettel: »Grönlandlachs könnte aus der Ahr stammen!« Und damit hatte er recht gehabt – auch wenn er nicht vollends bei Sinnen gewesen war. Der Instinkt leitete die in der Ahr ausgesetzten jungen Lachse den Rhein hinunter in die Nordsee und mit dem warmen Golfstrom vorbei an der dänischen und norwegischen Küste. Auch Island war nur ein Zwischenziel auf dem Weg zu den fischreichen Gewässern vor Grönland, wo sie sich über drei bis vier Jahre vollfutterten, mit Heringen und jeder Menge Krabben, die ihrem Fleisch die zartrosa Farbe verliehen. Irgendwann spürten sie dann, dass ihr Lebenszyklus zu Ende ging, und wollten mit aller Macht zurück an die Ahr.

Dem Lachs vor Julius hatte man für die Rückreise freundlicherweise einen Fischkutter zur Verfügung gestellt. Auch sonst hatte man es mit dem Flossentier gut gemeint. Denn das Gericht hieß nicht nur wegen des Lebenswegs dieses Fisches »Der Lachs macht eine Reise«. Der Feinkosthändler hatte das Prachtstück offenbar in zwei Frühburgundern mariniert – einer stammte vom Heimersheimer Kapellenberg, der östlichsten Weinlage der Ahr, und der andere vom Altenahrer Übigberg, der westlichsten. So als wäre der Lachs an beiden vorbeigeschwommen, als sei er nach Hause zurückgekehrt.

Das Wichtigste für die Qualität dieses einfachen Gerichts war die Qualität des Lachses. Er musste so frisch sein, dass ein fähiger Veterinär ihn problemlos wieder zum Leben erwecken könnte.

Der Fisch vor ihm war ein solcher Fall.

Julius musste lächeln. Es war das erste Mal, dass der Filmriss etwas Positives gebracht hatte. Dieses Rezept war hochzeitswürdig.

Hoffentlich gab es auch im Knast fangfrischen Lachs.

Die Köche um ihn herum kämpften derweil mit Hitze und Feuer; hohe Flammen schlugen aus ihren Pfannen. Sie bewiesen große Grazie, als sie die Teller anrichteten, Blätter, Kräuter und Gemüse mit spitzen Fingern bewegten und zuletzt farbige Linien auf die Teller zeichneten, als würden sie ein Bild signieren. Sie überlegten nicht. Ihr Talent war so tief verwurzelt, dass es einem Instinkt gleich kam. Sie brauchten Julius eigentlich nicht mehr. Er hatte sie gut ausgebildet. Vielleicht ein wenig zu gut.

Julius' Hände hatten in der Zwischenzeit selbstständig weitergearbeitet. Das Messer war nur noch eine Verlängerung seiner Fingerspitzen. Sein Kopf wurde nicht benötigt, deshalb beschäftigte sich dieser nun mit der Aufklärung des Mordes. Was den Weindiebstahl anging, liefen einige Fäden zu von Belitz. Konnte er auch etwas mit dem Mord zu tun haben? Doch warum sollte er seine Weinquelle Willi Dobel umbringen? Noch dazu bevor der ihm die begehrten Weine überbracht hatte? Hatten sie sich über den Preis gestritten? Wollte Dobel vielleicht einen anderen Interessenten vorziehen?

Markus Kiesingar hatte ein Motiv, aber es erschien Julius viel zu offensichtlich. Und warum um alles in der Welt sollte er den Leichnam in den von *ihm* gepachteten Weinberg legen? Eingefroren in einen Eisblock?

Julius' Hände spießten abwechselnd Grillzwiebeln und Lachsstücke auf die spitz zugeschnittenen Rosmarinzweige. Sein Hirn ging die Liste der Verdächtigen weiter durch. Auf dieser stand auch Willi Dobels Sous-Chef Wolfgang Zwingerl.

Oder vielleicht auch nicht mehr.

Denn immerhin stand Julius nun hier und hatte Zwingerl nicht an die Polizei ausgeliefert. Oder doch? Er rief Anna an. Sie hatte gerade mit der Mordkommission und weiteren »verfluchten Heuchlern von Kollegen« telefoniert. Wenn Zwingerl tatsächlich überführt worden wäre, hätte sie es erfahren.

Also nicht.

Zwingerl hatte gleich drei Motive: Rache für Jahre der Unterdrückung, die wertvollen Rezepte zum Aufbau eines eigenen Restaurants und Willi Dobels Geliebter, den er ganz allein für sich wollte. Das waren fast schon zu viele gute Gründe.

Julius schlug Eigelb, Salz, Limettensaft und Mayschosser Schieferriesling cremig. Er liebte es zu sehen, wie die Ingredienzien zueinanderfanden und mehr wurden als die Summe ihrer Teile. Es sah aus, als hätten sie ihre Bestimmung gefunden. Unter ständigem Rühren goss er tröpfchenweise Keimöl zu, schmeckte mit Knoblauch, Salz und Pfeffer ab. Dieses Aioli würde den gegrillten Lachs dank des Rieslings sogar mit einem weiteren Wein vermählen. Der Bursche konnte sich wirklich nicht beklagen.

Was war mit Willi Dobels Cousine? Tanja Engels hatte ein Motiv. Zudem befand sie sich in der Mordnacht nahezu direkt neben Dobels Wohnung. Sie hatte sogar sehen können, wann er allein zu Hause war und niemand ihm helfen konnte. Allerdings bezweifelte Julius stark, dass der Mord überhaupt in der Maisonettewohnung verübt worden war – zudem wirkte Tanja Engels auf ihn einfach nicht wie eine Mörderin. Aber konnte er seinem Gefühl trauen? Sie hatte ihm beim ersten Gespräch nicht alles gesagt, hatte ihn bei der Polizei nicht entlastet, und sogar nachdem er ihr falsches Spiel aufgedeckt hatte, fiel von ihr kein Wort darüber, dass sein Treffen mit Dobel – der, wie sich herausgestellt hatte, eigentlich Norbert Spitz war – friedlich verlaufen war. Und natürlich gab es da noch ihren Freund Maik Pütz, der von Willi Dobels Erbschleicherei wusste und selbst einen verdammt guten Grund hatte, sich an ihm zu rächen. Wieder ein doppeltes Motiv. Es war erstaunlich, wie viele Menschen sich fanden, die einen handfesten Grund hatten, Dobel ins Jenseits zu schicken.

Wie passte der anonyme Anrufer ins Bild? Julius hatte dessen Nummer Anna durchgegeben. Bald würde er wenigstens auf diese Frage eine befriedigende Antwort erhalten.

Sein Sous-Chef schob Julius einen Teller unter die Nase. Einer der Gäste hatte sich beschwert, Julius stehe gar nicht am Herd, und das sei ja wohl eine Unverschämtheit. Der Mann war gut, das forderte Julius Respekt ab. Es gab erfahrene Esser, die genau wussten, wann Julius selbst in der Küche stand, weil die Zusammenstellung auf ihren Tellern dann so ausdrucksvoll aussah.

Es gab also doch etwas, für das er gut war.

Schnell arrangierte er die Köstlichkeiten auf dem Teller um – mit einem Mal ergab sich ein völlig anderes Bild. Parallel dazu hatten die Indizien in seinem Kopf die Plätze getauscht. Und alles deutete plötzlich wieder auf ihn.

Es sah schrecklich aus. Verheerend.

Das wollte Julius nicht sehen.

Essen konnte grausam sein. Die andere Seite des Genusses kannte er natürlich schon lange. In jedem war bereits der Gedanke an das Ende vorhanden. Wer aus frischen Zutaten eine Mahlzeit zubereitete, kam gar nicht umhin, sich mit der Endlichkeit zu beschäftigen. Da lag die schön gemusterte Bachforelle, die der Fischhändler aus dem Bassin geholt und erschlagen hatte. Da zerschnitt man eine Frucht, deren Leben nur zwei Monate gedauert hatte. Da putzte man ein Stück Fleisch von einem Kalb, das jung geschlachtet worden war, damit es zart genug schmeckte. Freilich half die Ernährungsindustrie in jeder Hinsicht, solche Erlebnisse, die ja den Appetit beeinträchtigen könnten, zu vermeiden. Sie war so freundlich, die Herkunft der Lebensmittel mehr und mehr vergessen zu lassen. Fischstäbchen, fertig abgepackte Geflügelteile, rosig und glatt wie Plastik, Fischfond im Glas, Hummersuppe in der Dose. Die indirekten Hinweise der natürlichen Genüsse auf die Sterblichkeit wurden ausgeklammert.

Dabei waren Essen und Tod zwei Seiten derselben Medaille.

Vielleicht hatten ihn die Mordfälle in den letzten Jahren deshalb niemals losgelassen.

Plötzlich führte François, nervös mit den Augen zuckend, Kommissar Thidrek in die Küche. »Er hat vor den anderen Gästen eine Szene gemacht, meinte, er müsse dich unbedingt sprechen.«

»Danke, François. Gib allen zum Schluss einen Digestif aus.«

Diesmal war der Beamte allein. Er schlenderte auffallend lässig zu Julius, seine Polizeimarke wie einen Fuchsschwanz schwingend.

»Ich wollte nur mal sehen, ob Sie noch da sind.«

»Vermissen Sie mich schon? Das ist aber süß.«

»Unser Polizeipräsident teilte mir mit, dass wir morgen um neun Uhr gemeinsam einen Termin bei ihm haben. Für zwölf ist dann eine Pressekonferenz angesetzt. Ich muss zugeben, dass ich dieses Prozedere nicht hundertprozentig verstehe – aber Sie sollten sich schon mal eine Vertretung suchen.«

Julius fettete wortlos das Backblech ein und legte die Lachsspieße darauf.

»Wie seelenruhig Sie sind, Herr Eichendorff. Soll mich das beeindrucken? Tut es nicht. Ich werde jetzt bei Ihnen speisen. Wer weiß, wann ich das nächste Mal wieder die Gelegenheit dazu habe? Auf Mord steht in Deutschland zwingend die lebenslange Freiheitsstrafe. Ich möchte diese kulinarische Blume deshalb pflücken, solange sie noch blüht. Wir sehen uns morgen früh. Vermutlich werde ich bei meiner Vorfreude heute Nacht kein Auge zubekommen.«

Ein merkwürdig grün angelaufener François führte Thidrek wieder aus der Küche.

Glück ist ein Duft, den niemand verströmen kann, ohne selbst eine Brise abzubekommen, hatte Ralph Waldo Emerson gesagt. Julius war sich sicher, dass der amerikanische Philosoph Thidrek gekannt haben musste. Der Kommissar roch kein bisschen nach Glück. Er stank nach Hass.

Als sich die Schwingtür hinter dem Polizisten schloss, war es Julius mit einem Mal klar.

So, wie er spüren konnte, wenn eine Zutat gar war, wusste Julius nun, dass dieser Mordfall bald aufgeklärt sein würde. Dass die letzten Zutaten auf dem Teller landen würden und er endlich sehen könnte, um was es sich handelte. Oder besser: um wen. Es lag plötzlich in der Luft. Julius hatte eine Befürchtung, auf wen es zulaufen könnte, doch auch die Hoffnung, dass er etwas übersehen hatte.

Es waren nur noch wenige Stunden bis zum Treffen mit dem Polizeipräsidenten.

Wie bei einem perfekten Essen würden die letzten Momente der Zubereitung die alles entscheidenden sein.

10. Kapitel

»Der Erkenntnis nach sind wir Engel, und dem Leben nach Teufel.«
Gotthold Ephraim Lessing

»Sie ist wach!«

Mehr brauchte die Mutter Oberin nicht zu sagen, um Julius in Hochstimmung zu versetzen.

»Lassen Sie sie bloß nicht wieder einschlafen – und wenn Sie ihr dafür Klosterfrau Melissengeist intravenös verabreichen!«

Die Lachsspieße mussten warten. FX konnte sie verkosten und später Bericht erstatten. Ganz vorurteilsfrei, versteht sich. Sein österreichischer Maître d'Hôtel hatte zum Abschied wie ein altes Krokodil gelächelt.

»Komm besser bald wieder, sonst landen deine Spieße dort, wo's hingehören: im Mistkübel.«

Als Julius sich ins Auto schwang, tüdelütete sein Handy wieder.

»Ich habe leider vergessen, Ihnen etwas Wichtiges mitzuteilen«, sagte die Mutter Oberin zögerlich. »Wenn Sie zusätzlich zu den Eifelgold-Flaschen eine Portion Pommes frites mit Mayonnaise und Ketchup mitbringen könnten – wie nennt sich diese Zubereitung noch gleich?«

»Pommes rot-weiß oder Fritten FC, weil das die Vereinsfarben des 1. FC Köln sind.«

»Genau so spricht sie davon! Wir gestatten ihr selbstverständlich nicht, so etwas zu speisen, wegen des vielen Cholesterins – doch es könnte Ihre Chancen bei Schwester Innocencia deutlich erhöhen.«

»Ich will sie befragen, nicht heiraten – aber von mir aus bring ich was mit. Aus der Frittenbude, in ranzigem alten Öl gebadet.«

»Tun Sie das! Ich werde hier in der Zwischenzeit alles vorbereiten.«

Was gab es da vorzubereiten? Bekam Schwester Innocencia jetzt einen Latz um den Hals? Oder musste dieses Wesen der Nacht erst langsam ans Tageslicht gewöhnt werden? Vielleicht war es ja nötig, dass die Fensterläden geschlossen blieben, weil die mysteriöse

Schwester Innocencia in Wirklichkeit die Sonne nicht vertrug – und auch keinen Knoblauch …

Die Pommes frites waren aufgrund der eisigen Temperaturen im Tal fast schon wieder kalt, als Julius mit ihnen Schwester Innocencias Zimmer betrat. Die blasse, alte Nonne hatte einen zierlichen Körper, ihre Nase war jedoch so imposant, dass jeder Geier seinen rechten Flügel dafür gegeben hätte. Merkwürdigerweise verharrte die Klosterchefin hinter Schwester Innocencias Stuhl, die Hände auf deren Schultern, die Finger verkrampft. Sie hielt die nachtwandelnde Nonne fest. Dabei sah es gar nicht so aus, als wollte diese aufspringen. Doch als Schwester Innocencia die »Fritten FC« erblickte, wuchtete sie sich empor wie ein Skispringer – aber ihre Wächterin war vorbereitet. Die Oberin stellte sich auf die Fußspitzen, um ihr gesamtes Gewicht einzusetzen. Schwester Innocencia entkam ihr nicht, doch deren Mund öffnete und senkte sich nun, als kaue sie bereits eine große Portion frittierte Kartoffelstäbchen.

»Wer ist der kleine dicke Dreckskerl?«, fragte Schwester Innocencia in einem rheinischen Platt, das das Prädikat »dreckig« mehr als verdiente. Jeder dritte Buchstabe verschwand spurlos in ihrem Mund.

»Ist sie bei vollem Bewusstsein?«, erkundigte sich Julius.

»Oh ja!«, erklärte die Mutter Oberin stolz.

»Du kleiner Hosenscheißer! Zu wenig Sauce drauf, seh ich doch gleich. Die haben dich gelinkt!« Schwester Innocencia langte gierig nach den Pommes frites.

»Sie ist noch eine Nonne alten Schlags«, sagte die Mutter Oberin. »Eine Nonne des Volkes.«

Julius fuhr vorsichtig den Arm aus und reichte der Volksnonne die begehrte Portion. Er kam sich vor wie bei einer Löwenfütterung. Ein Zentimeter zu weit, und der Arm wäre ab.

»Her damit!«, sagte die Alte und riss sie ihm aus der Hand. Julius trug nur eine kleine Schnittwunde davon, vermutlich von den Klauen.

»Aber schmecken tun sie. An dem Zeug könnt ich mich totfressen.«

Genau das schien sie jetzt auch zu versuchen. Mehr in sich hineinstopfen ließ sich wohl nur, wenn man eine Schaufel zu Hilfe nahm. Schon nach kurzer Zeit war das Schauspiel beendet.

»Mehr!«

»Das war eine große Portion. Sie nennen es Family-Size.«

»Mehr haben!«

»Bin ich das Fritten-Taxi? – Ich dachte, Sie hätten Schwester Innocencia auf das Gespräch vorbereitet?«

»Sie hat einen bewundernswert starken Willen«, erwiderte die Mutter Oberin.

»Wie mies hat dich deine Mutter nur erzogen, dass du einer alten Nonne nicht gehorchst?«, fragte Schwester Innocencia. Die Frittenvertilgungsmaschine in Nonnenform warf Julius die leere Schale an den Kopf – inklusive Mayonnaise-und-Ketchup-Resten. Er wischte sie demonstrativ nicht weg. Das störte ihn doch überhaupt nicht! Speisereste hatte er ständig an sich.

Obwohl er es hasste, wenn irgendetwas an ihm unordentlich war, schaffte er es, seine lieblichste Stimme aufzulegen.

»Ich würde gerne mit Ihnen über die Nacht reden, in der Willi Dobel ermordet wurde.«

»Nicht ohne Fritten, du Frettchen!« Schwester Innocencia presste die Lippen aufeinander und starrte zur Wand.

Also holte Julius noch eine Portion.

Diesmal eine für Großfamilien, inklusive Urenkeln, entfernten Cousinen und Schwippschwagern.

Schwester Innocencia saugte sie innerhalb kürzester Zeit ein. Nach erledigter Verspeisung wurden ihre Wangen rosig.

Das musste der Ketchup sein.

War ja alles ganz wunderbar. Er stand kurz vor dem Gefängnis und hatte nichts Besseres zu tun, als eine alte Nonne der Herzverfettung näher zu bringen. Das konnte weder Gottes Wille noch der des Polizeipräsidenten sein.

Jetzt rülpste Schwester Innocencia auch noch.

»Es hat ihr geschmeckt«, übersetzte die Klosterchefin. »Sie hat noch eine fabelhafte Verdauung.«

»Was kann sich ein Mensch mehr wünschen?«, fragte Julius. Und antwortete gleich selbst. »Eine Auskunft darüber, ob sie sich an mich erinnern kann. Oder macht sie jetzt gleich schon ihr Verdauungsschläfchen?«

»Du hast mich beim Spazieren gestört. Nach Wein gestunken hast du wie ein Penner!«

»Was haben wir gemacht?«

»Leider keine Fritten gegessen.«

»War ich allein?«

»Wundert dich das, Specki?« Sie lachte lauthals. Dreckiger konnte das nur FX bei Betrachtung des deutschen Beitrags beim »Eurovision Song Contest«. Julius revanchierte sich dafür wenn Österreicher sangen. Egal ob im Fernsehen oder in der Küche.

»War Willi Dobel bei mir? Oder habe ich ihn gesucht? Wirkte ich, als würde ich ihn umbringen wollen? Warum habe ich mich in den Weinberg gelegt?«

»Nein. Ja. Nein. Mir doch egal.«

Julius sortierte die Antworten zu den Fragen. »Haben Sie Willi Dobel in dieser Nacht denn gesehen?«

»Diesmal nur eine Frage, was? War ich eben doch zu schnell für dich!« Sie kicherte. »Nein, habe ich nicht. Da lief keiner außer dir rum. Wer ist denn dieser Dobel?«

»Ein Koch, Schwester Innocencia«, erläuterte die Oberin. »Er ist in der fraglichen Nacht ermordet worden. Der junge Mann hier hofft, dass du ihm ein Alibi geben kannst. Er wird nämlich der Tat verdächtigt. Weißt du vielleicht noch, um wie viel Uhr du ihn gesehen hast?«

»Nachts. War sehr dunkel.«

»Hatte dieser junge Mann vielleicht Blut an den Händen?«

»Nein. Aber Gummibärchen hat er mir gegeben, in Teufelchenform. Die waren lecker.«

»Hast du sonst noch etwas bemerkt in dieser Nacht?«

»Da ist einer mit seinem Lkw, so einem kleinen, ohne Licht rumgefahren. Zwei Leute saßen drin, die wollte ich mir genau anschauen – aber dann kam *der* da. Und als er weg war, gab es keinen Laster mehr.«

War in dieser Nacht auch irgendetwas nicht schiefgelaufen? Hätte Norbert Spitz ihn damals nicht auf Willi Dobels religiöse Ader aufmerksam gemacht, wäre er niemals zum Kloster getorkelt, und diese Nonne könnte heute den Mörder identifizieren. Oder besser: die Mörder. Aber er konnte es ja nicht mehr ändern. Jetzt musste er mit dem arbeiten, was er hatte. Also: Welcher Verdächtige hatte jemanden, der ihm bei einem Mord geholfen haben könnte? Wolfgang Zwingerl schon mal nicht, denn dessen Geliebter befand sich zu diesem Zeitpunkt in Willi Dobels Wohnung.

Ganz anders sah es bei Tanja Engels aus. Sie hatte einen kräftigen und auch noch wütenden Freund. Auch Markus Kiesingar hätte in seinem Neffen Nico tatkräftige Unterstützung gehabt. Bei von Belitz kam Rudolf Trinkuss als Kompagnon in Frage – der entlassene Klostergärtner wäre für eine Lkw-Ladung Beton sicher zu allem bereit.

»Der da«, fuhr Schwester Innocencia fort, »hat mir was vorgeheult. Von wegen wie schlecht es ihm gehe und dass er jemanden suche, der ihm das Leben zur Hölle mache. Dann ist der Suffkopp wieder weggetorkelt. Die glasigen Augen sind ihm fast zugefallen. Ich hab ihm nachgerufen, er soll zurück zu seiner Mutter gehen. Ich dachte, die wohnt direkt um die Ecke. Dass er sich hinlegen würde, konnte ich ja nicht ahnen! Was für ein Idiot macht so was denn in einem eisigen Weinberg? So eine Flachpfeife!«

»Eichendorff, angenehm.«

»Eichendorff?«

»Genau. Können Sie das alles der Polizei bestätigen?«

»Eichendorff?«

»Ich hole nicht noch eine Portion Fritten, das können Sie sich gleich abschminken!«

»Doch nicht etwa der Sohn vom Sir?«

»Genau der.«

Julius war es leid, er wollte nur noch weg. Zumindest hatte er jetzt für einen gewissen Zeitraum ein Alibi. Und es hatte ihn nur das Geld für Pommes frites und Eifelgold gekostet. Geradezu ein Schnäppchen. Es würde den so benötigten Aufschub bringen. Gott sei Dank! Im wahrsten Sinne des Wortes.

»Dann sage ich nix mehr! Ab sofort. Und erst recht nicht zur Polizei.«

»Was haben denn mein Nachname und mein Vater mit der Sache zu tun?«

Die beiden Nonnen unterhielten sich flüsternd, wobei die sture Alte viele bestätigende Nicker erhielt.

»Schwester Innocencia war früher Lehrerin an unserem Mädcheninternat. Ihr Vater hat damals wohl für viel Ärger gesorgt, da er Schülerinnen nachstellte. Sie sagt, er sei der Schlimmste von allen gewesen.«

»*Mein* Vater? Ein Schürzenjäger? Der interessiert sich überhaupt nicht für andere Frauen.«

»Anscheinend hat er sich in seiner Jugend ausgetobt. Es tut mir furchtbar leid, Herr Eichendorff, aber wenn Schwester Innocencia sich etwas in den Kopf gesetzt hat, ändert dies niemand mehr.«

»Vielleicht eine *Riesen*portion Fritten? Ein Eimer voll?«

»Nein.«

»Jeden Tag bis Jahresende eine Fuhre?«

Schwester Innocencia zuckte kurz zusammen, presste danach die Lippen aber nur noch bestimmter zusammen.

Julius konnte es nicht fassen. »Eine Frau Gottes lässt einen unschuldigen Mann ins Gefängnis wandern, weil dessen Vater in jungen Jahren ein schlimmer Finger war? Lehrt uns Jesus nicht Vergebung und Nächstenliebe?«

»Sie ist halt eine Nonne vom alten Schlag«, wiederholte Mutter Oberin.

»Was soll das heißen?«

»Altes Testament. Auge um Auge, Zahn um Zahn.«

»Fritte um Fritte«, ergänzte Julius und verließ das Zimmer. Den Müll sollten sie ruhig selbst entsorgen.

***

Sonntag, der 19. November

Am Eingang der »Alten Eiche« empfing ihn FX, der dort offensichtlich schon eine ganze Weile gestanden hatte. Die Zeit schien er genutzt zu haben, um seinem Zwirbelbart einen fast frivolen Schwung zu verpassen.

»Wie ist die Laune, Maestro?« Er umarmte ihn – das machte er sonst nie. »Miefst *du* so nach altem Öl?«

»Ich bin bei einer Nonne gewesen.«

»*Des* erklärt natürlich alles. Fühlst dich gut? Is heut Abend alles genehm?«

»Lass mich überlegen: Ich stehe unter Mordverdacht, alles spricht gegen mich – ach ja, und meine Eltern sind da. Am liebsten würde ich mich in einer dunklen Ecke zusammenrollen.« Julius sah sich um. Etwas stimmte ganz und gar nicht. »Wieso sind denn keine Gäste mehr da?« Alle Tische der »Alten Eiche« waren unbesetzt. Dabei sollten jetzt um kurz nach zwölf noch einige beim Kaffee sitzen. »Ist was passiert?«

»So könnt man des nennen, ja.«

»Jetzt sag nicht, dass uns wieder die Gäste ausbleiben? Zeigt sich keiner mehr?«

»Oh doch. Bei uns zeigt sich noch eine ganze Menge. *Des* kannst mir glauben.«

Julius ließ sich auf einen der leeren Stühle sinken. »Sag mir bitte irgendwas Aufmunterndes, und dann verzieh ich mich nach Hause. Ich will jetzt nämlich nur meine Ruhe haben. Dabei habe ich dafür gar keine Zeit! Ich müsste Kiesingar auf den Zahn fühlen, herausfinden, was in der Grillhütte passiert ist und wer sich hinter dem anonymen Anrufer verbirgt.«

FX half ihm auf. »Dann is des, was jetzt kommt, wirklich eine ganz besondere Überraschung. Lass dir bitte nix anmerken, die Idee war nämlich die meinige! Die lynchen mich, wennst net mitspielst. Immer nur lächeln, verstehst? *Bitte!*«

Was sollte das? Julius kam nicht zum Überlegen. Er wurde von FX flugs durch den Speiseraum zur Schwingtür der Küche geführt. Als sein Maître d'Hôtel sie öffnete, lag dahinter Dunkelheit.

Das war nicht okay.

Das war *überhaupt* nicht okay.

Gleißendes Licht fiel auf Julius. Eine Menge johlte, doch er konnte niemanden ausmachen. Dann schob sich ein langer Schatten in den Lichtstrahl. Er gehörte zu einem Frauenbein. Es war entblößt. Bis auf einen Netzstrumpf. Das Frauenbein, und an diesem Punkt brach Julius der kalte Schweiß aus, gehörte Heidi Klöten, seiner Köchin an der Meeresfrüchte-Station. Der Netzstrumpf endete in einem schwarzen Straps. Ihren Slip bezeichnete man wohl als G-String, es mochte sich aber auch um Zahnseide für den Hintern handeln. Über ihrem verzierten BH – oder waren es nur zwei glitzernde Sternaufkleber? – trug die langhaarige Blondine ein Netzhemd.

Doch das alles war harmlos im Vergleich zu Julia Schrieners Aufmachung.

Alles, was von ihr aus den Schleiern herausschaute, war splitterfasernackt. Die Auszubildende schien nur goldene Ohr- und Armringe in der Größe von Affenschaukeln zu tragen. Julia bewegte sich ausgesprochen lasziv, tänzelte einmal um Julius herum, mit ihren entblößten Beinen die seinen streifend, und entschwand dann, die Hüften rhythmisch schwingend, zum großen Herd. Sie zeigte ihm Rücken und Po – und warf schließlich alle Schleier ab.

Dauerte so eine Entblößung normalerweise nicht etwas länger? Schleier für Schleier? Na ja, hier in der Küche musste es natürlich immer zack, zack gehen, da war keine Zeit für langes Auspacken. Selbst die teuersten Kaviardosen wurden ohne große Zeremonie aufgerissen.

Doch Julia Schriener drehte sich nicht um. Stattdessen griff sie sich etwas aus dem Dunkel.

FX' Stimme ertönte plötzlich hinter Julius, als moderiere er einen Boxkampf an.

»Wir präsentieren anlässlich deines Junggesellenabschieds ein exklusives und absolut einmaliges Event: Statt einem langweiligen Tanz der sieben Schleier – den feurigen *Strip der neun Pfannen*! Dargeboten von den unglaublichen Eichen-Girls. Niemand ist heißer als sie!«

Waren die Gasbrenner noch an? Oder warum wurde Julius mit einem Mal so schummrig? Jetzt bloß kein Gedächtnisschwund! Dann hätte er auf alle Ewigkeit den Ruf als Weichei weg.

Und würde auch verpassen, was mit seinen geliebten Pfannen geschah.

Zu Heidi Klöten und Julia Schriener gesellte sich nun noch Bettina Engelkes – die Tellerwäscherin. Eine Frau mit Kugelstoßerinnenfigur. Bulgarische Nationalmannschaft. In ihren Pranken wirkten die großen gusseisernen Pfannen geradezu zierlich. Sie war mit einer Federboa bekleidet, langen goldenen Abendhandschuhe und einem fleischfarbenen Liebestöter, wie er in der Wirtschaftswunderzeit en vogue gewesen war, und schaffte es, das gute Stück auf eine obszöne Art und Weise zu tragen.

Erst jetzt fiel ihm die immer lauter anschwellende Musik auf. Ravels »Bolero«. Ging es noch zweideutiger?

Aber er musste zugeben, dass dieses Stück seine Wirkung nie verfehlte. Die klassische Musik hatte nicht viele Preziosen hervorgebracht, die so sexy waren.

Julius wurde von FX nun zu einem Stuhl in der Mitte der Küche geführt.

»Genieß es, alter Knabe«, flüsterte ihm der Freund ins Ohr.

Jede der Frauen hielt drei Pfannen, zwei bedeckten die Brüste, eine den Venushügel.

Bettina Engelkes holte sich nun FX' und François zu Hilfe und überließ ihnen das Pfannenhalten, damit sie die Hände frei hatte, um ihre Strümpfe zu Wülsten herabzurollen. Julius musste unwillkürlich an grobe Landleberwurst denken – und das fand er richtig gut. Dieser kulinarische Strip war anscheinend wirklich durchdacht! Bei verschiedenen Drehungen und Schwüngen verschwand nach und nach die restliche Kleidung von den Körpern seiner Mitarbeiterinnen.

So ganz konnte Julius das Spektakel jedoch nicht genießen. Denn mit jeder Minute verstärkte sich die Angst, dass seine Mutter plötzlich in der Küche auftauchen könnte. Zwar war dies keine Orgie im klassischen Sinn, doch für einen außen stehenden Betrachter konnte ein falsches Bild entstehen. Immerhin aß Julius gerade von seinen Angestellten. Das war nicht überall üblich.

Dabei herrschten in Restaurantküchen von jeher eigene Regeln. Jeder wusste nahezu alles über den anderen, die Sprache war derb und direkt. An den langen Abenden redete man viel miteinander, auch darüber, was im heimischen Bett passierte. Es war eine sehr freie Atmosphäre, durch die Hitze der Öfen und Herde zusätzlich aufgeladen, manchmal heiß wie eine Polenta nach einer Stunde auf dem Herd.

Der »Bolero« hatte seinen Höhepunkt erreicht, und die drei Küchenfeen zogen in vollem Scheinwerferlicht blank. Neun Pfannen wurden in die Höhe gehalten. Julius konnte auf den sechs Brüsten einen Satz lesen: »Uns siehst du leider nie wieder!« Die Männermünder ließen Johlen und Pfeifen ertönen. Nacheinander traten die Tänzerinnen zu Julius, ihre Brüste in Duftweite, und gaben ihm einen dicken Schmatzer auf den Mund.

»Warum hat mir keiner verraten, dass ihr so etwas bei Junggesellenfeiern aufführt? Dann hätte ich schon ein paarmal geheiratet! Macht ihr das jetzt bei jeder Hochzeit?«

Julius bekam einen Klaps auf den Hinterkopf, und die drei Grazien entschwanden lachend in den Vorratsraum. Das Licht ging an, und er saß plötzlich nicht mehr im »Moulin Rouge«. FX räumte den Scheinwerfer fort, während François eine Doppelmagnum »Clos du Mesnil«-Champagner öffnete. Dann stießen alle an. Es klang wundervoll.

FX und François standen Schulter an Schulter nebeneinander. Julius konnte erkennen, dass sie all dies gemeinsam organisiert hatten und nicht mehr nur gute Kollegen, sondern echte Freunde geworden waren. Ein wenig Eifersucht mischte sich in seine Freude. Julius hatte in den letzten Monaten wenig Zeit für die alten Gefährten gehabt, denn Anna verlangte nach jeder freien Minute. Als sie schließlich nach Kanada zu ihrer Tante geflogen war, hatte Julius nichts mehr mit seinen wenigen freien Stunden anzufangen gewusst. So weit war es gekommen. Und er hatte es gewollt. Genau so. Julius gönnte FX und François ihre Freundschaft deshalb von ganzem Herzen.

»Was die Flitscherl da vorgetanzt haben, war natürlich nur der geringere Teil des Abends«, rief FX nun und erntete dafür einen üblen Kneifer in die Magengrube von der mittlerweile wieder bekleideten Bettina Engelkes. »Des richtige Geschenk kommt jetzt. Ein jeder von uns überreicht dir sein geheimstes Lieblingsrezept – und du darfst damit machen, was du willst. Ab jetzt gehören's dir!«

FX überreichte ihm das Liwanzen-Rezept seiner Mutter, von Georgy Tremitz folgte ein Kokosnussschaum-Soufflé mit Gianduja-Kern, und sogar die Kellnerinnen und Kellner vermachten ihm kulinarische Schätze. Als Letzter stand François vor ihm. Er hielt einen roten Umschlag in Händen. Fast verlegen übergab er ihn Julius, der mit einem neben ihm stehenden Kochmesser das Papier aufschnitt.

Das gab es doch nicht!

»Willi Dobels legendäres Seeteufel-Rezept? Das er niemals preisgegeben hat?«

»Ich hab doch vor Jahren bei ihm gearbeitet. Damals war er noch nicht so aufmerksam, wer ihn beim Kochen beobachtete. Ich fange damit eh nichts mehr an. Es gehört dir.«

Julius konnte nicht anders, als den hochgewachsenen Südafrikaner zu umarmen. Er gehörte zu Julius' Liebsten in seiner Küchenfamilie – im Gegensatz zur Blutsverwandtschaft hatte er sich diese Gott sei Dank aussuchen können.

»Weinst du oder ist dir was ins Auge geflogen?«, fragte François.

»Komm, lass uns mal einen Augenblick auf den Hof gehen.«

Der Mond stand so klar am Himmel, dass es aussah, als ließe sich mit ihm Stahl zerschneiden.

»Ihr seid alle so verdammt gut zu mir«, sagte Julius, das Gesicht abgewendet, denn die Tränen liefen ihm nun die erkaltenden Wangen hinab. »Und ich werde euch alle so fürchterlich enttäuschen und allein lassen.«

»Was redest du denn da?«

»Wenn ich bis morgen früh um neun keine entlastenden Beweise gefunden habe, buchten sie mich ein. Die Polizei braucht dringend einen Schuldigen, und die Indizien reichen aus, um mich ins Gefängnis zu stecken. Da wird mir auch der beste Anwalt nichts nützen. Sie wollen einen Täter, und ich bin der Mann ihrer Wahl.«

»Das wusste ich nicht. Ich dachte, sie finden keinen Mörder und geben irgendwann auf.«

»Lieber sacken sie mich ein. Die Boulevardpresse hat mich eh längst zum Mörder erklärt. Passt alles ganz wunderbar. Ein Täter wie gemalt.«

FX streckte seinen Kopf aus dem Türspalt. »Julius, des glaubst net! Die Julia Schriener hat den Georgy grad gefragt, ob's noch einen zusammen trinken gehen sollen. Und der Eierbär hat *abgelehnt*! Dabei wollt er der doch schon lang an die Tuttln gehen! Er hat nur gemeint, er hätt heut leider noch was Dringendes zu erledigen. Was für ein Hirnschissler!«

Die Auszubildende hatte eben mit Abstand den erotischsten Strip auf die Küchenfliesen gelegt. Und Tremitz war ein Mann, für den es nichts Wichtigeres als *Tuttln* und *Doserl* gab. Julius wusste deshalb sofort, dass die Stunden bis neun Uhr morgen früh vielleicht doch noch reichen konnten. Seit seinem »Bewerbungsgespräch« fand Julius den Patissier verdächtig. Statt bei einem Drei-Sterne-Admiral arbeitete er nun bei einem Sheriff mit nur einem Stern, ein gnadenloser Abstieg in der Welt der Spitzengastronomie. Auch finanziell musste er nun kleinere Brötchen backen. Einer wie Tremitz gehörte in eine Großstadt mit mondänem Flair, nach Berlin, Hamburg oder München. Selbst das gemütliche Köln war für so einen eine ganze Nummer zu klein. Brachte Dobels Tod Tremitz irgendeinen Vorteil? Immerhin hing er in der Sache mit den Weinflaschen drin.

Und sein plötzlicher Aufbruch war auf jeden Fall nicht normal.

Grund genug, der Sache auf den Grund zu gehen.

FX' zufolge packte Tremitz gerade seine Sachen. Julius rannte um die »Alte Eiche«. Er wollte den Patissier mit seinem Wagen verfolgen.

Doch der stand ja gar nicht hier!

Sondern vor seinem Haus.

Und Tremitz' Schemen bewegte sich unaufhaltsam in Richtung Ausgangstür des Restaurants. Es gab nur eine einzige Möglichkeit.

Eine überaus schauderhafte.

Georgy Tremitz liebte es exzentrisch. Das sollten ruhig alle wissen. Haarpracht, Kleidung, Gestik – Tremitz gab die coole Sau. Auch mit seinem Gefährt demonstrierte er, dass einem wie ihm keiner was konnte. Er fuhr einen umgebauten Leichenwagen. Schwarzer Lack, getönte Fenster, beige Gardinen. Tremitz schloss nie ab. Einem wie ihm stahl man schließlich nicht den Wagen.

Bei Leichenwagen lief es Julius eiskalt den Rücken herunter. Als wären sie ein schlechtes Omen, Verkünder baldigen Todes, schwarze Katzen auf Rädern. Georgy Tremitz legte seine Hand auf die Klinke der Restauranttür – Julius öffnete die Hecktüren von dessen Wagen und kletterte kurzentschlossen hinein.

Es sah innen anders aus, als er erwartet hatte.

Zum einen lag auf gesamter Breite eine Matratze. Zum anderen war hinter dem Fahrersitz ein kleiner Kühlschrank eingebaut, in dem sich eine Flasche Champagner, Vanilleeis und ein Erdbeerquark für ihren Einsatz bereithielten. Julius hatte einfach nicht widerstehen können, gleich reinzuschauen. Kühlschränke waren für ihn wie Schatztruhen. Sie schrien geradezu danach, ihr Geheimnis preiszugeben.

Die Matratze war mit einem Plastikbezug versehen, Julius konnte das Knittern spüren. Er versuchte, sich unauffällig in eine Ecke zu rollen. Genauso gut hätte ein Elefant in eine Kaffeetasse klettern können. Die Ohren würden immer herausgucken. So war es nun auch bei Julius. Nur dass bei ihm nicht die Ohren zu sehen waren, sondern der Bauch. Immerhin konnte er von seiner Position aus den Wagenhimmel viel besser betrachten. Der ganze Innenraum war ausgemalt, psychedelisch bunt wie zur Hippiezeit. Dargestellt war ein fröhlich begattender Tremitz. In vielen lustigen Positionen. Glaubte man der Malerei, war er über und über tätowiert – mit Kakaobohnen, Zuckerrohr, Honigwaben und etlichen Früchten. Vor allem Pflaumen. Ein wandelndes Bilderbuch der Dessertzutaten. Das hervorstechende Körperteil zwischen seinen Beinen glühte auf den Bildern förmlich und erinnerte Julius an Luke Skywalkers Laserschwert aus »Krieg der Sterne«. Es war so subtil wie der Busen von Pamela Anderson.

Die Fahrertür wurde aufgerissen, Tremitz warf sich auf den Sitz, jagte den Schlüssel in das Zündschloss und trat das Gaspedal durch. Die Reifen quietschten. Wer den ganzen Tag mit Süßem hantierte, musste wohl aller Welt zeigen, dass er Haare auf der Brust hatte.

Der Fahrstil des Patissiers war sehr sportlich – Julius verkrallte sich ein ums andere Mal im Bezug der Matratze, um nicht lautstark gegen die Seitenwand zu knallen. Hoffentlich blickte Tremitz nicht nach hinten! Wie sollte Julius erklären, was er hier trieb?

»Ich war so müde und musste mich irgendwo hinlegen?«

Hätte nur funktioniert, wenn sein Haus nicht um die Ecke der »Alten Eiche« liegen würde.

»Du glaubst ja nicht, wie irre neugierig ich war, endlich einmal auszuprobieren, wie man in einem Leichenwagen liegt!«

Darüber würde Tremitz vermutlich nicht lachen.

»Plötzlich fiel ich ins Koma, und die Hecktüren deines Wagens standen zufällig offen.«

Nein.

Wenn Tremitz ihn entdeckte, würde es im besten Fall peinlich und im schlimmsten verdammt unangenehm werden.

Julius atmete flach. Nicht niesen! Nicht husten! Sonst würde Tremitz ihn sofort bemerken. Bisher hatte Julius noch keinen Nies- oder Hustenreiz verspürt. Eigentlich die ganze letzte Woche nicht, vielleicht sogar den kompletten Monat.

Aber jetzt, wo er daran dachte, wurde sein Hals trocken, und die Nase fing an zu kribbeln.

Gleich würde er einen kombinierten Hust-Nies-Anfall bekommen! Vermutlich sogar einen dreifachen. Julius kniff das Gesicht zusammen wie einen Handschuh. Da braute sich was zusammen. Und es näherte sich rasend schnell den Reflexen. Das durfte nicht passieren! Er presste seinen Kopf so tief in das Plastik, dass er keine Luft mehr bekam, griff dann eines der Kopfkissen und stülpte es über sich.

Jetzt!

Es klang wie eine Explosion der Schleimhäute. Hoffentlich hatte es nur die Matratze gehört! Julius' Augen brannten, und er gierte nach Luft. Zischend sog er sie ein.

Tremitz war plötzlich beunruhigend still.

Es zogen auch keine Laternen- und Ampellichter mehr durch den Innenraum.

Der Leichenwagen stand.

Meine Güte, Tremitz griff nach hinten!

Julius dachte darüber nach, sich vor den Hecktüren zu verkriechen – aber dort war kein Platz mehr, und Geräusche hätte es auch verursacht.

Deshalb stellte er sich tot.

Georgy Tremitz' Hand – sie duftete noch nach Limette und Blutorange – berührte seine Haarspitzen, schüttelte sich daraufhin kurz, öffnete dann geschickt den Kühlschrank und fingerte darin herum.

»Verdammt! Hab ich den Whisky beim letzten Mal also doch leer getrunken.«

Die Hand würde gleich den Rückweg antreten!

Julius zog den Kopf noch einige Zentimeter weiter ein – der Plastikbezug quietschte auf. Sein Körper fühlte sich nun an, als würde der Hals komplett im Brustraum liegen.

Tremitz drehte den Kopf. »Hat etwa wieder eine Schnecke ihr Spielzeug bei mir vergessen?« Seine Hände tasteten die Matratze ab.

Schreckliche Sekunden lang.

Dann erklang wieder seine Stimme.

»Immer auf die Straße gucken, Georgy! Du weißt, was sonst passiert!« Er zog sein Grapschehändchen zurück. »Kann ich ja gleich noch suchen.«

Tremitz nahm die nächste Kurve scharf. Julius rollte zur Seite. Ein kurzer Stöhner entwich ihm, als er gegen das Autoblech knallte. Er hielt sich zwar direkt die Hand vor den Mund, doch das verursachte ein klatschendes Geräusch. Dann hielt Julius den Atem an – obwohl das Ende dieser Aktion nur ein langes, lautes Luftholen sein konnte. Und jetzt hielt der Patissier auch noch an der Ampel! Der Motor schnurrte leise, jeder Ton wäre jetzt wie ein Trompetenstoß.

»Ich darf ganz herzlich bei mir willkommen heißen: Georgy Tremitz, Deutschlands neuer Küchenmagier. Mein lieber Herr Tremitz, wie fühlt man sich denn so als frisch gekürter Weltmeister der Patissiers?«

Julius konnte sich nicht helfen, aber der Selbstgespräche führende Zuckerbäcker klang in diesem Moment wie Johannes B. Kerner höchstpersönlich. Fast schon unheimlich authentisch. Dass der Moderator gern laut sprach, ermöglichte Julius nun ein geräuschvolles Einatmen.

»Na ja, es kam nicht überraschend, wenn ich das sagen darf.« Jetzt klang Tremitz wieder wie er selbst. »Auf so was arbeitet man schließlich jahrelang hin. Aber das Feingefühl in den Fingerspitzen«, er hob sie hoch wie ein Uhrmacher, »damit wird man geboren. Das hat man oder eben nicht.«

»Wer waren denn Ihre wichtigsten Lehrmeister? Sie haben ja bei bekannten Köchen wie Willi Dobel und Julius Eichendorff gearbeitet.«

»Du musst eins verstehen, Johannes«, man duzte sich also offenbar, »das sind *Köche*, ich bin Patissier. Beide konnten gut mit Fischköpfen, Stampfkartoffeln und Innereien hantieren, doch von der feinen, exakten Kunst der Desserts hatten sie keinen Schimmer.«

»Wie sieht Ihre Zukunft aus? Die Spitzenrestaurants prügeln sich doch sicher um Sie?« Ach so, geduzt wurde nur in eine Richtung! Weltklasse-Patissiers mussten also selbst von Showgrößen gesiezt werden.

»Das stimmt, die schmeißen mit Geld nach mir.« Tremitz lachte selbstgefällig. »Aber ich hab im Ahrtal noch was zu erledigen.«

»Wollen Sie unseren Zuschauern verraten, worum es dabei geht?«

»Nein, tut mir leid. Das erzähle ich höchstens deinem nächsten Gast, Johannes: Germany's neuem Topmodel. Aber nur, wenn sie nach der Show mit mir etwas trinken geht.«

»Sie sind mir ja einer!«

»Darauf kannst du einen lassen, Johannes.«

Tremitz prustete los und hupte dreimal in die Nacht. »Was für eine Vollgurke«, schob er hinterher und zündete sich die Zigarette danach an.

Das Interview war beendet – die Fahrt auch. Tremitz schlug die Fahrertür so laut zu, als erregten ihn der Knall und das Wackeln des Leichenwagens.

Dann öffnete er die Hecktüren.

Georgy Tremitz' Zigarette glühte rot auf, während er seinen Kragen richtete und gedankenverloren nach etwas in der hinteren Seitentasche tastete. Das hatte er anscheinend schon häufig gemacht, denn er schaute nicht mal hin.

Julius hatte zur Sicherheit ein freundliches, aber extrem verschlafenes Lächeln aufgelegt.

Das hätte er gar nicht gebraucht. Tremitz fand seinen Kapuzenpullover und knallte die Türen wieder zu. Postwendend setzte sich Julius auf und lugte durch das getönte Fenster, wohin sein Patissier verschwand. Tremitz schlenderte um die Ecke. Also musste Julius raus. Unauffällig. Geräuschlos. Und schnell.

Das waren ja drei Dinge auf einmal.

Das ging nicht.

Also entschied sich Julius für die Geschwindigkeit. Es war ihm bereits klar, wo er sich befand. Dies war der Parkplatz des Ahrweiler Winzervereins, darauf einige sehr teure Wagen, die Julius eher vor dem Adlon in Berlin erwartet hätte. Nicht das übliche Publikum. Direkt vor ihm lag das Gebäude des AhrWeinForums mit seinem Lieblingsausstellungsstück aller Museen: einer automatischen Vogelkanone für den Weinberg. Die hatte auch funktioniert – allerdings nur für einen Tag. Dann hatte sich das gefräßige Federvieh auf das rote Monstrum gesetzt und sich köstlich über die ungefährlichen Böllerschüsse amüsiert. Vermutlich kribbelte jeder Schuss angenehm in den Füßen.

Doch Tremitz ging nicht in das um diese Uhrzeit stockdüstere Gebäude, sondern daran vorbei. Allerdings nur wenige Schritte. Julius kannte das Haus, in dem Tremitz jetzt verschwand. Wie jeder im Tal. Wer von Bad Neuenahr die Straße nach Ahrweiler einschlug, passierte es – und ein kurzer Blick blieb immer daran hängen. Dabei war es, was den Bau anging, nicht weiter bemerkenswert. Es miefte sogar nach der belanglosen Architektur der Nachkriegsjahrzehnte. Doch wie in Tremitz' Leichenwagen hatten auch hier Malereien zu einer Verwandlung geführt. Allerdings nicht in eine Liebeshöhle, sondern zu einem fantastischen Reich. Ein Flugzeug mit drei Tragflächen war auf den hellen Putz gemalt, das über eine Landschaft flog, die wie aus einem Jules-Verne-Roman wirkte. Karge, nebelumwaberte und extrem spitzgezackte Felsen hoben sich hervor, rechts schraubte sich ein merkwürdiges Fluggerät empor, das den Korb eines Heißluftballons hatte, doch einen Rotor mit vier riesenhaften Federn. Julius hatte sich immer gefragt, wer in diesem so widersprüchlichen Haus lebte.

Die schweren Vorhänge waren zugezogen, doch sie ließen einen kleinen Spalt am unteren Ende frei. Julius ging in die Knie – sie bedankten sich dafür mit lautem Knacken – und linste hindurch.

Das hatte er wirklich nicht erwartet.

Dabei war es gar nicht viel. In dem kahlen, bilderlosen Raum mit Fototapete »Herbstlicher Wald« fiel Julius zuerst das Büfett auf. Es bestand aus einem Kaviarberg von der Höhe des Matterhorns, einer Kolonie Austern und einer monströs großen Pâté de Foie gras. Dazu Zitronen, Brot und Champagnerflaschen, die mit den richtigen Jahreszahlen versehen waren.

Ein Vermögen in Lebensmitteln.

In der Mitte des Zimmers – nur funzelig beleuchtet von einer tief hängenden Deckenlampe – stand ein Holztisch, wie aus einer riesigen tausendjährigen Eiche geschnitzt. Er musste verdammt teuer gewesen sein. Seine Oberfläche reflektierte matt und weckte in Julius das starke Verlangen, sie zu berühren. Die darum sitzenden Personen taten dies, noch lieber schienen sie jedoch mit ihren Jetons zu spielen. Ein ständiges Klacken der kleinen Plastikscheiben untermalte die Szenerie. Auch Georgy Tremitz beteiligte sich daran – wenn es denn Tremitz war. Zu erkennen war nur der Pullover, die Kapuze so weit über das Gesicht gezogen, dass es im Dunkeln lag. Der Mann neben ihm trug eine Gletscherbrille, die keinen Blick auf seine Augen zuließ. Zu identifizieren war er trotzdem. Es war Markus Kiesingar. Zwei weitere Personen saßen am Tisch, doch sie wandten Julius den Rücken zu. Einer der beiden hatte zwei Asse auf der Hand.

Julius wusste, wohin sie alle blickten.

Auf die flinken Hände der Kartengeberin. Tanja Engels. Sie trug einen dunklen Hosenanzug und leitete die illegale Pokerpartie. Wenn die Jetons hier denselben Wert wie in der Bad Neuenahrer Spielbank hatten, dann gingen die Einsätze in die Zehntausende.

Woher hatte Tremitz so viel Geld?

Engels wurde für diesen Nebenverdienst sicherlich fürstlich und völlig steuerfrei entlohnt. Ob sie auch für Willi Dobel solche Nächte organisiert hatte?

Julius wollte sehen, wem die Rücken vor ihm gehörten. Irgendwann würden sie die Köpfe drehen oder aufstehen. Er musste nur geduldig warten. Endlich war die Zeit einmal auf seiner Seite.

In diesem Moment klingelte sein Handy.

Eine schlichte Folge von Bieptönen. Julius hatte es bisher nicht geschafft, die Werkeinstellung zu ändern. Es hatte ihn auch nicht wirklich interessiert. Die Töne waren sanft, die Melodie lieblich. Nichts, was störte.

Doch Julius hatte das Gerät auf laut gestellt, da er an diesem Abend keinen Anruf verpassen wollte. Das Fenster, welches ihn von der Tischrunde trennte, war einfach verglast. Es ließ nicht nur Licht, sondern auch Schall bereitwillig passieren. Die Pokerspieler griffen nach ihren Handys. Doch schon beim zweiten Klingeln blickten sie in Julius' Richtung.

Er rannte sofort los.

Die Schritte mussten drinnen zu hören sein.

Jemand riss die Haustür auf. »Halt, stehen bleiben! Wer ist da?«

Julius warf sich hinter das nächstbeste Auto. Es war ein Geländewagen – und erstmalig war Julius dankbar für eine solche Benzinschleuder.

Sie bot nämlich genug Platz zum Drunterrollen. Selbst für ihn.

Die Schritte hielten genau neben dem Jeep.

»Siehst du wen?« Das war Tremitz.

»Hier ist keiner.« Auch diese Stimme kam ihm bekannt vor.

»Und unter den Wagen?«

Julius spürte, wie Tremitz neben ihm in die Hocke ging.

»Wer krabbelt denn unter Autos? Doch nur Kinder. Und die sind jetzt alle längst im Bett.«

Tremitz stand auf.

Und Julius war sich sicher.

Die zweite Stimme gehörte August Herold.

Noch acht Stunden

Als die beiden fort waren, schaute Julius endlich nach, wer ihn angerufen hatte. Es war eine Nummer des Heppinger Hotels, in dem die Nonnen vom Calvarienberg Quartier bezogen hatten – vermutlich also die Mutter Oberin. Wieso rief sie ihn um ein Uhr früh an? Das war eine höchst unchristliche Zeit.

Julius quälte sich unter dem Geländewagen hervor und klopfte penibel den Dreck von der Kleidung. Dann wusch er sich die schmutzigen Hände mit gefrorenen Blättern. Eine Notfallpraline wäre heilsam für seine Nerven gewesen, doch sie schlummerten alle in seiner Jacke, die unerreichbar in der »Alten Eiche« hing.

Kaum hatte Julius ein sicheres Plätzchen am Ende des Parkplatzes gefunden und gewählt, hob die Mutter Oberin bereits ab.

»Herr Eichendorff, Sie müssen sofort zum Kloster!«

»Bitte?«

»Unsere Schwester Josefina hat keinen Schlaf gefunden und ist zum Berg gewandert, um dort für einen baldigen Wiederaufbau zu beten. Dann sah sie einen ihr unbekannten Mann herumschleichen. Er bewegte sich gebückt, versuchte, nicht aufzufallen.«

Das, wusste Julius, war die sicherste Methode, es doch zu tun.

»Es tut mir leid, aber momentan habe ich keine Zeit für so etwas. Rufen Sie die Polizei an, sie wird jemanden rausschicken.«

»Dort nimmt man uns nicht ernst! Der Beamte am Telefon meinte nur, Einsatzkräfte befänden sich bereits vor Ort, und seine Kollegen würden die Augen schon aufhalten. Genau wie die unzähligen Feuerwehrleute, die immer noch Brandnester löschten.«

»Dem kann ich mich nur anschließen.«

Die Mutter Oberin klang verzweifelt. »Sie kennen Schwester Josefina nicht!«

»Ist sie wie Schwester Innocencia?«

»Nein. Sie ist ein netter Mensch. Und schaut sich jeden Sonntag im Fernseher den ›Tatort‹ an. Sie *weiß*, was sie sieht. Auf ihr Wort ist Verlass. Herr Eichendorff, was ist, wenn dies wieder der Brandstifter ist? Vielleicht will er seine Spuren verwischen?«

Die waren vermutlich alle längst verkokelt.

Aber etwas anderes konnte er wollen.

Den restlichen Wein.

Schließlich hatte der Einbrecher nicht alles mitnehmen können. Der Schacht war tief gewesen, vielleicht hatten einige der wertvollen Flaschen den Brand überstanden und waren nicht geborsten. Es würde sich allemal lohnen dies zu überprüfen.

»Ich bin auf dem Weg.«

»Sie sind ein Engel!«

»Ich wollte eigentlich noch ein paar Jährchen leben.«

Er legte auf. Gönnte ihm das Schicksal keine Atempause, um nachzudenken, was und wen er gerade gesehen hatte? Julius war auch immer noch nicht dazu gekommen, Wolfgang Zwingerl anzurufen und wegen des Treffens an der Grillhütte nachzuhaken. Seinen Besuch bei Kiesingar konnte er nun wenigstens ruhigen Gewissens aufschieben. Der war schließlich nicht zu Hause, sondern verspielte Haus und Hof.

Das Schicksal hatte dafür gesorgt, dass Julius ohne Wagen war. Doch das Kloster lag nah, und er hatte Füße. Zwar null Kondition und keinen Schutz gegen die Kälte, aber wen scherte das schon? Er würde einfach joggen, dann klappte das schon mit der Körpertemperatur.

Oder er würde sich den Tod holen.

Immerhin organisierte ihm die Mutter Oberin dann mit Sicherheit ein schönes Plätzchen im Himmel.

Julius wählte den kurzen Weg über die Brücke, dabei dampfend wie eine alte Lok – und genauso schnaubend. Schon früh erblickte er die Straßensperren und verließ die betonierten Wege. Die Weinberge waren offen, hier kontrollierte niemand. So gelangte er ungesehen an den Dutzenden Einsatzfahrzeugen der Feuerwehr vorbei und an den unzähligen Männern, die das alte Kloster immer noch mit Wasser bedeckten. So viel hatte es vermutlich in all den Jahrhunderten seiner Existenz nicht abbekommen. Die Brühe drang aus jeder Maueröffnung, strömte auch den Rebgang entlang, den Julius emporkraxelte. Ganze Brocken kalten Bodens trug die Flut mit sich. Die Kraft drohte Julius zu verlassen, der spürte, dass ihm nur wenig Zeit blieb. Der Anruf war zwar nur rund fünf Minuten her, doch der Einbrecher würde nicht lange brauchen, um die letzten Weinflaschen zu stehlen. Mit jedem Schritt näher zum Kloster schmerzte der Verlust dieses Wahrzeichens tiefer, doch Julius musste voran.

Die Holzbalken qualmten noch immer, und die alten Ziegel bollerten. Sie hatten die Wärme gespeichert, wie es die Schieferböden der Weinberge taten. Als Julius die Ruine betrat, schlug ihm die Hitze entgegen, heiß und feucht wie in der Sauna. Überall stiegen Rauchsäulen wie aus Schloten empor, in vielen Ecken glühte es, angefacht vom Wind, der nun in all die Ecken dringen konnte, die ihm so lange verwehrt waren.

Es war ein Höllenschlund.

Die Feuerwehr hatte unzählige Scheinwerfer aufgestellt, sodass durch alle Ritzen Licht drang. Es war grell und hart. Julius ging allen Einsatzkräften aus dem Weg, drückte sich von Mauer zu Mauer. Die Feuerwehrleute rechneten nicht mit einem Eindringling in diesem ausglühenden Inferno, und die Polizisten saßen in ihren gepolsterten Fahrzeugen.

Obwohl das abgebrannte Kloster wie ein fremdes Gebäude schien, fand Julius das Weinversteck.

Und den Eindringling.

Es war von Belitz, der im nun dachlosen Speisesaal des Klosters erstarrte. Kein Kompagnon wurde vom Schicksal aus dem Hut gezogen. Nur der Weinsammler. Seine Augen waren bis zur Oberkante voll mit Adrenalin, als er Julius näher treten sah. Von Belitz trug drei große, prall gefüllte Jagdrucksäcke über den Schultern, auf denen sich Flaschenhälse und -böden abzeichneten. Die Weinkammer hinter ihm war fast leer. Eine Flasche hob er nun angriffslustig über den Kopf.

»Keinen Schritt näher.«

»Herr von Belitz! Ich dachte, Sie kaufen Weine – aber anscheinend klauen Sie sie lieber.«

»Hauen Sie ab! Sie haben hier nichts zu suchen.«

»Doch, *Sie*.«

»Ich kann Sie nicht leiden, Eichendorff. Vom ersten Moment an. Sie sind ein Gutmensch, das hab ich direkt gespürt. Halten sich für was Besseres. Das kotzt mich an.«

»Besser als Sie? Ich halte selbst meine Mutter für besser als Sie.«

Julius' Blick fiel auf das früher vor der Öffnung hängende Bild, welches nun flach und durchnässt auf dem Boden lag. Es war bis zur Unkenntlichkeit verkohlt.

»Ist es denn so schlimm, ein paar Flaschen Wein zu bergen, von deren Existenz sowieso niemand weiß? Was hätten die Nonnen schon damit gemacht? Sicher nicht verkauft, wie hätte das denn ausgesehen? Das gute Zeug wäre weggeschmissen worden. Ich bin der *Retter* dieser Flaschen!«

»Sie sind ein echter Held. Wahrscheinlich erzählen Sie mir noch, dass Sie einen Teil des Erlöses spenden werden.«

»Nein, aber das ist eine gute Idee. Mach ich vielleicht. Aber jetzt verschwinde ich erst mal.«

Von Belitz ging einige Schritte rückwärts, Julius die gleiche Anzahl nach vorn.

»Was wollen Sie? Geld? Wein?«

»Erzählen Sie mir doch einfach die Geschichte Ihrer heroischen Flaschenrettung. Von Anfang an. Ich bin nämlich genauso neugierig, wie ich verfressen bin.«

»*Jetzt?* Wir können jeden Augenblick entdeckt werden, und die Mauern stürzen sicher bald ein.«

»Wenn Sie gehen, marschiere ich schnurstracks zu unseren Freunden und Helfern. Dann ist der Ofen aus.« Von Belitz rührte sich nicht. »Wo kommen die Flaschen ursprünglich her? Was ist so besonders an ihnen?«

»Verdammt noch mal!« Der massige Weinhändler schüttelte den schwitzenden Kopf, als müsse er eine dreiste Fliege vertreiben. »Es ist Kriegsbeute, von den Nazis markiert. Dafür gibt es eine große Nachfrage. Der hiesige SS-Chef hatte in den vierziger Jahren herausragende Verbindungen zu den obersten Etagen der Partei. Deshalb hat er sein Scherflein von den in Frankreich geraubten Weinen bekommen. Als abzusehen war, dass der Krieg verloren ging, versteckte er die Flaschen, wo niemand sie vermutet hätte. Im Kloster. Ihm half, dass er seinem Sohn dort die Stellung als Hausmeister verschafft hatte. Er ersparte diesem so die Front. Der Sohn legte für den Vater dann das Versteck an. Ursprünglich war es verputzt, aber kurz vor seinem Tod wollte der Alte einen der Weine trinken – seitdem liegen sie blank. Das war nicht förderlich für die Lagerung, aber der Zustand der Flaschen ist immer noch hervorragend. Die Schultern sind hoch, und bei dem von mir zur Probe geöffneten Wein war sogar die Farbe noch stabil.«

Von Belitz winkte mit der Flasche.

»Wir können das doch vernünftig regeln, oder? Sie bekommen einen Rucksack von mir. Auf allen Flaschen ist das Hakenkreuzsiegel, das steigert den Wert enorm. Und wir reden nicht mehr über die Geschichte.«

»Ihretwegen ist das Kloster abgebrannt.«

»Ein Unglück! Das wollte ich nicht. Gott sei Dank ist niemand gestorben. Wiedergutmachen lässt sich das jetzt sowieso nicht mehr. – Nun nehmen Sie den Rucksack schon!«

»Nein. Ich bringe Sie ins Gefängnis.«

Von Belitz zog eine weitere Flasche heraus. Beide schlug er an der Wand auf. »Sehen Sie das? Damit schneide ich Ihnen den Hals durch!«

Julius roch Essig. Der Wein war nicht mehr trinkbar. Eine schlechte Wahl für das Tausendjährige Reich. Noch nicht einmal sechzig Lenze hatte der Tropfen überstanden.

»Warum haben Sie Willi Dobel umgebracht?«

»Was reden Sie da? Damit habe ich nichts zu tun.«

»Sie wollten den Zwischenhändler ausschalten.«

»Meine beste Quelle? Seine Preise waren zwar horrend, aber die Ware immer einwandfrei. Jetzt muss ich mich hiermit gesundstoßen.« Er zeigte auf die Rucksäcke.

»Also war er Ihr Freund?«

»Pah! Ein Freund hätte mir geholfen, als es mir finanziell schlecht ging. Aber Dobel? Der scherte sich einen Dreck darum. Jahrelang verdiente er Unsummen dank mir – ansonsten hätte er die Gastronomieflaute nie und nimmer überlebt. Zumachen hätte er müssen wie die ›Schweizer Stuben‹. *Ich* war sein Freund, aber *er* nicht meiner. So was wie Freundschaft kannte der nicht. Er hat die Menschen um sich herum nur ausgenutzt. Alle bewunderten sein Genie – ich war nicht anders. Wie geblendet waren wir.«

Es krachte ohrenbetäubend. Eine Mauer stürzte ein. Sie stand weit genug entfernt, doch der aufgewirbelte Staub quoll um Julius' Füße.

»Ich muss endlich weg«, keuchte von Belitz. »Lassen Sie uns ein andermal weiterreden. Bitte, ich flehe Sie an. Sie werden es bestimmt nicht bereuen!«

»Es dauert nicht mehr lang, vertrauen Sie mir. – Beim Überfall auf die Nonne: Warum schlugen Sie mit einem madendurchsetzten Käse zu?«

Von Belitz lachte. »Ich hatte Dobels Schreibtisch nach Informationen über den Fundort des Weins durchsucht. Die gab es leider nicht – dafür aber diesen seltenen Käse. Den wollte ich immer schon mal probieren. Also habe ich ihn eingepackt. Und als ich kurze Zeit später ins Kloster einstieg und diese Nonne auftauchte, war er das Härteste, was ich dabei hatte. Mir wäre ein Knüppel auch lieber gewesen. Der Käse hat das nämlich nicht überlebt. Die Nonne schon, oder?«

»Die Nachfrage kommt reichlich spät.«

»Ich hab die Tage danach in die Zeitung geschaut. Wenn ihr wirklich etwas passiert wäre, hätte es da gestanden.«

Julius spürte die Hitze der heißen Mauern in seinem Rücken. Dies war wirklich kein Ort, um lange Gespräche zu führen. Doch genau das musste er tun. Die Chance würde nicht wiederkommen – und ab neun Uhr hätte er sowieso keine Zeit mehr dafür.

»Warum haben Sie den Wein nicht schon beim ersten Einbruch geholt?«

»Ich hatte doch keine Ahnung, wo er steckte! Auf gut Glück bin ich zum Kloster und durch das erstbeste offene Fenster rein. Dobel hatte mir nur erzählt, dass die Weine hinter einem großen Bild lagerten. Das wollte ich finden. Eine dumme Idee, wie ich heute weiß. Nachdem ich die Nonne niedergeschlagen hatte, hieß es für mich nichts wie weg.«

»Dann erinnerten Sie sich an Willi Dobels Kontaktmann.«

Rauchschwaden trieben wie Gespenster durch den ausgebrannten Speisesaal. Julius ging wieder ein paar Schritte vor. Nicht weit entfernt lag ein Stuhl. Die Hälfte war verbrannt, doch der Rest reichte, um von Belitz anzugreifen. Er musste nur drankommen.

»Am Tag vor den Martinsfeuern habe ich mich mit Dobel getroffen, da erhielt er schon die Hälfte des Geldes als Vorschuss. Verstehen Sie? Die Flaschen hier habe ich eigentlich schon bezahlt.« Er schnaubte verächtlich. »Dobel war an dem Abend sehr redselig, hat damit geprahlt, wie er den gefeuerten Gärtner ausfindig gemacht hat und wie wenig Kohle nötig gewesen war, um ihn einzuspannen. Selbstverständlich nannte er keine Namen. Aber ein Besuch im Kloster, und das Geheimnis war gelüftet. Über den im Streit entlassenen Trinkuss wusste jeder Bescheid. Er hat mir dann eine Karte aus dem Kopf gezeichnet und den Weg geschildert. Sogar einen Reserveschlüssel trieb er auf. Natürlich wollte er Geld. Er fühlte sich, als würde er hoch pokern, aber es waren bloß Peanuts. Armer Depp.«

Endlich war Julius nahe genug. Wenn er sich vorbeugte, könnte er das Stuhlbein greifen. Doch von Belitz stand nur zwei Meter von ihm entfernt und würde blitzschnell reagieren können. Julius musste also direkt zum Angriff übergehen – wenn sein Gegenüber einen Moment lang abgelenkt war und nicht in seine Richtung schaute.

Von Belitz folgte Julius' Blick, begriff sofort, was vorging, und warf eine der scharfkantigen Flaschen nach ihm. Das Geschoss schrammte dessen Wange, die sofort zu bluten anfing. Julius tastete instinktiv danach – und vergaß völlig, das Stuhlbein zu greifen, seine Verteidigung zu organisieren, sich vor den scharfen Glasspitzen zu schützen.

Doch vielleicht gab es tatsächlich Schutzengel.

Und anscheinend flogen sie in Klöstern sehr nah am Mann.

Von Belitz hielt die zweite Flasche wie ein Schwert und sprang wie ein Irrer auf Julius zu. Mit der Fußspitze stieß er jedoch gegen den Stuhl, drehte sich aus einem Reflex heraus um, blieb mit dem Rucksack hängen und spürte plötzlich Julius' Faust in seinem Gesicht, Höhe rechter Wangenknochen. Doch die scharfkantige Flasche ließ er nicht fallen. Auch nicht, als er auf dem verkohlten Parkettboden landete und es in seinen Rucksäcken klirrte. Von Belitz sprang wieder auf und holte so weit aus, als gelte es, Julius' Kopf mit aller Wucht vom Rumpf zu trennen.

Doch er tat es nicht.

Er verharrte mitten in der Bewegung.

Denn plötzlich waren sie nicht mehr allein.

Die Neuankömmlinge traten fast gleichzeitig aus dem Qualm, von allen Seiten, kesselten von Belitz und Julius ein. Kein Fluchtweg blieb. Mit ihren Atemmasken und feuerfesten grellen Schutzanzügen wirkten sie wie Außerirdische. Die Polizisten allerdings, die von der Seite zum Hof eindrangen, erschienen Julius sehr bodenständig mit ihren gezückten Pistolen. Einer trug zudem ein Megafon.

»Hier spricht die Polizei. Bewegen Sie sich nicht und legen Sie die Waffen nieder.«

»Entscheiden Sie sich, beides geht leider nicht!«, wollte Julius rufen. Aber er ließ es bleiben. Von Belitz warf die kaputte Flasche voller Wut auf den Boden, wo sie laut klirrend zerbrach.

Scherben bringen Glück, dachte Julius. Das Sprichwort stimmt.

Doch hundertprozentig sicher war er sich nicht.

Er wusste nun nämlich, wer der Mörder war. Als es um Leben und Tod gegangen war, hatte sich die Wahrheit emporgehoben, wie ein Soufflé im Ofen. Alles passte nun zusammen. Jeder Zweifel war verschwunden, als von Belitz' Worte in sein Hirn gedrungen waren.

»Ein Freund hätte mir geholfen.«

Das hatte der Weinhändler gesagt.

Sein Satz hatte die so lange verschlossene Tür zur Wahrheit geöffnet.

Natürlich war das Glück.

Und doch auch nicht.

Noch fünf Stunden

Es war ebenfalls Glück für Julius, dass von Belitz nicht nur eine abgebrochene Flache in Händen gehalten, sondern sich das Diebesgut in seinen Rucksäcken befunden hatte. Ein Anruf bei der Mutter Oberin klärte den Rest.

Trotzdem behielt die Polizei ihn noch zwei Stunden da, immer wieder musste er seine Geschichte erzählen. Schließlich lieferten ihn zwei Beamte vor seinem Haus ab, doch Julius ging nicht hinein. Denn ihm war beim Vorbeifahren etwas an der »Alten Eiche« aufgefallen. Kein zerbrochenes Fenster. Nicht der Lichtschein einer Taschenlampe. Auch tickende Bomben fehlten. Es war nur ein Auto, das um vier Uhr früh längst hätte weg sein müssen.

Die Tür der »Alten Eiche« war doppelt verschlossen, die Eingangsmatte lag in einem exakten Abstand zur Kante, FX hatte das Restaurant vorschriftsmäßig verlassen.

Doch er war nicht der Letzte gewesen.

Jemand befand sich noch im Restaurant.

Und Julius wusste, wohin er zu gehen hatte. Er machte noch nicht einmal Licht, den Weg fand er auch im Dunkeln. Der Gang hinunter war eng, die Tür am Ende angelehnt. Ein Flackern verriet, dass Kerzen angezündet waren. Der Weinkeller lag tief verborgen unter dem Restaurant. Hier ruhten Kulttropfen, alte Freunde, junge Hoffnungsträger. Eine Schatzkammer, die nur Auserwählte betreten durften. Drei Personen hatten einen Schlüssel. Eine davon liebte den kühlen, schlauchförmigen Raum mehr als jeder andere. Sie umsorgte die Weine wie Kinder.

Jetzt kauerte dieser Jemand am Boden, als habe er sich in einem dunklen Wald verirrt. Er klammerte sich an ein Glas Rotwein, als halte nur dieses ihn am Leben.

Julius merkte nicht, wie sich seine Augen mit Tränen füllten. Eine riesige Welle Traurigkeit brach über ihm zusammen. Der Verdacht, den sein Unterbewusstsein so lange unterdrückt hatte, war richtig gewesen. Der Mörder von Willi Dobel gehörte zu seinem Team.

War ein Freund.

Ein Vertrauter.

Ein *guter* Mensch!

Es war François van de Merwe.

Vier Flaschen hatte er hier unten schon geleert.

Sie lagen nicht unordentlich auf dem Boden, sondern standen akkurat aufgereiht. Es waren allesamt Legenden. Daneben eine Pistole. Unangetastet. Keine Blutflecken zu sehen. Auch keine vom Wein. François hatte sich nicht bewusstlos gesoffen, sondern anscheinend jeden Schluck zelebriert. Ein Umschlag mit Julius' Namen lag auf dem Tischchen. Julius wusste, was darin stand.

»Was machst du nur für ein dummes Zeug? Hier bekennt sich niemand schuldig!« Julius zerriss den Brief, ohne ihn zu lesen. »Hast du Tabletten geschluckt?«

»Das gehört sich nicht für einen Sommelier.«

»Guter Junge.«

»Nur Wein, die Schönsten meines Lebens. Alles bezahlt.« François deutete mit einer schlaffen Hand auf das Bündel Hundert-Euro-Scheine neben dem Kellerbuch.

»Die Pistole vergessen wir mal schön«, sagte Julius und schob sie außer Reichweite.

»Hab es einfach nicht über mich gebracht.« Der Sommelier klang nüchtern, obwohl sein Blut zum Großteil aus Alkohol bestehen musste. Sein Körper war anscheinend nicht bereit, das zu akzeptieren. »Hatte mir sogar schon berühmte letzte Worte angeschaut. ›Küss mich, Hardy!‹ von Lord Nelson und ›Heute Nacht nicht, Josephine!‹ von Napoleon. Passen bei mir aber nicht.«

»Ich habe mir für den Fall der Fälle die von Kaiser Augustus bereitgelegt: ›Habe ich meine Rolle gut gespielt? Nun, so klatscht Beifall, denn die Komödie ist zu Ende‹.«

François lächelte.

Julius ließ sich neben ihm auf den Boden sinken und legte François' Kopf zärtlich auf seine Brust. Lange Zeit sprach er nicht, strich seinem Freund über die Haare. Nur langsam beruhigte sich dessen Puls, wurde der Atem regelmäßiger.

»Ich hatte so gehofft, dass Sie dich nicht einbuchten würden – weil du es ja auch nicht warst! Und Gras über die Sache wachsen würde. Aber es wurde ja immer schlimmer! Warum kann nicht einfach wieder alles so sein wie vorher? Ist das denn zu viel verlangt?«

»Leider viel zu viel.«

»Weißt du es schon lange?«

Julius schüttelte den Kopf. »Wirklich klar geworden ist es mir erst, als dieser verrückte Weinhändler eben im Kloster von Freunden sprach und wie sie sich füreinander einsetzen. Da passte plötzlich alles zusammen. *Du* warst es, der in der Woche von Willi Dobels Tod Telefondienst hatte. Deshalb hatte er wegen des Walking-Treffens auch die Nummer der ›Alten Eiche‹ aufgeschrieben – von der du aus angerufen und dich als Julius Eichendorff ausgegeben hattest.«

»Mich hätte er niemals treffen wollen! Nicht nach unserer Vorgeschichte. Ich konnte ja nicht ahnen, was das für Auswirkungen haben würde.«

»Ich mache dir keinen Vorwurf.« Julius atmete tief durch. Sein Brustkorb fühlte sich an, als säße ein Riese darauf. »Du wolltest doch wissen, wie ich auf dich gekommen bin? Es gab noch weitere Hinweise. Bei der Eisweinlese bist du aufgetaucht, obwohl niemand dich eingeladen hatte. Vermutlich wolltest du sicherstellen, dass die Leiche gefunden wird. Ein anderes Indiz war, dass du vor vielen Jahren bei Dobel gearbeitet hast – als er diese Teufelsfruchtgummis noch mochte. Dass sich das geändert hat, konntest du nicht wissen.«

»Die hatte ich ihm als Friedensangebot mitgebracht! Er hat sie mir verächtlich aus der Hand gerissen und eingesteckt. Der nahm schon immer alles, was er kriegen konnte.«

»Aber letztendlich hat dich das Seeteufel-Rezept verraten.«

»Hab ich schon befürchtet. Ich weiß gar nicht, warum ich es dir geschenkt habe.« François schloss den Mund, er war trocken.

»Vielleicht ...« Julius beendete den Satz nicht. Doch François verstand auch so.

»Ja. Vielleicht wollte ich, dass du es weißt.«

»So wird es bestimmt gewesen sein.« Er nickte. Lange und bedächtig. Dann erst fuhr Julius fort. »Dass du eine Ausbildung zum Koch gemacht und dann auf Sommelier umgesattelt hast, war ja kein Geheimnis. Aber erst jetzt weiß ich, wie der Wechsel zustande kam: weil dich Willi Dobel betrogen hat. Das Seeteufel-Rezept kannte keiner, nicht einmal sein Sous-Chef. Er hat es nie aufgeschrieben. Dass Dobel die Rezepte seiner Mitarbeiter als eigene ausgegeben hat, ist in der Kochszene kein Geheimnis. Wenn mir also jemand dieses Rezept schenkt, dann stammt es nicht von Willi Dobel – sondern vom Überbringer. Er hat es dir damals gestohlen, François! Und das hat dir das Genick gebrochen. Du hast dich von der Küche verabschiedet.«

François sprach langsam, als würde alles noch einmal vor seinem inneren Auge ablaufen. »Ich habe wie ein Irrer gearbeitet, weil er mir versprach, mich groß rauszubringen. Aber er hat mich nur ausgesaugt wie ein Vampir. Und als nichts mehr zu holen war, hat er mich fallen lassen. Nicht nur, dass er mich vor die Tür setzte und finanziell betrog, er hat mich auch bei den Kollegen so fertiggemacht, so denunziert, dass ich nie mehr kochen wollte.«

»Trotzdem hast du dich nie dafür gerächt.«

»Nein.«

Julius presste die Augen zusammen, er würde keine Tränen mehr zulassen. »Ich weiß. Wenn du Rache gewollt hättest, wäre es damals passiert. Jetzt gab es einen anderen Anlass. Und in dem sitzen wir, nicht, François?«

»Willi Dobel hat mein Leben einmal zerstört, und er hätte es ein zweites Mal getan! Du musstest gute Kollegen entlassen, kein Gast reservierte mehr. Es war nur noch eine Frage der Zeit, bis die ›Alte Eiche‹ wegen ihm Bankrott gegangen wäre. Ich wollte ihm ins Gewissen reden – aber er hörte nicht auf mich, hat nur gelacht. Das sei nun mal der freie Wettbewerb, ich hätte eben auf das falsche Pferd gesetzt. ›Euch mach ich kaputt‹, hat er gesagt, ›keine zwei Monate geb ich euch mehr.‹ Er wollte so lange Geld in sein Restaurant pumpen, bis die ›Alte Eiche‹ am Boden läge. Jedem dicken Fisch kredenzte er doch eine Flasche Wein, alle Gesellschaften tafelten zum Kampfpreis! ›Ihr bekommt keinen einzigen Gast mehr‹, hat er gesagt. ›Und wenn ich euch aufgefressen habe, gehört der Markt mir, dann mache ich die Preise.‹ Ich solle mir lieber direkt einen neuen

Job suchen – aber er würde einen abgebrochenen Koch wie mich nicht aufnehmen. Dann ist er einfach weitergegangen, und ich hab einen gefrorenen Brocken Erde nach ihm geworfen. Ich wollte doch nur, dass er stehen bleibt!«

François streckte seine Hand aus, als könne er den Brocken festhalten, als sei es so einfach, die Vergangenheit zu verändern. Doch da war nur Luft, und er griff ins Leere.

»Hinfallen sollte er, mir verdammt noch mal zuhören. Aber da lag eine verdammte Wut in dem Wurf, und ich hab ihn voll am Hinterkopf erwischt. Er fiel um, und ich hörte ein Knacken. Willi hat keinen Ton mehr von sich gegeben. Das wollte ich nicht! Er hatte es verdient, für alles, nicht nur für das, was er mir angetan hat. Aber ich bin kein Mörder, Julius!«

Doch zwischen den Zeilen sagte François: Sieh, wozu ich geworden bin. Zu einem Killer. Wie kann ich damit leben? Julius drückte ihn ganz fest an sich, doch schwieg weiter. Er ließ François reden. Alles musste raus, bevor die Heilung einsetzen konnte.

»Ich bin glücklich hier im Tal, weißt du? Ich will nicht, dass sich etwas ändert. In x Ländern habe ich gearbeitet, und nirgendwo war ich zu Hause. Die ›Alte Eiche‹ ist meine Heimat.«

In Julius' Kreuz bohrten sich die Flaschenhälse aus dem Weinregal. Er ertrug es still und atmete den einzigartigen Duft der fünf spektakulären Weine ein, die François zum Abschied geleert hatte. Obwohl dieser wundervoll war, machte er Julius traurig. Erst nach einer langen Pause sprach François leise weiter.

»Ich habe ihn in einen seichten Seitenarm der Ahr gezogen, wo das Wasser ruhig war und kaum einer hinkommt. Abends fiel mir dann ein, dass man ihn dort vielleicht gar nicht finden würde, die ›Ahrgebirgsstube‹ durch die Publicity noch mehr Zulauf erhalten würde und ich so das Ende unseres Restaurants nur beschleunigt hätte. Ich musste ihn an einen Ort schaffen, wo er auf jeden Fall entdeckt werden würde und der gleichzeitig eine falsche Spur legte. Die Stelle auf dem Calvarienberg schien mir ideal. Das Kloster ist mysteriös, und im Weinberg hingen gefrorene Trauben – die Eisweinlese stand für den Morgen an. Außerdem ist die Lage Ursulinengarten so weit ab vom Schuss, dass ich die Leiche nachts unbemerkt hinbringen konnte.«

»Und dafür hast du dir unseren Restaurant-Kombi geholt.«

»Das war dumm! Es tut mir leid, alles tut mir so leid. Ich habe es nur noch schlimmer gemacht.« François' Stimme brach weg.

»Das konntest du nicht ahnen! Du wolltest doch nur helfen.« Wieder strich Julius über François' Kopf, legte dessen zerzauste Haare gerade. »Eins musst du mir noch verraten. Eine Nonne hat ausgesagt, es seien *zwei* Männer nachts mit dem Wagen im Weinberg aufgetaucht.«

François stockte. »Sie hat sich getäuscht!«

»Wie hast du die Leiche denn allein transportiert?«

»Ich bin sehr kräftig.«

»Dobel steckte in einem *Eisblock*.«

»Man muss nur wollen.« François senkte die Augen.

»Ich frag jetzt nicht weiter.«

»Danke«, sagte François. Er setzte das Rotweinglas an und nahm einen großen Schluck. »Der ist wirklich ausgezeichnet. Er flirrt auf der Zunge. Das kann nur ein Pinot Noir, nicht wahr? Nur er kann so tänzeln. Ich liebe diesen Wein. Du glaubst ja nicht, wie froh ich bin, ihn trinken zu dürfen. Er ist großartig, oder?«

»Da hast du recht. Er ist fantastisch. Ich rieche es.«

»Die Polizei wird mich befragen.«

Julius atmete wieder lange und tief ein. »Niemand wird mit dir sprechen, es bleibt unser Geheimnis.«

»Aber dann musst du …!«

»Nein. Sie haben doch nur Indizien.« Es war eine Lüge, eine schlechte noch dazu, doch François würde sie glauben. Seine Augen begannen plötzlich zu flackern. Es sah ungesund aus. Der viele Alkohol hatte die Schutzbarriere durchbrochen.

»Jetzt bringe ich dich ins Krankenhaus, alter Freund. Es wird alles seinen Gang gehen.«

Für mich, dachte Julius. Um neun Uhr werde ich gestehen. Wie hatte sein verehrter Vorfahr so passend gedichtet: »Nach Ruh' sehnt sich die Menschenbrust vergeblich.«

Epilog

*»Bei der Hochzeit und beim
Tod strengt sich der Teufel an.«*
Französisches Sprichwort

Donnerstag, der 12. Dezember
Das Ziffernblatt zeigte vier Uhr früh. Ein leiser Schrei fuhr durch die Nacht. Julius schoss kerzengerade aus dem Bett. Seine Nerven hatten sich noch nicht von den Geschehnissen um die Eisweinleiche erholt. Dieses Geräusch spannte sie bis zum Zerreißen.

Und es hatte seinen Ursprung im Haus.

In gut sieben Stunden würde er heiraten.

Jetzt das.

Julius schlüpfte in die Pantoffeln, warf den Morgenmantel über und griff sich sein Kopfkissen. Damit wäre er hervorragend bewaffnet! Falls es ein Einbrecher war, würde dieser mit einer Pistole, einem Messer oder einem Hammer rechnen. Das Kissen böte Julius genau das Überraschungsmoment, um ihn zu überwältigen.

Redete Julius sich zumindest ein, als er die Treppen hinunterging, das Kissen drohend von sich gestreckt.

Das Schreien kam aus der Küche.

Jemand war in sein Allerheiligstes eingedrungen.

Ein Jemand mit einer hellen, spitzen Stimme.

Und Fell, wie Julius sah, als er den Raum betrat.

Dieser Jemand hieß Felix und hatte sich neben dem Kühlschrank aus Julius' Jacke und zwei Sofakissen ein Nest gebaut. Es ging ihm überhaupt nicht gut. Julius kniete sich neben den Kater und strich ihm über das Köpfchen. Wieder stieß Felix ein herzzerreißendes Maunzen aus und leckte sich wie verrückt am Bauch.

Hilfe musste her. Sofort!

Ein Tierarzt würde zu lange brauchen. Gott sei Dank wohnte ein Katzenmann um die Ecke. Professor Altschiff teilte sich sein wie eine Trockenfrucht eingeschrumpeltes Häuschen nur mit zwei anderen Gattungen: Katzen und Büchern. Beide vermehrten sich unter seiner Obhut rapide.

Altschiff war anscheinend genauso nachtaktiv wie seine vierbeinigen Mitbewohner, denn perfekt gekleidet öffnete er Julius kurz nach dessen Klingeln die Tür. Und wirkte dabei nicht im Geringsten überrascht. Nachdem Julius berichtet hatte, steckte er eine Flasche Whisky (zum Desinfizieren) sowie eine Pfeife samt Tabak (zum … Desinfizieren der Luft) ein und kam forschen Schrittes mit zum Patienten. Doch als er Felix hilflos maunzend in der Küchenecke sah, brach er lauthals in Lachen aus.

»Es ist *nicht* schlimm?«, fragte Julius.

»Nein, überhaupt nicht.«

»Eine Magenverstimmung? Er hat in den letzten drei Wochen stark zugelegt.«

»Das kann ich mir denken.« Altschiff feuerte seine Pfeife an und setzte sich auf einen Küchenstuhl. »Jetzt würde mir ein Kaffee guttun. Und Sie sollten sich auch einen genehmigen. Das hier dauert nämlich sicher noch einige Zeit.«

»Wollen Sie denn gar nichts unternehmen?«

»Das regelt die Natur schon völlig allein.«

»Was soll das heißen? Er leidet!«

»Ja. Das mit dem Leiden stimmt. Eine andere Ihrer Aussagen stimmt dagegen nicht. *Er* bekommt nämlich gerade Nachwuchs. Es handelt sich demzufolge um eine *Sie*.

»Aber Felix ist ein Kater! Wie ist das nur möglich?«

Professor Altschiff blies Julius den Rauch seiner Pfeife ins Gesicht. »Dann arbeitet der vordere Teil Ihres Gehirns – der für Denken und Erinnern zuständig ist – fehlerhaft.«

»Das muss ich leider voll und ganz bejahen.«

Zwar hatte Julius seit der Grillrunde beim Altenahrer Eck keinen Blackout mehr gehabt, doch diese kündigten sich auch nicht wie Verwandtschaftsbesuch an. Wer wusste schon, was er in der Zwischenzeit alles verpasst hatte? Anscheinend die komplette Schwangerschaft seines Katers.

»Dann darf ich Sie an Folgendes erinnern«, fuhr Professor Altschiff fort. »Als diese Katze in meinem Hause geboren wurde, entschieden Sie sich schon vor der Klärung, ob es ein Weibchen oder Männchen war, für den Namen Felix. Als sich dann herausstellte, dass er nicht passte, blieben Sie nichtsdestotrotz dabei.«

»Felix ist kein Kater?«

Mit einem Mal fiel es Julius wie Katzenhaare von den Hosen. Altschiff hatte recht. Wie hatte er dies nur vergessen können?

»Aber er ist doch einer von meinen Jungs ...«

»Wenn es Sie beruhigt, lieber Eichendorff: Die falsche Anrede störte Ihre Katze sicherlich nie. Ich darf Ihnen nun ganz herzlich gratulieren. Sie werden Großvater! Hauskatzen bevorzugen übrigens das Lieblingszimmer ihres Menschen für die Geburt. Die Wahl Ihres Felix lässt tief blicken ...«

Den Nachwuchs schien der Gedanke an das baldige Kennenlernen ihres Opas zu beflügeln, denn nun plumpste ein kleines Kätzchen auf Julius' Jacke und wurde von Felix abgeleckt. Herr Bimmel sah sich alles aus sicherer Entfernung an. Eine Frage stand klar und deutlich in seinem Gesicht: Bin ich auch so unappetitlich auf die Welt gekommen?

Julius entschied, dass er Felix trotz dieser Geschichte nicht umbenennen würde.

Und auf dumme Fragen aus der Nachbarschaft würde er gar nicht reagieren.

Sein Kater hatte Junge bekommen – na und? Das war das 21. Jahrhundert!

Erst nach der Geburt des dritten und letzten Kätzchens blickte Julius auf die Küchenuhr.

Dadurch wäre er beinahe wenige Stunden vor seiner Hochzeit dahingeschieden.

Es blieb nur noch verdammt wenig Zeit! Um 12.12 Uhr würde die Messe beginnen. Vorher musste er am Ort des Geschehens eintreffen, seinen Alabasterkörper mit feinstem Olivenöl-Badezusatz gereinigt, trocken gerieben bis kurz vor der Pulverisierung, das schüttere Haar zu voller Pracht geföhnt. Und in den Hochzeitsanzug gepresst, der bei der Anprobe vor zwei Monaten noch wie angegossen gepasst hatte. Nun leider nicht mehr. Julius hatte bei der letzten Anprobe die Luft anhalten müssen, um den Hosenknopf ins Loch pressen zu können.

Hoffentlich würde dieser nicht während der Trauung abspringen und dem Priester ins Auge flitschen.

Oder sich durch die Stratosphäre auf den Weg zum Mond machen.

Julius war gerade auf dem Weg ins Bad, als Wolfgang Zwingerl Sturm klingelte. Der 12.12. versprach zum Fluch zu werden! Willi

Dobels ehemaliger Sous-Chef posierte breit strahlend mit einer blutigen Rinderschulter vor seiner Haustür. Der neben ihm stehende Norbert Spitz hielt eine Haxe in Händen.

»Na, ist die super? Erstklassig abgehangen, schon leicht mürbe.«

Spitz nahm zum Reden sogar die Zigarette aus dem Mund. »Das war Gerd-Willis bester Bulle. Ein echter Prachtbursche. Wir haben noch mehr von ihm im Kühlwagen. Für deine Hochzeit nur das Zarteste.«

Zwingerl rückte Julius mit dem Fleisch enger auf die Pelle. »Wir haben beschlossen, dir als Dankeschön nichts zu berechnen. Widerspruch verboten! Der Schwenkgrill steht bereits an Ort und Stelle, Nobby hat sogar einen ganzen Sack Tannenzapfen zum Verfeuern besorgt.« Zwingerl stand leicht gebeugt, als sei Julius sein Herr und Meister. Seit dem Treffen auf der Grillhütte waren sie freundschaftlich verbunden. Wie sich herausstellte, hatten die beiden Julius ihr Herz über ihre heimliche Liebe ausgeschüttet. In Willi Dobels Todesnacht hatte sich Norbert Spitz endlich von ihm trennen wollen, dafür hatte er alle Kraft zusammengenommen. Das Schicksal hatte ihm den Schritt erspart. Wolfgang Zwingerl hatte über die Jahre eine Hass-Liebe zum Kochgenie Willi Dobel geführt, nach dessen Tod war er hin- und hergerissen zwischen Trauer und einem großen Gefühl der Befreiung.

Julius versprach, ihr Geheimnis nicht öffentlich zu machen. Das war allein ihre Sache. Im Tal galt seit jeher die Regel »Mach was du willst, aber sprich nicht drüber«. Julius hatte den beiden allerdings geraten, mit dieser Tradition zu brechen. Er musste zugeben, dass der cholerische Sous-Chef und der kleine, hinterfotzige Stallbursche zusammen ein wirklich nettes Paar ergaben. Noch wichtiger für Julius' Zuneigung war gewesen, dass sie damals so atemberaubend gegrillt hatten. Das Fleisch war so gut gewesen, es hatte weder Gewürze, Saucen noch Beilagen gebraucht. Julius hatte seine Verbindungen spielen lassen und ihnen ein freistehendes Restaurant in Remagen vermittelt, wo sie nun bald eröffnen würden. Die »Bar B-Q«, es sollte nur Gegrilltes geben. Vorspeise, Hauptgang und Dessert – alles vom offenen Feuer.

»Danke, dass ihr mir das Grillen schenkt. Das wäre nicht nötig gewesen! Aber jeder Hochzeitsgast bekommt nur *ein* Stück. Ich will nicht, dass ihr das ganze Tal durchfüttern müsst!«

»Das sehen wir völlig anders. Bist du dir immer noch sicher, dass wir zur Feier am Abend nichts beisteuern sollen? Vielleicht ein paar in Rum marinierte Spare Ribs? Oder marokkanisch gewürzte Schweinefüße? Als kleine Leckereien zur Begrüßung?«

»Nein, ich habe Ewigkeiten für das perfekte Menü gebraucht.« Und Georgy Tremitz hatte sich für das Dessert geradezu überschlagen. Zwar spielte er mit geborgtem Geld illegale Pokerpartien, war am Rande in den Flaschendiebstahl verwickelt und auch ansonsten ein merkwürdiger Charakter – aber seine Nachspeisen schmeckten göttlich. Das Hirn forderte »Entlass ihn«, der Bauch brüllte dagegen an.

Bei Julius gewann stets das wichtigere Körperteil.

»Willst du das andere Fleisch auch noch begutachten? Wir haben alles dabei.«

»Ich vertraue euch blind. Außerdem duftet ihr danach. Und zwar so gut, dass ich euch am liebsten gleich auf den Grill werfen würde.«

Ein größeres Kompliment konnte es für die beiden nicht geben, und so trollten sie sich vergnügt zum Lieferwagen.

Jetzt musste er sich aber endlich fertig machen, damit er bei der Hochzeit so herausgeputzt war, wie es alle – angeführt von seiner Mutter – erwarteten. Julius stieg die ersten Treppenstufen hoch, als er plötzlich Andi Diefenbach in der Küche entdeckte. Dieser mampfte zufrieden ein Leberwurstbrötchen, während er den teuren Tee aus Ceylon schlürfte, den Julius für sich aufgesetzt hatte. Beides schien zu schmecken. Andi schaute sich die neugeborenen Kätzchen an, die jetzt in einem großen Pappkarton mit dicker Wolldecke schlummerten.

»Morgen, Julius!« Andi winkte ihm mit dem Brötchen zu, Daumen in der Leberwurst.

So aß man das doch nicht!

»Hast du dich teleportiert oder gehst du durch Wände?« Julius nahm ihm das hilflose Brötchen aus der Hand.

»Die Terrassentür stand auf.«

»Das ist kein Grund, reinzugehen. Forellen-Räucherkammern sind auch mal offen, und du spazierst trotzdem nicht rein.«

»Wir kennen uns doch schon so lange!« Andi griff sich das Brötchen wieder.

»Wie bist du überhaupt in meinen Garten gekommen?«

»Guck ich mir total gerne an, da lernt man was über Menschen. Du bist eher so der Kontrollfreak und ...«

»Danke, reicht! Wie gesagt, ich werde gleich heiraten und habe überhaupt keine Zeit.«

»Ich wollte nur kurz meinen Gefallen einfordern.«

»Die Sache ist doch längst erledigt.«

Es war jetzt gut einen Monat her, dass Andi der Polizei nichts von Julius' Fahrt nach Ahrweiler erzählt hatte. Dank Antoine Carême hatte die Staatsmacht es trotzdem herausgefunden.

»Gefallen ist Gefallen. Jetzt nicht kneifen!«

»Hatte ich schon erwähnt, dass ich heute heirate? Um genau zu sein, in weniger als einer Stunde.«

Andi sprach jetzt mit vollem Mund. Ein Teil der Leberwurst hatte sich auf seinen Vorderzähnen breitgemacht. »Deshalb bin ich ja hier! Ich weiß jetzt endlich, was ich mir wünsche.«

»Spuck es aus. Nein, warte. Das ist nur so eine Redewendung!«

Andi kniete sich zu den Kätzchen. »Die sind süß. Kann ich eins haben?«

»Würdest du dich gut drum kümmern?«

»Ich *liebe* Tiere! Eine Katze würde meinen kleinen Zoo mit Nymphensittich, Fischen und zwei Leguanen komplett machen.«

»Ich komme kontrollieren!«

»Abgemacht.«

»Gut, dann war das dein Gefallen. Ich sag dir Bescheid, wenn dein Kätzchen alt genug zum Umzug ist – und jetzt geht es für mich ab in die Wanne und für dich heim nach Dernau.«

»Aber das ist überhaupt nicht der Gefallen!« Er stand auf und kam mit seinem Mund ganz nah an Julius' Ohr. »Ich möchte dein Blumenmädchen sein.«

»Was?« Andi Diefenbach war von einem typischen Blumenmädchen ungefähr so weit entfernt wie eine Weißwurst vom Mond.

»Willst du, dass ich mich total lächerlich mache?«

»Seit Jahren hängt ein sauteurer Anzug bei mir im Schrank, ich sollte nämlich mal Trauzeuge sein. Aber dann ist die Braut von meinem Kumpel zurück in die Ukraine, weil sie das Video vom Junggesellenabschied gesehen hat. Ich wär also passend angezogen!«

»Umringt von drei Mädchen im Alter von vier bis sechs?«

»Dann bin ich eben der Blumen*onkel*! Och bitte! Davon hab ich schon als kleiner Junge geträumt!«

»Du fährst Auto, als gehöre die ganze Eifel zum Nürburgring, guckst dir Horrorfilme an, die man nach ihrer Blutmenge beurteilt, siehst aus, als würdest du anderen bei Kneipenschlägereien die Ohren abbeißen – und *du* hast davon geträumt, Blümchen in der Kirche zu streuen?«

»Meine Schwestern durften das immer …« Andi zog eine Schnute und ging gesenkten Kopfes zurück zu den Kätzchen. Einen der kleinen Stinker hob er hoch und hielt ihn neben sein Gesicht. »Bittööö!«

Das kleine Fellknäuel quiekte.

»Niemals! Das würde meine Mutter wahnsinnig machen!«

»Ach Mensch!«

»Warte! Was habe ich da gerade gesagt …? *Du bist dabei!*«

»Ja? Wirklich?«

»Aber lass deine Haare bloß so, wie sie sind. Und rasiert wird sich nicht. Dreitagebart ist genau richtig!«

»Danke, du bist ein echter Kumpel!«

Und ein guter Sohn dazu, dachte Julius.

Strahlend wie eine Hundert-Watt-Birne verließ Andi Diefenbach das Haus. Julius' Blick streifte beim Weg zum Bad die Küchenuhr – und damit das Antlitz des Schreckens. Sie sagte auf ihre nüchterne Art und Weise, dass baden, herausputzen und frisieren flachfielen. Es blieb nur noch eine halbe Stunde, also gerade genug Zeit zum Baucheinziehen und In-den-Anzug-Pressen. Doch bevor es dazu kommen konnte, klingelte das Telefon.

Seine Mutter.

»Wo bleibst du bloß? Alle warten schon auf dich. Deine Anna ist den Tränen nahe. Und wie stehe ich vor den Verwandten da? Großcousine Ursel, die extra aus Bad Salzuflen angereist ist, hat schon nach dir gefragt und dabei ein vorwurfsvolles Gesicht gezogen. Ich glaube, gleich falle ich in Ohmacht! Dein Vater hat sich bei der ganzen Warterei schon die Schuhe schmutzig gemacht. Das hat Ursel natürlich gleich gesehen. Einen abschätzigen Blick hat sie darauf geworfen, dieser alte Drachen.«

»Bin auf dem Weg.«

»*Du solltest längst hier sein!* Der Priester wollte schon wieder nach Hause fahren, das habe ich genau gespürt. Was denkst du dir nur dabei, Junge? Zur eigenen Hochzeit zu spät zu kommen. Schämst du dich eigentlich nicht? Denk doch wenigstens ein Mal in deinem Leben an deine Eltern! Ist das denn zu viel verlangt? Sei doch nicht immer so egoistisch. Du ziehst den Namen Eichendorff in den Dreck, Junge. Alle zerreißen sich das Maul über uns.«

»Bin aus dem Haus.«

»Aber noch nicht *hier*! Sieh zu, dass du schnell kommst – und wehe, du baust wieder einen Unfall oder lässt eine Kuh auf deinen Wagen fallen!«

»Bin im Auto. Keine Kuh in Sicht.«

»Erspare mir bloß deinen kruden Humor! Wir reden noch miteinander, das sage ich dir. Deinem Vater, der sich wegen dir einen schwarzen Anzug und neue Lederschuhe gekauft hat, stehen schon die Tränen in den Augen. Von meinen Herzrhythmusstörungen will ich gar nicht erst anfangen. Die sind dir ja eh völlig einerlei.«

»Bin unterwegs.«

»Was haben wir nur falsch gemacht bei deiner Erziehung? Letzten Monat mussten wir mit dem Ersparten deinen Bankkredit ablösen, und nun dieses Debakel. Dein Vater wollte dir das mit dem Geld verschweigen, damit du nicht meinst, du seiest uns etwas schuldig. Aber wenn sich jemand dermaßen danebenbenimmst, kann ich nicht länger schweigen!«

»Bin in einem Funkloch.«

Er schaltete aus.

Herrlich, diese Stille.

Nachdem er sich eine Katzenwäsche verabreicht und in Schale geworfen hatte ließ Julius den Fuß tief aufs Gaspedal sinken. Seiner Mutter wegen wäre er gern noch später gekommen – aber Anna wollte er das nicht antun. Deshalb fuhr er bedeutend schneller, als erlaubt.

Plötzlich ertönte hinter ihm eine Polizeisirene.

Nicht jetzt!

Dafür war überhaupt keine Zeit.

Deshalb entschied Julius, dass die gerade vor ihm auf Rot umschlagende Ampel kein Recht hatte, ihn aufzuhalten, und dass ein durchgezogener Mittelstreifen nur ein Vorschlag sei, nicht zu überholen. Für einen Bräutigam wie ihn aber keinesfalls bindend.

Für den Einsatzwagen der Polizei galten diese Ausnahmen anscheinend auch. Er schaffte es, vor Julius' Käfer zu gelangen. Aus dem Beifahrerfenster wurde eine rot blinkende Kelle gestreckt.

Okay, das war das Ende einer pünktlichen Hochzeit, einer glücklichen Ehefrau und einer sich im üblichen Rahmen beschwerenden Verwandtschaft.

Julius würgte den Motor ab, stieg, ohne auf den Verkehr zu achten, aus und brüllte: *»Ich muss verdammt noch mal zu meiner Hochzeit!«* Er wollte schon wieder einsteigen, als sich die Beifahrertür des Streifenwagens öffnete.

Heraus trat Kommissar Thidrek.

Er winkte Julius zu.

Jetzt würde ihm der überhebliche Arsch also auch noch ein Knöllchen verpassen. Julius' Laune stieg wie ein Luftballon.

»Bringen wir es schnell hinter uns, Thidrek. Wie viel muss ich löhnen?«

Der Kommissar legte sein Haifischlächeln auf. Doch er biss nicht zu. »Aber Herr Eichendorff, für jemanden wie Sie gelten doch andere Regeln! Gerade an Ihrem Hochzeitstag.«

Julius spürte, wie viel Anstrengung Thidrek diese übertriebene Freundlichkeit kostete. Das machte sie noch köstlicher.

»Es geht um den genauen Ablauf der Feierlichkeiten. Soll Herr van de Merwe in der ersten Reihe bei Ihnen sitzen oder können wir ihn hinten bei uns im Blick behalten? Unser Polizeidirektor bestand darauf, Sie nach Ihren diesbezüglichen Wünschen zu fragen. Wegen der Fluchtgefahr hätten wir ihn sehr gern in der letzten Bank.«

»Er muss unbedingt nach vorne, und zwar ohne Handschellen. Das ist sicher im Sinne Ihres Vorgesetzten.«

Thidrek schluckte so laut, als müsste er einen widerwilligen Igel durch den Schlund befördern. »Wie Sie wünschen.« Sein Lächeln wurde noch breiter. Das schmerzte sicher an den Ohren.

»Ich müsste vorher noch etwas mit Herrn van de Merwe besprechen. Holen Sie ihn, *bitte*?«

Kommissar Thidrek tat wie befohlen. Er wirkte dabei, als würde er Julius gern ein langes, stumpfes Messer ins Herz jagen.

François umarmte ihn herzlich. »Es tut so gut, dich zu sehen!« Der Sommelier fühlte sich schlanker an, als er ohnehin gewesen war. »Geben Sie dir nichts zu essen?«

»Ich habe auch meinen Stolz!« François steckte sich den Finger in den Hals.

»Regelmäßige Lieferungen werden ab sofort organisiert! Hast du eigentlich schon den Artikel gesehen?« Julius fischte ihn von seinem Beifahrersitz. Er hatte die Stelle nicht mit unordentlichen Eselsohren, sondern einem silbernen Lesezeichen markiert. François las sich die ersten Zeilen durch. Der Text handelte von ihm, das ganzseitige Foto zeigte den Sommelier beim Weinverkosten in der Untersuchungshaft. Es war gestellt worden – und hatte ihm viel Spott von seinen Zellengenossen eingebracht. Julius wollte den Artikel im Eingangsraum der »Alten Eiche« aufhängen. Der Journalist hatte gut gearbeitet. Alle Fakten – nach denen die Gäste ständig fragten – waren aufgeführt, ausführlich wurde behandelt, wie François sich der Polizei gestellt hatte. Dank Julius' Aussage sah es für den kommenden Prozess gut aus. Anna hatte von einem Kollegen der Staatsanwaltschaft erfahren, dass François, wenn alles gut lief, mit einer Verurteilung zu vier Jahren Haft davonkommen konnte, weil es sich bei der Tat um einen minderschweren Fall des Totschlags handelte. Willi Dobel hatte er schließlich im Affekt umgebracht, nachdem er von diesem »seelisch über alle Maßen gekränkt worden« war.

François strich über das Papier. »Sie schreiben, dass meine Resozialisierung gesichert ist, weil mir mein Job in der ›Alten Eiche‹ nach der Entlassung garantiert ist. Das wusste ich ja noch gar nicht. Du hast nichts davon gesagt.«

»Das ist eine Selbstverständlichkeit.«

Dafür umarmte François ihn nochmals. Lange hielt er Julius fest. Als er sich wieder löste, wischte er sich über die Augen.

François war schuldig. Doch Freundschaft hatte nichts mit Schuld zu tun. Julius tippte auf das Foto. »Einen besseren Sommelier als den hier gibt es einfach nicht. Deshalb freue ich mich auch so, dass er zu meiner Hochzeit kommt.«

»Im Gefängnis wird über nichts anderes mehr geredet. Dem Polizeipräsidenten soll die Hetzjagd auf dich so peinlich gewesen sein, dass er meinem Freigang zugestimmt hat. Stimmt das wirklich?«

»Offiziell ist es Teil der Werbekampagne ›Polizei mit Herz‹. Sie werden bestimmt ein Foto schießen, wie du dich als Trauzeuge schlägst.«

»Soll ich lächeln? Oder wäre das unpassend?«

»Wieso? FX lächelt doch auch.«

»Wie meinst du ...«

François hielt inne, und Julius wusste, dass er die Frage nicht beenden würde. In den Verhören schwieg François standhaft dazu, wer beim Transport der Eisweinleiche geholfen hatte. Doch Julius war inzwischen selbst draufgekommen.

»Habe ich dir eigentlich schon gesagt, dass du der beste Freund der Welt bist?«, fragte François.

»Schon ein paarmal, aber lass dich nicht abhalten! Das brauche ich heute. Bisher ist nämlich alles schief... Oh verdammt! Ich muss weiter, Anna wartet doch. Bis gleich!«

Julius sprang ins Auto und raste davon – die Polizei würde ihn sicher nicht mehr anhalten. Der Weg bis zur Hochzeitsgesellschaft war nicht mehr weit, die Ampeln verhielten sich nett und grün. Doch plötzlich winkte ihm jemand zu. Er war noch ein gutes Stück entfernt, stand aber direkt neben der Straße. Julius hob von Weitem die Hand zum Gruße. Doch das reichte dem Winker nicht. Er wollte augenscheinlich, dass Julius bei ihm anhielt.

Dafür war keine Zeit!

Julius justierte seinen gestärkten Kragen.

Früh genug schaute er wieder auf die Straße. Auf dem Mittelstreifen stand der dreiste Winker. Es war Maik Pütz. Die Bremsen des alten Käfers verrichteten selbst auf der vereisten Piste ihren Dienst, auch wenn der Wagen bedrohlich nah an den jungen Kuhschubser heranrutschte.

»Herr Eichendorff, kommen Sie! Ich muss Ihnen was zeigen!«

»Ich heirate gerade.« Julius wollte den Wagen wieder anlassen, als Pütz die Fahrertür aufriss.

»Dauert nicht lang. Es wird Ihnen gefallen!«

Julius sah auf seine Armbanduhr. Wahrscheinlich war jetzt eh alles egal.

»Gut. Dann leg los, Ahrweiler Junggeselle!«

Sie gingen über die verschneite Wiese, bis sie an einen provisorischen Zaun aus rot-weißem Absperrband kamen. Hier stank es nach Ziege. Und alter Kuh. Auch einen Hauch Schwein sowie Schaf konnte Julius ausmachen. Auf einen Pfiff von Pütz erschienen fünf junge Männer, die Julius von der Hutenschaft kannte.

»Das ist er!« Pütz zeigte auf einen zigarillorauchenden Jungen in schwarzem Gangsteranzug, dessen Haare mit mehr Pomade angeklebt waren, als das Hamburger Rotlichtmilieu im ganzen Jahr benötigte. Er reichte Julius eine Hand, die sich von Konsistenz und Feuchtigkeit wie ein nasser Waschlappen anfühlte.

»Muss ich Sie kennen?«

»Der anonyme Anrufer. Das war ich. Der Sie damals wegen Nobby angerufen hat. Maik hier hat gesagt, ich soll den Oberhut-Idioten beschatten. Und als er sich mit dem Sous-Chef vom Dobel getroffen hat, hab ich durchgeklingelt. Seitdem fühle ich mich wie ein Verbrecher.« Der Jüngling grinste zufrieden. »Okay so?«, rief er zu Maik Pütz.

»Ich hab schon überzeugendere Vorstellungen von dir erlebt«, antwortete der lachend. »Aber Herr Eichendorff muss dir die Absolution erteilen.«

Also schlug Julius ein Kreuz. »Hiermit bist du begnadigt – und ich bin weg. Eine schöne Tracht Prügel wartet auf mich. Gewürzt mit einer großen Portion mütterlicher Vorhaltungen. Dabei ist mein einziges Verbrechen, dass mein Kater geworfen hat. Und so ein Kleinkrimineller wie du läuft frei herum.«

Dem Junggesellen entgleisten die Gesichtszüge völlig, es glich einem Eisenbahnunglück. Schnell strubbelte Julius ihm über den Kopf.

»War nur ein Scherz, du bist schon in Ordnung. Aber jetzt muss ich wirklich.«

Pütz pfiff wieder, diesmal länger und schriller. Plötzlich traten die Verursacher der hier vorherrschenden Gerüche aus dem Waldstück. Alle hatten vier Beine, und die meisten von ihnen kauten.

»Ich präsentiere: den Streichelzoo der Niederhut. Alle Einnahmen fließen Tierschutzorganisationen zu. Komplett! Als Wiedergutmachung für … Sie wissen schon. Die Bauern haben ihre neuen Kühe schon bekommen, aber das hat uns nicht gereicht. Jetzt bauen wir hier einen Stall und einen richtigen Zaun. Jeden Nachmittag wird geöffnet, und wir verkaufen Futter. Der Name des Ganzen ist …«, Maik Pütz nickte seiner Truppe zu, die daraufhin einen Trompetenstoß imitierte, »… das ›Eichendorf‹. Einerseits wegen der Bäume – andererseits weil Sie uns decken.«

»Erinnere mich bloß nicht daran!«

Julius war beeindruckt. Wirklich. Aber noch lieber wäre es ihm gewesen, die Jungs hätten sich bereit erklärt, ihn jetzt vor der Hochzeitsgesellschaft zu schützen. Allerdings reichten sechs Hansel sicher nicht aus. Dafür brauchte es sämtliche Gebirgsjäger der Schweiz, inklusive Bernhardiner-Staffel. Julius verabschiedete sich schnell zur Ruine des Klosters Calvarienberg.

Denn dort wollte er heiraten.

Die Räumungsarbeiten waren so weit fortgeschritten, dass die Kapelle als einsturzsicher galt. Er hatte Bänke aufstellen lassen und reichlich Blumenschmuck bestellt. Denn Julius war der Meinung, dass auch ein Koch mal ein Zeichen setzen konnte. Dass es weitergeht. Dass das Ahrtal seinen Berg nicht aufgab.

Die Diebesbeute in Flaschenform hatten die Nonnen zurückerhalten. Doch statt sie zu verkaufen und das Geld für den Wiederaufbau zu verwenden, hatte die Mutter Oberin sie entsorgt. Es sei teuflischer Wein, an ihm hafte das Böse.

Willi Dobel und von Belitz sahen das mittlerweile sicher genauso.

Der Parkplatz war voll besetzt, Menschenmassen drängten zur Kapelle. Wolfgang Zwingerl und Norbert Spitz hatten den Grill bereits angefeuert, während die Restaurantbrigade der »Alten Eiche« die Sektbar für die anschließende Feier vorbereitete.

Simone Sester stand mitsamt Kamera- und Tonmann neben der Auffahrt und zwinkerte Julius zu. Er unterdrückte den Drang, zurückzuzwinkern. Denn Anna wartete auf dem für ihn reservierten Parkplatz am Fuß des Klosters und hätte es gesehen. Sie zeigte auf ihre weiße Armbanduhr.

Das würde er nie wiedergutmachen können.

Beim Einparken gab er der angekohlten Mauer mit einem Wumms fast den Rest. Die Fahrertür knallte beim Aussteigen gegen den alten Maybach, der sie nach der Feier zur »Alten Eiche« bringen sollte. Vielleicht hätte er die drei süßen Kätzchen mitbringen sollen? Sie hätten Annas Herz möglicherweise erweichen können. Seine Braut stürzte nun zu ihm und trommelte mit den Fäusten auf ihn ein. Dann wandte sie sich schluchzend ab. Julius ergriff ihre Schultern.

»Es tut mir schrecklich leid! Du glaubst ja nicht, was alles passiert ist.«

Anna drehte sich schwungvoll um. Keine Träne war zu sehen. Stattdessen strahlte sie Julius an.

»Du lachst ja!« Julius war gleichermaßen überrascht wie erleichtert. »Wieso reißt du mir nicht den Kopf ab?«

Sie gab ihm einen langen Kuss.

»Ich hab alle deine Uhren vorgestellt. Um eine halbe Stunde. Was bin ich nur für eine kluge Frau!«

»Aber ich bin sonst *immer* pünktlich!«

»Ich wollte sichergehen. Das haben alle Frauen in meiner Familie bei ihrer Hochzeit gemacht. Eine Tradition.«

»Das ist eine Unverschämtheit!«

»Warst du nun zu spät?«

»Eigentlich ja nicht.«

»Dann haben wir auch kein Problem! Jetzt aber zum Wichtigen: Gefalle ich dir?«

Anna sah atemberaubend aus. Sie trug ein schlichtes, eng geschnittenes champagnerfarbenes Seidenkleid mit tiefem Dekolleté und einem Schleier, der von der silbernen Tiara bis zum Boden reichte. So schön hatte Julius sie noch nie gesehen.

»Satte Männer finden schlanke Frauen attraktiver, hungrige dicke.«

»Und das heißt?«

»Du bist sehr ansehnlich, und ich habe extrem gut gefrühstückt.«

»Mach mir nur weiter den Hof! Warum hast du es eigentlich so spannend gemacht? Deine Mutter traf fast der Schlag.«

»Weil wir Nachwuchs bekommen haben.«

Sie sah ihn fragend an. Tastete dann ihren Bauch ab.

»Das habe ich überhaupt nicht mitbekommen. Wusste gar nicht, dass es so einfach ist. Dann können wir von mir aus direkt nachlegen.«

»Felix. Drei Kätzchen. Ich erzähle dir alles später. Jetzt muss ich heiraten.«

»Muss? Also, wenn du nicht willst, können wir es auch lassen.«

»Ehrlich? Ich bin so froh, dass du das sagst …«

»Treib es *nicht* zu weit, Julius Eichendorff! Sonst frage ich deine Eltern, ob sie nicht zu uns ziehen möchten.«

»Ich liebe dich, du hast ein so friedliches Wesen.«

Anna richtete ihm die Haare, wobei sie an einigen Strähnen fester als nötig zog.

»Hast du gerade gesagt, dass Felix Mutter geworden ist?«

»Das erkläre ich dir nur, wenn du mich heiratest.«

Anna rückte ruppig seine Krawatte zurecht.

»Bevor wir zwei da reingehen, müssen wir noch über etwas sprechen.« Sie nahm Julius am Arm und führte ihn ein paar Schritte weg von den immer noch eintreffenden Gästen, denen sie überglücklich zulächeln musste. »Ist das alles vielleicht zu viel für dich? Du weißt, was der Arzt gesagt hat: Eine Menge Stress, und dein Gedächtnis setzt wieder aus.«

»Dann dürfte ich eine so aufregende Frau wie dich niemals heiraten.«

»Du kleiner Schleimer!« Sie zwickte ihn in die Hüfte. »Jetzt hört das mit dem Detektivspielen auf, ja? Sonst heirate ich dich nicht. Du hast es mir fest versprochen. Das gilt!«

»Ja.«

»Wenn du mich liebst, überlässt du mir das in Zukunft!«

»Jaja.« Er schloss sie in die Arme.

Anna sah ihm tief in die Augen. »Ich mag dich nämlich am liebsten lebendig und bei klarem Verstand.«

»Versprochen ist versprochen.«

Julius besiegelte es mit einem Kuss.

Dann fingen die Nonnen an zu singen.

Mit viel Fantasie – oder ausreichender Taubheit – klangen sie wie Engel.

Rezept

»Der Lachs macht eine Reise«

Zutaten für 4 Personen:

Für die Marinade
½ l trockener Ahr-Rotwein
1 Schalotte (in Scheiben geschnitten)
1 Rosmarinzweig
2 Thymianzweige
2 Lorbeerblätter
4 Knoblauchzehen
Wacholderbeeren und weiße Pfefferkörner nach Gusto
Falls vorhanden frische Petersilie, Kerbel, Dill, Staudensellerie,
1 Bund Koriander
1 Prise Zucker
1 Spritzer Limettensaft

Für die Rosmarin-Spieße
400 Gramm Lachsfilet (Julius' Lachs kommt aus Grönland, Norwegen passt aber auch)
350 Gramm frische Perlzwiebeln (falls nötig halbieren)
4 Rosmarinzweige (holzig für besseren Halt)
1 Zitrone
Salz, Pfeffer (weiß)
Butter

Für das Aioli
2 Eigelb
2 Teelöffel mittelscharfer Senf (Julius greift zu Monschauer)
½ Teelöffel Salz
2 Teelöffel Limettensaft
3 Esslöffel trockener Weißwein (Julius nimmt Riesling aus Mayschoß)
200 ml Olivenöl
2 Knoblauchzehen
1 Prise Zucker
Pfeffer

Zubereitung der Marinade
Alle Zutaten (bis auf die frischen Kräuter) in einen Kochtopf geben, kurz aufkochen und um die Hälfte reduzieren. Danach abkühlen lassen und frische Kräuter hinzugeben. Den Lachs in 2-Daumendicke Stücke schneiden und gut einen Tag einlegen.

Zubereitung der Rosmarin-Spieße
Die Perlzwiebeln schälen und mit einem dicken Fleischspieß mittig durchbohren, ebenso die Lachsstücke. Dann die Rosmarinzweige an den Enden spitz zuschneiden – dadurch lassen sich die Zwiebeln und Lachsstücke leichter abwechselnd darauf spießen.
Die Spieße werden nun auf ein mit Butter eingefettetes Backblech gelegt, mit zerlassener Butter eingepinselt sowie mit Pfeffer und Salz gewürzt. Kurz grillen, bis alles gut kross ist – aber nicht zu lang, sonst wird der Lachs trocken. Noch schöner ist es natürlich den Lachs auf einem Holzkohlengrill zu garen.

Zubereitung des Aioli
Eigelb, Senf, Salz, Limettensaft und Weißwein mit den Schneebesen des Handrührgeräts cremig schlagen. Danach kommt der schwierige Teil: unter ständigem Rühren das Öl tröpfchenweise zugießen. Knoblauch schälen, durch eine Knoblauchpresse drücken und in das Aioli rühren, mit Salz, Pfeffer und Zucker abschmecken.

Weinempfehlung
Das Schöne an diesem Rezept ist: Sie haben drei offene Flaschen Wein, die Sie dazu trinken können. Als Beilage passt Weißbrot, natürlich sind Ofenkartoffeln (halbiert gebacken mit Rosmarin und Olivenöl) auch wunderbar – dann sollten Sie aber die Aioli-Menge verdoppeln.

Danksagung

Auch dieser Julius-Eichendorff-Roman wäre nicht ohne die Hilfe vieler Menschen möglich gewesen, denen ich gerne danken möchte.

Zuallererst den Schwestern des Ursulinenklosters Calvarienberg, die mir ihr Kloster gezeigt und mir Rede und Antwort gestanden haben – obwohl sie von meinem kriminellen Hintergrund wussten. Die Nonnen in meinem Roman haben nichts mit denen des wirklichen Klosters zu tun, und ich möchte mich an dieser Stelle in aller Form für alles entschuldigen, was ich der Schwesternschaft und dem Kloster in diesem Roman antue – es war zum Wohle des Buches.

Der Kunsthistorikerin Heike Wernz-Kaiser von den Museen der Stadt Bad Neuenahr, die mir den Kontakt zum Kloster vermittelt hat und mir auch in anderen Fragen mit Rat und Tat – und immer herzlich – zur Seite stand.

Gerd Weigl und Benno Schneider für ihre Kenntnis der Ahrtaler Sagen.

Alfred Oppenhoff für die Informationen über die Hutenschaften und das Geschehen rund um die Martinsfeuer.

Den Spitzenköchen Herbert Brockel (»Husarenquartier«) und Jean-Marie Dumaine (»Vieux Sinzig«) sowie meiner wunderbaren Mutter für kulinarische Beratung und viele unvergessliche lukullische Abende.

Sandra Engl für das falsche Deutsch – sprich: das richtige Österreichisch.

Nach fünf Julius-Eichendorff-Romanen und etlichen anderen Projekten ist es auch längst an der Zeit, dem Team des Emons Verlags zu danken. Hejo Emons ist ein Verleger wie aus dem Bilderbuch und ein Mann, für den nicht nur Zahlen von Bedeutung sind, sondern der eine echte Leidenschaft für Bücher hat. Dem Lektoratsteam Christel Steinmetz und Stefanie Rahnfeld möchte ich danken für ihre Geduld, ihr Verständnis, ihre Kritik. Nicht zu vergessen sind die vielen anderen, von denen ich ganz besonders Ulrike Emons, Britta Schmitz, Ingeborg Simandi und Michael Solscher nennen will – wenn sie nicht alle an die Julius-Eichendorff-Krimis glauben würden, fänden die Bücher nie den Weg zu den vielen Lesern.

Meiner wunderbaren Frau, meinem Vater, der immer für mich da ist, wenn ich ihn brauche, und meinem guten Freund Hagen Range, dass sie als Erstleser fungierten.

Und nicht zuletzt meinen Kindern. Zwar sind sie maßgeblich für viele schlaflose Nächte, Flecken in etlichen Kleidungsstücken, Krümel in den unmöglichsten Ecken und bis zum Bersten angespannte Nerven verantwortlich, doch geben sie mir auch unheimlich viel Kraft, ohne die ein literarischer Marathonlauf wie dieser Roman nicht zu bewältigen wäre.

Die Fälle von Deutschlands erfolgreichstem Krimikoch im Überblick:

Alle Titel sind auch als eBook erhältlich.

In Vino Veritas
Der erste Fall für Julius Eichendorff
ISBN 978-3-7408-0702-3
Auch als Hörbuch erhältlich,
gelesen von Jürgen von der Lippe
ISBN 973-3-89705-425-7

Nomen Est Omen
Der zweite Fall für Julius Eichendorff
ISBN 978-3-7408-0703-0
Auch als Hörbuch erhältlich,
gelesen von Jürgen von der Lippe
ISBN 973-3-89705-690-9

In Dubio Pro Vino
Der dritte Fall für Julius Eichendorff
ISBN 978-3-7408-0704-7
Auch als Hörbuch erhältlich,
gelesen von Jürgen von der Lippe
ISBN 973-3-89705-547-6

Vinum Mysterium
Der vierte Fall für Julius Eichendorff
ISBN 978-3-7408-0705-4
Auch als Hörbuch erhältlich,
gelesen von Jürgen von der Lippe
ISBN 973-3-89705-458-5

Vino Diavolo
Der fünfte Fall für Julius Eichendorff
ISBN 978-3-7408-0706-1
Auch als Hörbuch erhältlich,
gelesen von Jürgen von der Lippe
ISBN 973-3-89705-616-9

Carpe Vinum
Der sechste Fall für Julius Eichendorff
ISBN 978-3-7408-0707-8
Auch als Hörbuch erhältlich,
gelesen von Jürgen von der Lippe
ISBN 973-3-89705-986-3

Ave Vinum
Der siebte Fall für Julius Eichendorff
ISBN 978-3-7408-0708-5
Auch als Hörbuch erhältlich,
gelesen von Jürgen von der Lippe
ISBN 978-3-95451-468-7

Vino Furioso
Der achte Fall für Julius Eichendorff
ISBN 978-3-7408-0634-7

Weitere Titel von Bestsellerautor Carsten Sebastian Henn:

Henkerstropfen
Kulinarische Kurzkrimis
ISBN 978-3-89705-484-4
Auch als Hörbuch erhältlich,
gelesen von Konrad Beikircher
ISBN 978-3-89705-584-1

Henkersmahlzeit
Kulinarische Kurzkrimis
ISBN 978-3-89705-712-8

111 Deutsche Weine, die man getrunken haben muss
Mit Fotografien von Tobias Fassbinder
ISBN 978-3-89705-849-1

111 mal lecker essen in Köln
Der andere Restaurantführer
ISBN 978-3-95451-214-0

Weinwissen für Angeber
Mit zahlreichen Zeichnungen
ISBN 978-3-95451-213-3

Henns Weinführer Ahr
Geschichte, Lagen, Weine und Reisetipps
ISBN 978-3-95451-215-7